R. A. SALVATORE
Erzählungen vom Dunkelelf

Die Legende von Drizzt bei Blanvalet:

Die Dunkelelfen (26754) · Die Rache der Dunkelelfen (26755) · Der Fluch der Dunkelelfen (26756) · Der gesprungene Kristall (24549) · Die verschlungenen Pfade (24550) · Die silbernen Ströme (24551) · Das Tal der Dunkelheit (24552) · Der magische Stein (24553) · Das Vermächtnis (24663) · Nacht ohne Sterne (24664) · Brüder des Dunkels (24706) · Kristall der Finsternis (24931) · Schattenzeit (24973) · Der schwarze Zauber (24168) · Die Rückkehr der Hoffnung (24227) · Der Hexenkönig (24402) · Die Drachen der Blutsteinlande (24458) · Die Invasion der Orks (24284) · Kampf der Kreaturen (24299) · Der König der Orks (26580) · Der Piratenkönig (26618) · Der König der Geister (26619) · Gauntlgrym (26851) · Niewinter (26878) · Erzählungen vom Dunkelelf (26915)

Außerdem von R. A. Salvatore:

Star Wars: Episode I-III. Die dunkle Bedrohung – Angriff der Klonkrieger – Die Rache der Sith (37630) · Der Speer des Kriegers / Der Dolch des Drachen / Die Rückkehr des Drachenjägers. Drei Romane in einem Band! (24314)

Weitere Titel in Vorbereitung

R. A. Salvatore

Erzählungen vom Dunkelelf

Die Legende von Drizzt

Roman

Aus dem Englischen
von Imke Brodersen

blanvalet

Die amerikanische Originalausgabe erschien unter dem Titel
»The Legend of Drizzt® Anthology – The Collected Stories«
bei Wizards of the Coast, Renton, USA.

Verlagsgruppe Random House FSC-DEU-0100
Das FSC®-zertifizierte Papier *Holmen Book Cream*
für dieses Buch liefert Holmen Paper, Hallstavik, Schweden.

1. Auflage
April 2013 bei Blanvalet,
einem Unternehmen der Verlagsgruppe
Random House GmbH, München.
Original title: The Legend of Drizzt® Anthology –
The Collected Stories © 2011 Wizards of the Coast LLC.
»FORGOTTEN REALMS, WIZARDS OF THE COAST,
their respective logos, and THE LEGEND OF DRIZZT are trademarks
of Wizards of the Coast LLC in the U.S.A. and other countries.
© 2011 Wizards of the Coast LLC. Licensed by Hasbro.
Published in the Federal Republic of Germany
by Blanvalet Verlag, München
Deutschsprachige Rechte bei der Verlagsgruppe
Random House GmbH, München
Umschlaggestaltung: Isabelle Hirtz, München
Das Cover wurde erstellt von Raymond Swanland
© Wizards of the Coast, LLC
Redaktion: Angela Schilling
HK · Herstellung: sam
Satz: Uhl + Massopust, Aalen
Druck und Einband: GGP Media GmbH, Pößneck
Printed in Germany
ISBN: 978-3-442-26915-0

www.blanvalet.de

Inhalt

Die erste Kerbe 7

Die dunkle Seite 27

Die dritte Stufe 73

Guenhwyvar 105

Das eigensinnige Schwert 141

Wachsweich im Nesser-Reich 167

Die Morgengabe 205

Zwei Seelen in einer Brust 231

Wenn jemand in meinen Hort vordringt 283

Knochen und Stein 341

Iruladoon 365

Der den Ruf vernimmt 397

Die erste Kerbe

Erstveröffentlichung im *DRAGON® MAGAZINE* Nr. 152
TSR, Dezember 1989

Die erste Kerbe *war meine erste veröffentlichte Kurzgeschichte und entstand im Rausch meiner ersten Erfolge als professioneller Schriftsteller. Damals arbeitete ich noch in der Finanzabteilung eines Hightechunternehmens. Die ersten beiden Drizzt-Romane,* Der Gesprungene Kristall *und* Die Silbernen Ströme, *verkauften sich gut, und ich schrieb bereits am dritten Band der Serie, als das Angebot kam, eine Kurzgeschichte für das* Dragon®-Magazine *zu verfassen. Natürlich sagte ich sofort zu, denn ich liebte das* Dragon®-Magazine *und wollte unbedingt mit dem damaligen Herausgeber, Barb Young, zusammenarbeiten. Außerdem war ich ein junger Autor, der endlich all seine Geschichten aus sich heraussprudeln lassen durfte. Ehrlich gesagt war ich damals im Schreibrausch!*

Und darum ging es letztlich auch bei Die erste Kerbe. *Ich sollte eine Geschichte über Bruenor schreiben, der mir zwar ans Herz gewachsen war, aber in den Romanen gegenüber Drizzt zunehmend in den Hintergrund rückte. Besonders verlockend war die willkommene Gelegenheit, meine Leser zu foppen. Am Ende von* Silberne Ströme *hatte Bruenor scheinbar das Zeit-*

liche gesegnet, und diese Geschichte wirkte deshalb (absichtlich) wie ein Tribut an den verlorenen Freund.

Ein weiterer Anreiz war meine Begeisterung für die Kultur der Zwerge. Diese Geschichte bot mir Gelegenheit zum Fabulieren. Alles dreht sich um Zwerge, wie sie auf ihre unnachahmliche Art und Weise reden, zanken oder jubeln.

Abgesehen davon kommt die wichtigste Aussage der Geschichte ziemlich am Ende: »Ehre geht vor Zorn.« Damals war mir das noch nicht bewusst, aber mit der Zeit wurde dieser Kernsatz zum zentralen Bestandteil des Charakters Bruenor in den Legend of Drizzt*-Büchern, besonders beim Vertrag von Garumns Schlucht und dem vernunftgesteuerten Umgang mit König Obould, zu dem Bruenor damals gezwungen war. Ehre geht vor Zorn, Pragmatismus vor Leidenschaft – zumindest wenn es um seinen geliebten Clan ging. Wenn ich die Geschichte heute wieder lese, staune ich, wie tief die individuellen Eigenschaften dieser Gefährten der Halle in meinem Unterbewusstsein verankert sind, denn sie haben sich über zwanzig Jahre hindurch erhalten.*

»Habt ihr alles?«, fragte der stämmige junge Zwerg. Seine Hand strich über Wangen und Kinn, die noch haarlos waren.

Die beiden kleineren Zwerge, Khardrin und Yorik, nickten und setzten scheppernd ihre Säcke auf dem Steinboden ab. Das Geräusch hallte durch die Stille der tiefen Höhlen.

»Seid doch leise!«, fauchte Feldegar, das vierte Mitglied der Verschwörung. »Garumn würde euren Kopf fordern, wenn er davon wüsste!«

»Garumn wird es schon noch erfahren, wenn wir es

geschafft haben«, sagte Bruenor, der stämmige Zwerg, mit einem Augenzwinkern und einem Lächeln, das die plötzliche Spannung entschärfte. »Dann seht jetzt alles durch. Wir haben keine Zeit zu verlieren.«

Khardrin und Yorik durchwühlten die Rüstungsteile und Waffen in den Säcken. »Ich hab deinen Bierkrug«, sagte Khardrin stolz und reichte Bruenor einen glänzenden Schild.

»Von meinem Vater!«, lachte Bruenor. Seine kleinen Vettern waren wirklich erstaunlich gewieft. Er schob den schweren Schild über seinen Arm und hob die erst vor Kurzem geschmiedete Axt hoch, die er mitgebracht hatte. Dabei fragte er sich plötzlich ernsthaft, ob er des Schildes mit dem schäumenden Bierkrug, dem Wappen der Sippe Heldenhammer, tatsächlich würdig war. Denn obwohl er inzwischen auf die dreißig zuging, fühlte er sich aufgrund der Tatsache, dass ihm immer noch kein einziges Barthaar wuchs, in Wahrheit noch wie ein Kind. Er wandte das Gesicht ab, um die Schamröte zu verbergen.

»Vier Rüstungen«, stellte Feldegar beim Anblick der Teile fest. »Oh, nein! Ihr zwei bleibt hier. Ihr seid für solche Kämpfe noch zu jung!«

Khardrin und Yorik sahen Bruenor Hilfe suchend an.

Feldegars Feststellung war durchaus angebracht, wie Bruenor wusste, aber die niedergeschlagenen Mienen seiner jüngeren Vettern waren ebenso wenig zu übersehen wie die enorme Mühe, welche die beiden sich gegeben hatten, um sie alle so weit zu bringen. »Wir brauchen vier Rüstungen«, meinte er schließlich. Feldegar warf ihm einen erbosten Blick zu.

»Yorik begleitet uns«, sagte Bruenor und hielt dem Blick stand. »Aber für Khardrin habe ich eine wichtigere

Aufgabe.« Er zwinkerte dem kleinsten Zwerg zu. »Jemand muss hinter uns die Tür schließen und verriegeln«, erklärte er. »Wir brauchen eine Wache, die sie schnell wieder öffnen kann und ein noch schnelleres Mundwerk hat. Du bist der Einzige von uns, der pfiffig genug ist, jedem, der zufällig hier vorbeikommt, auf alle Fragen eine ausweichende Antwort zu geben. Glaubst du, dass du das schaffst?«

Khardrin nickte mit aller Begeisterung, die er aufbringen konnte, weil er sich jetzt wieder wichtiger fühlte – auch wenn er natürlich viel lieber mitgekommen wäre.

Nur Feldegar war noch nicht zufrieden. »Yorik ist zu jung«, knurrte er Bruenor an.

»Aus deiner Sicht, nicht aus meiner«, gab dieser zurück.

»Ich bin der Anführer!«, sagte Feldegar.

»Bruenor ist der Anführer«, widersprachen Yorik und Khardrin wie aus einem Mund. Feldegar kniff drohend die Augen zusammen.

»Sein Großvater ist der König«, gab Khardrin zu bedenken.

Feldegar schob das Kinn vor. »Seht ihr das hier?«, fragte er und zeigte auf die haarigen Flecken auf seinem Gesicht. »Ein Bart! Ich bin der Anführer!«

»Pah, du bist genauso alt wie Bruenor«, sagte Yorik. »Und er ist ein Heldenhammer und Zweiter der Thronfolge. Und in Mithril-Halle regieren nun mal die Heldenhammers!«

»Der Tunnel hier gehört noch nicht dazu«, stellte Feldegar trocken fest. »Er liegt außerhalb von Mithril-Halle und Garumns Reich. Darum ist der mit dem Bart der Anführer!«

Trotz des erneuten Seitenhiebs auf sein bartloses Gesicht zuckte Bruenor nur mit den Achseln. Er war sich der Gefahren bewusst, die ihr Abenteuer mit sich brachte, und wollte nicht alles wegen eines Titels verderben, der ohnehin wenig zu bedeuten hatte, sobald der Kampf begann. »Du hast recht, Feldegar«, lenkte er ein, obwohl Khardrin und Yorik enttäuschte Gesichter machten. »Im Tunnel bist du der Anführer. Aber momentan sind wir noch in Mithril-Halle, und da zählt mein Wort. Khardrin bewacht die Tür, und Yorik kommt mit.«

Trotz seiner Großspurigkeit war Feldegar klug genug, Zugeständnisse zu machen, wenn er etwas dafür bekam. Er konnte schnauben und poltern und seinen Bart präsentieren, soviel er wollte – wenn Bruenor sich gegen ihn stellte, würden die anderen zwei ihm nicht folgen. »Dann also an die Arbeit«, knurrte er und hob den Eisenriegel an der schweren Steintür hoch.

Bruenor griff nach dem eisernen Ring an der Tür und dachte zum wiederholten Male an den Weg, der vor ihm lag. Von den fünf erwachsenen Zwergen, die vor Kurzem versucht hatten, diesen Tunnel zu erforschen, war nur einer zurückgekehrt, und bei dessen Geschichte war es selbst den hartgesottensten Kriegern der Heldenhammersippe kalt über den Rücken gelaufen.

Und nun hatten Bruenor und seine Freunde, von denen keiner alt genug war, um als echter Krieger zu gelten, sich vorgenommen, diesen Tunnel zu säubern und ihre Sippe zu rächen.

Knurrend überwand Bruenor sein Schaudern und zog die Tür auf, wodurch ein Schwall abgestandener Luft freigesetzt wurde. Vor ihnen gähnte tiefe Finsternis. Sie hatten ihr ganzes Leben unter der Erde verbracht und waren in Tunneln zu Hause, aber dieser hier wirkte besonders schwarz, und die schale Luft machte ihnen zu schaffen.

Feldegar nahm eine Fackel aus einer Wandhalterung, doch das Licht konnte die Düsternis kaum erhellen. »Warte, bis du uns nicht mehr siehst«, wies er Khardrin an, »und dann verriegelst du die Tür! Wir klopfen erst dreimal, dann zweimal – das ist unser Zeichen.« Er straffte sich und ging voran.

Zum ersten Mal war Khardrin ziemlich froh, dass man ihn zurückließ.

Das Fackellicht wirkte in der Tat kläglich, als sich die Steintür dröhnend hinter ihnen schloss. Sie stolperten über Steine, mussten über Felsen klettern, von der niedrigen Decke her drohten die Stalaktiten, und immer wieder bildeten Felsnasen blinde Winkel, hinter denen ein Monster lauern konnte.

Yorik hatte etliche Fackeln mitgebracht, doch nachdem die zweite erloschen war und auch die dritte schon heruntergebrannt, begann die Anspannung sich auf ihre Entschlossenheit auszuwirken. An einem flachen Stein, der als Sitzbank dienen konnte, machten sie die erste Pause.

»Bei meinem Bart, was für ein Herumgestolpere!«, knurrte Feldegar und rieb sich den angeschlagenen Fuß. »Drei Stunden und keine Spur von dem verfluchten Biest! Da fragt man sich doch, ob an der ganzen Geschichte überhaupt etwas dran ist.«

»Da fragt man sich eher, ob du langsam den Verstand verlierst«, sagte Yorik. »Es war ein Ettin, der die vier erwischt hat, so viel steht fest!«

»Zankt euch gefälligst leiser«, schimpfte Bruenor. »Als

wenn das Fackellicht nicht hell genug wäre! Jetzt müsst ihr auch noch Echos erzeugen!«

»Pah!«, fauchte Feldegar. »Wenn dein Vater ein echter Prinz wäre, wäre er losgezogen und hätte dem Biest den Garaus gemacht!«

Bruenor kniff ergrimmt die Augen zusammen. Dann aber schüttelte er den Kopf und ging ein paar Schritte weiter, weil er sich nicht auf solche Sticheleien einlassen wollte. Nicht hier, nicht jetzt.

»Bangor hat versprochen, dem Biest die Köpfe abzuschlagen«, widersprach Yorik. »Aber erst wenn die Händler aus Siedelstein abgezogen sind und die Sache gründlich geplant werden kann.«

»Und wenn der Ettin dann wieder weg ist?«

In den Hallen hätte Feldegar diese Frechheit mit einigen Zähnen bezahlt, aber hier ließ Bruenor es ihm durchgehen. Er wusste, dass sein Vater, Bangor, und König Garumn das Richtige getan hatten. Sie hatten den Tunnel mit der schweren Tür verschlossen, bis sie sich voll darauf konzentrieren konnten, den Ettin zu bekämpfen. Schließlich war ein Ettin ein gefährlicher Gegner, und diese zweiköpfigen Riesen fühlten sich in der Dunkelheit noch mehr in ihrem Element als die Zwerge. Man ging nicht einfach mal schnell auf die Jagd nach einem Ettin.

Dennoch stand er jetzt hier, mit nur zwei Begleitern, und keiner von ihnen hatte je einen echten Kampf ausgefochten.

Wieder musste Bruenor seine Angst bezwingen, indem er sich daran erinnerte, dass er ein Zwergenprinz war. Er und seine Freunde hatten unzählige Stunden Kampftraining hinter sich. Ihre jungen Hände wussten mit der Waffe umzugehen, und sie kannten jede Taktik.

»Kommt, gehen wir weiter«, knurrte Bruenor stur und griff zur Fackel.

»*Ich* sage, wann wir gehen«, widersprach Feldegar. »Ich bin der Anführer.«

Bruenor warf ihm die Fackel zu. »Dann führe uns!«

»Zwerge! Zwerge!«, quiekte Sniglet hämisch. »Drei Stück!«

»Schsch!« Krötenmaul schlug ihn kurzerhand zu Boden. »Fünf zu drei. Und wir sehen sie, aber sie uns nicht.« Ein böses Lächeln breitete sich auf dem Gesicht des großen Goblins aus. Er war aus der Goblin-Stadt in diesen dunklen Tunnel herabgestiegen, um die Höhle des Ettin zu plündern, auch wenn die Aussicht, auch nur in dessen Nähe zu kommen, Krötenmaul keineswegs begeisterte. Von mindestens jeder zweiten derartigen Expedition kehrte kein einziger Goblin zurück. Aber vielleicht hatte Krötenmaul gerade einen Ausweg gefunden. Wäre der Goblin-König nicht überglücklich, wenn er ihm statt des Ettin drei Köpfe der verhassten Zwerge präsentieren würde?

Noch war die Fackel nur ein heller Punkt weit hinten im Tunnel, aber jetzt bewegte sie sich wieder. Krötenmaul gab dem größten Goblin einen Wink. »Der Seitentunnel«, befahl er. »Schnapp sie dir, wenn sie vorbeikommen. Wir anderen kommen von vorn.«

Auf leisen Sohlen schlichen die Goblins los. Alle fanden es sehr praktisch, dass Zwerge Fackeln verwendeten.

Im Gegensatz zu Goblins.

Der Tunnel war breiter geworden; hier konnten zehn Mann nebeneinander marschieren, und auch die Decke war höher als zuvor. »Hoch genug für einen Riesen«, stellte Bruenor finster fest.

Die drei hatten die klassische Jagdformation der Zwerge eingenommen. In der Mitte des Gangs lief Feldegar mit der Fackel, während Bruenor und Yorik auf beiden Seiten an der Wand von Schatten zu Schatten huschten. Feldegar gab das Tempo vor, und die beiden anderen bewegten sich mit dem Rücken zur Wand, wobei sie kaum darauf achteten, wohin es ging. In dieser Formation war Bruenor für Yorik verantwortlich und Yorik für Bruenor, denn beide nutzten den Vorteil des größeren Blickwinkels, um jeweils die Wand vor dem Kameraden abzusuchen.

Damit war es Bruenor, der links von Feldegar als Erster den Gang bemerkte, der in der rechten Wand nach der Seite abging. Mit einem Handzeichen machte er seine Gefährten darauf aufmerksam und wartete dann mit Feldegar, bis Yorik vor der Einmündung des Seitengangs einen guten Platz hinter einem Felsvorsprung gefunden hatte.

Danach bewegten sich Bruenor und Feldegar wieder den Hauptgang entlang, scheinbar ohne den neuen Tunnel zu beachten.

Der erwartete Hinterhalt kam, noch ehe sie den Tunnel auch nur halb passiert hatten.

Yorik stellte dem großen Goblin, der aus dem Tunnel hervorsprang, ein Bein, warf sich dann hinter ihn und verpasste seinem Gegner mit dem Hammer einen Schlag auf den Hinterkopf, als dieser wieder aufstehen wollte.

Weiter vorn stürmten die übrigen Goblins unter lautem Geheul herbei und schleuderten Speere nach den Zwergen.

Auch Bruenor war losgelaufen und hatte hinter Feldegar den Gang überquert. Im Schein der Fackel sah er den ersten Speer auf seinen kleinen Vetter zufliegen und hechtete kopfüber vor Yorik, um das Geschoss mit seinem gehämmerten Schild abzulenken. Dann brachte er sich eilig hinter dem Felsvorsprung neben dem Seitentunnel in Sicherheit.

Feldegar zögerte nicht. Nachdem er begriffen hatte, dass die Hauptgefahr von vorn kam, schleuderte er seine Fackel nach vorn und zückte die Armbrust.

Die Goblins kreischten angesichts des entlarvenden Lichts entsetzt auf und verzogen sich hastig ins Dunkle, indem sie hinter Felsen und Stalagmiten Deckung suchten.

Einen traf Feldegars Bolzen ins Herz.

»Zwergenpack«, flüsterte Sniglet, als er zu Krötenmaul geschlichen kam. »Die wussten, dass wir da sind.«

Krötenmaul warf den kleinen Goblin hinter sich auf den Boden und dachte über ihre Lage nach.

»Weglaufen?«, fragte Sniglet.

Krötenmaul schüttelte verärgert den Kopf. Normalerweise wäre zwar jetzt ein Rückzug ratsam gewesen, aber er wusste, dass dieser Ausweg nicht zur Wahl stand. »Der König beißt uns den Kopf ab, wenn wir mit leeren Händen kommen«, zischte er dem Kleinen zu.

»Wie sieht's aus?«, flüsterte Feldegar, der hinter einem Felsvorsprung auf der anderen Seite des Tunnels Stellung bezogen hatte, Bruenor zu.

»Yorik hat einen erwischt«, gab Bruenor zurück.

Stöhnend schleppte sich Yorik zu Bruenor hinter den Felsen. Ein zweiter Speer hatte den jungen Zwerg an der Hüfte getroffen.

»Aber ihn hat's auch erwischt!«, fügte Bruenor so leise hinzu, dass es hoffentlich nur Feldegar hören konnte.

»Ich kann kämpfen«, beharrte Yorik laut.

»Na, wunderbar«, murmelte Feldegar, der daran dachte, wie er sich gegen die Teilnahme des jungen Zwergs ausgesprochen hatte. Doch sein Sarkasmus hielt nicht lange an, denn er erinnerte sich auch daran, dass Yorik den Hinterhalt der Goblins vereitelt und ihm selbst vermutlich das Leben gerettet hatte.

»Wie viele hast du gesehen?«, fragte Bruenor.

»Vier vor uns«, antwortete Feldegar. »Aber einer hat Fersengeld gegeben«, fügte er hämisch hinzu.

»Drei gegen drei also, ihr miesen Zwerge!«, schrie Krötenmaul ihnen zu.

Feldegar feuerte einen zweiten Bolzen in die Richtung ab, aus der der Ruf gekommen war, und lächelte, als dieser knapp vor der Nase des großen Goblins blitzend auf einem Stein aufschlug.

»Zwergenpack!«

Bruenor verband seinem kleinen Vetter die hässliche Wunde, während der tapfere Yorik mit seinem Zunderkästchen einige Fackeln anzündete und nach vorn warf, damit die Goblins sich nicht so leicht in der Dunkelheit verschanzen konnten.

Und dann warteten sie lange Minuten, während beide Seiten überlegten, wie sie das Patt brechen und zu ihren Gegnern vordringen konnten.

»Heb noch ein paar Fackeln auf«, flüsterte Bruenor Yorik zu.

»Kann sein, dass wir noch ein Weilchen hier sind.«

Bruenor wusste, dass die Zeit den Goblins in die Hände spielte. Zwerge fanden sich im Dunkeln zwar zurecht, doch ihre Tunnel und Räume waren in der Regel von Fackeln beleuchtet. Goblins hingegen kannten nur die absolute Finsternis. Sobald die Fackeln heruntergebrannt waren, würden ihre Feinde zuschlagen.

»Wie viele hässliche Lichter habt ihr denn, Zwergenpack?«, höhnte Krötenmaul, dem das offenbar auch bewusst war.

»Halt die Klappe!«, brüllte Feldegar und schoss einen neuen Bolzen ab, um seine Worte zu unterstreichen.

Bruenor warf einen Blick auf seinen jungen Vetter und erwog einen Rückzug. Aber dieser Ausweg schien unmöglich, denn Yorik konnte auf keinen Fall rennen. Und selbst wenn es ihnen gelingen würde, sich unbemerkt davonzuschleichen, würden die Goblins sie bald einholen. Bruenor sah nur eine kleine Chance: Vielleicht war er weit genug vom Licht entfernt. Wenn er um die Felsnase herumschleichen und um die Ecke in den Seitentunnel huschen konnte, könnte er im Schutz der Dunkelheit bis direkt vor die Stellung der Goblins schleichen, wo sie keine Speere mehr schleudern konnten.

»Warte hier und halte dich bereit«, flüsterte er Yorik zu.

Der junge Zwerg nickte und umklammerte seinen Hammer. Das unverletzte Bein zog er unter sich, um sich damit abstoßen zu können, falls er sich in den Kampf stürzen musste.

Bruenor robbte über den harten Boden, erstarrte jedoch, als Krötenmaul wieder das Wort ergriff.

»Das Licht lässt nach, Zwergenpack«, geiferte der Goblin in der Hoffnung, die Zwerge zum Weglaufen zu bewegen. Das Ausräumen des Ettin-Lagers war bestimmt weniger gefährlich als ein Kampf gegen die Zwerge.

Bruenor seufzte erleichtert auf. Sie hatten ihn nicht bemerkt. Er schob sich aus dem Hauptgang in die Einmündung des Seitentunnels. So weit, so gut.

Nach wenigen Schritten fiel dieser zweite Tunnel steil nach unten ab. Hier ging es in eine riesige schwarze Höhle, deren Ausmaße Bruenor nur erahnen konnte. Allerdings verstand er, was sie zu bedeuten hatte, denn plötzlich fiel ihm ein, dass der Überlebende der ersten Expedition in seiner Schreckensgeschichte einen Seitengang erwähnt hatte. Und wenn die Goblins im Haupttunnel von der einen Seite gekommen waren und er und seine Freunde von der anderen...

»Zeit zum...«, brummte es aus den Tiefen des Seitentunnels.

»Essen«, antwortete eine zweite Stimme.

»Verdammt!«, fluchte Bruenor und zog sich eilends wieder zu Yorik zurück.

»Ettin?« Das war eine rhetorische Frage, denn auch Yorik hatte die Stimmen gehört.

»Worauf wartest du, Bruenor?«, rief Feldegar leise herüber. »Die Fackeln brennen herunter.«

»Mahl...«, antwortete der eine Riesenkopf an Bruenors Stelle.

»...zeit!«, knurrte der andere.

»Verdammt«, erklang Krötenmauls Stimme von der anderen Seite des Gangs.

Bruenor wusste, dass der Kampf mit den Goblins vorüber war. Wenn der Ettin kam, würden sie fliehen, und er und seine Begleiter wären gut beraten, dasselbe zu tun. Aber was war mit Yorik? Da kam ihm ein verzweifelter Gedanke. »Halte deine Armbrust bereit«, rief er Feldegar zu. »Genau wie Yorik und ich«, log er, denn er und Yorik hatten keine Armbrüste dabei. »Die Goblins werden vor dem Ettin weglaufen. Schieß ihnen in den Rücken, wenn sie fliehen!«

Feldegar verstand, worauf er hinauswollte. »Oh, ich habe meinen im Visier!«, lachte er auf, denn er wusste, dass sein bisheriges Ziel der Anführer war. Er wollte, dass der große Goblin verstand, in welcher Gefahr er schwebte.

»Licht ich sehe!«, dröhnte der Ettin.

»Licht sie sind!«, antwortete er sich selbst.

»Wartet, Zwergenpack!«, schrie Krötenmaul. »Zwerge können nicht gegen Zweikopf kämpfen.«

»Wie wär's mit einem Abkommen?«, bot Bruenor an.

»Sag schon«, antwortete Krötenmaul.

»Waffenstillstand.«

»Und weglaufen?«

»Nicht weglaufen«, knurrte Bruenor. »Kämpfen!«

»Zweikopf?!«, kreischte Krötenmaul.

»Wer rennt, hat meinen Bolzen im Rücken!«, erinnerte Feldegar den Goblin.

Krötenmaul saß in der Falle. Vorsichtig trat er hinter seiner Deckung hervor und näherte sich der Ecke am Seitengang gegenüber von Bruenor und Yorik. Bruenor kam ebenfalls heraus und stellte sich vor den Goblin.

»Wir zwei bringen ihn zu Fall«, flüsterte der Zwerg dem Goblin zu. »Lock ihn an«, rief er Feldegar gedämpft zu. Dieser hatte den Plan verstanden und war bereits in Bewegung. Mit dem Rücken zur Wand wartete er gegenüber der Einmündung des Seitengangs auf das nahende Monster.

Krötenmaul gab seinen Männern ein entsprechendes Zeichen, worauf Sniglet sich kläglich neben Feldegar schob. Der dritte Goblin war jedoch so in Panik, dass er in dem dunklen Gang davonflitzte.

Erbost hob Feldegar seine Armbrust.

»Halt!«, sagte Bruenor. »Lass die feige Ratte laufen. Wir haben einen größeren Gegner!«

Feldegar knurrte wieder und warf Sniglet einen so wütenden Blick zu, dass dieser zurückschrak. »Bleib, wo du bist!«, fauchte der Zwerg. Er richtete die Spitze des Goblin-Speers auf den Seitengang aus. »Und sieh zu, dass du triffst!«

»Linkes Bein, rechtes Bein?«, schlug Bruenor Krötenmaul vor. Der große Goblin nickte, obwohl er sich über links und rechts nicht ganz im Klaren war.

Aus dem Gang ertönte das Stapfen eines schweren Fußes, dann noch eines. Bruenor erstarrte. Er hielt den Atem an.

In diesem Teil von Faerûn wurden Ettins ziemlich groß, und der hier war selbst dafür ungewöhnlich groß. Er maß volle fünfzehn Fuß und füllte mit seinem Umfang fast den ganzen Gang aus. Selbst der furchtlose Feldegar holte bei seinem Anblick erschrocken Luft, besonders als er die gefährliche Stachelkeule in den Händen des Riesen bemerkte.

»Goblin!«, schrie der eine Ettin-Kopf.

»Zwergenfleisch!«, brüllte der andere.

»Goblin!«, hielt der erste dagegen.

»Goblin, immer Goblin!«, meuterte der andere. »Ich will Zwergenfleisch!« Der Ettin zögerte einen kurzen Moment, was Feldegar Gelegenheit verschaffte, den törichten Streit beizulegen.

Seine Armbrust klickte, und schon bohrte sich der spitze Bolzen zwischen die Rippen des Ettin. Der hungrige Riese starrte den unverschämten Winzling an. Diesmal grinsten beide Köpfe. »Zwergenfleisch!«, brüllten sie einstimmig, und der Riese stürmte los. Mit einem langen Schritt erreichte er den Hauptgang.

Jetzt kam Krötenmaul. Er sprang auf das Bein des Ettin, biss zu und stach mit seinem Kurzschwert auf die dicken Oberschenkelmuskeln ein. Einer der Köpfe warf ihm einen neugierigen, geradezu belustigten Blick zu.

Die flache Seite von Bruenors Axt schlug zu, als das zweite Bein in den Hauptgang folgte. Der Zwerg hatte perfekt gezielt, und seine Schlagkraft reichte, um dem Ettin die Kniescheibe zu zertrümmern.

Der Riese heulte auf und knickte nach vorn ein. Plötzlich war das Ganze kein Spiel mehr.

Als er vorbeistolperte, brachte Bruenor sein geschicktes Manöver zu Ende. Er fasste die Axt neu, wirbelte sie einmal um sich herum und trieb dem Riesen die rasiermesserscharfe Schneide von hinten ins Bein, genau dort, wo die Achillessehne ansetzte. Das Bein knickte weg, und der Ettin fiel vornüber, wobei er Krötenmaul unter sich begrub.

Sofort feuerte Feldegar einen neuen Bolzen ab, und Sniglet warf einen seiner Speere.

Der Ettin war jedoch noch keineswegs erledigt und brüllte mehr vor Wut als vor Schmerzen, als er sich auf den dicken Armen aufstützte.

Jetzt schnellte Yorik aus seinem Versteck an Bruenor vorbei und schwang dabei seinen Hammer, um seinen Beitrag zu leisten. Aber noch ehe er nahe genug war, um einen guten Treffer zu landen, knickte sein Bein unter ihm weg, und der Ettin, der sich umschaute, wem er sein zerschmettertes Knie zu verdanken hatte, sah ihn kommen. Mit einer schnellen Bewegung schlug der Riese Yoriks kleinen Hammer beiseite und hob seine Keule zu einem Schlag, der den am Boden liegenden Zwerg zweifellos zerschmettert hätte.

Wäre Bruenor nicht gewesen.

Der wackere junge Heldenhammer erwies sich seiner Vorväter würdig, denn er zögerte keine Sekunde. Er rannte den Rücken des niedergestreckten Riesen hinauf und hieb dem Ettin mit aller Kraft seine Axt in den Hinterkopf. Die Waffe zitterte, als sie den dicken Schädel durchdrang. Bruenors Arme prickelten und wurden taub. Ein grässliches Knacken hallte durch die Tunnel.

Yorik stieß einen hörbaren Seufzer der Erleichterung aus, als die Augen des Ettin zu schielen begannen und die Zunge schlaff aus seinem Mund sackte.

Die Hälfte des Riesen war tot.

Die andere Hälfte jedoch kämpfte voller Ingrimm, und diesmal gelang dem Ettin der erste Treffer. Er zog das unverletzte Bein unter sich (wodurch er den armen Krötenmaul vom Boden kratzte), stieß sich mit Macht nach vorn ab und holte mit seiner Keule in weitem Bogen aus, um nach Feldegar und Sniglet zu schlagen.

Der Zwerg rettete dem kleinen Goblin das Leben (auch wenn Feldegar das bis ans Ende seiner Tage bestreiten würde), denn er packte Sniglet an der Schulter und warf ihn nach vorn, auf den Ettin zu und in dessen Bewegungsradius hinein. Dann hechtete Feldegar zur Seite. Die Ettin-Keule erwischte ihn an der Schulter, doch er rollte in der Schlagrichtung weiter.

Sniglet war flach auf dem Rücken gelandet. Er schloss die Augen und stemmte seinen Speer mit dem Schaft gegen den Boden. Der Ettin nahm den kleinen Goblin kaum wahr. Seine ganze Aufmerksamkeit galt Feldegar. Der Zwerg war auf die Knie gerollt und hatte die Armbrust zum nächsten Schuss erhoben. Als die Sehne vibrierte, senkte der Ettin instinktiv den Kopf...

...und spießte sich mit dem Auge auf Sniglets Speer auf.

Sniglet kreischte vor Entsetzen und krabbelte eilig davon, aber der Kampf war vorüber. Der Ettin erbebte ein letztes Mal, dann blieb er tot liegen.

Ziemlich mitgenommen quälte sich Krötenmaul unter dem Bein des Riesen hervor. Feldegar eilte zu Yorik hinüber, und Bruenor, der sich die ganze Zeit auf dem Rücken des Ettin festgeklammert hatte, stand jetzt auf dem toten Riesen und staunte immer noch über die schiere Wucht seines Schlages. Ungläubig betrachtete er die erste Kerbe in der Schneide seiner neuen Axt.

Schließlich fanden sie sich wieder zusammen, die Zwerge auf der einen Seite des Ettin, die Goblins auf der anderen. »Zwergenpack!«, zischte Sniglet in der irrtümlichen Annahme, dass Feldegar ihn dem Ettin zum Fraß vorgeworfen hatte. Erst als Feldegars Armbrust auf seine Nase zielte, trollte er sich stillschweigend zu seinem Anführer.

Bruenor funkelte seinen Kameraden wütend an. »Waffenstillstand«, erinnerte er Feldegar streng.

Feldegar hätte die Sache mit den armseligen Goblins nur zu gern zu Ende gebracht, musste allerdings einlenken. Er hatte Bruenors erstaunlichen Treffer gesehen und wollte den jungen Thronerben von Mithril-Halle nicht gegen sich aufbringen.

Bruenor und Krötenmaul starrten einander zweifelnd an. Aus der Not heraus waren sie ein Zweckbündnis eingegangen, doch der Hass zwischen Zwergen und Goblins war tief in ihnen verwurzelt. Ganz sicher würde aus diesem Bund hier weder Vertrauen noch Freundschaft erwachsen.

»Wir lassen euch gehen«, sagte Krötenmaul schließlich mit aller Würde, zu der er noch fähig war. Er wollte ohnehin nichts mehr von den Zwergen. Es stand drei gegen zwei, und inzwischen wusste er, wozu der bartlose Zwerg fähig war.

Bruenors Lächeln verhieß Tod. In diesem Augenblick sehnte er sich nur noch danach, über den Ettin zu setzen und den dreckigen Goblin für immer zum Schweigen zu bringen. Doch eines Tages sollte er die Heldenhammersippe regieren, und sein Vater hatte ihm seine Pflichten gründlich eingetrichtert.

Ehre geht vor Zorn.

»Wir teilen die Trophäen und gehen?«, bot er Krötenmaul an.

Der Goblin erwog den Vorschlag. Ein Ettin-Kopf und die Neuigkeiten über die Zwerge waren in seinen Augen zwei ausgezeichnete Geschenke an den Goblin-König. Schließlich wusste er nicht, dass der Goblin-König über die Zwerge längst Bescheid wusste und hochzufrieden war, dass ein Ettin hier unwissentlich Wache stand.

»Linker Kopf, rechter Kopf?«, sagte Bruenor.

Krötenmaul nickte, obwohl er immer noch nicht wusste, welcher nun welcher war.

Die dunkle Seite

Erstveröffentlichung in *Realms of Valor*, TSR, 1993

Aus der Sicht meiner Entwicklung als Autor halte ich »Die dunkle Seite« für eines meiner wichtigsten Werke. Hilfreich war, dass ich dabei mit Jim Lowder zusammenarbeiten durfte, einem der anspruchsvollsten und sorgfältigsten Lektoren in diesem Bereich. Jim lässt keinem Autor eine oberflächliche Geschichte durchgehen. Immer lautet seine Frage: »Warum?«

Als ich diese Geschichte schrieb, war die anfängliche Euphorie des Erfolgs ebenso abgeflaut wie der Schreibwahn, in den ich aus reiner Panik verfallen war, nachdem ich 1990 mein Angestelltenverhältnis gekündigt hatte. Mein Entschluss, an dieser Anthologie mitzuarbeiten, entsprang in erster Linie dem Wunsch, mich persönlich weiterzuentwickeln, und ich schrieb die Geschichte, um einem paradoxen Phänomen auf die Spur zu kommen, das sich im Laufe der Saga vom Dunkelelf entwickelt hatte. Ich erhielt damals sehr viele Leserbriefe zum Thema Rassismus in den Dunkelelf-Büchern, und das, was Drizzt durchmachte, ließ mich immer tiefer in dieses Thema und die Rhetorik des Rassismus eintauchen. Die Analogien zur realen Welt waren unverkennbar, und ich wollte ihnen auch gar nicht aus dem Weg gehen.

Allerdings ergab sich damit ein Problem: Geht es in der tra-

ditionellen »tolkienschen« Fantasy nicht grundsätzlich auch um Rassismus? Elfen sind anders als Zwerge sind anders als Halblinge sind anders als Menschen sind anders als Orks und Goblins. Ja, Orks und Goblins, da liegt der Haken. Ist das Konzept einer Rasse als Verkörperung des Bösen nicht die klassische Definition von Rassismus? Natürlich ist es das! Wie wäre es also, wenn ich Drizzt, der so oft zum Opfer von Rassismus wird, radikal mit seinen eigenen Vorurteilen konfrontiere? Konnte ich die Grundfesten der üblichen Fantasy noch mehr erschüttern, als ich es unbeabsichtigt bereits mit meinem Drow-Helden getan hatte?

Das sollte »Die dunkle Seite« leisten. Darüber hinaus stellte diese Geschichte einen Wendepunkt für mich dar. Als eifriger junger Autor voller Begeisterung und Energie und mit so vielen Geschichten, die ich noch zu erzählen hatte, glaubte ich, alle Antworten zu kennen. Ich hielt es für meine Aufgabe, die Wahrheit zu sagen, ja, den Menschen die Wahrheit über alles zu erzählen. Ich hielt mich für allwissend (und mittlerweile ist mir klar, dass praktisch alle jungen Autoren von dieser Einstellung beseelt sind). Mit zunehmendem Alter wurde mir bewusst, dass ich nichts wusste, und dass meine Aufgabe nicht darin besteht, Antworten zu geben. Es geht darum, den Leser dazu zu bringen, seine eigenen Fragen zu stellen. Letztlich weiß ich nicht, ob die Antworten auf die paradoxe Frage der Rassen in »Die dunkle Seite« auf der Hand liegen. Natürlich könnte ich notfalls eine Erklärung liefern, die alle zufriedenstellt, und meine »Wahrheiten« sogar mit Zitaten von Joseph Campbell oder anderen Größen aus dem Autorenhimmel belegen. Das würde bestimmt ziemlich gut klingen.

Aber obwohl ich davon lebe, Geschichten zu spinnen, versuche ich, nicht zu lügen.

Sonnenaufgang. Die Geburt eines neuen Tages. Das Erwachen der Oberflächenwelt, voller Hoffnungen und Träume von Millionen Herzen. Aber auch, wie ich schmerzlich gelernt habe, mit der hoffnungslosen Knechtschaft so vieler anderer.

In der unterirdischen Welt der Dunkelelfen, aus der ich stamme, gibt es kein Ereignis, das dem Sonnenaufgang gleichkäme. Nichts im gesamten lichtlosen Unterreich ist mit der Schönheit der Sonne vergleichbar, die sich ganz langsam im Osten über den Horizont schiebt. Kein Tag, keine Nacht, keine Jahreszeiten.

Ganz sicher geht der Seele in der ständigen Wärme und Finsternis etwas verloren. Jedenfalls kommen dort, in der ewigen Düsternis des Unterreichs, keine großen Hoffnungen auf, so unbegründet sie auch sein mögen, wie in diesem magischen Moment, da sich beim Aufgehen der Morgensonne ein Silberstreifen am Horizont zeigt. Wo ewige Dunkelheit herrscht, weicht die düstere Stimmung des Zwielichts schnell den realen Feinden und den überaus greifbaren Gefahren des Unterreichs.

Auch Wetteränderungen gibt es im Unterreich nicht. In der Außenwelt leitet der Winter eine Zeit der inneren Einkehr ein, in der man über die eigene Sterblichkeit nachdenkt, aber auch über diejenigen, die schon tot sind. Doch auf der Oberfläche geht diese Zeit vorüber, und die Melancholie geht nicht sehr tief. Ich habe gesehen, wie die Tiere im Frühling neues Leben spüren, wie die Bären erwachen und die Fische sich durch die Stromschnellen zu ihren Laichplätzen vorkämpfen. Ich habe die Vögel durch die Lüfte schwirren sehen und ein junges Fohlen beim ersten Galopp beobachtet ...

Die Tiere der Unterwelt tanzen nicht.

Ich glaube, auf der Oberfläche sind die Jahreszeiten vielseitiger. Hier scheint keine beständige Stimmung zu herrschen, weder düster noch überschwänglich. Das Glück, das man empfindet, wenn die Sonne aufgeht, kann in gleichem Maße gedämpft werden, wenn der Feuerball im Westen wieder untergeht. So ist es besser. Überlassen wir die Ängste der Nacht, damit der Tag voller Sonne sein kann, voller Hoffnung. Lassen wir den Zorn im Winter erkalten, damit er in der Wärme des Frühjahrs Schnee von gestern ist.

Im beständigen Unterreich brodelt der Zorn, bis der Durst nach Rache gesättigt ist.

Diese Beständigkeit betrifft auch die Religion, die in meinem Volk der Dunkelelfen eine so große Rolle spielt. Meine Geburtsstadt wird von Priesterinnen regiert, und alles verneigt sich vor dem Willen der grausamen Spinnenkönigin Lloth. Dennoch beruht die Religion der Drow auf dem greifbaren Gewinn, der erworbenen Macht, und trotz all seiner Zeremonien und Rituale ist mein Volk spirituell tot. Denn Spiritualität bedeutet emotionalen Aufruhr, den Gegensatz zwischen Tag und Nacht, den die Drow-Elfen niemals kennenlernen. Spiritualität bedeutet den Abstieg in die Tiefen der Verzweiflung und das Erklimmen des höchsten Gipfels.

Die Gipfel erscheinen noch höher, wenn sie auf die Tiefen folgen.

Für meinen Aufbruch in Mithril-Halle, wo mein Zwergenfreund, Bruenor Heldenhammer, wieder König war, hätte ich keinen besseren Tag wählen können. Zweihundert Jahre lang hatte die Heimstatt der Zwerge in den Händen der Duergar gelegen, einer Sippe übler

Grauzwerge unter der Führung des mächtigen Schattendrachen Trübschimmer. Jetzt war der Drache tot. Bruenor persönlich hatte ihn umgebracht, und die Grauzwerge waren vertrieben worden.

Die Berge um die Zwergenfestung waren tief verschneit, aber das tiefer werdende Blau des Himmels vor der Morgendämmerung war so klar, dass die letzten störrischen Sterne bis ganz zum Schluss funkelten, bis die Nacht das Land endlich aus ihrem Zugriff entließ. Der Zeitpunkt war gut gewählt, denn ich erreichte den flachen Sitzplatz, einen nach Osten ausgerichteten Felsen, von dem der Wind den Schnee weggeblasen hatte, knapp vor diesem täglichen Ereignis, das ich hoffentlich nie versäumen werde.

Ich kann nicht schildern, wie mir in jenem letzten Moment, bevor der gelbe Rand von Faerûns Sonne an der glühenden Linie des Horizonts auftauchte, die Brust weit wurde und das Herz höher schlug. Bald zwanzig Jahre ziehe ich nun schon über die Oberfläche, aber des Sonnenaufgangs werde ich nie überdrüssig. Für mich ist er zum Gegenpol für meine schweren Zeiten im Unterreich geworden, ein Symbol für mein Entrinnen aus jener Welt ohne Licht und der Bosheit meines Volkes. Selbst wenn er vorüber ist, wenn die Sonne ganz aufgegangen ist und rasch am Osthorizont aufsteigt, fühle ich, wie ihre Wärme meine schwarze Haut durchdringt und mich mit einer Lebendigkeit erfüllt, die ich in den Tiefen dieser Welt nie gekannt hatte.

So war es auch an diesem Wintertag am südlichsten Ausläufer des Grats der Welt. Ich war erst wenige Stunden von Mithril-Halle entfernt, und zwischen mir und Silbrigmond, einer der herrlichsten Städte auf dieser

Welt, lagen noch hundert Meilen. Es schmerzte mich, Bruenor und die anderen zurückzulassen, auf die in den Minen noch so viel Arbeit wartete. Erst diesen Winter hatten wir die Hallen übernommen und sie vom Duergar-Abschaum und den übrigen Monstern gesäubert, die sich in den zweihundert Jahren, in denen die Heldenhammersippe nicht mehr in Mithril-Halle geherrscht hatte, dort eingenistet hatten. Inzwischen stieg der Rauch der Schmelzöfen in die Bergluft auf, und man hörte das laute Hämmern der Zwerge, die unermüdlich nach Mithril schürften.

Bruenors Arbeit hatte gerade erst begonnen, besonders angesichts der Verlobung seiner Adoptivtochter Catti-brie, eines Menschenmädchens, mit dem Barbaren Wulfgar. Bruenor war überglücklich, aber wie so viele, die ich mit der Zeit kennengelernt habe, kam dem Zwerg dieses Glück in der Hektik der zahllosen Vorbereitungen für die Feier – die natürlich die spektakulärste Hochzeit werden sollte, die der Norden je gesehen hatte – etwas abhanden.

Bruenor gegenüber hatte ich das nicht erwähnt. Es wäre ohnehin zwecklos gewesen, obwohl die unglaubliche Last, die der Zwerg sich aufgeladen hatte, meinen Wunsch, Mithril-Halle zu verlassen, durchaus dämpfte.

Aber eine Einladung von Alustriel, der zauberkundigen Herrin von Silbrigmond, ignoriert man nicht so leicht, besonders als abtrünniger Drow, dem die Akzeptanz derer, die seinesgleichen fürchten, so wichtig ist.

An jenem ersten Tag im Freien schlug ich ein gemächliches Tempo an. Ich wollte nur den Surbrin erreichen und die höchsten Berge hinter mir lassen. Und so kam es, dass ich irgendwann am Nachmittag am Flussufer auf die Spuren stieß. Eine gemischte Gruppe, vielleicht zwanzig Mann, war vor nicht allzu langer Zeit hier vorbeigekommen. Die größten Fußabdrücke stammten von Ogern. Solche Kreaturen waren in dieser Gegend jedoch keineswegs selten. Was mich mehr irritierte, waren die kleineren Stiefelspuren. Größe und Form deuteten auf Menschen hin, und einige schienen sogar von einem Menschenkind herzurühren. Noch seltsamer war, dass einige Stiefelspuren teilweise von den Spuren der Monster verwischt waren, während an anderen Stellen die Stiefel über die Fußabdrücke der Monster gelaufen waren. Also waren wohl alle zur gleichen Zeit entstanden. Wer war hier der Gefangene und wer der Häscher?

Die Spur war leicht zu verfolgen. Als ich leuchtend rote Flecken am Wegrand entdeckte, wurde meine Sorge nur noch größer. Immerhin war ich gut gerüstet, was mich etwas tröstete, denn Catti-brie hatte mir für diese erste Reise nach Silbrigmond Taulmaril, den Herzenssucher, geliehen. Mit dem mächtigen Zauberbogen in der Hand lief ich weiter und vertraute darauf, es mit jeder Gefahr aufnehmen zu können.

Vorsichtshalber bewegte ich mich möglichst im Schatten. Außerdem hatte ich die Kapuze meines waldgrünen Mantels tief ins Gesicht gezogen. Dennoch wusste ich, dass ich rasch aufholte. Die Bande, die am Fluss entlanglief, konnte kaum mehr als eine Stunde Vorsprung haben. Es wurde Zeit für meine zuverlässigste Verbündete.

Ich zog die Pantherfigur aus ihrem Beutel, meine Verbindung zu Guenhwyvar, und setzte sie auf den Boden. Mein Ruf nach der Katze war nicht laut, aber das war auch gar nicht nötig, denn Guenhwyvar kannte meine Stimme nur zu gut. Sogleich erschien der verräterische graue Nebel, der sich in einen schwarzen Panther verwandelte – sechshundert Pfund perfekte Kampfkraft.

»Wir müssen vielleicht Gefangene befreien«, sagte ich zu Guenhwyvar, während ich ihr die zertrampelte Spur zeigte. Wie immer klang Guenhwyvars verständiges Grollen beruhigend. Wir zogen zusammen weiter, um den Feind hoffentlich noch vor Anbruch der Nacht zu entdecken.

Die erste Bewegung bemerkten wir überraschenderweise auf der anderen Seite des Surbrin. Ich duckte mich hinter einen Felsen, Taulmaril im Anschlag. Guenhwyvar war ebenfalls verteidigungsbereit: Der Panther kauerte näher am Fluss hinter einem Stein und bewegte aufgeregt die kräftigen Hinterläufe. Ich wusste, dass Guenhwyvar die dreißig Fuß zum anderen Ufer bequem mit einem Satz überwinden konnte. Ich selbst jedoch würde länger brauchen und fürchtete, der Katze von dieser Seite aus kaum beistehen zu können.

Schnelle Schritte am anderen Ufer verrieten, dass auch wir entdeckt worden waren. Die Bestätigung folgte gleich darauf in Gestalt eines Pfeils, der über meinen Kopf hinwegsurrte. Ich überlegte, ob ich den Angriff mit gleicher Münze erwidern sollte. Der Schütze hatte sich zwar hinter einen Stein geduckt, aber ich wusste, dass ich diese unzureichende Deckung mit einem Pfeil von Taulmaril vermutlich durchbrechen konnte.

Dennoch hielt ich mich zurück und gebot auch Guenhwyvar zu bleiben. Wenn das die Bande war, die ich verfolgte, warum folgten dann nicht weitere Pfeile? Warum waren die dummen Oger nicht in ihr übliches Kriegsgeheul ausgebrochen?

»Ich bin kein Feind!«, rief ich, da meine Position ohnehin kein Geheimnis mehr war.

Auf die Antwort hin ließ ich die Sehne von Taulmaril erschlaffen.

»Wenn du kein Feind bist, wer bist du dann?«

Jetzt steckte ich in der Klemme, wie es nur einem Dunkelelf an der Oberfläche ergehen kann. Natürlich war ich diesen Menschen nicht feindlich gesinnt. Gewiss waren es Bauern, welche die Monsterbande verfolgten. Eigentlich hatten wir dasselbe Ziel, aber was würden diese einfachen Männer denken, wenn sich ein Drow vor ihnen erhob?

»Ich bin Drizzt Do'Urden, ein Waldläufer und ein Freund von König Bruenor Heldenhammer aus Mithril-Halle!«, rief ich. Damit schlug ich die Kapuze zurück und trat hervor, um diese wie immer spannungsgeladene erste Kontaktaufnahme hinter mich zu bringen.

»Ein stinkender Drow!«, hörte ich einen Mann rufen, doch ein anderer, der um die fünfzig sein musste, riet ihm und den anderen zur Zurückhaltung.

»Wir jagen eine Horde Orks und Oger«, erklärte der ältere Mann, der sich mir später als Tharman vorstellte.

»Dann seid ihr auf der falschen Seite des Flusses«, rief ich zurück. »Die Spuren sind hier drüben, immer am Ufer entlang. Vermutlich werden sie bald auf einen Weg führen. Könnt ihr herüberkommen?«

Sie waren insgesamt zu fünft. Tharman beriet sich kurz mit seinen Begleitern, dann gab er mir ein Zeichen, dass ich bleiben sollte, wo ich war. Ein Stück weiter hinten hatte ich einen gefrorenen Flussabschnitt passiert, in dem viele große Steine lagen, und schon nach wenigen Minuten waren die Bauern bei mir. Es war ein zerlumpter, schlecht bewaffneter Haufen, einfache Menschen, die es mit den gnadenlosen Orks und Ogern, die hier gelaufen waren, vermutlich kaum aufnehmen konnten. Tharman war der Einzige, der mehr als dreißig Winter auf dem Buckel hatte. Zwei der Männer waren noch keine zwanzig, und einer von ihnen hatte nicht einmal die üblichen Stoppeln im Gesicht vorzuweisen.

»Bei Ilmaters Tränen!«, rief einer von ihnen erstaunt, als sie näher kamen. Der Anblick eines Dunkelelf war schon nervenaufreibend genug, und die Gegenwart von Guenhwyvar tat ein Übriges.

Sein erschrockener Fluch erschreckte Guenhwyvar. Meine Freundin hielt den Anruf des Gottes der Leidenden wohl für eine Drohung, denn sie legte die Ohren an und bleckte ihre gefährlichen Reißzähne.

Der Mann war vor Schreck fast von Sinnen, und einer seiner Begleiter tastete zögernd nach einem Pfeil.

»Guenhwyvar ist kein Feind«, erklärte ich. »Genauso wenig wie ich.«

Tharman sah zu einem Mann von abgerissener Erscheinung hinüber, der höchstens halb so alt war wie er und einen Hammer trug, der besser in eine Schmiede passte als auf einen Feldzug. Der junge Mann schlug dem nervösen Bogenschützen prompt die Hand vom Bogen. Schon da erkannte ich, dass dieser Grobian der Anführer der Gruppe sein musste. Wahrscheinlich hatte er die anderen mit einigem Nachdruck dazu bewogen, ihn in den Wald zu begleiten.

Obwohl mein Freundschaftsangebot offenbar akzeptiert wurde, ließ die Anspannung keineswegs nach. Ich konnte die Angst und den Argwohn riechen, die von den Männern ausgingen, auch von Tharman. Auch fiel mir auf, dass die jüngeren Bauern ihre Waffen fest umklammert hielten. Dank der Grausamkeit, für die mein Volk verschrien war, würden sie sich jedoch nicht offen gegen mich stellen, denn kaum jemand nahm es freiwillig mit Dunkelelfen auf. Und selbst wenn ich kein exotischer Drow gewesen wäre, hätten die Bauern mich angesichts des mächtigen Panthers an meiner Seite nicht angegriffen. Sie wussten, dass sie unterlegen waren. Sie wussten aber auch, dass sie einen Verbündeten gleich welcher Art benötigten, der ihnen bei ihrer Jagd behilflich war.

Fünf Bauern, schlecht bewaffnet und unzureichend gerüstet. Was bei den Neun Höllen wollten sie gegen eine Horde von zwanzig Monstern ausrichten, unter denen auch Oger waren? Immerhin bewunderte ich ihren Mut und stufte sie nicht als Narren ein. Ich ging davon aus, dass die Monster Gefangene gemacht hatten. Wenn diese Unglücklichen aus den Familien der Männer stammten, vielleicht gar ihre Kinder waren, waren sie sicher verzweifelt, und ihr Handeln war sehr tapfer.

Tharman trat vor und streckte mir eine Hand entgegen, an der noch Erde klebte. Ich muss zugeben, dass dieser nervöse, aber dennoch warme Händedruck mich rührte. So oft war ich auf Hohn und blanke Waffen gestoßen! »Ich habe von dir gehört«, sagte er.

»Damit bist du im Vorteil«, erwiderte ich höflich und umfasste seine Hand.

Der kräftige Mann hinter ihm kniff verärgert die Augen zusammen. Das überraschte mich ein wenig. Offenbar hatte meine gutmütige Bemerkung seinen Stolz verletzt. Hielt er sich für einen bekannten Kämpfer?

Tharman stellte sich vor, und der grobschlächtige Anführer trat sofort vor, um dasselbe zu tun. »Ich bin Rico«, verkündete er, nachdem er kühn zu mir getreten war. »Rico Pengallen aus dem Dorf Pengallen, fünfzehn Meilen südöstlich von hier.« Der offenkundige Stolz in seiner Stimme ließ Tharman den Kopf einziehen, womit er mir wortlos signalisierte, dass dieser Rico für Ärger sorgen könnte, sobald wir die Monster einholten.

Von Pengallen hatte ich bereits gehört. Allerdings kannte ich die Lage des Ortes nur von den abendlichen Lichtern, die ich aus der Ferne gesehen hatte. Auf Bruenors Karten war dort eine Handvoll Gehöfte verzeichnet. So viel zu der Hoffnung auf das Eintreffen einer organisierten Miliz.

»Wir wurden gestern Abend angegriffen, kurz nach Sonnenuntergang«, fuhr Rico fort, der den älteren Mann nun unsanft beiseiteschob. »Orks und Oger, wie schon gesagt. Sie haben Gefangene gemacht.«

»Meine Frau und meinen Sohn«, warf Tharman voller Sorge ein.

»Und meinen Bruder«, sagte jemand anders.

Ich ließ diese schlimmen Nachrichten auf mich einwirken; ich wollte den verzweifelten Menschen gern Trost spenden, ohne ihnen zu große Hoffnungen zu machen. Immerhin hielten die Oger und Orks ihre Angehörigen gefangen, und unsere Chancen standen schlecht.

»Wir sind nur noch eine knappe Stunde hinter ihnen«, erklärte ich. »Ich hatte gehofft, sie vor Sonnenuntergang in Sichtweite zu haben. Mit Guenhwyvar kann ich sie jedoch bei Tag und Nacht finden.«

»Wir sind kampfbereit«, verkündete Rico. Vielleicht hatte mein Gesichtsausdruck unbeabsichtigt herablassend gewirkt und ihn damit gereizt, denn er schlug den Hammer in die offene Hand und fletschte geradezu die Zähne.

»Hoffen wir, dass es nicht zum Kampf kommt«, sagte ich. »Ich habe sowohl mit Ogern als auch mit Orks meine Erfahrungen. Sie sind nicht gerade Meister im Aufstellen von Wachen.«

»Das heißt, du willst einfach nur in das Lager schleichen und unsere Leute befreien?«

Ricos kaum verhüllter Ärger überraschte mich erneut, aber als ich Tharman fragend ansah, schob dieser nur die Hände in die Falten seines abgetragenen Mantels und wich meinem Blick aus.

»Wir tun, was erforderlich ist, um die Gefangenen zu befreien«, sagte ich.

»Und wir sorgen dafür, dass die Bestien Pengallen künftig in Ruhe lassen«, verlangte Rico unwirsch.

»Darum kümmern wir uns später«, erwiderte ich, denn ich wollte mich lieber auf ein Problem zur Zeit konzentrieren. Ein Wort zu Bruenor, und ganze Scharen von Zwergen würden die Region absuchen – hartgesottene, erfahrene Krieger, die ihre Jagd erst abblasen würden, wenn die Gefahr gebannt war.

Rico wandte sich an seine vier Kameraden und damit von mir ab. »Dann folgen wir jetzt wohl einem verdammten Drow-Elf«, sagte er.

Ich nahm keinen Anstoß daran. Schließlich hatte ich schon Schlimmeres erlebt als solche dummdreisten Bemerkungen, und dieser zusammengewürfelte Haufen hier – ausgenommen Rico – schien unabhängig von meiner Hautfarbe froh zu sein, einen Verbündeten zu haben.

Das feindliche Lager war kaum zu übersehen. Als die Dämmerung sich über das Land senkte, entdeckten wir es auf unserer Seite des Flusses. Praktischerweise – oder eher dummerweise – hatten die Monster gegen die Kälte der Winternacht ein loderndes Feuer entfacht.

Das Licht des Lagerfeuers ließ auch die Einteilung des Lagers erkennen. Es gab keine Zelte, nur das Feuer und einige Baumstämme, die man als improvisierte Bänke auf Steine gelegt hatte. Das Land war hier relativ eben – das Flussbett mit den glatt geschliffenen Steinen, dazu einzelne Felsen und gelegentlich ein Baum oder ein Gebüsch. Im Norden und im Süden des Feuers schoben schweinsgesichtige Orks Wache, die einfache, aber gefährliche Waffen in den schmutzigen Händen hielten. Ich ging davon aus, dass im Westen, also vom Fluss aus landeinwärts, ebenfalls Wachen postiert waren. Die Gefangenen, die nicht besonders schwer verletzt schienen, hatten sich hinter dem Feuer an einem großen Stein zusammengekauert. Es waren vier, nicht drei: die beiden Jungen und die Frau des Bauern, dazu ein überraschend gut gekleideter Goblin. Zu diesem Zeitpunkt hinterfragte ich seine unerwartete Anwesenheit nicht weiter, sondern war mehr damit beschäftigt, einen Weg hinein und wieder hinaus auszuspähen.

»Der Fluss«, flüsterte ich schließlich. »Guenhwyvar und ich können ihn unbemerkt überqueren. Von der anderen Seite aus können wir das Lager besser überblicken.«

Rico dachte in dieselbe Richtung, wenn auch auf andere Weise. »Du kommst von Osten, vom Fluss her, und wir stürmen das Lager von dieser Seite.«

Sein Stirnrunzeln wurde noch tiefer, als ich den Kopf schüttelte. Diesem Rico war offenbar unbegreiflich, dass ich die Gefangenen ohne offenen Kampf herausholen wollte.

»Ich nähere mich vom anderen Ufer aus mit Guenhwyvar«, versuchte ich zu erläutern. »Aber erst, wenn das Feuer heruntergebrannt ist.«

»Wir sollten angreifen, solange wir noch genug sehen«, hielt Rico dagegen. »Wir sind nicht wie du, Drow«, fügte er verächtlich hinzu. »Im Dunkeln können wir nichts sehen.«

»Aber ich«, erwiderte ich etwas schärfer, da Rico mir allmählich auf die Nerven ging. »Ich kann mich reinschleichen, die Gefangenen befreien und die Posten niederschlagen, ohne die anderen zu alarmieren. Wenn alles gut geht, sind wir längst weg, ehe die Oger auch nur merken, dass ihre Gefangenen verschwunden sind.«

Tharman und die anderen drei nickten zustimmend, aber Rico blieb stur.

»Und wenn etwas schiefgeht?«

»Dann sollten Guenhwyvar und ich die Monster ausreichend lange beschäftigen, um euch und den befreiten Gefangenen zur Flucht zu verhelfen. Ich glaube nicht, dass man auch nur versuchen wird, euch zu verfolgen, wenn die Bande glaubt, dass ihre Gefangenen von Dunkelelfen geraubt wurden.«

Wieder sah ich Tharman und die anderen eifrig nicken. Als Rico erneut widersprechen wollte, legte der ältere Mann ihm nachdrücklich eine Hand auf die Schulter. Rico schüttelte sie ab, sagte jedoch nichts mehr. Mich konnte sein Schweigen wenig trösten, denn sein stoppelbärtiges Gesicht verriet blanken Hass.

Die Überquerung des halb zugefrorenen Flusses erwies sich als nicht sehr schwierig. Guenhwyvar sprang einfach hinüber. Ich folgte ihr mit vorsichtigen Schritten über das Eis. Da ich mich jedoch nicht völlig auf eine so brüchige Brücke verlassen wollte, wählte ich einen Weg, der zwischendurch möglichst viele aus dem Eis ragende Steine zu bieten hatte.

Von der anderen Seite des Flusses aus konnte ich besser sehen und erkannte gewisse Probleme – um genau zu sein, die gewaltigen Oger, die doppelt so groß waren wie ich. Im flackernden Schein des Feuers hatte ihre Haut einen dumpfen, dunklen Schimmer, die hervorstehenden Warzen glänzten noch dunkler, und das lange verfilzte Haar erschien blauschwarz. Mindestens zwei von ihnen hockten nördlich der Gefangenen zwischen einigen Felsen. Die Gefangenen selbst saßen mit dem Gesicht zum Fluss, also zu mir. Sie lehnten sich an ihren Stein, und jetzt bemerkte ich auch noch einen Ork, der auf der anderen Seite dieses Steins nach Norden blickte und ein Schwert über den Schoß gelegt hatte. Da ich die brutale Taktik der Orks aus Erfahrung kannte, ging ich davon aus, dass diese Wache den Befehl hatte, um den Stein herumzuspringen und die Gefangenen zu töten, falls es Ärger gab. Dieser Ork war in meinen Augen der Gefährlichste von ihnen, und seine Kehle würde ich in dieser Nacht als Erstes durchschneiden.

Vorläufig jedoch konnte ich nur reglos warten, bis das Feuer herunterbrannte und alle im Lager vor Langeweile müde wurden.

Eine knappe halbe Stunde später hörte ich wütendes Flüstern, aber nicht aus dem feindlichen Lager. Ich konnte kaum glauben, was ich da hörte: Rico und die anderen stritten! Zum Glück reagierten die beiden Ork-Wachen in der Nähe des Verstecks der Männer nicht sofort. Ich konnte nur hoffen, dass ihre Ohren, die nicht annähernd so scharf waren wie meine, das Geräusch noch nicht wahrgenommen hatten.

Nach kurzer Zeit verstummte das Geflüster, was mich jedoch nicht beruhigte. Mein Instinkt warnte mich: Bald würde etwas Dramatisches geschehen. Guenhwyvars leises Fauchen bestätigte mein Gefühl.

In diesem kritischen Augenblick wollte ich nicht wahrhaben, dass Rico so unglaublich dumm sein konnte, aber meine Instinkte und meine Kampfbereitschaft waren stärker als mein immer noch ungläubiger Verstand. Schon hatte ich Taulmaril von der Schulter genommen, einen Pfeil aufgelegt und prüfte erneut, wie ich am schnellsten nach drüben gelangen konnte.

Die beiden Orks im Süden waren nervös geworden und redeten in ihrer gutturalen Sprache miteinander. Ich behielt sie im Auge, konzentrierte mich aber mehr auf den Ork bei den Gefangenen. Die Oger beobachtete ich ebenfalls, denn die waren die bei Weitem gefährlichsten Gegner. Ein achthundert Pfund schwerer, zehn Fuß großer Oger ließ sich durch meine Krummsäbel vielleicht nicht so schnell zu Fall bringen, doch ein gut gezielter Schuss mit Taulmaril konnte zumindest einen erledigen. Noch immer wollte ich die Gefangenen am liebsten herausholen, ohne dass die Oger es überhaupt bemerkten, denn ein Kampf mit diesen Ungetümen würde mich womöglich mehr Zeit kosten, als mir oder den Gefangenen zur Verfügung stand.

Da löste sich der ganze Plan vor meinen Augen in Luft auf.

Einer der Ork-Posten schrie etwas. Der Ork neben ihm schoss einen Pfeil in die Büsche, hinter denen sich die Bauern versteckt hatten. Wie befürchtet stand die Wache mit dem Schwert augenblicklich neben den wehrlosen Gefangenen. Auch die Oger hinten bei den Felsen rührten sich, wirkten aber eher neugierig als alarmiert. Ich hoffte noch immer, die Situation retten zu können – bis ich Rico zum Angriff rufen hörte.

In jedem Kampf kommt der Zeitpunkt, wo ein Krieger sich von allen bewussten Gedanken befreien und seine Bewegungen nur noch seinen Instinkten überlassen muss. Dann jedoch muss er ganz auf diesen Instinkt vertrauen und darf keine wertvolle Zeit dadurch verstreichen lassen, ihn zu hinterfragen. Ich hatte nur einen Schuss, um den Ork mit dem Schwert davon abzuhalten, die erste Gefangene, Tharmans Frau, zu töten. Er hatte die Klinge bereits erhoben, als ich den Pfeil fliegen ließ, dessen mächtiger Zauber eine silberne Linie über den Surbrin nach sich zog.

Ich glaube, ich traf ihn ins Auge. Doch wo auch immer das Geschoss auftraf, es sprengte ihm praktisch den Schädel. Der Ork kippte in die Dunkelheit zurück, und ich überquerte so schnell wie möglich den Fluss, wobei ich meine Aufmerksamkeit sowohl auf meine eigenen Schritte als auch auf das andere Ufer richtete.

Die Orks in der Nähe der Bauern schossen wieder Pfeile ab, dann zogen sie die Waffen, um sich in den Nahkampf zu stürzen. Und obwohl ich gar nicht erst hinsah, wusste ich, dass Rico vorausstürmte. Die drei Orks im Norden schrien auf und blickten zum Fluss, weil sie herausfinden wollten, wie ihr Kumpan umgekommen war. Wie angreifbar ich mir dort vorkam, inmitten der Leere und unter dem Zwang, mir vorsichtig einen Weg zu suchen! Meine Befürchtungen waren berechtigt, denn die Orks entdeckten mich beinahe sofort. Ich sah, wie sie ihre Bogen hoben.

Vielleicht konnten sie mich nicht richtig sehen, oder sie

zielten einfach nicht so gut wie ich. In jedem Fall gingen die ersten hastigen Schüsse weit daneben. Ich unterbrach meinen raschen Lauf und konterte mit zwei eigenen Pfeilen. Der eine fand sein Ziel und warf den mittleren Ork rücklings zu Boden. Da hörte ich einen Pfeil knapp neben meinem Ohr vorbeisummen. Den nächsten fing vermutlich Guenhwyvar ab, die an mir vorbeischnellte, denn ich hörte ihn nicht und spürte auch nichts, den Göttern sei Dank.

Guenhwyvar erreichte das Ufer noch vor mir und wechselte mit ihren geschmeidigen Muskeln sofort die Richtung. Schon hundert Mal hatte ich dieses Manöver meines Panthers miterlebt, aber es machte mich nach wie vor sprachlos. Die große Katze war direkt nach Westen gesprungen, doch sobald ihre Tatzen den Boden berührten, drehte sie sich um die eigene Achse nach Norden und fiel die Schützen an, noch ehe diese den nächsten Pfeil aus dem Köcher gezogen hatten.

Zu meiner Erleichterung hörte ich im Süden Kampfgeräusche, wo Rico und die anderen mit den Orks fochten. Sie hatten dieses Hornissennest aufgestört. Jetzt beteiligten sie sich immerhin daran, die Sache zurechtzurücken.

Da sah ich die Oger aufstehen – vier, nicht zwei – und schoss sofort den nächsten Pfeil ab. Er traf den vordersten Oger in die Brust, durchstieß die schmutzigen Häute, die der Riese trug, und bohrte sich bis an die silbernen Federn hinein. Zu meiner Verblüffung und zu meinem Entsetzen lief die stinkende Kreatur noch einige Schritte weiter, ehe sie benommen auf die Knie sackte. Der Oger war keineswegs tot, sondern sank zu Boden und sah sich dabei fragend um, als hätte er keine Ahnung, was ihn aufgehalten hatte.

Mir blieb noch Zeit für einen letzten Schuss, ehe ich das Ufer erreichte, und ich wollte unbedingt noch einen Oger erwischen. Da jedoch tauchte ein Ork hinter den Gefangenen auf, dessen böse Absichten unverkennbar waren, denn er erhob sein grausames Schwert über den Köpfen der Kinder.

Der Ork wandte mir die Seite zu. Mein Pfeil traf ihn in die vordere Schulter und durchbohrte ihn bis zur anderen Schulter. Als der Ork zu Boden fiel, lebte er noch und zappelte hilflos herum, ohne seine Arme nutzen zu können.

Im Nachhinein kommt es mir seltsam vor, doch als ich endlich das andere Ufer erreichte, den Bogen abwarf und meine Krummsäbel zückte, war ich ernstlich besorgt, Taulmaril zu verlieren. Ich stellte mir sogar vor, wie Cattibrie schelten würde, wenn ich ohne ihre wertvolle Waffe nach Mithril-Halle zurückkehren würde. Aber das war nur ein flüchtiger Augenblick, eine kurze Ablenkung, die ich brauchte, ehe ich mich in den Kampf stürzte.

Blaues Licht, der Säbel in meiner rechten Hand beschrieb einen blauen Bogen, der das Feuer in mir widerspiegelte. Mein anderer Säbel verbreitete ein bläulich weißes Licht, das der Kälte des Winters Tribut zollte, denn diese Klinge leuchtete nur in sehr kalter Umgebung.

Die drei verbliebenen Oger kamen unbesorgt auf mich zu. Wann immer ich gegen so starke, aber dumme Gegner antrete, wird mir bewusst, wie mächtig diese wären, wenn es ihnen gelänge, etwas Ordnung in ihr chaotisches Vorgehen zu bringen.

Sie hatten sich verrechnet, denn der vorderste Oger war zu weit vorgeprescht, und ich erreichte ihn mit meinem flachen Angriff schneller, als er erwartet hatte. Blaues Licht traf seine Kniescheibe, und mein zweiter Säbel schlug eine tiefe Wunde in seinen anderen Schenkel, als ich zwischen den Riesenbeinen hindurchhuschte und dann nach einem Hechtsprung abrollte. Der Oger versuchte, abrupt anzuhalten – zu abrupt –, und kam auf den glatt geschliffenen Steinen schwankend zum Stehen.

Als ich hinter ihm gerade wieder aufsprang, setzte er sich nieder. Es bietet sich selten die Gelegenheit, so leicht einen Schlag gegen einen Oger-Kopf zu führen, sodass ich diese Chance nutzte. Mit aller Kraft zog ich dem Ungeheuer Blaues Licht über den Schädel und durchtrennte ihm dabei ein Ohr.

Der Schlag tötete den gewaltigen Oger zwar nicht, lähmte ihn aber so weit, dass ich auf seine Schulter springen und mich davon abstoßen konnte, ehe er zu sich kam, womit ich dem nächsten Gegner mitten ins Gesicht sprang. Diese Bewegung kam für den anderen Oger gänzlich unerwartet. Da er seine dicke Keule noch zur Verteidigung nach unten hielt, konnte er die Waffe nicht mehr rechtzeitig zur Abwehr heben.

Blaues Licht fuhr dem Oger quer über den dicken Hals, während meine zweite Klinge ihm in die Wange stach und die Haut so weit aufriss, dass die schwarzen Zähne des Monsters im Sternenlicht glänzten. Aber keine dieser Wunden war tödlich, und ich befürchtete schon, ernstlich in Schwierigkeiten zu sein, als das Monster seinen freien Arm um meinen Rücken schlang und mich an seine breite Brust presste. Zum Glück gestattete der Winkel meines rechten Arms mir, Blaues Licht zurückzuziehen und den Säbel bereitzuhalten. Ich stieß mit aller Kraft zu, denn ich wusste, dass ich schnell töten musste – um meinetwillen, aber auch um der wehrlosen Gefangenen willen.

Die magische Klinge durchdrang das Fleisch des Ogers, wurde von einer astdicken Rippe abgelenkt und bohrte sich dann weiter in ihn hinein. Ich spürte das Pochen, als Blaues Licht in das Herz des Ogers drang, dessen heftiges Pumpen mir fast den Säbel aus der Hand riss.

Dennoch war der Kampf keineswegs gewonnen. Der letzte noch stehende Oger wartete tief gebückt auf mich, und auch der, den ich angeschossen hatte, und der, dessen Ohr ich zerfetzt hatte, waren noch nicht tot. Beide bemühten sich hartnäckig, wieder hochzukommen, um sich erneut in den Kampf zu stürzen.

So tröstete es mich, dass Guenhwyvar an mir vorbeiraste, zwischen mir und meinem letzten Gegner hindurch. Ich dachte, die Katze würde einem der verletzten Oger den Rest geben, doch Guen lief einfach an ihnen vorbei und sprang zu den entsetzten Gefangenen hinüber. Den Grund dafür begriff ich erst, als ich das Summen der Bogensehnen vernahm – die Ork-Posten von der westlichen Seite waren eingetroffen. Dem ohrenbetäubenden Gebrüll von Guenhwyvar folgten prompt entsetzte Schreie.

Von ein paar Ork-Pfeilen ließ sich die starke Guenhwyvar nicht aufhalten.

Als ich zur Seite blickte, bemerkte ich auch, dass der gefangene Goblin aufgesprungen war und in die nächtliche Dunkelheit floh. Ich beachtete ihn nicht weiter, denn ich hatte ja keine Ahnung, wie sehr dieser spezielle Goblin mein Leben noch beeinflussen sollte.

Aber alle Gedanken an feige Goblins verflogen, als

der unverletzte Oger mich zwang weiterzukämpfen. Er vollführte den ersten Angriff, genauer gesagt die ersten zwei oder drei Schläge. Ich blieb ganz in der Defensive und achtete sorgsam darauf, mir keine Blöße zu geben. Wie erwartet reagierte der Oger mit jedem Fehlschlag frustrierter. Seine Angriffe wurden wilder und ließen mir mehr Raum zum Kontern. Bald hatte ich das Ungetüm viermal getroffen und ihm dabei schmerzhafte, wenn auch nicht allzu gefährliche Wunden verpasst. Da bemerkte ich, dass der Oger mit dem halben Ohr sich aufrichtete.

Mein Gegner schlug immer wieder zu und zwang mich, ihm auszuweichen. Ich schnellte vor, um ihn mit einem raschen, wütenden Hagel von Stichen und Schlägen einzudecken, der ihn auf seinen riesigen Füßen nach hinten trieb. Dann drehte ich mich um und griff den noch benommenen zweiten Oger an. Mein Gegner hob mühsam seine große Keule und fand kaum genug Kraft, die Waffe zu führen. Sein Hieb kam langsam und war schlecht gezielt, sodass ich der Gefahr leicht ausweichen konnte. Ich folgte dem Schwung der Keule, drang auf den Oger ein und prügelte mit beiden Säbeln wild drauflos. Wie viele Schnitte ich in seinem Gesicht hinterließ, weiß ich nicht. Kurz darauf schien es jedenfalls nur noch eine einzige blutige Masse zu sein.

Als der riesige Körper zu Boden fiel, warf ich einen Blick auf das Lager und fasste neuen Mut. Der Oger mit dem Pfeil in der Brust hatte aufgegeben, und zwar endgültig. Er lag mit dem Gesicht nach unten und so still, dass er tot sein musste.

Damit blieb nur noch der eine hinter mir, der bisher nur leicht verletzt war. Ich wusste, dass ich normalerweise jedem Oger gewachsen war und dass er nie nah genug an mich herankäme, solange ich mich voll und ganz auf ihn konzentrierte. Ich war stets bereit, gegen derart grausame Wesen anzutreten, und ich gebe zu, dass ich es kurz bedauerte, als ich beim Umdrehen feststellte, dass der Oger in die Nacht hinausgelaufen war.

Dieses Gefühl verflog jedoch, als mir die Gefangenen wieder einfielen. Zu meiner Erleichterung hatten die fünf Bauern die Orks im Süden besiegt, und nur einer von ihnen, der Jüngste, war dabei verletzt worden. Ricos Miene war so selbstgefällig, dass ich dem Angeber nur zu gern gezeigt hätte, wo sein Platz war.

Bald darauf trabte Guenhwyvar zufrieden ins Lager zurück, denn nun war auch der Westen sicher. Der Panther wies einige kleinere Wunden von den Ork-Pfeilen auf, die jedoch nicht ernst waren. So endete der Kampf: Drei Oger und acht Orks waren tot, ein letzter Oger und vielleicht ein halbes Dutzend Orks irrten durch die Nacht. Es war ein perfekter Sieg, denn keiner der Gefährten war ums Leben gekommen.

Dennoch nagte der Gedanke an mir, dass dieser Kampf nicht hätte sein müssen. Aber als ich sah, wie sich Tharman und seine Familie begrüßten und einer der anderen Bauern seinen jüngeren Bruder umarmte, dachte ich bald nicht mehr daran, Rico Vorwürfe zu machen.

»Wo ist Nojheim?«, fragte Rico. Sein barscher Tonfall überraschte mich. Wenn er einen Angehörigen, ob Kind oder Bruder, verloren hatte, hätte ich Trauer erwartet. Aber die Frage des Mannes drückte weder Trauer noch Sorge aus, nur eine Erregung, als hätte man ihn beleidigt.

Die Bauern wechselten verwirrte Blicke, die sich schließlich auf mich richteten.

»Wer ist Nojheim?«, fragte ich.

»Ein Goblin«, erklärte Tharman.

»Es war ein Goblin bei den Gefangenen«, sagte ich. »Er ist während des Kampfs davongeschlichen, nach Nordwesten.«

»Dann gehen wir weiter«, entschied Rico, ohne zu zögern und ohne die eben erst befreiten Gefangenen im Geringsten zu beachten. Ich fand seine Aufforderung absurd. Konnte ein einzelner Goblin von größerer Bedeutung sein als das, was die Frau und die Jungen gerade durchgemacht hatten?

»Die Nacht ist noch lange nicht vorüber«, antwortete ich wenig freundlich. »Facht das Feuer wieder an und kümmert euch um die Verletzten. Ich suche den vermissten Goblin.«

»Ich will ihn wiederhaben!«, grollte Rico. Er musste mein verwirrtes Gesicht bemerkt haben, auf dem sich inzwischen Ärger abzeichnete, denn nun riss er sich zusammen und versuchte, es mir zu erklären.

»Vor ein paar Wochen führte Nojheim eine Gruppe Goblins nach Pengallen, die uns angriffen«, sagte er mit einem Blick auf die anderen. »Der Goblin ist ein Anführer und wird vermutlich mit Verbündeten zurückkehren. Wir wollten ihm den Prozess machen, aber der jüngste Überfall kam dazwischen.«

Ich hatte keine Veranlassung, Ricos Behauptungen zu hinterfragen – auch wenn es mir merkwürdig vorkam, dass die Bewohner einer kleinen Siedlung, die so häufig von den vielen Ungeheuern der Wildnis heimgesucht wurde, sich die Mühe machen wollten, einen Goblin vor Gericht zu stellen. Die zögerlichen (oder ängstlichen?) Mienen der anderen, besonders die von Tharman, gaben mir zusätzlich zu denken, aber ihre offensichtlichen Vorbehalte spiegelten in meinen Augen die Angst, dass Nojheim mit einer größeren Truppe zurückkehren und ihr schutzloses Dorf verwüsten würde.

»Meine Reise nach Silbrigmond ist nicht so eilig«, versicherte ich ihnen. »Ich werde Nojheim einfangen und ihn morgen nach Pengallen zurückbringen.« Damit wollte ich gehen, doch Rico packte mich an der Schulter und drehte mich zu sich herum.

»Lebend«, knirschte er. Sein Tonfall gefiel mir nicht. Ich habe noch nie davor zurückgeschreckt, mit Goblins kurzen Prozess zu machen, aber aus Ricos grausamer Stimme sprach der Durst nach Rache. Dennoch hatte ich keinen Grund, die Motive des kräftigen Bauern oder die Gesetze von Pengallen zu hinterfragen. Guenhwyvar und ich brachen umgehend nach Nordwesten auf, wo wir die Spur des flüchtigen Nojheim aufnahmen.

Die Jagd dauerte länger als erwartet. Zunächst wurde Nojheims Fährte von den Spuren einiger versprengter Orks gekreuzt, und ich hielt es für sinnvoller, erst einmal diese von der Rückkehr in ihr Lager abzuhalten, wo sie Verstärkung holen konnten. Es waren drei, und wir brauchten nicht lange, um sie zu finden. Mit Catti-bries prachtvollem Bogen, dem Herzenssucher, erledigte ich die Monster aus der Ferne mit drei schnellen Schüssen.

Danach mussten Guenhwyvar und ich Nojheims Spur erst wieder aufnehmen und erneut in die Dunkelheit vordringen. Der Goblin erwies sich als intelligenter Widersacher, was zu Ricos Aussage passte, dass er in seinem erbärmlichen Volk als Anführer galt. Immer wieder lief er in seinen eigenen Spuren zurück, stieg durch das weitverzweigte Geäst mehrerer Bäume, kam weitab der ursprünglichen Spur wieder herunter und schlug dann eine neue Richtung ein. Schließlich hielt er auf den Fluss zu, die einzige Grenze, die uns an der Verfolgung hindern konnte.

Ich brauchte alle meine Fähigkeiten als Waldläufer und Guenhwyvars Raubtierinstinkt, um aufzuholen, ehe der Goblin sich auf der anderen Seite in Sicherheit bringen konnte. Dabei gebe ich ehrlich zu, dass Nojheim, wäre er nicht von den Strapazen der Entführung so erschöpft gewesen, uns leicht hätte entwischen können.

Als wir schließlich den Fluss erreichten, nutzte ich die mir angeborene Fähigkeit aller Bewohner des Unterreichs, Dinge und Personen an der von ihnen ausgehenden Wärme zu erkennen, nicht am von ihnen reflektierten Licht. Schon bald bemerkte ich das warme Leuchten einer Gestalt, die sich vorsichtig und sehr langsam über einen Felsen schob. Da ich den offenkundigen Grenzen der Infravision nicht traute, bei der Umrisse unscharf sind und Einzelheiten nur durch die Stärke der Wärmeabstrahlung erkennbar werden, hob ich Taulmaril und schoss einen Zauberpfeil ab. Nur wenige Fuß vor dem Goblin traf der Pfeil einen Stein, sodass Nojheim ausrutschte und plötzlich mit einem Bein im eiskalten Wasser stand. In dem silbernen Aufblitzen des Pfeils blieb kein Zweifel an der Identität des Goblins. Ich eilte auf die Furt zu.

Guenhwyvar schnellte an mir vorbei. Als ich die Felsen mit raschen, aber achtsamen Schritten schon halb überquert hatte, hörte ich den Panther drüben im Dunkeln brüllen und den Goblin entsetzt aufschreien. »Halt, Guenhwyvar!«, rief ich, denn ich wollte nicht, dass der Panther die Kreatur zerriss.

Als ich bei ihnen eintraf, lag der magere gelbhäutige Nojheim unter den breiten Tatzen auf dem Boden. Ich pfiff Guenhwyvar zurück, und noch während der Panther sich trollte, rollte Nojheim sich herum und griff mit seinen dürren, langen Armen nach meinem Stiefel. Seine Hände wiesen noch die Abdrücke der zerrissenen Lederriemen auf.

Ich hätte ihm fast den Knauf meines Krummsäbels übergezogen, aber ehe ich überhaupt reagieren konnte, bedeckte der erbärmliche Kerl meine Stiefel über und über mit Küssen.

»Bitte, mein guter Herr«, heulte er in der typischen unangenehm schrillen Stimmlage der Goblins. »Bitte, ach, bitte! Nojheim nicht weglaufen. Nojheim Angst, Angst vor große, hässliche Orks mit große Keule. Nojheim Angst.«

Ich musste mich erst einmal fassen. Dann zog ich den Goblin auf die Beine und befahl ihm, den Mund zu halten. Während ich Nojheim nun musterte – das hässliche, platte Gesicht, die fliehende Stirn, die leuchtenden gelben Augen und die eingedrückte Nase –, brauchte ich all meine Selbstbeherrschung, um nicht zur Waffe zu greifen. Ich bin ein Waldläufer, der die guten Völker von Faerûn vor den vielen bösen Rassen beschützt, und unter diesen sind mir die Goblins ganz besonders verhasst.

»Bitte«, wiederholte er kläglich.

Ich steckte meine Waffen ein, worauf Nojheim den breiten Mund mühsam zu einem Lächeln verzog, bei dem seine vielen kleinen scharfen Zähne zum Vorschein kamen.

Inzwischen stand die Dämmerung kurz bevor. Ich wollte am liebsten sofort nach Pengallen umkehren, aber Nojheim war nach dem Eintauchen in den Fluss halb erfroren. Seine krumme Haltung verriet mir, dass das nasse Bein des Goblins praktisch gefühllos war.

Wie bereits erwähnt, halte ich wenig von Goblins und verfahre mit ihnen normalerweise ohne Gnade. Wenn Nojheim mein eigenes Dorf überfallen hätte, hätte ich einen zweiten Pfeil abgeschossen, noch ehe er das Bein aus dem Fluss gezogen hatte, um die Sache zu Ende zu bringen. Jetzt aber war ich durch mein Versprechen an die Bauern gebunden, sodass ich ein kräftiges Feuer schürte, damit der Goblin sein taubes Bein aufwärmen konnte.

Nojheims Verhalten bei unserem ersten Aufeinandertreffen irritierte mich immer noch und warf Fragen auf. Nachdem ich Guenhwyvar am Morgen wieder auf die Astralebene entlassen hatte, wollte ich den Goblin gründlicher verhören, doch dieser antwortete nicht, sondern blickte nur mit resignierter Miene zur Seite, wann immer ich etwas zu ihm sagte. Nun gut, dachte ich. Es ging mich nichts an.

Am Nachmittag erreichten wir Pengallen, eine Siedlung aus einem guten Dutzend Blockhütten auf einem ebenen Stück Land, auf dem man alle Bäume gefällt hatte, um es mit einer hohen Palisade zu umgeben. Die anderen waren schon vor einigen Stunden eingetroffen, und Rico hatte die beiden Torwächter offenbar angewiesen, auf der Palisade auf mich zu warten. Sie ließen mich nicht sofort hinein, verhielten sich aber auch keineswegs unfreundlich. Daher wartete ich. Rico war bald zur Stelle. Offenbar hatte man ihn sofort von meiner Ankunft verständigt.

Der bullige Mann machte einen ganz anderen Eindruck als am Abend zuvor. Der harte Kiefer war nicht mehr zur Grimasse verzogen, sondern zeigte, wie froh

Rico über diese Wendung war. Seine weit auseinanderliegenden blauen Augen schienen sogar zu lächeln, als er mich und meinen Gefangenen betrachtete. Alle Falten seines geröteten Gesichts zogen sich nach oben.

»Du hast uns sehr großzügig beigestanden«, sagte er zu mir, während er Nojheim ein Seil so um den Hals legte, wie man in sehr belebten Orten mitunter seine Hunde anleint. »Ich weiß, dass du Geschäfte in Silbrigmond hast, daher möchte ich dir versichern, dass in Pengallen jetzt wieder alles seinen geregelten Gang geht.«

Ich hatte das entschiedene Gefühl, gerade entlassen worden zu sein.

»Bitte stärke dich noch bei uns im Wirtshaus«, fügte Rico schnell hinzu und winkte mich durch das jetzt offene Tor herein. War meine Verwirrung so offensichtlich gewesen? »Iss und trink«, ergänzte er fröhlich. »Sag Aganis, dem Wirt, es geht alles auf meine Rechnung.«

Ich hatte vorgehabt, den Gefangenen abzuliefern und sofort weiterzuziehen, um den Weg nach Silbrigmond fortzusetzen. Ich freute mich auf die herrliche Stadt am Ufer des Rauvin und darauf, mit dem Segen ihrer Regentin durch die schönen geschwungenen Boulevards zu spazieren, die vielen Museen und die einmalige Bibliothek zu besuchen. Aber mein Instinkt riet mir, diese Einladung anzunehmen. Irgendetwas stimmte hier einfach nicht.

Aganis war ein kugelrunder, gutmütiger Mann mit einem dichten Bart. Er reagierte überrascht, als ein Dunkelelf sein Haus betrat, ein zweistöckiges Gebäude in der Mitte der hinteren Palisade. Das Wirtshaus war außerdem der Dorfladen und erfüllte darüber hinaus noch diverse andere Funktionen. Nachdem Aganis den ersten

Schrecken überwunden hatte – Panik war wohl das einzig passende Wort für seinen Gesichtsausdruck –, gab er sich größte Mühe, mich zufriedenzustellen. Das schloss ich jedenfalls daraus, dass er mir Portionen auftischte, die weitaus größer waren als die des Bauern, der ein Stück weiter am Ende der Bar hockte.

Ich nahm diese offensichtliche Bevorzugung kommentarlos hin. Schließlich hatte ich eine lange Nacht hinter mir, und ich hatte Hunger.

»Du bist also Drizzit Do'Urden?«, erkundigte sich der Bauer am Ende der Bar. Er war schon älter, hatte schütteres graues Haar und ein von zahllosen Tagen im Freien gegerbtes Gesicht.

Bei dieser Frage wurde Aganis blass. Dachte er, ich würde daran Anstoß nehmen und sein Geschäft zertrümmern?

»Drizzt«, stellte ich klar und sah zu dem Mann hinüber.

»Jak Timberline«, stellte er sich vor. Er streckte mir die Hand hin, doch dann zog er sie zurück und wischte sie erst einmal an seinem Hemd ab, ehe er sie mir erneut entgegenstreckte. »Ich habe von dir gehört, Drizzt.« Er gab sich sichtlich Mühe, den Namen richtig auszusprechen. Ich muss zugeben, dass mir das schmeichelte. »Man sagt, du seist ein Waldläufer.«

Ich erwiderte seinen Händedruck und lächelte dabei sicher sehr herzlich.

»Ich sag dir was, Drizzt«, wieder gab er sich besondere Mühe mit meinem Namen, »mich kümmert es wenig, welche Hautfarbe jemand hat. Ich habe von dir gehört. Man erzählt sich, was du mit deinen Freunden in Mithril-Halle oben alles Gutes vollbracht hast.«

Sein Kompliment klang etwas herablassend, und der arme Aganis wurde wieder blass. Ich ließ mich jedoch nicht davon beeinflussen, sondern tat Jaks ungeschickte Wortwahl als Unerfahrenheit ab. Im Vergleich zu vielen anderen Begrüßungen, die ich seit meinem Erscheinen in der Oberflächenwelt erlebt hatte – vielfach am Ende einer gezückten Waffe –, war diese geradezu taktvoll.

»Es ist gut, dass die Zwerge die Hallen zurückerobert haben«, bestätigte ich.

»Und es ist gut, dass du auf Ricos Truppe gestoßen bist«, fügte Jak hinzu.

»Tharman war heute Morgen überglücklich«, warf der Wirt nervös ein.

Mir kam das alles ganz normal vor. Schließlich war ich es gewohnt, dass die verschiedenen Völker der Oberfläche ganz und gar nicht unbefangen mit mir umgingen.

»Hast du Rico seinen Sklaven zurückgebracht?«, fragte Jak sehr direkt.

Ich verschluckte mich unvermittelt an meinem letzten Bissen.

»Nojheim«, ergänzte Jak. »Der Goblin.«

In meiner Geburtsstadt, Menzoberranzan, hatte ich Sklaverei in all ihrer Brutalität erlebt. Dunkelelfen halten Sklaven vielerlei Herkunft, die sie schinden, bis sie nicht länger von Nutzen sind, um sie dann abzuschlachten, ihre Körper zu brechen wie zuvor ihren Mut. Für mich war Sklaverei stets das abstoßendste aller Verbrechen, selbst wenn davon nur die sogenannten nicht auslösbaren Rassen wie Goblins und Orks betroffen waren.

Ich bejahte mit einem Nicken, aber meine unwillkürliche Grimasse schreckte Jak dennoch ab. Aganis trocknete nervös immer wieder denselben Teller ab, starrte mich besorgt an und hob mehrfach das Handtuch, um sich damit den Schweiß von der Stirn zu wischen.

Wortkarg verzehrte ich meine Mahlzeit, erkundigte mich aber noch in aller Unschuld nach Ricos Haus. Von diesen beiden hier wollte ich keine Antworten. Ich wollte selbst sehen, was ich angerichtet hatte.

Als ich Ricos eingezäunten Hof erreichte, wurde es schon wieder dämmrig. Das Haus war aus Baumstämmen und Brettern zusammengezimmert, die Ritzen waren gegen den Wind mit Lehm abgedichtet. Hinzu kam ein Schrägdach, das den Schneemassen im Winter standhalten konnte. Nojheim ging seiner Arbeit nach, ohne Fesseln, wie ich feststellte. Doch es war niemand anders zu sehen. Allerdings bemerkte ich, dass sich gelegentlich die Vorhänge am einzigen Fenster auf dieser Seite des Hauses bewegten. Offenbar behielt Rico oder jemand aus seiner Familie den Goblin im Auge.

Nachdem Nojheim die Ziege versorgt hatte, die in der Nähe des Hauses angebunden war, warf er einen Blick zum Abendhimmel und ging dann in die kleine Scheune etwas abseits des Hauses, die kaum mehr als ein Schuppen war. Durch die vielen Spalten zwischen den Brettern dieses einfachen Gebäudes sah ich kurz darauf ein kleines Feuer.

Was hatte das alles zu bedeuten? Ich konnte mir keinen Reim darauf machen. Wenn Nojheim ursprünglich einen Überfall auf Pengallen angeführt hatte, warum genoss er hier dann so viel Freiheit? Er konnte mit dem Feuer problemlos das Haupthaus in Brand setzen.

Ich beschloss, mir meine Antworten nicht bei Rico zu holen. Dieser Entschluss beruhte darauf, dass ich eigentlich längst wusste, was hier los war. Von Rico würde ich keine ehrliche Antwort bekommen.

Nojheim verfiel wieder in sein jämmerliches Gefasel, als ich in die Schatten der spärlich beleuchteten Scheune trat.

»Bitte, ach, bitte«, quiekte er mit seiner Goblin-Stimme. Die dicke Zunge schnalzte gegen seine Lippen.

Ich schob ihn weg und wirkte wohl ziemlich verärgert, denn plötzlich setzte er sich still auf die andere Seite des Feuers und starrte in die orangegelben Flammen.

»Warum hast du es mir nicht gesagt?«

Er sah mich neugierig und zugleich resigniert an.

»Hast du einen Überfall auf Pengallen angeführt?«, bohrte ich weiter.

Er schaute wieder in die Flammen. Sein Gesichtsausdruck war so fassungslos, dass diese Frage offenbar keiner Antwort bedurfte. Und ich glaubte ihm.

»Also warum?«, fragte ich wieder, griff nach seiner Schulter und zwang ihn, mir in die Augen zu sehen. »Warum hast du mir nicht gesagt, weshalb Rico dich wiederhaben wollte?«

»Dir gesagt?«, platzte es aus ihm heraus. Plötzlich war sein Goblin-Akzent verflogen. »Ein Goblin soll Drizzt Do'Urden von seinem Schicksal erzählen? Ein Goblin soll einen Waldläufer um Mitleid bitten?«

»Du kennst meinen Namen?« Bei den Göttern, er hatte ihn sogar richtig ausgesprochen.

»Ich habe große Dinge von Drizzt Do'Urden und Bruenor Heldenhammer und der Wiedereroberung von Mithril-Halle gehört«, erwiderte er, und erneut staunte ich, wie gut er die Feinheiten der Sprache beherrschte. »Hier in den Tälern reden alle davon, und alle hoffen, dass der Zwergenkönig mit seinem unermesslichen Reichtum großzügig verfahren wird.«

Ich setzte mich. Er starrte weiter ausdruckslos ins Feuer, hatte jedoch die Augen niedergeschlagen. Ich weiß nicht, wie lange wir schweigend zusammensaßen. Ich weiß nicht einmal mehr, was mir dabei durch den Kopf ging.

Nojheim jedoch war aufmerksam. Er wusste es.

»Ich akzeptiere mein Schicksal«, beantwortete er meine unausgesprochene Frage. In seiner Stimme lag jedoch wenig Überzeugungskraft.

»Du bist kein gewöhnlicher Goblin.«

Nojheim spuckte ins Feuer. »Ich weiß nicht einmal, ob ich überhaupt ein Goblin bin«, antwortete er. Wenn ich zu diesem Zeitpunkt gegessen hätte, hätte ich mich vermutlich noch einmal verschluckt.

»Ich habe noch nie einen Goblin wie mich getroffen«, erklärte er mit einem hilflosen Auflachen. Völlig resigniert, dachte ich. Für ihn war seine Lage hoffnungslos. »Nicht einmal meine Mutter... Sie hat meinen Vater und meine kleine Schwester umgebracht.« Er schnipste mit den Fingern, um den Sarkasmus der nun folgenden Bemerkung zu unterstreichen. »Sie hatten es verdient – nach Goblin-Maßstäben, denn sie hatten ihr Essen nicht so mit ihr geteilt, wie es sich gehört.«

Nojheim verstummte und schüttelte den Kopf. Äußerlich war er zweifellos ein Goblin, aber schon seine Ernsthaftigkeit verriet mir, dass er sich in seinem Wesen himmelweit von den anderen Goblins unterschied. Dieser Gedanke erschütterte mich zutiefst. In meinen Jahren als Waldläufer hatte ich Goblins gegenüber weder lange gefackelt noch meine Krummsäbel zurückgehalten, um erst einmal festzustellen, ob einer von ihnen womöglich anders war. Für mich waren Goblins grundsätzlich böse.

»Du hättest mir sagen sollen, dass du ein Sklave warst«, sagte ich noch einmal.

»Ich bin nicht gerade stolz darauf.«

»Warum sitzt du dann hier?«, fragte ich, obwohl mir die Antwort bereits klar war. Auch ich war einmal ein Sklave gewesen, Gefangener der grausamen Gedankenschinder, die zu den schlimmsten Bewohnern des Unterreichs zählten. Keine Behinderung, keine Folter ist mit der Sklaverei vergleichbar. In meiner Heimat hatte ich eine Mannschaft von hundert Orks erlebt, die von nur sechs Drow-Soldaten kommandiert wurden. Hätten sie gemeinsam den nötigen Mut aufgebracht, so hätten diese Orks ihre Bewacher bestimmt töten können. Mut ist nicht das Erste, was einem Sklaven ausgetrieben wird, jedoch gewiss das Wesentliche.

»Du hast dieses Schicksal nicht verdient«, sagte ich freundlicher.

»Woher willst du das wissen?«, gab Nojheim zurück.

»Ich weiß, dass es falsch ist«, sagte ich. »Ich weiß, dass man etwas dagegen unternehmen sollte.«

»Ich weiß, dass man mich hängt, wenn ich weglaufe«, sagte er barsch. »Ich habe niemandem etwas zuleide getan, nie etwas angestellt. Und ich habe es auch nicht vor. Aber das ist nun einmal mein Schicksal.«

»Wir sind nicht an unsere Herkunft gebunden«, sagte ich. Diese meine Überzeugung stammte aus der Erinnerung an meine lange Flucht durch die dunklen Tunnel Menzoberranzans. »Du sagst, du hast von mir gehört. Erzählt man sich das, was von einem Dunkelelf zu erwarten wäre?«

»Du bist ein Drow, kein Goblin«, sagte er, als ob das alles erklären würde.

»Deinen Worten zufolge bist du anderen Goblins nicht ähnlicher als ich anderen Drow«, erinnerte ich ihn.

»Wer weiß?«, antwortete er mit einem Schulterzucken. Die hilflose Geste schmerzte mich tief. »Soll ich etwa Rico sagen, dass ich in meinem Inneren und in meinem Handeln kein Goblin bin, nur ein Opfer des herzlosen Schicksals? Denkst du, er glaubt mir? Und denkst du, dass diese einfachen Menschen hier so etwas überhaupt begreifen?«

»Hast du Angst davor?«, fragte ich ihn.

»Ja!« Sein Nachdruck überraschte mich. »Ich bin nicht Ricos erster Sklave«, sagte er. »Er hatte vorher schon Goblins und Orks und sogar mal einen Grottenschrat. Es gefällt ihm, wenn er andere zwingen kann, für ihn zu arbeiten. Aber wie viele von diesen Sklaven hast du gesehen, als du Ricos Hof betreten hast, Drizzt Do'Urden?«

Er wusste, dass ich niemanden gesehen hatte, und seine Erklärung überraschte mich nicht. Mein Hass auf diesen Rico Pengallen wuchs immer mehr.

»Rico hat mit ihnen kurzen Prozess gemacht«, fuhr Nojheim fort. »Sie waren verbraucht und damit zu nichts mehr nutze. Hast du den hohen Pfosten mit dem Querbalken am vorderen Tor bemerkt?«

Mir schauderte, als ich mir vorstellte, wozu dieser Balken benutzt worden war.

»Ich bin am Leben, und ich bleibe am Leben«, erklärte Nojheim. Bei diesen Worten allerdings schien der entschlossene Goblin erstmals die Beherrschung zu verlieren, denn seine düstere Miene strafte seine Worte Lügen.

»Dir wäre es lieber, die Orks hätten dich bei dem Überfall umgebracht«, folgerte ich und erntete keinen Widerspruch.

Eine Weile saßen wir schweigend da. Die Stille lastete

schwer auf uns. Ich wusste, dass ich ein solches Unrecht nicht einfach hinnehmen konnte. Ich konnte jemandem, der so offensichtlich Hilfe brauchte, nicht einfach den Rücken zukehren, auch nicht einem Goblin. Ich überlegte, welche Möglichkeiten mir offenstanden, und kam zu dem Schluss, dass ich all meinen Einfluss nutzen musste, um diesem Unrecht ein Ende zu setzen. Wie die meisten Siedlungen in dieser Gegend war auch Pengallen keineswegs unabhängig. Die Menschen hier unterstanden dem Schutz und damit auch der höheren Gerichtsbarkeit der großen Städte im Umkreis. Damit konnte ich an Alustriel appellieren, die Herrscherin von Silbrigmond, und an Bruenor Heldenhammer, den nächsten König und meinen engsten Freund.

»Vielleicht bringe ich eines Tages die Kraft auf, mich gegen Rico zu behaupten«, sagte Nojheim unvermittelt und riss mich damit aus meinen Gedanken. Seine nächsten Worten brannten sich in meine Seele. »Ich bin kein besonders mutiger Goblin. Ich möchte lieber leben, auch wenn ich mich oftmals frage, was mein Leben überhaupt wert ist.«

Diese Worte hätten auch von meinem Vater stammen können. Auch mein Vater Zak'nafein war ein Sklave, wenn auch in einem ganz anderen Sinne. Zak'nafein hatte in Menzoberranzan ein gutes Leben, doch er verabscheute die Dunkelelfen und deren Bosheit. Allerdings sah er keine Möglichkeit zur Flucht aus der Drow-Stadt, und deshalb blieb er ein Drow-Krieger, dessen Überleben auf den Gesetzen beruhte, die ihm so zuwider waren.

Ich versuchte noch einmal, Nojheim daran zu erinnern, dass ich einem vergleichbaren Schicksal entronnen war und mich einer verzweifelten Lage entzogen hatte.

Ich erklärte ihm, dass ich immer wieder auf Leute gestoßen war, die mich aufgrund meiner verrufenen Herkunft gleichermaßen hassten wie fürchteten.

»Du bist ein Drow, kein Goblin«, wiederholte er wieder, und dieses Mal dämmerte mir, was er damit meinte. »Sie werden nie begreifen, dass ich nicht von Grund auf böse bin wie die anderen Goblins. Ich verstehe es ja selbst nicht.«

»Aber du glaubst es«, sagte ich mit fester Stimme.

»Soll ich jedem sagen, dass dieser Goblin nicht zu der üblen Sorte gehört?«

»Ganz genau«, bestätigte ich. Mir kam das durchaus vernünftig vor. Offenbar hatte ich den Zugang gefunden, den ich suchte.

Aber prompt schloss Nojheim dieses Tor und lehrte mich etwas über mich und die Welt, über das ich noch nicht nachgedacht hatte.

»Was ist der Unterschied zwischen uns?«, drängte ich in der Hoffnung, ihm mein Verständnis der Wahrheit näherzubringen.

»Du hältst dich für benachteiligt?«, fragte der Goblin. Er kniff die gelben Augen zusammen, und ich wusste, dass er sich gerade sehr klug vorkam.

»Inzwischen akzeptiere ich weder diesen Stempel noch die Benachteiligung«, erklärte ich. Plötzlich hinderte mich mein Stolz zu begreifen, worauf der arme Kerl hinauswollte. »Die Leute fällen ihr Urteil über mich, aber ich akzeptiere ihre unfairen Schlüsse nicht mehr.«

»Und wenn sie dir unrecht tun, kämpfst du?«, fragte Nojheim.

»Ich beachte sie nicht. Ich ignoriere sie, denn innerlich weiß ich, dass meine Überzeugungen richtig sind.«

Nojheims Lächeln verriet sowohl ehrliche Freude, dass ich meinen Weg gefunden hatte, als auch tiefes Mitleid – Selbstmitleid, wie mir bald klar wurde.

»Wir sind keineswegs in derselben Lage«, beharrte er. Ich wollte widersprechen, doch er hob abwehrend die Hand. »Du bist ein Drow, also etwas Besonderes, und die große Mehrheit derer, denen du begegnest, hat noch nie einen Drow gesehen.«

»Fast jeder auf der Oberfläche kennt grauenvolle Geschichten über die Drow«, hielt ich dagegen.

»Aber sie hatten noch nie persönlich mit Drow-Elfen zu tun!«, gab Nojheim scharf zurück. »Du bist etwas Außergewöhnliches und von einer exotischen Schönheit, selbst nach ihren eigenen Schönheitsmaßstäben. Du hast ein fein geschnittenes Gesicht, Drizzt Do'Urden, und einen scharfen Blick. Selbst deine glänzend schwarze Haut dürfte auf der Oberflächenwelt als schön gelten. Ich hingegen bin ein Goblin, ein hässlicher Goblin – wenn auch nur äußerlich.«

»Aber du kannst ihnen beweisen, wer du wirklich bist...«

Nojheim lachte über meine Worte. »Wer ich wirklich bin? Ihnen eine Wahrheit erzählen, die sie hinterfragen lässt, was sie ihr Leben lang für selbstverständlich hielten? Ich soll ihrer dunklen Seite den Spiegel vorhalten? Diese Leute hier, einschließlich Rico, haben schon viele Goblins getötet – wahrscheinlich sogar zu Recht«, fügte er rasch hinzu, und da verstand ich endlich, wovor ich die ganze Zeit die Augen verschlossen hatte.

Viele dieser Bauern hatten schon oft gegen Goblins gekämpft; andere hatten Goblins als Sklaven gehalten. Wenn diese nur einen trafen, der nicht zu ihrer Definition einer bösen Rasse passte, einen einzigen Goblin, der Gewissen und Mitleid entwickelt hatte, Klugheit und Wertvorstellungen, die ihren eigenen entsprachen, würde ihr ganzes Weltbild erschüttert werden. Selbst für mich war Nojheims wahres Wesen wie ein Schlag ins Gesicht, und nur aufgrund meiner eigenen Erfahrungen mit den Dunkelelfen, die ihren schlechten Ruf zum überwiegenden Teil auch verdient hatten, konnte ich meine spontane Ungläubigkeit und die Schuldgefühle überwinden.

Diese Bauern hier würden Nojheim jedoch nicht so leicht verstehen. Sie würden ihn fürchten und vermutlich umso mehr hassen.

»Ich bin nicht besonders mutig«, sagte Nojheim wieder, und obwohl ich anderer Ansicht war, behielt ich meine Gedanken diesmal für mich.

»Du kannst mich begleiten«, bot ich ihm an. »Heute Nacht. Wir gehen zurück nach Westen, nach Mithril-Halle.«

»Nein!«

Ich blickte ihn an, eher gekränkt als verwirrt.

»Ich will nie wieder gejagt werden«, erklärte er, und aus dem abwesenden, schmerzerfüllten Blick, mit dem er mich bedachte, erriet ich, dass er an das erste Mal dachte, als Rico ihm auf der Spur gewesen war.

Ich konnte Nojheim nicht zwingen, mich zu begleiten, doch ich konnte dieses Unrecht auch nicht hinnehmen. Sollte ich Rico offen damit konfrontieren? Das würde möglicherweise ernste Folgen haben. Ich wusste nicht, wem Pengallen die Treue geschworen hatte. Wenn das Dorf einer Stadt wie Nesme im Südwesten unterstand, die nicht gerade für Toleranz bekannt war, konnte alles, was ich gegen die Bewohner unternahm, Spannungen zwischen Nesme und Mithril-Halle hervorrufen. Immerhin war ich ein Botschafter von Bruenor Heldenhammer.

Also ließ ich Nojheim zurück. Am Morgen besorgte ich mir ein gutes Pferd und nahm den einzigen Weg, der mir jetzt noch offenstand. Ich entschied mich, zuerst nach Silbrigmond zu reiten, dessen Herrscherin Alustriel das höchste Ansehen weit und breit genoss. Danach konnte ich notfalls noch an Bruenors ausgeprägten Gerechtigkeitssinn appellieren.

Außerdem beschloss ich, dass ich, falls weder Alustriel noch Bruenor für Nojheim Partei ergreifen wollten, die Sache notfalls in die eigenen Hände nehmen würde, und zwar um jeden Preis.

Der Ritt nach Silbrigmond dauerte drei Tage, obwohl ich ein hartes Tempo anschlug. Am Moortor auf der Westseite der Stadt hießen mich die Wachen mit dem Segen der Herrin Alustriel willkommen. Doch als ich erklärte, dass ich Alustriel sehen müsste, erfuhr ich, dass die Herrin von Silbrigmond gar nicht in der Stadt weilte. Sie hatte im Osten zu tun, in Sundabar, und würde erst in vierzehn Tagen wiederkehren.

So lange konnte ich nicht warten. Also verabschiedete ich mich von den Wachen und erklärte, dass ich in einem oder zwei Zehntagen wiederkäme. Vorerst kehrte ich dorthin zurück, wo ich hergekommen war. Dann musste eben Bruenor handeln.

Meine Stimmung während des Ritts war heiter und bedrückt zugleich. Die freundliche Begrüßung in Silbrigmond, die so anders ausgefallen war als erwartet, erfüllte mich mit der geradezu berauschenden Hoffnung, dass man dem Unrecht in der Welt etwas entgegensetzen konnte. Gleichzeitig jedoch hatte ich das Gefühl,

Nojheim verraten zu haben, als wäre mein Wunsch, der Etikette Genüge zu tun, der Weg eines Feiglings. Ich hätte darauf bestehen müssen, dass der Goblin mich begleitete, ihn von seinem Schmerz befreien und anschließend versuchen müssen, die Situation diplomatisch zu klären.

Ich habe in meinem Leben immer wieder Fehler begangen, und dieser war einer davon. Anstatt direkt nach Mithril-Halle zu Bruenor zu eilen, bog ich daher nach Pengallen ab.

Wo Nojheim an Ricos Galgen baumelte.

Es gibt Ereignisse, die sich für immer in mein Gedächtnis gebrannt haben; Gefühle, die ein vollkommen klares Bild heraufbeschwören, eine anhaltende, überaus lebhafte Erinnerung. Ich erinnere mich an den Wind, der in diesem schrecklichen Augenblick wehte. Der Tag war ungewöhnlich warm für die Jahreszeit und der Himmel wolkenverhangen, aber der Wind, der bei solchem Wetter böig aus den Bergen herunterblies, brachte eine eisige Kälte mit sich, denn er stammte von Hängen, die noch tief verschneit waren. Dieser Wind wehte mein dichtes weißes Haar um mein Gesicht und drückte den Mantel fest an meinen Rücken, während ich vom Sattel aus hilflos den Galgen anstarrte.

Die Böen ließen Nojheims steifen, aufgedunsenen Körper langsam hin und her pendeln, während der Bolzen, der das Hanfseil hielt, klagend und hilflos protestierte.

So werde ich ihn ewig vor Augen haben.

Ich war noch nicht einmal abgesessen, um den armen Goblin abzuschneiden, als Rico und einige seiner zerlumpten Kumpane mir bewaffnet entgegenkamen, vermutlich, um mich genau davon abzuhalten. Nur Tharman war unbewaffnet. Er machte ein bedrücktes Gesicht.

»Der verdammte Goblin hat versucht, mich umzubringen«, erklärte Rico. Einen flüchtigen Moment lang glaubte ich ihm sogar und fürchtete, ich hätte Nojheim zu einem tödlichen Fehler verleitet. Als Rico jedoch fortfuhr und behauptete, der Goblin hätte ihn am helllichten Tag vor einem Dutzend Zeugen angegriffen, wurde mir klar, dass seine Worte vollkommen erlogen waren. Die Zeugen waren nichts weiter als Teilhaber einer gemeinen Verschwörung.

»Kein Grund, sich zu ärgern«, fuhr Rico fort. Sein selbstgefälliges Lächeln beantwortete alle meine Fragen bezüglich des Mordes. »Ich habe schon viele Goblins getötet«, fügte er rasch hinzu, wobei seine Tonlage sich leicht veränderte, »wahrscheinlich sogar zu Recht.«

Warum hatte Rico gezögert, ehe er das Wort »wahrscheinlich« ausgesprochen hatte? Da wurde mir bewusst, dass ich genau diese Worte in genau diesem Tonfall schon einmal gehört hatte. Nojheim hatte das gesagt, und offensichtlich hatte auch Rico es vernommen! Die Befürchtungen, die der Goblin in jener Nacht im Schuppen geäußert hatte, klangen plötzlich erschütternd plausibel.

Ich wollte meine Krummsäbel zücken, vom Pferd springen und Rico niederstrecken – genau wie jeden anderen, der versuchen mochte, diesem Mörder beizustehen.

Tharman sah mich an. Er durchschaute meine Absichten und schüttelte den Kopf, um mich wortlos daran zu erinnern, dass meine Waffen hier nichts ausrichten konnten, was irgendjemandem, einschließlich Nojheim, helfen würde.

Rico redete immer noch, aber ich hörte nicht länger

hin. Was blieb mir auch übrig? Von Alustriel oder Bruenor konnte ich nicht erwarten, dass sie gegen Rico einschreiten würden. Schließlich war Nojheim nur ein Goblin gewesen, und selbst wenn ich irgendwie das Gegenteil beweisen und Alustriel oder Bruenor überzeugen konnte, dass dieser Goblin ein friedliches Wesen und zu Unrecht bestraft worden war, konnten sie nichts mehr tun. Ein Verbrechen setzte Absicht voraus, und für Rico und die Bewohner von Pengallen war und blieb Nojheim trotz all meiner Aussagen letztlich nur ein Goblin. Kein Gericht im Umkreis, wo blutige Auseinandersetzungen mit den Goblins noch immer an der Tagesordnung waren und fast jeder mindestens ein Familienmitglied bei Goblin-Überfällen verloren hatte, würde diese Männer schuldig sprechen, weil sie Nojheim hingerichtet hatten. Sie hatten nur ein Monster gehängt.

Ich hatte zu diesem Vorfall beigetragen. Ich hatte Nojheim wieder eingefangen und seinem boshaften Herrn übergeben, obwohl ich gespürt hatte, dass hier etwas faul war. Und dann hatte ich mich noch einmal in das Leben des Goblins eingemischt und ihm gegenüber gefährliche Gedanken ausgesprochen.

Rico redete weiter, während ich von dem geliehenen Pferd stieg, Taulmaril überstreifte und nach Mithril-Halle ritt.

Sonnenuntergang. Wieder ergibt sich ein Tag der Nacht. Ich sitze hier unweit von Mithril-Halle an einer Bergflanke.

Das Mysterium der Nacht ist angebrochen. Ob wohl Nojheim jetzt die Wahrheit eines größeren Mysteriums kennt? Ich frage mich häufig, was aus denen wird, die mir vorangegangen sind und schon wissen, was ich erst erfahren werde, wenn der Zeitpunkt meines Todes gekommen ist. Ist Nojheim jetzt besser dran, weil er nicht mehr Ricos Sklave ist?

Wenn es nach dem Tod gerecht zugeht, sollte es so sein.

Ich muss einfach glauben, dass es so ist. Aber dennoch leide ich unter dem Wissen, dass ich zum Tod dieses ungewöhnlichen Goblins beigetragen habe, indem ich ihn einfing und indem ich später zu ihm kam und Hoffnungen weckte, die er sich nicht leisten konnte. Ich kann nicht vergessen, dass ich ihn danach sitzen ließ, wenn auch mit den besten Absichten. Ich bin nach Silbrigmond geritten und habe ihn schutzlos zurückgelassen, in seinem ganzen Schmerz über die Ungerechtigkeit.

Deshalb lerne ich aus meinem Fehler.

Ich werde ein solches Unrecht nie wieder hinnehmen. Wenn ich wieder einmal jemandem begegne, der so denkt und fühlt wie Nojheim und in einer vergleichbaren Lage ist, dann Gnade seinem bösen Herrn! Sollen die Machthaber jener Region mein Handeln nachträglich beurteilen und mich freisprechen, wenn sie es für Recht erachten. Wenn nicht…

Es spielt keine Rolle. Ich folge meinem Herzen.

Die dritte Stufe

Erstveröffentlichung in *Realms of Infamy*,
TSR 1994

Artemis Entreri fasziniert mich. Zu Beginn war er einfach ein Gegenspieler für Drizzt, ein Einfall im Nachwort zum ersten Band der Saga von Drizzt, Der Gesprungene Kristall. *Im zweiten Band entwickelte er sich bald zu dessen Spiegelbild, und zwar in einem dunklen Spiegel (ich bitte um Verzeihung, dass dies dem Titel der vorangehenden Geschichte so nahekommt). In den ersten Büchern sah ich Entreri von Drizzts Warte aus. Ich wollte Drizzt erkennen lassen, dass der Assassine so war, wie er, Drizzt, vielleicht geworden wäre, wenn er in Menzoberranzan geblieben wäre. Die Szenen in* Die silbernen Ströme, *in denen Drizzt und Entreri in Mithril-Halle Seite an Seite kämpfen, aber auch ihre Zweikämpfe in* Der Magische Stein *und besonders in* Das Vermächtnis *zählen zu meinen persönlichen Lieblingsszenen aus all meinen Werken.*

Irgendwann fiel Artemis Entreri jedoch aus der Rolle, und mir wurde zunehmend wichtig, mit ihm wieder einmal einen Aspekt dessen auszuloten, was es bedeutet, ein rational denkender Sterblicher zu sein. Das dürfte mir 1991 klar geworden sein, während der Arbeit an Der Dritte Sohn, *in dem Entreri nicht einmal vorkam (in der Zeitrechnung der Vergessenen*

Welten war er damals noch nicht einmal geboren). TSR hatte damals gerade die 2nd Edition von AD&D herausgebracht, eine Version, in der Assassinen absichtlich ausgeschlossen wurden, und so erhielt ich einen Anruf von Jeff Grubb, dem Koordinator der Welten, der mir großzügig anbot, Entreri selbst umzubringen, damit seine Spiele-Entwickler dies nicht übernehmen müssten. Man wollte nämlich allen Assassinen von einem bösen Gott die Seele aussaugen lassen, um auf diese Weise die veränderten Spielregeln zu erklären. Nachdem wir eine halbe Stunde herumgestritten hatten, weil ich darauf bestand, dass weder ich noch TSR Entreri umbringen würde, kam mir die Erleuchtung.

»Ich verstehe nicht, warum er gehen muss«, sagte ich.

»Weil es in der 2nd Edition keine Assassinen mehr gibt!«, fauchte Jeff zum hundertsten Mal.

»Er ist doch gar kein Assassine«, beharrte ich. Als der offensichtlich überraschte Jeff nicht darauf antwortete, fügte ich hinzu: »Er ist ein Kämpfer-Dieb, der gegen Bezahlung Leute umbringt.«

Nach einer neuerlichen Pause sagte Jeff: »Das geht!«

Nachdem ich aufgelegt hatte, stellte ich verblüfft fest, wie hartnäckig ich Entreri verteidigt hatte. Für mich war er nicht mehr irgendein Schurke, sondern ein wichtiger Charakter, dessen Eigenleben weit über seine Beziehung zu Drizzt hinausging. Es wundert mich nicht, dass viele Geschichten dieser Anthologie ihn zum Thema haben, und in dieser hier, **Die dritte Stufe,** *wollte ich den Grund dafür herausfinden. Warum war dieser Mann bei dem gescheitert, was Drizzt gelungen war? Warum war dieser Mensch zum Opfer seiner verkommenen Umgebung geworden? Im Laufe meiner Arbeit an der Geschichte sah ich Entreri allmählich als amoralischen Menschen, nicht als unmoralisch – ein emotional verschlossener Mann,* *der in einer Welt zu überleben sucht, die ihm nur ihre böse Seite gezeigt hat. Wir wissen, dass Verbrecher normalerweise irgendwoher kommen – und zwar aus einem schlechten Umfeld. In unzähligen Büchern und zahllosen Therapiestunden hat man versucht, die dunkle Vergangenheit zu ergründen, die einen Menschen zu bösen Taten verleiten kann. So musste es auch bei Artemis Entreri gewesen sein.*

Die Blicke des jungen Mannes wanderten von einer Seite zur anderen, immer hin und her, ständig auf der Hut. Links zwischen zwei baufälligen Hütten nahm er eine Bewegung wahr.

Nur ein spielendes Kind, das sich klugerweise im Schatten verbarg.

Auf der rechten Seite sah er in einer tiefen Nische hinter einem Fenster – einem Loch in der Wand, denn niemand in diesem Viertel von Calimhafen konnte sich Glasscheiben leisten – eine Frau. Regungslos beobachtete sie ihn, ohne gewahr zu werden, dass auch er sie sehen konnte.

Er fühlte sich wie eine Raubkatze, die über ein Feld lief, und sie war nur eines von vielen Beutetieren, das hoffte, unbemerkt zu bleiben.

Der junge Artemis Entreri liebte dieses Gefühl, und er liebte diese Macht. Seit mehr als fünf Jahren arbeitete er in dieser Straße – falls die Ansammlung armseliger Schuppen an der von Karrenspuren durchzogenen Erde als solche zu bezeichnen war. Angefangen hatte er mit neun.

Entreri blieb stehen und wandte sich langsam dem Fenster zu. Schon diese Andeutung einer Drohung ließ die Frau zurückschrecken.

Lächelnd nahm Entreri seine Begutachtung wieder auf. Das war seine Straße, sagte er sich, der Ort, den er sich drei Monate nach seiner Ankunft in Calimhafen ausgesucht hatte. Die Straße hatte keinen offiziellen Namen, doch seinetwegen hatte sie jetzt eine Identität. Es war das Gebiet, das Artemis Entreri unterstand.

Wie weit hatte er es in diesen fünf Jahren gebracht, seit er sich ganz von Memnon bis hierher durchgeschlagen hatte. Heute musste Entreri bei dem Gedanken an diese Entfernung grinsen. Genau genommen war Memnon die Nachbarstadt, doch angesichts der lebensfeindlichen Wüste um Calimhafen war es selbst bis dorthin eine lange, schwierige Reise.

Schwierig, ja, aber Entreri hatte es geschafft. Er hatte überlebt, trotz der harten Arbeit, welche die Händler der Karawane ihm damals zugeteilt hatten, trotz der unverhohlenen Annäherungsversuche eines lüsternen alten Mannes, ein unrasierter, stinkender Kerl, der offenbar glaubte, dass ein neunjähriger Knabe...

Entreri schüttelte die Erinnerung ab, deren unausweichliches Ende er sich nicht ins Gedächtnis rufen wollte. Er hatte die Reise mit der Karawane überlebt und sich am zweiten Tag in Calimhafen von den Händlern davongestohlen, nachdem ihm klar geworden war, dass sie ihn eigentlich nur mitgenommen hatten, um ihn in die Sklaverei zu verkaufen.

An das, was zuvor geschehen war, dachte der junge Mann nur ungern, weder an die Reise von Memnon nach Calimhafen noch an sein elendes Leben, dessentwegen er von zu Hause weggelaufen war. Dennoch war der Mundgeruch jenes gierigen Alten ebenso präsent wie der Atem seines eigenen Vaters und seines Onkels.

Der Schmerz brachte die wütende Anspannung zurück, ließ seine dunklen Augen hart werden und straffte seine wohlgeformten Armmuskeln. Er hatte es geschafft. Das war alles, was zählte. Dies hier war seine Straße, ein sicherer Ort, wo ihn niemand bedrohte.

Entreri überwachte sein Reich, blickte von links nach rechts und dann wieder geradeaus. Er sah jede Bewegung, jeden Schatten – wie ein Raubtier auf der Suche nach Beute, nicht auf der Hut vor Gefahren.

Die Größe seines »Reiches« ließ ihn allerdings herablassend lächeln. *Seine* Straße? Nur weil sich kein anderer Dieb darum scherte. Wenn Entreri an sechs Tagen jeden Einzelnen der vielen Betrunkenen herumwälzte, die in diesem verarmten Viertel zusammenbrachen, konnte er damit kaum genügend Münzen sammeln, um sich am siebten Tag noch ein anständiges Essen zu leisten.

Für den Knirps, der von zu Hause weggelaufen war, hatte das gereicht. In den letzten fünf Jahren hatten diese Einnahmen ihn ernährt und ihm seinen Stolz zurückgegeben. Jetzt aber war er ein junger Mann, vierzehn Jahre alt, zumindest beinahe. Seinen genauen Geburtstag hatte Entreri vergessen. Er wusste nur noch, dass es kurz vor einer besonders kurzen Regenzeit gewesen war, als die Zeiten daheim noch nicht so schrecklich waren.

Wieder schüttelte der Junge die unerwünschten Erinnerungen ab. Er war vierzehn, beschloss er. Wie zur Bestätigung blickte er an seinem geschmeidigen, sehnigen Körper herunter. Nur hundertzwanzig Pfund, doch das waren ausschließlich kräftige Muskeln. Er war vierzehn und zu Recht stolz darauf, denn er hatte überlebt, und er war erfolgreich. Er musterte die Straße, sein Reich, und seine schmale Brust weitete sich. Selbst die alten Säufer hatten Angst vor ihm und zollten ihm stets gebührenden Respekt.

Das hatte er sich verdient, und jeder in diesem Elendsviertel von Calimhafen, einer Stadt, die letztlich nur aus tausend ähnlichen Elendsvierteln bestand, welche sich um die prachtvollen goldverzierten Marmorvillen der wohlhabenden Kaufleute angesammelt hatten, respektierte und fürchtete ihn.

Alle bis auf einen.

Dieser Neue, der vielleicht drei oder vier Jahre älter war als Entreri, war erst vor einigen Tagen eingetroffen. Ohne Entreri um Erlaubnis zu bitten, hatte er angefangen, die Betrunkenen auszurauben oder gar am helllichten Tag in die Häuser einzudringen und die Bewohner zu terrorisieren. Der Fremde zwang Entreris Untertanen, für ihn zu kochen oder ihm sonstige Annehmlichkeiten zu gewähren.

Das war der Punkt, der Entreri besonders wurmte. Entreri hegte weder Liebe noch Respekt für das gewöhnliche Volk seines selbst geschaffenen Reiches, aber solche wie diesen Neuankömmling kannte er gut, sowohl aus seiner schrecklichen Kindheit als auch aus seinen schlimmsten Albträumen. Entreris Straße bot durchaus Platz für zwei Halunken. In den fünf Tagen, seit der Neue aufgetaucht war, waren er und Entreri einander noch nicht einmal begegnet. Und natürlich hatte auch keiner von Entreris jämmerlichen Informanten um Schutz vor dieser neuen Drangsal gebeten. Von denen würde ohnehin keiner das Wort an ihn richten, solange er nicht direkt dazu aufgefordert wurde.

Damit blieb nur die keineswegs unbedeutende Frage des Stolzes.

Entreri blinzelte um die Ecke auf die unbefestigte Straße. »Sehr pünktlich«, flüsterte er, als der Fremde auf das andere Ende der hier relativ geraden Straße trat. »Wie zu erwarten.« Entreri verzog den Mund bei dem Gedanken, dass Berechenbarkeit in der Tat eine Schwäche war. Das musste er sich gut merken.

Die Augen des neuen Schlägers waren dunkel, und sein Haar war wie Entreris schwarz wie das Wasser der Oase Kandad, so schwarz, dass in seinen Tiefen alle übrigen Farben zu verschmelzen schienen. Aus Calimshan, überlegte Entreri, und ihm selbst vermutlich nicht unähnlich.

Welche böse Vergangenheit mochte diesen Eindringling hierhergeführt haben, dachte er, pfiff sich jedoch sofort zurück. Solche Gedanken konnte Entreri sich nicht leisten. Mitleid war tödlich.

Entreri atmete tief durch, setzte einen kalten Blick auf und sah ungerührt zu, wie der Eindringling einen taumelnden Alten zu Boden warf und dessen fadenscheinige Börse aufriss. Die kärgliche Beute schien ihn nicht zufriedenzustellen. Der junge Mann riss ein halb verfaultes Brett von der Wand der nächsten Hütte und zog es seinem armseligen Opfer über die Stirn. Der Alte heulte auf und flehte um Gnade, doch sein Peiniger schlug gleich noch einmal zu und brach ihm dabei die Nase. Mit blutüberströmtem Gesicht lag der Mann auf den Knien, bettelte und schrie, doch er bekam einen Schlag um den anderen, bis sein Stöhnen von der Erde erstickt wurde, auf die sein zerschlagenes Gesicht fiel.

Der alte Mann war Entreri gleichgültig. Weit weniger gleichgültig war ihm jedoch, dass der Mann diesen Neuankömmling angebettelt hatte, einen Herrn, der sich ungeniert in Artemis Entreris Reich breitmachte.

Entreris Hände fuhren in die Taschen, wo sie nach den einzigen Waffen suchten, die er stets bei sich trug, zwei Handvoll Sand und einen flachen scharfkantigen Stein. Aus seinem Seufzer sprachen Resignation und die prickelnde Aufregung des bevorstehenden Kampfes gleichermaßen. Er wollte schon um die Ecke biegen, prüfte dann aber doch noch einmal seine Gefühle. Er war hier das Raubtier. Er war der Herr, also war es sein Recht, sein Reich zu verteidigen. Aber es blieb eine Traurigkeit, die Entreri nicht leugnen konnte, eine Resignation, die er nicht verstand.

Irgendwo tief in seinem Inneren, in einem Winkel, der durch all das Schreckliche verschlossen war, das er erlebt hatte, wusste Entreri, dass das Leben eigentlich anders aussehen sollte. Aber diese Erkenntnis lenkte ihn nicht von dem anstehenden Kampf ab, sondern machte ihn nur noch wütender.

Mit einem raubtierhaften Knurren bog Entreri um die Ecke, trat ins Freie und versperrte dem Schuft den Weg.

Der Ältere blieb stehen, um den neuen Gegner in Augenschein zu nehmen. Natürlich wusste er von Entreri, so wie dieser von ihm gewusst hatte.

»Endlich zeigst du dich offen«, sagte der Neuankömmling selbstsicher. Er war kräftiger gebaut als der schlanke Entreri, aber auch sein Körper wies kaum überflüssiges Gewicht auf. Die Schultern waren breiter, weil er älter war und wohl schon etwas länger ein hartes Leben geführt hatte. Seine Muskeln waren zwar weniger ausgeprägt, aber dennoch gespannt wie kräftige Seile.

»Ich hatte schon auf dich gewartet«, sagte er, während

er langsam näher rückte. Seine Vorsicht bewies dem aufmerksamen Entreri, dass der Fremde nervöser war, als er tat.

»Ich habe mich nie versteckt«, erwiderte Entreri. »Du hättest mich jederzeit antreffen können, jeden Tag.«

»Warum sollte ich?«

Diese lächerliche Bemerkung entlockte Entreri nur ein kurzes Schulterzucken. Großspurigkeit war einer Antwort nicht würdig.

»Du weißt, warum ich hier bin«, sagte der Mann schließlich schärfer als bisher. Ein weiterer Hinweis auf seine angespannten Nerven.

»Komisch. Ich dachte, ich wäre derjenige, der dich gefunden hätte«, erwiderte Entreri. Seine Sorge, dass dieser Schurke hier, auf Entreris Straße, mehr im Sinn hatte, als er gedacht hatte, wusste er gut zu verbergen.

»Du konntest mich kaum übersehen«, behauptete der Fremde.

Da war sie wieder, diese Andeutung eines tieferen Sinns. In diesem Augenblick kam Entreri der Gedanke, dass sein Gegner, kein Straßenkind, sondern ein ausgewachsener Mann, längst darüber hinaus sein sollte, eine so erbärmliche Gegend wie diese für sich zu beanspruchen. Selbst wenn er noch neu im Geschäft war, würde ein Erwachsener anders vorgehen. Vermutlich war er mit einer der vielen Diebesgilden in dieser Stadt der Diebe im Bunde. Warum also war er dann hier? Und warum allein?

Hatte man ihn womöglich aus seiner Gilde geworfen?

Einen kurzen Augenblick fürchtete Entreri, diesmal unterlegen zu sein. Sein Gegner war erwachsen und möglicherweise ein erfahrener Schurke. Dann aber schüttelte er diesen Gedanken ab, denn er war einfach unlogisch. Junge Emporkömmlinge wurden nicht aus Calimhafens Diebesgilden »geworfen«, sie verschwanden. Und niemand hinterfragte ihr plötzliches Verschwinden. Dieser Gegner hier war kein heimatloses Kind, das keinen mehr zum Spielen hatte.

»Wer bist du?«, fragte Entreri ganz direkt. Kaum hatten diese Worte seinen Mund verlassen, da wünschte er, er könnte die Frage zurücknehmen. Womöglich hatte er den anderen gerade mit der Nase auf seine Ahnungslosigkeit gestoßen. Entreri war an diesem Ort ganz auf sich gestellt. Er konnte weder auf ein Netzwerk zurückgreifen noch auf zuverlässige Spione, noch kannte er die wahren Machtstrukturen von Calimhafen.

Der Schläger lächelte und musterte seinen Gegner von Kopf bis Fuß. Entreri war klein und vermutlich ein so schneller Kämpfer, wie die Berichte an die Gilde es vermuten ließen. Er trug eine gelassene Haltung zur Schau. Die Hände steckten noch in den Taschen seiner zerlumpten Hose, die nackten braunen Arme waren zwar dünn, aber die Muskeln waren deutlich zu erkennen. Der Mann wusste, dass Entreri keine Verbündeten hatte. Das hatte man ihm gesagt, bevor er aufbrach. Dennoch wirkte der Junge – in den Augen des Älteren war Entreri noch ein Junge – selbstsicher und weit älter, als er aussah. Dem Mann allerdings bereitete etwas anderes Sorge.

»Du hast keine Waffe?«, erkundigte er sich misstrauisch.

Wieder reagierte Entreri nur mit einem leichten Schulterzucken.

»Na schön«, sagte der andere mit fester Stimme, als hätte er gerade eine Entscheidung getroffen. Um das zu unterstreichen, hob er das Brett hoch, von dem noch das Blut des alten Mannes tropfte. Entschlossen legte er es sich über die Schulter, um es richtig griffbereit zu haben, wie Entreri registrierte. Er war nur noch sechs Schritte entfernt, als er zum Angriff ansetzte.

Hier ging es eindeutig um mehr, das war Entreri klar. Und er wollte Antworten.

Noch drei Schritte.

Entreri blieb ungerührt stehen, aber seine Muskeln spannten sich.

Als der Mann nur noch fünf Fuß entfernt war, schnellte Entreris Rechte aus der Tasche und schleuderte ihm eine Handvoll feinen Sand entgegen.

Der Mann riss seine Keule hoch und drehte dabei den Kopf weg. Als er sich wieder umdrehte, lachte er nur. »Du wolltest mich mit einer Handvoll Sand blenden?«, fragte er ebenso ungläubig wie spöttisch. »Wie schlau von einem Wüstenkrieger, ausgerechnet Sand zu nehmen!«

Natürlich war das für den gerissenen Calimshiten der sprichwörtliche »älteste Trick der Welt« aus seinen vielfältigen Erfahrungen mit den hinterhältigen Techniken des Straßenkampfes. Der zweitälteste Trick folgte auf dem Fuß, als Entreri wieder in die Tasche griff, um eine zweite Handvoll Sand zu schleudern.

Der Dieb lachte noch, als er die Augen schloss, um den Angriff abzuwehren. Es war nur ein kurzer Augenblick, der Bruchteil einer Sekunde. Doch dieser Moment reichte dem mit beiden Händen gleich geschickten Entreri, die linke Hand aus der Tasche zu ziehen und den scharfkantigen Stein zu werfen. Er hatte nur eine geringe Chance, ein winziges Zeitfenster und ein ebenso eng umgrenztes

Ziel. Deshalb musste er perfekt sein. Aber das hatte für Entreri schon immer gegolten, seit seiner Kindheit, seit er in die Wüste gelaufen war, in ein Land, das auch nicht den kleinsten Fehler verzieh.

Der scharfe Stein pfiff an der erhobenen Keule vorbei und traf den Schurken etwas seitlich versetzt an der Kehle. Dort ritzte er die Luftröhre an, wurde nach links abgelenkt und durchstieß noch eine Arterie, ehe er vom Körper abprallte.

»W…?«, setzte der andere an, brach aber ab, weil das merkwürdige Pfeifen, das plötzlich in seiner Stimme lag, ihn offenbar verblüffte. Das Blut aus seinem Hals spritzte über seine Brust. Er drückte die freie Hand darauf, um die Blutung mit den Fingern zu unterbinden, blieb aber immerhin kaltblütig genug, weiterhin sein Brett bereitzuhalten. So wollte er Entreri auf Abstand halten, obwohl der Junge schon wieder beide Hände in den Taschen hatte und sich nicht rührte.

Er war gut, fand Entreri, der dem Mann für seine Ruhe und seine anhaltende Verteidigungsbereitschaft Respekt zollte. Er war gut, aber Entreri war perfekt. Man musste perfekt sein.

Nach außen hin war die Blutung jetzt fast gestillt, aber die Arterie war durchbohrt und die Luftröhre daneben ebenfalls.

Knurrend ging der Mann zum Angriff über. Entreri zuckte nicht mit der Wimper.

Plötzlich blieb der Schurke stehen. Seine dunklen Augen waren weit aufgerissen. Er wollte etwas sagen, spie aber nur einen hellen Blutschwall. Er versuchte, Luft zu holen, aber wieder gurgelte es nur kläglich, denn seine Lunge füllte sich bereits mit Blut. Er sank auf die Knie.

Es wurde ein langer Todeskampf. Calimhafen war ein gnadenloser Ort. Man musste perfekt sein.

»Gut gemacht«, sagte eine Stimme von links.

Entreri wandte sich zwei Männern zu, die gelassen aus einer engen Gasse spazierten. Er wusste sofort, dass es Diebe waren, vermutlich Gildenangehörige, denn Entreri war davon überzeugt, dass nur die erfahrensten Schurken ihm so nahe kommen konnten, ohne dass er es bemerkte.

Er warf einen letzten Blick auf den Toten vor seinen Füßen. Ihm gingen hundert Fragen durch den Sinn. Dann erkannte er mit eisiger Gewissheit, dass diese Begegnung arrangiert gewesen war. Man hatte den anderen auf ihn angesetzt.

Entreri lachte leise, doch zu hören war eher ein verächtliches Schnauben. Er trat dem Toten etwas Staub ins Gesicht.

Nicht ganz perfekt war tödlich. Perfekt hingegen verschaffte einem eine Einladung in die örtliche Diebesgilde, wie Entreri bald erfahren sollte.

Entreri konnte kaum fassen, dass er essen konnte, so viel er wollte. Er brauchte nur mit den Fingern zu schnippen. Auch ein weiches Bett hatte man ihm angeboten, aber er fürchtete, bei so viel Luxus zu verweichlichen. Er schlief nachts lieber auf dem Boden.

Wichtig war jedoch das Angebot. Materieller Reichtum oder Annehmlichkeiten waren für Entreri zwar nicht von Belang, aber er legte großen Wert darauf, dass man ihm derartige Dinge anbot.

Das war der Vorteil, wenn man dem Clan Basadoni angehörte, einer der einflussreichsten Diebesgilden der

Stadt. Einer von vielen Vorteilen. Für einen unabhängigen jungen Mann wie Artemis Entreri gab es allerdings auch diverse Nachteile.

Einer davon war Hauptmann Theebles Royuset, der Mann, den Pascha Basadoni zu Entreris persönlichem Mentor bestimmt hatte. Er verkörperte alles, was Artemis Entreri hasste – ein träger Vielfraß mit schweren Lidern, die ständig heruntersanken. Seine stinkende braune Naturkrause hätte eigentlich voluminös abstehen müssen, klebte stattdessen aber dreckig und fettig an seiner Kopfhaut. Zudem konnte man von den Flecken auf seinem Hemd stets auf seine letzten Mahlzeiten schließen. Körperlich war Theebles in jeder Hinsicht träge, außer wenn er etwas Essbares in seine Hängebacken schaufelte. Aber er hatte einen scharfen Verstand und war gefährlich.

Und sadistisch. Trotz seiner offenkundigen körperlichen Einschränkungen zählte Theebles in der Gilde zu der Handvoll Hauptmänner in der Führungsriege, die nur Pascha Basadoni persönlich unterstanden.

Entreri hasste ihn. Früher war Theebles ein Kaufmann gewesen, der wie so viele der Händler von Calimhafen ernste Schwierigkeiten mit der Stadtwache bekommen hatte. Daraufhin hatte Theebles sich mit seinem Vermögen einen Posten in der Gilde gesichert, mit deren Hilfe er untertauchen und den gefürchteten Kerkern von Calimhafen entgehen konnte. Sein Reichtum musste beachtlich gewesen sein, wie Entreri klar war, denn einen so gefährlichen Schurken hätte Pascha Basadoni sonst kaum in seine Gilde aufgenommen, geschweige denn zum Hauptmann ernannt.

Entreri war klug genug zu begreifen, dass die Wahl

des sadistischen Theebles als Mentor für Basadoni eine Prüfung von Entreris Loyalität darstellte.

Eine brutale Prüfung, wie Entreri sich klarmachte, als er an der Mauer eines quadratischen Zimmers im Keller der Gilde lehnte. Er hatte die Arme abwehrend vor der Brust gekreuzt und spielte unruhig, wenn auch lautlos, mit den Fingern, die in dicken Handschuhen steckten. Allmählich vermisste er seine Straße draußen in der Stadt. Er sehnte sich nach der Zeit, in der er einzig und allein auf sich selbst und seine Überlebensinstinkte gehört hatte. Diese Tage hatten mit dem wohlgezielten Wurf eines scharfkantigen Steins ihr Ende gefunden.

»Und?«, fragte Theebles, der zu einer seiner vielen unangekündigten Inspektionen gekommen war, noch einmal. Er pulte etwas ziemlich Großes aus seiner flachen, breiten Nase. Wie alles, was in seine plumpen Patschhände geriet, landete es prompt in seinem Mund.

Entreri verzog keine Miene. Er blickte von Theebles zu dem Terrarium auf der anderen Seite des spärlich beleuchteten Raums, der trocken und staubig war und volle sechs Meter unter der Erde lag.

Mit schwankenden Schritten tappte der fette Hauptmann zu dem Terrarium. Entreri folgte ihm gehorsam, nicht ohne zuvor dem Dieb an der Tür kurz zuzunicken. Es war derselbe, der Entreri auf der Straße angesprochen hatte, nachdem er den anderen Mann getötet hatte. Er nannte sich Tänzer, unterstand ebenfalls Theebles und gehörte zu den vielen Freunden, die sich der junge Entreri gemacht hatte, seit er zur Gilde gehörte. Tänzer erwiderte das Nicken und schlüpfte in den Gang hinaus.

Er traut mir, dachte Entreri, der Tänzer deshalb für einen Narren hielt.

Kurz vor dem Glaskasten schloss Entreri zu Theebles auf. Der Dicke starrte die kleinen orangefarbenen Schlangen an, die sich darin verknäulten.

»Wie schön«, sagte Theebles. »So schlank und zart.« Er sah Entreri mit seinem Schlafzimmerblick an.

Das konnte Entreri nicht leugnen. Bei den Schlangen handelte es sich um Thessalische Vipern, die gefürchteten »Zwei-Schritte-Vipern«. Wer von ihnen gebissen wurde, schrie auf, machte noch zwei Schritte und fiel tot um. Effektiv. Schön.

Den gefährlichen Schlangen das Gift aus den Zähnen zu melken, war selbst mit dicken Handschuhen keine erquickliche Aufgabe. Andererseits gab sich der boshafte Theebles Royuset große Mühe, Entreri nie erquickliche Aufgaben zuzuweisen.

Theebles starrte die faszinierenden Tiere lange an, ehe er einen Blick nach rechts warf. Er unterdrückte seine Überraschung bei der Erkenntnis, dass Entreri ihn lautlos umrundet und sich an das andere Ende des Raums begeben hatte. Nun wandte er sich dem jungen Dieb mit einem trockenen, überlegenen Auflachen zu, das ihn deutlich an seine untergeordnete Stellung erinnerte.

Da erst bemerkte Theebles den Vierteltisch, der bisher hinter einem Raumteiler verborgen gewesen war. Auf dem dicklichen, unförmigen Gesicht zeigte sich Überraschung, ehe er sich wieder fing. »Dein Tun?«, fragte er, während er den Sichtschutz umrundete und auf den kleinen runden Glastisch zeigte, der auf beiden Seiten in Bauchhöhe einen Hebel aufwies.

Langsam warf Entreri über die Schulter einen Blick auf Theebles, als dieser an ihm vorbeiging, würdigte ihn jedoch keiner Antwort. Entreri war der Schlangenmelker.

Natürlich war der Tisch »sein Tun«. Wer sonst, abgesehen von seinem höhnischen Mentor, würde auf die Idee kommen, diesen Raum zu betreten?

»Du hast dir in den unteren Rängen der Gilde viele Freunde gemacht«, bemerkte Theebles. Das war das Äußerste, was er Entreri je an Lob gezollt hatte. Theebles war in der Tat beeindruckt. Für jemanden, der erst so kurz in der Gilde war, war es eine echte Leistung, den berüchtigten Vierteltisch an einen so ungestörten und passenden Ort bringen zu lassen. Wenn er jedoch darüber nachdachte, überraschte es Theebles gar nicht mehr so sehr. Dieser Artemis Entreri war ein beeindruckender junger Mann, dessen Auftreten selbst deutlich älteren Schurken Respekt einflößte.

Ja, Theebles wusste, dass Artemis Entreri kein gewöhnlicher Taschendieb war. Er konnte ein großer Dieb werden, einer der besten. Was dem Basadoni-Clan sehr zum Vorteil gereichen konnte. Er konnte aber auch gefährlich werden.

Ohne sich umzusehen, durchquerte Entreri den Raum und setzte sich auf einen der beiden Stühle, die an zwei einander gegenüberliegenden Seiten des Tisches standen.

Die Herausforderung kam natürlich keineswegs unerwartet. Ähnliche Szenen hatte Theebles mit den jungen Dieben, die man ihm unterstellte, schon häufig erlebt. Zudem wusste Entreri inzwischen mit Sicherheit, dass es Theebles gewesen war, der den Schläger in das Armenviertel geschickt hatte, um ihn herauszufordern. Vermutlich hatte Tänzer es ihm verraten. Theebles prägte sich ein, einige Takte mit dem Mann zu reden, sobald er mit Entreri fertig war. Mit einem leisen Lachen stapfte der Mann durch das Zimmer zu Entreri. Die vier Gläser in den gleichmäßig verteilten Vertiefungen am Rand des Tisches waren zur Hälfte mit klarem Wasser gefüllt. In der Mitte des Tisches stand ein leeres Reagenzglas für das Melken.

»Dir ist bewusst, dass ich ein enger Freund von Pascha Basadoni persönlich bin«, bemerkte Theebles.

»Mir ist bewusst, dass du meine Herausforderung annimmst, sobald du dich auf diesen Stuhl setzt«, antwortete Entreri. Er griff nach dem Melkglas. Die strengen Regeln des Duells verlangten, dass auf dem Tisch nur diese vier Gläser stehen durften.

Theebles brach in schallendes Gelächter aus. Damit hatte Entreri gerechnet. Er wusste, dass er kein Recht hatte, ein solches Duell zu fordern, und atmete auf, als Theebles ihm auf die Schulter schlug und den Tisch umrundete. Dann blieb der fette Hauptmann stehen und starrte eindringlich in jedes einzelne Glas, als wäre ihm etwas aufgefallen.

Das war ein Bluff, sagte sich Entreri im Stillen. Das Gift der Thessalischen Viper war klar wie Wasser.

»Hast du genug genommen?«, fragte Theebles sehr ruhig.

Entreri verzog keine Miene. Er wusste ebenso gut wie sein Hauptmann, dass ein einziger Tropfen genügte.

»Und du hast nur ein Glas vergiftet?«, fragte Theebles. Auch diese Bemerkung war rein rhetorisch. Die Regeln für dieses Duell waren eindeutig.

Theebles setzte sich auf den zweiten Stuhl, womit er sein Einverständnis bekundete. Entreris Fassade hätte beinahe einen Riss bekommen, und er musste einen Seufzer der Erleichterung unterdrücken. Der andere hätte ablehnen, Entreri hinauswerfen und ihm den Bauch aufschlitzen lassen können, weil er sich erdreistete, ein ranghohes Mitglied der Gilde in dieser Form herauszufordern. Allerdings hatte Entreri schon vermutet, dass der grausame Theebles nicht so direkt vorgehen würde. Theebles hasste ihn mindestens ebenso wie er Theebles, und in den letzten Zehntagen hatte er alles getan, was in seiner Macht stand, um diesen Hass zu schüren.

»Nur eins?«, fragte Theebles noch einmal.

»Spielt das eine Rolle?«, erwiderte Entreri, der sich sehr schlau vorkam. »Eins, zwei oder drei – das Risiko bleibt gleich.«

Das Gesicht des Hauptmanns verfinsterte sich. »Es ist ein Vierteltisch«, sagte er herablassend. »Ein Viertel. Eins zu vier. So lautet die Regel. Wenn die Tischfläche rotiert, steht die Chance, das vergiftete Glas zu erwischen, eins zu vier. Und den Regeln zufolge darf nur ein Glas vergiftet sein. Nur einer kann sterben.«

»Es ist nur ein Glas vergiftet«, bestätigte Entreri.

»Es ist das Gift der Thessalischen Viper, und nur dieses?«

Entreri nickte. Ein Herausforderer, der auf der Hut war, konnte dieser Frage entnehmen, dass Theebles dieses Gift nicht fürchtete. Natürlich nicht.

Theebles erwiderte das Nicken und machte wie sein Gegner ein ernstes Gesicht. »Du bist dir ganz sicher?«

Der verschlagene Unterton des gewieften Mörders entging Entreri nicht. Theebles tat so, als könnte der junge Mann es sich noch einmal überlegen, aber das war nur eine List. Und Entreri wollte mitspielen. Nervös sah er sich um und brachte sogar eine Schweißperle auf der Stirn hervor. »Nun ja...«, begann er zögernd, als würde er noch einmal darüber nachdenken.

»Ja?«, hakte Theebles nach einer langen Pause nach.

Entreri schickte sich an aufzustehen, als hätte er es sich wirklich noch einmal anders überlegt, aber Theebles hielt ihn mit einem scharfen Befehl zurück. Die gespielte Überraschung auf Entreris zartem jungem Gesicht wirkte überzeugend.

»Forderung angenommen«, knurrte der Hauptmann. »Du hast keine Wahl.«

Entreri sank auf seinen Platz zurück, griff zum Rand der Tischfläche und setzte sie mit einem kräftigen Ruck in Bewegung. Wie ein Roulette drehte sie sich leise und gleichmäßig auf dem Ständer in der Mitte. Entreri griff nach dem langen Hebel an der Seite, einer der Bremsen. Theebles tat es ihm mit einem selbstgefälligen Lächeln nach.

Schnell wurde das Spiel reine Nervensache. Entreri und Theebles starrten einander in die Augen, und nun endlich erkannte Theebles das Format seines jungen Gegners. Er erkannte die gnadenlose Berechnung von Artemis Entreri. Dennoch hatte er keine Angst, sondern registrierte gefasst die leichte Veränderung in Entreris Augen, die darauf hindeutete, dass der junge Mann die wirbelnden Gläser genauer beobachtete, als er preisgab.

Entreri registrierte ein winziges Flackern, ein leichtes Aufblitzen, dann noch eins. Lange vor Theebles Erscheinen hatte er ein Glas am Rand ein ganz klein wenig angeschlagen. Danach hatte Entreri Tisch und Stuhl mit größter Sorgfalt aufgestellt. Und nun reflektierte die kleine Unebenheit bei jeder Drehung das Flackern der nächsten Fackel an der Wand, aber nur für Entreris Augen.

Lautlos zählte Entreri die Zeit von einem Aufflackern zum nächsten, um die Geschwindigkeit des Tisches richtig einzuschätzen.

»Warum gehst du ein derartiges Risiko ein?«, fragte Theebles misstrauisch, um den jungen Mann mit seinen Worten aus der Konzentration zu reißen. »Kannst du mich nach den wenigen Zehntagen bereits derart hassen?«

»Nach langen Monaten«, stellte Entreri klar. »Aber mein Hass ist schon älter. Der Kampf auf der Straße war kein Zufall. Er war arrangiert, ein Test, sowohl für mich als auch für den, den ich töten musste. Und du hast dabei die Fäden gezogen.«

Entreris Wortwahl – »der, den ich töten musste« – gab Theebles einen Hinweis auf das Motiv des jungen Diebes. Der Fremde auf der staubigen Straße war wahrscheinlich der Erste gewesen, den Artemis Entreri umgebracht hatte. Der Hauptmann lächelte in sich hinein. Gewisse Schwächlinge konnten einen Mord nur schwer verkraften. Diese Tat oder aber der unausweichliche Pfad, auf den sie den jungen Mann geführt hatte, war nicht nach Entreris Geschmack.

»Ich musste herausfinden, ob du würdig bist«, sagte Theebles, womit er seine Beteiligung eingestand. Aber Entreri hörte gar nicht mehr zu. Der junge Dieb war wieder dazu übergegangen, die wirbelnden Gläser zu beobachten.

Theebles ging leicht auf die Bremse, womit die Rotation deutlich langsamer wurde. Das Lager war gut geschmiert (angeblich war sogar Magie im Spiel), sodass die Platte nur wenig Schwung benötigte, um sich relativ gleichmäßig zu drehen.

Entreri schien die unerwartete Veränderung der Geschwindigkeit nicht zu beunruhigen. Er wahrte ungerührt die Fassung und begann, wieder lautlos zu zählen. Das markierte Glas flackerte genau nach einer Achtel Umdrehung ab Theebles Stuhl. Entreri passte sein Zähltempo so an, dass er bei jeder vollen Umdrehung auf acht zählte.

Er sah es flackern, zählte, und bei neun betätigte er abrupt die Bremse.

Die Tischfläche kam so plötzlich zum Halten, dass die Flüssigkeit in den Gläsern wild schwappte und kleine Tröpfchen über Tisch und Boden spritzten.

Theebles beäugte das Glas, das vor ihm stand. Er hätte bemerken können, dass der junge Dieb die Regeln des Vierteltischduells noch nicht richtig beherrschte, denn die Gegner sollten die Bremsen eigentlich abwechselnd und langsam anziehen, und derjenige, dem die Herausforderung galt, hatte den letzten Zug. Aber der dicke Hauptmann wollte kein Aufhebens darum machen. Er wusste, dass er verloren hatte, aber das scherte ihn nicht sonderlich. Er wartete schon fast einen Zehntag auf dieses Duell und hatte genug Gegengift in den Adern, um das Gift von hundert Thessalischen Vipern zu neutralisieren. Er hob sein Glas. Entreri tat es ihm nach, und beide tranken.

Es vergingen fünf Sekunden. Zehn.

»Nun«, meinte Theebles, »mir scheint, dass heute keiner von uns das kritische Viertel erwischt hat.« Er hievte seinen schweren Körper vom Stuhl. »Natürlich wird Pascha Basadoni von dieser Unverschämtheit erfahren.«

Entreri verzog keine Miene. Theebles nahm an, dass der junge Dieb seine Überraschung zu überspielen suchte oder innerlich schäumte oder bereits überlegte, wie er dieser unerwarteten Katastrophe entfliehen konnte. Je länger seine Ruhe anhielt, desto mehr irritierte sie den Hauptmann.

»Du hast dein Duell bekommen«, fauchte Theebles plötzlich laut. »Ich bin am Leben, also hast du verloren. Diese Unverfrorenheit wird dich teuer zu stehen kommen!«

Entreri zuckte nicht mit der Wimper.

Recht gut für so einen kleinen Senkrechtstarter, dachte der Hauptmann und schnippte mit den Fingern. Während er ging, überlegte er sich bereits, wie er Entreri am besten bestrafen konnte.

Welche herrliche Qualen er sich ausdenken würde, denn dieses Mal konnte Basadoni Theebles nicht aufhalten. Der Gildemeister, der Theebles Einschätzung nach im Alter viel zu weich geworden war, hatte sich schon mehrfach für Entreri eingesetzt und Theebles zurückgehalten, wenn er erfuhr, dass der fette Hauptmann den jungen Dieb besonders brutal bestrafen wollte. Diesmal nicht! Dieses Mal konnte Basadoni nicht einschreiten. Dieses Mal hatte Entreri seine Strafe gründlich verdient.

Nachdem Theebles in sein prachtvolles Privatquartier zurückgekehrt war, ging er als Erstes zu seinem gut bestückten Vorratsschrank. Das Antidot zum Gift der Thessalischen Viper machte nach Verabreichung des Gifts bekanntlich hungrig, und vom Essen hatte Theebles sich noch nie lange abhalten lassen. Er nahm einen Kuchen heraus, ein Riesending, das mit Zuckerguss und süßen Früchten dekoriert war.

Theebles nahm das Messer, um sich ein Stück abzuschneiden, zuckte dann aber mit den Schultern und beschloss, gleich alles zu essen. Mit beiden Händen hob er den Kuchen an den Mund.

»Oh, dieser Schlaukopf!« Theebles hielt zufrieden inne und setzte den Kuchen wieder ab. »Noch schlauer als schlau, die Finte in der Finte! Natürlich kennst du die Wirkung des Thessalischen Antidots. Dir war klar, dass ich prompt an meinen Schrank gehen würde! Und Zeit genug hattest du auch, nicht wahr, Artemis Entreri? Schlauer Bursche!«

Der Hauptmann blickte zum Fenster und überlegte, ob er den Kuchen auf die Straße kippen sollte. Mochten die Straßenkinder die Krümel finden und allesamt tot umfallen! Aber der Kuchen, der schöne Kuchen! Er konnte sich nicht einfach davon lösen, und er hatte solchen Hunger.

Also ging Theebles zu seinem Schreibtisch, wo er vorsichtig die Schubladen mit den Fallen entsicherte und dabei das Wachssiegel überprüfte, um sicher zu sein, dass niemand hier gewesen war und Entreri sich nicht an diesem Vorrat zu schaffen gemacht hatte. Nachdem er sich davon überzeugt hatte, dass alles so war, wie es sein sollte, öffnete Theebles ein Geheimfach unten in der Schublade, dem er eine sehr wertvolle Phiole entnahm. Sie enthielt eine bernsteinfarbene Flüssigkeit, einen magischen Trank, der jedes Gift neutralisierte, das jemand zu sich nahm. Theebles sah zu dem Kuchen zurück. War Entreri tatsächlich so listig, wie er dachte? Begriff der junge Dieb das Konzept der Finte in der Finte?

Theebles seufzte. Möglicherweise *war* Entreri derart gerissen. Das Universalgegengift in dem Fläschchen war sehr teuer, aber der Kuchen sah so überaus lecker aus.

»Artemis Entreri wird mir das nächste Fläschchen bezahlen«, beschloss der jetzt wirklich hungrige Hauptmann, während er das Gegengift herunterkippte. Dann ging er zum Kuchen zurück und probierte ein kleines Stück vom Rand. Er war tatsächlich vergiftet. Das erkannte der erfahrene Theebles sofort an dem kaum wahrnehmbaren säuerlichen Beigeschmack.

Das Gegengift würde ihn schützen, das wusste er, und dieser Jungspund sollte ihn nicht von einem so leckeren Mahl abhalten. Theebles rieb sich die fleischigen Hände und griff erneut zu. Er stopfte sich richtig voll, schluckte große Stücke, ohne lange zu kauen, und wischte am Ende sogar das Silbertablett sauber.

In jener Nacht starb Theebles einen qualvollen Tod, der ihn mit furchtbaren Schmerzen aus dem Schlaf riss. Ihm war, als stünde sein Innerstes in Brand. Er wollte schreien, aber seine Stimme erstickte in seinem eigenen Blut.

Am frühen Morgen fand ihn sein Diener, den Mund voller Blut und Schleim. Das Kissen war rotbraun gesprenkelt und sein Leib voller hässlicher blauer Wülste. Viele in der Gilde hatten Tänzer von dem Duell am Vortag erzählen hören, sodass die Verbindung zum jungen Artemis Entreri schnell hergestellt war.

Einen Zehntag später wurde der junge Mörder in den Straßen von Calimhafen aufgegriffen, nachdem er Pascha Basadonis mächtigem Agentennetz ordentlich zu schaffen gemacht hatte. Eher resigniert als verängstigt wurde er von zwei kräftigen alten Schurken unsanft in die Gildehalle zurückgeführt.

Entreri ging davon aus, dass Basadoni ihn für seine Tat bestrafen oder gar töten würde, doch das Wissen, dass Theebles Royuset eines schrecklichen Todes gestorben war, machte diese Aussichten wett.

In den obersten Gemächern des Gildehauses war er

bisher noch nicht gewesen. Er hätte sich nie träumen lassen, welch ein Luxus dort herrschte. Überall streiften schöne Frauen mit glitzerndem Schmuck umher, es gab dicke gepolsterte Diwane, haufenweise Kissen, und hinter jedem dritten Torbogen wartete eine dampfende Wanne mit parfümiertem Wasser.

Das gesamte Obergeschoss diente einzig dazu, das Leben zu genießen und alle erdenklichen Freuden auszukosten. Entreri allerdings erschien das eher gefährlich als verlockend. Sein Ziel war die Perfektion, nicht der Genuss, und das hier war ein Ort, an dem ein Mann weich wurde.

Deshalb reagierte er etwas überrascht, als er schließlich vor Pascha Basadoni stand, dem er damit zum ersten Mal begegnete. Basadonis kleines Büro war der einzige Raum in diesem Stockwerk, der nicht rundum komfortabel war. Die Möblierung war schlicht und spärlich: ein Holztisch und drei einfache Stühle.

Dieses Büro passte zu dem Pascha. Er war ein kleiner Mann, alt, aber würdevoll. Sein Blick war durchdringend, seine Haltung kerzengerade. Die grauen Haare waren sorgfältig frisiert, und die Kleidung wirkte unauffällig.

Schon nach einer kurzen Musterung begriff Entreri, dass man diesen Mann respektieren, ja, fürchten musste. Bei dem Anblick des Paschas hatte Entreri erneut den Eindruck, dass jemand wie Theebles nicht hierhergepasst hatte. Er erriet, dass Basadoni den Mann wahrscheinlich abgrundtief gehasst hatte. Dieser Gedanke flößte ihm Hoffnung ein.

»Du gibst also zu, dass du das Vierteltischduell manipuliert hast?«, fragte Basadoni nach einer langen, gezielten Pause, während der er den jungen Entreri mindestens so intensiv begutachtet hatte wie dieser ihn.

»Ist das nicht Teil des Duells?«, erwiderte Entreri rasch.

Basadoni schmunzelte und nickte.

»Theebles hatte damit gerechnet«, fuhr Entreri fort. »Man hat in seinem Zimmer eine leere Phiole Universalgegengift gefunden.«

»Und du hattest dich daran zu schaffen gemacht?«

»Das habe ich nicht«, antwortete Entreri aufrichtig.

Mit fragender Miene forderte Basadoni den jungen Dieb zum Fortfahren auf.

»Das Gegengift hat seine Schuldigkeit getan. Der Kuchen war tatsächlich vergiftet«, gab Entreri zu.

»Aber ...«, hakte Basadoni nach.

»Aber kein Antidot in ganz Calimhafen kann etwas gegen zerstoßenes Glas ausrichten.«

Basadoni schüttelte den Kopf. »Schlauer als der schlauste Fuchs«, konstatierte er. »Die Finte in der Finte in der Finte.« Er sah den jungen Burschen neugierig an. »Theebles war in der Lage, sich auch die dritte Stufe der Täuschung vorzustellen«, sagte er nachdenklich.

»Aber er dachte nicht, dass ich es wäre«, sagte Entreri sofort. »Er hat seinen Gegner unterschätzt.«

»Damit hatte er den Tod verdient«, entschied Basadoni nach einer kurzen Pause.

»Er hat sich freiwillig auf das Duell eingelassen«, bemerkte Entreri prompt, um den alten Pascha daran zu erinnern, dass eine Bestrafung nach den Regeln der Gilde unter diesen Umständen unangemessen war.

Basadoni lehnte sich zurück und legte die Fingerspitzen aneinander. Er starrte Entreri durchdringend an.

Die Argumentation dieses jungen Mannes war plausibel, aber dennoch hätte er beinahe seinen Tod verfügt, so deutlich erkannte er die Grausamkeit und den absoluten Mangel an Mitgefühl in diesem schwarzen Herzen. Ihm war klar, dass er Artemis Entreri niemals wirklich würde vertrauen können. Er sah aber auch, dass der junge Entreri sich vermutlich nie gegen ihn, einen alten Mann und unter Umständen wertvollen Mentor, wenden würde, solange er es nicht darauf anlegte. Zudem wusste Basadoni, wie wertvoll ein gerissener, kaltblütiger Schurke wie Artemis Entreri sein konnte – besonders während fünf andere ehrgeizige Hauptmänner nur darauf hofften, dass er bald das Zeitliche segnete.

Vielleicht überlebe ich am Ende doch noch alle fünf, sagte sich der Pascha und lächelte in sich hinein. Zu Entreri sagte er nur: »Ich verhänge keine Strafe.«

Entreri zeigte keine Regung.

»Du bist wirklich ein kaltherziger Kerl«, fuhr Basadoni mit einem Kichern fort. Diesmal lag ehrliches Mitgefühl in seiner Stimme. »Geh jetzt, Hauptmann Entreri.« Er winkte mit seiner von Altersflecken gezeichneten Hand, als würde die ganze Sache einen sauren Geschmack hinterlassen.

Entreri wandte sich zum Gehen, blieb aber noch einmal stehen. Erst jetzt begriff er, was Basadoni gerade gesagt hatte.

Die zwei kräftigen Begleiter des neuen Hauptmanns hatten ebenfalls verstanden. Einer von ihnen zuckte nervös zurück und starrte den jungen Mann an. *Hauptmann Artemis Entreri*, schien sein ungläubiger Blick zu fragen. Dieser Knabe war doch bloß eine halbe Portion und erst wenige Monate in der Gilde. Ein Vierzehnjähriger!

»Vielleicht sollte ich mich als Erstes deiner Ausbildung annehmen«, bemerkte Entreri, während er dem kräftigen Mann kalt ins Gesicht blickte. »Du musst deine Gefühle besser beherrschen.«

Der kurze Ärger des Mannes wich einem Gefühl der Panik, als auch er nun in jene berechnenden dunklen Augen blickte, aus denen eine Bosheit sprach, die Artemis Entreris zartes Alter Lügen strafte.

Am Nachmittag desselben Tages verließ Artemis Entreri das Gildehaus Basadoni zu einem kurzen Spaziergang, der längst überfällig war. Er kehrte in seine Straße zurück, jenes Territorium, das er inmitten von Calimhafens Elend für sich beansprucht hatte.

Das staubige orangefarbene Licht des Sonnenuntergangs kündigte das Ende eines weiteren heißen Tages an, als Entreri um die Ecke bog und sein Revier betrat – um dieselbe Ecke, die damals jener Schurke genommen hatte, kurz bevor Entreri ihn tötete.

Entreri schüttelte den Kopf, da ihn das alles plötzlich doch überwältigte. Er hatte die Straße überlebt, die Herausforderung, vor die Theebles Royuset ihn gestellt hatte, und das Duell, mit dem er selbst darauf reagiert hatte. Er hatte überlebt und war erfolgreich gewesen. Jetzt war er ein vollwertiger Hauptmann vom Clan Basadoni.

Langsam schritt Entreri die schmutzige Straße ab. Sein Blick wanderte von links nach rechts und wieder zurück, genau wie damals, als er hier das Kommando geführt hatte. Solange diese Straße ihm gehört hatte, war sein Leben einfach gewesen. Jetzt stand ihm ein Weg unter seinesgleichen offen. Ab jetzt musste er sich stets mit dem

Rücken zur Wand bewegen – zu einer festen Wand, die er zuvor auf gefährliche Fallen und Geheimtüren untersucht hatte.

Es war alles so schnell gegangen. In wenigen Monaten war er vom Straßenjungen zum Hauptmann im Clan Basadoni aufgestiegen, einer der mächtigsten Diebesgilden von Calimhafen.

Doch wenn er jetzt zurückblickte, auf den Weg von Memnon nach Calimhafen, von seiner verdreckten Gasse in die glänzenden Marmorsäle der Diebesgilde, dann fragte sich Artemis Entreri, ob die Veränderung vielleicht doch nicht so wundersam verlaufen war. In Wahrheit war es gar nicht so schnell gegangen; er war über Jahre auf diesen rasanten Aufstieg zugesteuert, indem er seine Fertigkeiten im Straßenkampf ausgebaut hatte, um sich brutaler Schufte wie Theebles, des Knabenschänders in der Karawane oder seines Vaters erwehren zu können.

Ein Geräusch lenkte Entreris Aufmerksamkeit auf einen breiten Weg, wo eine Horde Jungen vorbeirannte. Die eine Hälfte der schmutzigen Schar warf einen kleinen Stein hin und her, während die andere Hälfte versuchte, ihr den Stein wegzuschnappen.

Für Entreri war es wie ein Schock, als er erkannte, dass die Knaben in seinem Alter waren, vielleicht sogar etwas älter. Und dieser Schock ging mit einem tiefen Schmerz einher.

Bald verschwanden die Kinder hinter dem nächsten Schuppen. Sie lachten, schrien und hinterließen eine kleine Staubwolke. Entreri strich sie aus seinem Gedächtnis und konzentrierte sich wieder auf das, was er erreicht hatte, und auf die Ehre und die Macht, die ihm noch winkten. Das Recht zu derart dunklen Träumen hatte er sich auf Kosten seiner Jugend und seiner Unschuld erkauft – eine Währung, deren Wert er erst erkannt hatte, nachdem sie dahin war.

Guenhwyvar

Erstveröffentlichung in *Realms of Magic*, TSR, 1995

Ach, Guen, wo soll ich nur anfangen? Haustiere habe ich schon immer geliebt und so manchen Tag mit einem Hund oder einer Katze verbracht und ihnen von meinen Ängsten und Hoffnungen erzählt. Ich weiß, was für ein guter Freund ein solcher Gefährte werden kann, und als ich mich in Drizzts Situation hineinversetzte, als Drow-Elf in der Oberflächenwelt, die für sein Volk wenig übrig hatte, war es sehr naheliegend, ihm ein magisches Tier zur Seite zu stellen.

An dieser Stelle möchte ich festhalten, dass ich eher ungern Kurzgeschichten schreibe. Ich habe für dieses Format, seine Einschränkungen, den Zwang, Hinweise zu platzieren, und die Überlagerung der Charakterentwicklung durch die eigentliche Geschichte wenig übrig. Hin und wieder aber lote ich anhand einer Kurzgeschichte gern einen Nebenstrang aus, wie zum Beispiel die Herkunft der geheimnisvollen Guen. Diese Geschichte machte mir besonderen Spaß, weil ich mehreren Ansätzen zugleich nachgehen konnte. Myth Drannor hat für mich stets die wahre Welt von Ed Greenwood verkörpert, und als ich an dieser Geschichte hier schrieb, faszinierte mich vor allem das Konzept des zauberkundigen Klingensängers aus der 2nd Edition des AD&D-Spiels. Endlich ein wahrer Kampfzauberer!

Obendrein konnte ich mit dieser Geschichte ein für alle Mal alle Unklarheiten über Guens Geschlecht beseitigen, jedenfalls hoffte ich das. Um es endgültig klarzustellen: Guenhwyvar war immer eine »Sie«. Von Anfang an. Als spezielle Schreibweise von König Artus' Gemahlin begegnete mir der Name erstmals in Mary Stewarts unglaublich guter Artus-Serie. »Guenhwyvar« ist die keltische oder gälische Variante des Namens Jennifer oder Gwenivere, je nachdem, wen man fragt. Stewart zufolge bedeutet der Name »Schatten«, was für die Panthergefährtin von Drizzt sehr treffend war.

Bei meiner Arbeit an Der Gesprungene Kristall *wurde ich jedoch gebeten, dem Panther kein Geschlecht zuzuweisen. Magische Gegenstände in der AD&D-Spielewelt hätten kein Geschlecht, lautete das Argument. Ich wehrte mich, fand aber kein Gehör. Als das Buch herauskam, stellte ich zu meinem Entsetzen fest, dass jemand, vermutlich ein Lektor, bestimmte Szenen geglättet hatte, indem er die umständlichen Formulierungen mit »it« – für das Tier – kurzerhand durch das männliche »Er« ersetzt hatte. In der Folge habe ich Hunderte von Briefen beantwortet, in denen ich dieses Malheur erklärte, weil ich unverzüglich zu dem weiblichen Pronomen zurückkehrte. Guen ist eine Sie!*

Diese Geschichte war für mich auch der Wegbereiter für eine mögliche Trilogie in den Vergessenen Welten mit Bezug zu Drizzt. Meine Idee war, dass mein Kleriker Cadderly mit Hilfe von Magie das weit zurückreichende Gedächtnis des magischen Panthers erforschen und so, über Guens Erinnerungen, von ihrem ersten Gefährten erzählen sollte, Josidiah Starym. Mehrere Jahre lang hoffte ich, diese Geschichte angehen zu können, bis ich schließlich feststellte, dass jemand anders meinen Charakter, Josidiah, übernommen und eine komplette Geschichte daraus gesponnen hatte, einschließlich seines Todes.

Tja, das sind die Schattenseiten der Arbeit an einer gemeinsamen Welt!

In erster Linie jedoch ist diese Geschichte mehr als jede andere eine Hymne auf das Spiel Dungeons & Dragons. *Vom Klingensänger über Myth Drannor bis hin zu den vielen D&D-»Spielzeugen«, die darin mitwirken, zeigt mir* Guenhwyvar *im Rückblick, wie sehr mich das Spiel und seine Welt zu jener Zeit begeisterten.*

Josidiah Starym sprang sehnsüchtig durch die Straßen von Cormanthor. Der normalerweise eher nüchterne Elf fühlte sich an diesem Tag regelrecht unbeschwert, was sowohl auf das herrliche Wetter als auch auf die jüngsten Ereignisse in seiner geliebten zauberhaften Stadt zurückzuführen war. Josidiah war ein Klingensänger, der Schwert und Magie gleichermaßen zu handhaben wusste, ein Hüter der elfischen Lebensweise und der Elfen selbst. Und im Jahr 253 benötigten viele Elfen in Cormanthor solchen Schutz. Der Wald wimmelte von Goblins und anderen Monstern. Obendrein drohte wegen des Ringens der Adelsgeschlechter um die Vorherrschaft, an dem sich auch Starym beteiligte, ein innerer Aufruhr in der Stadt, der all das zu zerstören drohte, was Coronal Eltargrim aufgebaut hatte, ja, was alle Elfen gemeinsam in Cormanthor, der größten Stadt der Welt, geschaffen hatten.

Doch dieser sonnige Frühlingstag, an dem nur ein leichter Nordwind wehte, war davon ungetrübt. Selbst Josidiahs Familie war guter Dinge. Sein Onkel, Taleisin, hatte dem Klingensänger versprochen, in Eltargrims Hof vorzusprechen, um zu prüfen, ob einige der Differenzen sich beilegen ließen.

Josidiah betete, dass der Hof wieder zusammenfinden würde, denn er hatte womöglich mehr zu verlieren als jeder andere in der Stadt. Er war ein Klingensänger und damit eigentlich die Verkörperung des Elfentums, aber in dieser speziellen Zeit schienen die Definitionen nicht mehr so klar zu sein. Es war eine Zeit des Wandels, ein Zeitalter großer Magie und weitreichender Entscheidungen. Es war eine Zeit, in der sich die Menschen, die Gnome, die Halblinge und selbst die bärtigen Zwerge auf die gewundenen Pfade nach Cormanthor wagten, an den nadelspitzen Türmen der frei schwebenden Elfenbauten vorbei. In den hundertfünfzig Jahren, die Josidiah mittlerweile zählte, hatte sich das Leben der Elfen in relativ klar definierten Bahnen bewegt. Jetzt aber gab es wegen ihres Coronals, des sanftmütigen, weisen Eltargrim, viele Dispute über die Frage, was es bedeutete, ein Elf zu sein und, was noch wichtiger war, welche Beziehungen die Elfen zu anderen gutgesinnten Rassen pflegen sollten.

»Einen fröhlichen Morgen, Josidiah«, erklang der Ruf einer Elfe, der schönen jungen Nichte von Eltargrim persönlich. Sie stand auf einem Balkon auf der anderen Seite der Allee, wo sie den Blick auf einen Dachgarten genoss, in dem die Knospen noch nicht erblüht waren.

Josidiah hielt abrupt an, machte einen hohen Salto und landete mit gebeugtem Knie. Dabei peitschte sein langes goldenes Haar um sein Gesicht und flog dann wieder zurück, sodass seine strahlend blauen Augen aufblitzten. »Und den fröhlichsten aller Morgen dir, liebe Felicitas«, antwortete der Klingensänger. »Oh, hätte ich Blumen bei mir, die deiner Schönheit würdig wären, anstelle dieser Schwerter, die nur für den Krieg taugen.«

»Schwerter, deren Schönheit jeder Blume gleichkommt«,

erwiderte Felicitas neckisch, »besonders in den Händen von Josidiah Starym bei Tagesanbruch auf dem Plateau hoch oben auf der Berenguil-Spitze.«

Der Klingensänger spürte, wie ihm das Blut ins Gesicht schoss. Er hatte schon den Verdacht gehabt, dass jemand ihn bei seinem morgendlichen Ritual beobachtete, einem Tanz mit seinen prächtigen Schwertern, der unbekleidet ausgeführt wurde. Jetzt hatte er die Bestätigung. »Vielleicht sollte Felicitas sich im Morgenrot zu mir gesellen«, erwiderte er, sobald er sich wieder im Griff hatte. »Damit ich ihr Spionieren gebührend belohnen kann.«

Die junge Frau lachte aus vollem Herzen, verschwand im Handumdrehen wieder im Haus, und Josidiah sprang kopfschüttelnd weiter. Ihm ging bereits durch den Kopf, wie er das freche Mädchen angemessen »belohnen« könnte, doch angesichts von Felicitas' Schönheit und ihrem Stand konnte ein derartiges Unterfangen zu etwas führen, mit dem Josidiah nichts zu tun haben wollte. Nicht jetzt, nach Eltargrims Erklärung und den drastischen Veränderungen.

Der Klingensänger schüttelte alle derartigen Gedanken ab. Es war ein zu schöner Tag für düstere Überlegungen, und weitere Gedanken an Felicitas waren für die bevorstehende Unterredung eine viel zu große Ablenkung. Josidiah verließ Cormanthor durch das Westtor, wo die Wachen ihn beim Passieren mit einer respektvollen Verbeugung bedachten. So sehr Josidiah die Stadt liebte, das Land jenseits der Stadt liebte er noch mehr. Hier draußen war er frei von allen Sorgen und dem lächerlichen Machtgerangel, und zudem hatte er hier stets das Gefühl, in Gefahr zu sein. Die Vorstellung, womöglich gerade von einem Goblin beobachtet zu werden, der ihn mit seinem

Speer töten wollte, schärfte die Sinne des Elfenkriegers aufs Äußerste.

Hier draußen lebte auch sein Menschenfreund Anders Beltgarden, ein Waldläufer, der sich der Magie verschrieben hatte und den Josidiah schon bald vierzig Jahre kannte. Auch nach Eltargrims Erlass, die Tore von Cormanthor für Nichtelfen zu öffnen, wagte der Mann sich nicht in die Stadt. Er lebte weitab der viel bereisten Wege in einem fachmännisch erbauten Turm, der von magischen Runen und selbst erdachten Fallen geschützt wurde. Schon der Wald, der sein Heim umgab, war voller falscher Abzweigungen, Illusionen und verwirrender Zauber. Beltgardenheim lag so versteckt, dass kaum ein Elf im nahen Cormanthor von seiner Existenz etwas ahnte, und noch weniger hatten den Turm je zu Gesicht bekommen. Und von diesen wenigen fand einzig Josidiah ohne Anders' Hilfe wieder zurück.

Dabei machte sich der Elf keinerlei Illusionen. Wenn Anders die Wege zum Turm vor ihm hätte verbergen wollen, so wäre dies für den gerissenen alten Zauberer ein Leichtes gewesen.

An diesem herrlichen Tag jedoch erschienen Josidiah die verschlungenen Pfade nach Beltgardenheim unkomplizierter als sonst, und als er den Turm erreichte, stand die Tür offen.

»Anders«, rief er und spähte in den düsteren Gang hinter dem Eingang, der immer roch, als hätte jemand dort gerade ein Dutzend Kerzen ausgeblasen. »Bist du da, alter Freund?«

Ein drohendes Brüllen ließ den Klingensänger zusammenfahren, und kein Beobachter hätte sagen können, wie er so schnell seine Schwerter hatte zücken können.

»Anders?«, rief er wieder gedämpft, während er den Gang entlanglief. Seine Füße bewegten sich in perfekter Balance, und die weichen Stiefel berührten die Steinplatten so leise wie eine Raubkatze.

Das Brüllen erklang erneut, und da wusste Josidiah, dass er es tatsächlich mit einer Raubkatze zu tun hatte. Einer großen Katze, wie er an dem tiefen Grollen erkannte, das durch den Gang hallte.

Er kam an den ersten Türen vorbei, die einander gegenüberlagen, dann an der zweiten Tür zur Linken.

Die dritte. Er wusste es. Das Geräusch kam aus der dritten Tür. Dieses Wissen vermittelte dem Klingensänger die Hoffnung, dass die Lage unter Kontrolle war, denn diese spezielle Tür führte in das Alchemistenlager des Zauberers, einen Ort, den Anders gut behütete.

Josidiah verfluchte, dass er sich nicht besser vorbereitet hatte. Er war an diesem Tag nur wenige Zauber durchgegangen, weil er den schönen Morgen nicht damit verschwenden wollte, sich lange in Zauberbücher zu vertiefen.

Hätte er nur einen Zauber, der ihn schneller in den Raum befördert hätte, zum Beispiel ein magisches Tor. Oder etwas, womit er durch die Mauer hindurchblicken könnte.

Immerhin hatte er seine Schwerter, und so war Josidiah Starym dennoch gut gerüstet. Er stellte sich neben der Tür mit dem Rücken zur Wand und atmete tief durch. Dann fuhr der Klingensänger ohne lange Umschweife herum, stieß die Tür auf und sprang in den Raum.

Er spürte, wie ihn die elektrischen Wellen erfassten, als er die Schutzrunen der Tür durchquerte, und prompt wurde er in hohem Bogen durch die Luft geschleudert, um unsanft vor einem massiven Eichentisch zu landen. Anders Beltgarden stand gelassen neben dem Tisch, arbeitete vor sich hin und würdigte den verblüfften Klingensänger keines Blickes.

»Du hättest anklopfen können«, sagte der alte Zauberer trocken.

Josidiah rappelte sich etwas mühsam auf, denn seine Muskeln zuckten noch. Nachdem er sich überzeugt hatte, dass keine unmittelbare Gefahr drohte, musterte Josidiah den Menschen gründlich, wie schon so oft. Der Klingensänger hatte in seinem Leben nicht viele Menschen zu Gesicht bekommen. Die Menschen lebten noch nicht lange am Nordufer der See des Sternenregens, und in oder um Cormanthor gab es nur wenige von ihnen.

Dieser hier mit seinem runzligen ledrigen Gesicht und dem zerzausten grauen Bart war der merkwürdigste Mensch überhaupt. Anders hatte eines seiner Augen bei einem Kampf eingebüßt; es schien weitgehend blind zu sein, denn über dem einstmals leuchtenden Grün lag ein grauer Schleier. Ja, Josidiah konnte den alten Anders stundenlang betrachten und aus seinen Narben und Runzeln die Geschichten seines Lebens erahnen. Die meisten Elfen, einschließlich Josidiahs Familie, hätten Anders als hässlich empfunden. Elfen verschrumpelten nicht mit zunehmendem Alter, sondern sahen noch nach mehreren Hundert Jahren so aus wie mit zwanzig oder fünfzig.

Josidiah jedoch fand Anders keineswegs unansehnlich. Selbst die wenigen schiefen Zähne, die der Mann noch im Mund hatte, standen ihm gut zu Gesicht, weil sie zu diesem klugen alten Geschöpf passten, diesem Monument, das sich viele Jahre der Sonne und den Stürmen ausgesetzt und sich unablässig den Goblins und Riesen entgegengestellt hatte. Josidiah kam es geradezu lächerlich vor, dass er doppelt so viele Jahre zählte wie dieser Mann. Er wünschte, er selbst hätte ein paar Falten, die von seinen Erfahrungen erzählten.

»Du musstest doch wissen, dass ich Schutzrunen verwende«, lachte Anders. »Natürlich wusstest du das! Haha, du wolltest nur mal angeben. Einem alten Mann noch etwas zu lachen geben, bevor er stirbt!«

»Ich fürchte, du wirst mich noch überleben, Alter«, sagte der Klingensänger.

»Das ist gut möglich, wenn du weiterhin unangekündigt meine Türen durchquerst.«

»Ich hatte Angst um dich«, erklärte Josidiah und sah sich dabei in dem großen Raum um, der irgendwie zu groß wirkte, um in den Turm zu passen, selbst wenn er das ganze Stockwerk eingenommen hätte. Vermutlich war hier extradimensionale Magie im Spiel, aber der Klingensänger hatte noch nie entdeckt, was es war, und der schrullige Anders würde es ihm bestimmt nicht verraten.

Trotz seiner Ausmaße war Anders' Lager bis oben hin vollgestopft. Überall türmten sich Kisten und Kästen, und der ganze Raum stand voller scheinbar willkürlich verteilter Tische und Schränke.

»Ich habe ein Brüllen gehört«, fuhr der Elf fort. »Von einer Raubkatze.«

Ohne von den Gläschen aufzusehen, mit denen er hantierte, nickte der Alte zu einer großen Kiste hin, die von einer Decke verhüllt war. »Gib acht, dass du nicht zu nahe herankommst«, kicherte der alte Magier boshaft. »Schnurrbart packt dich am Arm und zieht dich rein, also sieh dich vor! Und dann brauchst du mehr als deine glänzenden Schwerter.«

Josidiah hörte gar nicht zu, sondern ging bereits leise auf die Kiste zu, um das Tier darin nicht zu irritieren. Er hob einen Zipfel der Decke an, zog daran und trat dabei sicherheitshalber einen Schritt zurück. Daraufhin klappte dem Klingensänger der Unterkiefer herunter.

Es war tatsächlich eine Katze, wie er vermutet hatte, ein großer schwarzer Panther, doppelt, ach was, dreimal so groß wie die größte Katze, die Josidiah je gesehen oder von der er je gehört hatte. Zudem war es ein weibliches Tier, und die waren normalerweise viel kleiner als die männlichen. Der Panther streifte langsam und methodisch in seinem Käfig herum, als ob er nach einer Schwachstelle für die Flucht suchte. Dabei bewegten sich seine geschmeidigen Muskeln mit unnachahmlicher Anmut.

»Wie kommst du zu diesem herrlichen Tier?«, fragte der Klingensänger. Seine Stimme ließ den Panther, der abrupt stehen blieb, offenbar aufmerken. Er starrte Josidiah so eindringlich an, dass es dem Klingensänger die Sprache verschlug.

»Oh, ich habe meine Mittel und Wege, Elf«, sagte der alte Zauberer. »Nach einer solchen Katze habe ich lange, lange gesucht, in der ganzen bekannten Welt und in Ecken, in die außer mir noch niemand vorgedrungen ist!«

»Aber warum?«, hauchte Josidiah. Seine Frage bezog sich ebenso sehr auf den prachtvollen Panther wie auf den Zauberer. Dem Klingensänger wollte einfach kein Grund einfallen, der es rechtfertigte, ein solches Tier in einen Käfig zu sperren.

»Erinnerst du dich an meine Geschichte aus der Kistenschlucht?«, erwiderte Anders. »Wo mein Mentor und ich auf Eulen reitend tausend Goblins entwischten?«

Josidiah nickte lächelnd, denn an diese lustige Begebenheit erinnerte er sich sehr gut. Als ihm kurz darauf die Bedeutung von Anders' Worten bewusst wurde, wandte sich der Elf wieder dem Magier zu. Auf seinem schönen Gesicht erschien ein Stirnrunzeln. »Die Statuette«, murmelte Josidiah, denn die Eule war ein magisches Figürchen gewesen, das seinem Herrn im Notfall einen großen Vogel schickte. Es gab viele derartige Objekte in der Welt, auch in Cormanthor, und Josidiah war selbst in der Kunst ihrer Herstellung bewandert – auch wenn seine eigene Magie für derartige Beschwörungen noch nicht stark genug war. Er blickte zu dem großen Panther hinüber, bemerkte, welche Trauer er ausstrahlte, und wandte sich dann wieder Anders zu.

»Im Augenblick der Herstellung muss die Katze sterben«, protestierte der Klingensänger, »damit ihre Lebensenergie in die Statuette gesogen wird, die du bis dahin erschaffen musst.«

»An der ich gerade arbeite«, sagte Anders leichthin. »Ich habe einen ausgezeichneten zwergischen Handwerker angeheuert, der mir eine Pantherstatue anfertigt. Der beste Fachmann – Fachzwerg – weit und breit. Keine Sorge, die Statuette wird der Katze gerecht werden.«

»Gerecht?«, wiederholte der Klingensänger skeptisch und sah der großen Katze wieder in die durchdringenden intelligenten Augen. »Du bringst sie um?«

»Ich biete ihr Unsterblichkeit«, sagte Anders unwirsch.

»Du tötest ihren Willen und versklavst ihren Körper«, fauchte Josidiah. Noch nie war er auf den alten Anders so wütend gewesen. Der Klingensänger kannte derartige

Figuren und hielt sie für wundersame Dinge, auch wenn das entsprechende Tier dafür gestorben war. Schließlich erlegte Josidiah auch Hirsche oder Wildschweine für seine Küche. Warum also sollte ein Zauberer ein Tier nicht für einen nützlichen Gegenstand töten?

Aber diese Katze war etwas anderes, das spürte Josidiah. Dieses große freie Tier durfte nicht derart versklavt werden.

»Du machst den Panther...«, setzte er an.

»Schnurrbart«, stellte Anders richtig.

»Den Panther...«, betonte der Klingensänger mit Nachdruck, weil ihm ein derart lächerlicher Name für dieses Tier nicht über die Lippen wollte. »Du machst ihn zu einem Werkzeug, einer Animation, die sich dem Willen ihres Herrn zu unterwerfen hat.«

»Was sonst sollte man von ihr erwarten?«, hielt der Alte dagegen. »Was würde man sich von ihr anderes wünschen?«

Josidiah zuckte hilflos mit den Schultern. »Unabhängigkeit«, stieß er hervor.

»Und wozu mache ich mir dann die ganze Mühe?«

Josidiahs Gesicht verriet, was er dachte. Ein unabhängiger magischer Gefährte wäre einem Abenteurer in einer gefährlichen Lage vielleicht nicht sehr nützlich, doch aus der Sicht des geopferten Tiers wäre dieses Dasein dennoch vorzuziehen.

»Du hast die falsche Laufbahn gewählt, Klingensänger«, neckte Anders. »Du hättest Waldläufer werden sollen. Zumindest denkst du in diesen Bahnen.«

»Waldläufer?«, fragte der Elf. »So wie einst Anders Beltgarden?«

Der alte Magier seufzte ergeben.

»Hast du deine Ideale so weit verraten, dass du den oft trügerischen Versprechungen der magischen Mysterien erlegen bist?«

»Oh, du wärst wahrlich ein guter Waldläufer geworden«, stellte Anders trocken fest.

Josidiah zuckte mit den Schultern. »So anders ist mein Dasein gar nicht«, überlegte er.

Im Stillen musste Anders ihm zustimmen. In den Augen von Josidiah Starym las er tatsächlich viel von seinem eigenen jugendlichen Idealismus. Das war das Eigenartige an Elfen – dass dieser hier, der doch doppelt so alt war wie Anders, ihn so sehr an seine eigene Jugend erinnerte.

»Wann fängst du an?«, fragte Josidiah.

»Anfangen?« Anders rümpfte die Nase. »He, ich arbeite schon drei Wochen an dem Tier, und vorher habe ich ein halbes Jahr lang Zaubersprüche, Pulver, Öle und Kräuter vorbereitet. Das ist gar nicht so einfach! Und nicht billig, wie ich hinzufügen möchte! Hast du eine Ahnung, was ein Gnom für simple Metallblättchen verlangt, die so fein sind, dass man sie der Katze bedenkenlos ins Futter mischen kann?«

Auf diese Diskussion wollte Josidiah gar nicht erst eingehen. Er wollte nicht hören, wie der herrliche Panther vergiftet worden war – denn das war es für ihn. Er blickte zu der Katze zurück und sah ihr tief in die Augen, aus denen so viel mehr Intelligenz sprach, als gemeinhin zu erwarten war.

»Schöner Tag draußen«, bemerkte der Klingensänger, ohne ernsthaft zu hoffen, dass Anders einen Moment von seiner Arbeit ablassen und sich am Wetter erfreuen würde. »Selbst meinem Onkel Taleisin, dem Schutzherrn von Haus Starym, hat die Sonne ein Lächeln abgerungen.«

Anders schnaubte. »Also streckt er Coronal Eltargrim heute lächelnd mit einem rechten Haken nieder?«

Diese Bemerkung kam so überraschend, dass Josidiah sich von Anders' Lachen anstecken ließ. Taleisin war wirklich ein sturer, verknöcherter Elf, und wenn Josidiah an diesem Abend in Haus Starym erfahren würde, dass sein Onkel es dem Elfen-Coronal gezeigt hatte, würde ihn das nicht sonderlich überraschen.

»Eltargrim hat eine wegweisende Entscheidung getroffen«, sagte Anders mit plötzlichem Ernst. »Und eine mutige. Durch die Einbeziehung der anderen gutgesinnten Rassen hat euer Coronal am großen Rad des Schicksals gedreht, und wenn das einmal in Bewegung ist, lässt es sich nur schwer wieder anhalten.«

»Zum Guten wie zum Schlechten.«

»Darüber kann nur ein Seher befinden«, erwiderte Anders achselzuckend. »Aber ich bin sicher, dass sein Entschluss richtig war, wenn auch nicht ohne Risiko.« Der alte Zauberer schnaubte wieder. »Zu schade«, bedauerte er, »selbst wenn ich noch jung wäre, würde ich das Ergebnis wohl nicht mehr erleben. Für Elfen verläuft die Zeit ganz anders. Wie viele Jahrhunderte mögen vergehen, bevor die Starym auch nur beschließen, Eltargrims Dekret zu akzeptieren?«

Das entlockte Josidiah wieder ein Schmunzeln, wenn auch nur kurz. Anders hatte die Risiken erwähnt, und da gab es so einige. Einige einflussreiche Familien, nicht nur die Starym, missbilligten die Einwanderung von Fremden, die viele hochmütige Elfen als Unterrassen betrachteten, über alle Maßen. Es gab sogar schon einige Mischehen zwischen Elfen und Menschen in Cormanthor, doch die Kinder aus solchen Verbindungen waren verfemt.

»Mein Volk wird Eltargrims klugen Rat schon noch akzeptieren«, sagte der Elf schließlich mit fester Stimme.

»Ich hoffe, du behältst recht«, sagte Anders, »denn Cormanthor steht weit Schlimmeres bevor als ein Gekabbel störrischer Elfen.«

Josidiah sah ihn neugierig an.

»Inzwischen mischen sich Menschen und Halblinge, Gnomen und Zwerge unter die Elfen von Cormanthor«, murmelte Anders. »Ich vermute, dass die Goblins ihre helle Freude daran haben, dass all ihre Feinde sich zu einem köstlichen Brei vermengen.«

»Gemeinsam sind wir weitaus mächtiger«, hielt der Klingensänger dagegen. »Menschenzauberer sind häufig stärker als unsere eigenen. Die Zwerge schmieden mächtige Waffen, und Gnomen erschaffen wundersame, nützliche Dinge, und Halblinge, oh ja, sogar Halblinge sind listige Verbündete und gefährliche Gegner.«

»Da will ich dir gar nicht widersprechen«, meinte Anders und wedelte beruhigend mit seiner ledrigen braunen Hand, die seit einem Goblin-Biss nur noch drei Finger hatte. »Wie schon gesagt, Eltargrim hat eine kluge Wahl getroffen. Aber bete darum, dass ihr eure internen Probleme beilegt, damit die äußeren Probleme von Cormanthor sich nicht verzehnfachen.«

Josidiah riss sich zusammen und nickte. Der Logik des alten Anders konnte er wenig entgegensetzen, denn letztlich hegte er seit geraumer Zeit ähnliche Befürchtungen. Wenn alle gutgesinnten Rassen sich unter einem Dach versammelten, hatten die chaotischen Goblins und ähnliche Monster einen guten Grund, sich in noch größerer

Zahl zusammenzutun als je zuvor. Solange alle Völker von Cormanthor zusammenstanden und durch ihre Vielfalt stärker wurden, würde man die Goblins zweifellos hinwegfegen, wie viele es auch waren. Aber wenn eine solche Einheit nicht zustande kam...

Josidiah ließ diesen Gedanken nicht bis in sein Bewusstsein vordringen. Vielleicht später, an einem regnerischen, trüben Tag. Wieder sah er zu dem Panther hinüber und seufzte noch trauriger. Er fühlte sich hilflos. »Sei gut zu der Katze, Anders Beltgarden«, sagte er, und dabei wusste er, dass der ehemalige Waldläufer sich wirklich darum bemühte.

Damit wandte er sich zum Gehen, doch für den Rückweg in die Elfenstadt ließ er sich viel Zeit. Felicitas stand wieder auf dem Balkon, winkte mit einem luftigen Seidenschal und bedachte ihn mit einem einladenden, frechen Lächeln, aber er grüßte nur kurz. Plötzlich war dem Klingensänger gar nicht mehr so sehr nach Tändelei zumute.

In den nächsten Wochen kehrte Josidiah häufig in Anders' Turm zurück, wo er schweigend vor dem Käfig saß und still mit dem Panther in Kontakt trat, während der Magier seine Arbeit fortsetzte.

»Wenn ich fertig bin, gehört sie dir«, verkündete Anders unvermittelt, nachdem der Frühling in den Sommer übergegangen war.

Josidiah starrte den alten Mann verständnislos an.

»Die Katze, meine ich«, sagte Anders. »Schnurrbart soll dir gehören, wenn meine Arbeit getan ist.«

Sprachlos riss Josidiah die blauen Augen auf, allerdings vor Schreck und nicht, wie Anders vermutete, vor lauter Begeisterung.

»Mir wird sie wenig nützen«, erklärte der Magier. »Ich gehe kaum noch vor die Tür und habe höchstens noch ein paar Winter zu leben. Wer anders sollte mein Meisterstück in Empfang nehmen als Josidiah Starym, der besser Waldläufer geworden wäre?«

»Das kann ich nicht annehmen«, sagte Josidiah fest entschlossen.

Anders machte ein überraschtes Gesicht.

»Ich würde immer daran denken müssen, was diese Katze einmal war«, sagte der Elf, »und was sie hätte sein sollen. Wann immer ich den Sklavenkörper an meine Seite rufe, wann immer dieses prächtige Geschöpf sich setzt und darauf wartet, dass meine Befehle seinen Gliedmaßen Leben einhauchen, hätte ich das Gefühl, als Sterblicher meine Grenzen zu überschreiten. Als würde ich mich gegenüber einem Wesen, das mein törichtes Eingreifen nicht verdient hat, als Gott aufspielen.«

»Es ist doch nur ein Tier!«, protestierte Anders.

Josidiah war froh, dass er endlich zu dem alten Zauberer durchgedrungen war, einem Mann, von dem der Elf wusste, dass er für die anstehende Aufgabe letztlich zu sensibel war.

»Nein«, sagte der Elf mit einem tiefen Blick in die wissenden Augen des Panthers. »Diese hier nicht.« Dann schwieg er, während Anders mit einem grimmigen Schnauben wieder an die Arbeit ging. Der Elf blieb seinen eigenen Gedanken überlassen, die er stumm mit dem Panther teilte.

An jenem Abend durchlitt Josidiah Starym wahre Seelenqualen, denn bis zum Untergang des Mondes wollte Anders sein Werk vollenden und den herrlichen Panther töten, für einen magischen Gegenstand, ein bloßes Werkzeug. Der Klingensänger verließ Cormanthor, ohne auf die Warnungen zu achten, die von nächtlichen Ausflügen aus der Stadt abrieten. Goblins und Schlimmeres würden im Wald auf leichte Beute lauern, hieß es.

Josidiah kümmerte das wenig, denn ihm ging es nicht um seine persönliche Sicherheit. Schließlich stand gerade nicht sein Schicksal auf dem Spiel, sondern das des Panthers.

Er überlegte, ob er noch einmal zu Anders gehen sollte, um ein letztes Mal zu versuchen, dem Alten seine Pläne auszureden. Aber diesen Gedanken verwarf der Klingensänger. Er verstand die Menschen nicht, das wurde ihm jetzt klar, und er hatte aufgrund dessen, was er als persönliches Versagen von Anders ansah, tatsächlich einen Teil seines Vertrauens in die Menschen insgesamt verloren, und damit auch in Eltargrims Entscheidung. Der Magier, der als Waldläufer viel mehr auf die elfischen Wertvorstellungen eingestimmt war als so viele andere seines eher ungehobelten Volkes, hätte es besser wissen müssen. Er hätte ein so wunderbares, intelligentes Tier wie diesen speziellen Panther nicht um der Magie willen opfern dürfen.

Josidiah wanderte durch den Wald. Dann trat er unter dem Blätterdach hervor unter eine Million Sterne, die trotz des sinkenden Vollmonds am Himmel glitzerten. Er erreichte eine baumlose Kuppe, deren steilen, mit dichtem Gras bewachsenen Hang er mühelos bis ganz nach oben hinaufstieg. Das war sein Lieblingsplatz, den er oft aufsuchte, um ganz allein seinen Gedanken nachzuhängen.

Dann blieb er einfach stehen und starrte zu den Sternen empor, ließ seine Gedanken zu den Mysterien wandern, zum Unbekannten und auf ewig Fremden, zum Himmel selbst. Plötzlich fühlte er sich in einer Weise sterblich, als wären die ihm verbleibenden Jahrhunderte in der Ewigkeit des Universums nur ein verklingender Seufzer.

Ein Seufzer, der so viel länger dauerte als das restliche Leben des Panthers, falls die Katze überhaupt noch am Leben war.

Ein leises Rascheln am Fuß des Hügels schreckte den Elf aus seinem Sinnen auf. Sofort duckte er sich und starrte auf die Stelle, von der das Geräusch gekommen war. Dabei konzentrierte er sich auf seine Wahrnehmung der infraroten Wärmestrahlung.

Zwischen den Bäumen am Fuß des Hügels bewegten sich Wärmequellen. Josidiah erkannte sie und war daher nicht überrascht, als plötzlich der Wald brodelte und eine ganze Horde Orks brüllend aus dem Unterholz brach, die Waffen schwenkte und den Hügel hinaufstürmte, um den Elf zu töten, dieses vermeintlich leichte Opfer.

Die vordersten Orks waren schon fast oben und so nahe, dass Josidiah die glänzenden Spuren des Geifers auf ihren stoßzahnbewehrten Gesichtern sehen konnte. Da löste er seinen Feuerball aus. Die Flammen ließen die ganze Bergflanke auflodern und damit auch die Orks verkohlen. Es war ein Akt der Verzweiflung, denn hier draußen im Grasland verwendete Josidiah diesen Zauber äußerst ungern, aber ihm blieb kaum etwas anderes übrig. Denn noch während die Orks am Berg starben, wurden sie durch eine wild entschlossene zweite Gruppe ersetzt, der auf der Rückseite des Berges sogleich eine dritte Abordnung folgte.

Jetzt zog der Elf seine zwei Schwerter und hielt sie bereit. »Reinigendes Feuer!«, rief der Elf, um die Macht der Schwerter zu beschwören. Grünliche Flammen zuckten über das Metall und ließen die klaren Konturen der messerscharfen Klingen verschwimmen.

Die vordersten beiden Orks, die schon fast bei dem Elf gewesen und so der Wucht des Feuerballs entronnen waren, kamen überrascht zum Halten, als die brennenden Klingen auftauchten. Damit gaben sie sich eine kurze Blöße.

Nicht kurz genug. Dem einen schlitzte Josidiahs linkes Schwert die Kehle auf, dem anderen stieß er die rechte Klinge tief in die Brust.

Der Elf fuhr herum, um einen geschleuderten Speer wegzuschlagen, duckte sich vor einem zweiten und fing einen dritten mit einem wütenden Abwärtsschlag ab. Er warf sich zu Boden, rollte ab, kam wieder hoch und rannte zur anderen Seite des Hügels, um drei anstürmende Monster aufzuhalten, die er niedermähte, ehe sie wussten, wie ihnen geschah.

Einer fiel tödlich verwundet zurück, ein zweiter verlor unter dem blitzschnellen Hieb der tödlichen Elfenklinge den halben Arm. Aber gleich darauf drangen die Feinde von allen Seiten auf Josidiah ein, stachen mit langen Speeren nach ihm oder sprangen vor, um mit ihren grausamen Kurzschwertern zuzuschlagen.

Gegen so viele gleichzeitig konnte er nicht kämpfen, sodass er seine Flammenschwerter nur defensiv führte und gleichzeitig zu einem weiteren Zauber ansetzte.

Da wurde er seitlich von einem Speer getroffen, der ihn beinahe aus seiner Konzentration gerissen hätte. Die feingliedrige elfische Kettenrüstung konnte den Angriff jedoch abhalten, und der Elf beendete seine Vorbereitung mit einer Handbewegung, ließ die Griffe seiner Schwerter gegeneinanderschlagen und rief dabei ein Wort, um den Zauber auszulösen. Sogleich standen beide Schwerter wieder senkrecht, sodass seine Daumen einander berührten und ein Flammenstoß sich wie ein Fächer nach beiden Seiten ausbreitete.

Ohne abzuwarten, was sein Zauber anrichtete, wirbelte Josidiah herum und teilte nach allen Seiten Schwerthiebe aus. Dann stürmte der Klingensänger wieder vor und durchbrach mit plötzlicher Wut die Linie der Orks, was ihm reichlich Gelegenheit verschaffte, die Schwachstellen seiner Gegner auszunutzen.

Ein wahrer Adrenalinrausch hielt den Klingensänger in Bewegung, der in einem tödlichen Tanz die Orks niedermähte. Erneut dachte er an den Panther und dessen unverdientes Schicksal, an dem aus seiner Sicht letzten Endes diese Orks hier die Schuld trugen.

Wieder stürzte einer tot zu Boden, dann fiel der nächste auf ihn, und viele andere flohen den Hügel hinab, weil sie sich mit einem derart mächtigen Krieger nicht anlegen wollten.

Bald stand Josidiah nur noch einer Handvoll Orks gegenüber, die sich sorgsam außer Reichweite hielten. Doch es lag noch etwas in der Luft. Der Elf spürte es, und dieses Etwas war böser und mächtiger und beruhigte die Orks. Es machte sie zuversichtlich, obwohl über zwanzig von ihnen tot im Gras lagen und ein weiteres Dutzend verwundet war.

Der Elf sog die Luft ein, als seine neuen Gegner ins Grasland hinaustraten. Da begriff Josidiah, wie naiv er gewesen war. Mit zwanzig Orks wurde er fertig, sogar mit vierzig, wenn er zuerst seine Zauber einsetzen konnte, aber diese drei dort waren keine Orks.

Das waren Riesen.

Ruhelos lief die Katze umher und grollte. Anders fragte sich, ob sie wusste, was ihr bevorstand. Wusste sie, dass dies ihre letzte Nacht als sterbliche Kreatur sein würde? Die Vorstellung, dass sie es womöglich begriff, erschütterte den Magier und rief ihm all die Vorbehalte von Josidiah gegen diese magische Transformation wieder in Erinnerung.

Der Panther brüllte und warf sich gegen die Käfigtür, prallte zurück und wanderte grollend weiter herum.

»Was hast du nur?«, fragte der Alte, aber der Panther brüllte nur wieder voller Wut und Verzweiflung. Anders sah sich um. Was wusste das Tier? Was ging hier vor?

Die große Katze sprang wieder gegen die Käfigtür, von der sie diesmal heftig zurückprallte. Anders schüttelte den Kopf. Er war ziemlich verwirrt, denn so hatte er den Panther überhaupt noch nicht erlebt.

»Zu den Neun Höllen mit dir, Elf«, knurrte der Zauberer. Er wünschte, er hätte Schnurrbart Josidiah erst nach Abschluss der Verwandlung übergeben. Dann atmete er tief durch, herrschte die Katze an, sich zu beruhigen, und zog einen biegsamen Zauberstab.

»Es tut nicht weh«, versprach Anders etwas zerknirscht. Nach einem Befehlswort schoss ein grünlicher Strahl aus seinem Stab auf den Panther zu. Das getroffene Tier blieb regungslos stehen, von der Magie des Stabs gebannt.

Anders nahm die kleine Figur und das lange vorbereitete Messer zur Hand und öffnete die Käfigtür. Von Anfang an hatte er gewusst, dass das, was nun kam, nicht leicht sein würde.

Als er mit der Figur in der Hand neben der Katze stand, schob er ihr langsam das Messer an die Kehle.

Anders zögerte. »Will ich wirklich Gott spielen?«, fragte er laut. Er blickte in die unglaublich intelligenten Augen des Tiers. Er dachte an Josidiah, der wirklich wie ein Waldläufer war, ganz ähnlich wie Anders, ehe dieser sein Leben der Magie geweiht hatte.

Dann sah er das Messer an, das Messer, das seine Hand, die Hand eines Waldläufers, diesem unvergleichlichen Tier in den Hals stoßen wollte.

»Oh, verdammt noch mal, Elf!«, rief der Magier aus und schleuderte das Messer durch den Käfig. Dann setzte er zu einem Zauber an, der ihm ohne langes Nachdenken über die Lippen kam. Diese Beschwörung hatte er schon seit Monaten nicht mehr verwendet, und warum sie ihm jetzt einfiel, würde er wohl nie verstehen. Aber er wirkte sie mit all seiner Kraft, und dabei flogen alle Schranktüren in seinem Labor, die Tür zum Gang und alle Türen hier im Erdgeschoss weit auf.

Der Magier ging an die Seite des Käfigs und sackte dort zusammen, bis er auf dem Boden saß. Die große Katze rührte sich schon wieder. Nicht einmal die mächtigste Magie seines Stabs konnte ein solches Tier länger bannen. Anders umklammerte seinen Stab, weil er sich fragte, ob er ihn womöglich noch einmal brauchen würde, um sich zu verteidigen.

Die Katze schüttelte heftig den Kopf und machte vorsichtig einen Schritt, als sie endlich wieder Gefühl in den Gliedern hatte. Dann bedachte sie Anders mit einem Seitenblick.

Der alte Zauberer legte den Stab weg. »Ich habe Gott gespielt, Schnurrbart«, flüsterte er. »Jetzt bist du dran.«

Aber der Panther hatte eigene Pläne. Ohne den Zauberer weiter zu beachten, schnellte er aus dem Käfig, quer durch den Raum und hinaus in den Gang. Bis Anders auch nur die Tür seines Turms erreicht hatte, war der Panther längst verschwunden. Anders blickte in die Nacht hinaus, ohne die vielen verschwendeten Wochen und das viele Gold zu beklagen.

»Nichts geht verloren«, sagte er ernst, während er überlegte, was er gerade gelernt hatte. Dann lächelte er und wollte schon in den Turm zurückkehren, als er einen Flammenstoß bemerkte, einen Feuerball, der sich wie ein Pilz auf einem Hügel im Norden ausbreitete, einem Ort, den Anders gut kannte.

»Josidiah«, keuchte er, denn dieser Schluss war naheliegend. Der Hügel war Josidiahs Lieblingsplatz, und in einer solchen Nacht war es wahrscheinlich, dass der Elf dort war.

Unter lautem Fluchen, weil er auf einen Kampf schlecht vorbereitet war, eilte der Mann hastig in den Turm zurück, um wenigstens ein paar Dinge einzustecken.

Seine einzige Chance lag darin, so schnell wie möglich hin und her zu springen, seine Feinde nie an sich heranzulassen. Aber selbst diese Taktik konnte das Unvermeidliche nur hinauszögern.

Josidiah rannte nach links, merkte jedoch, dass ihm seine Verfolger auf den Fersen waren. Er blieb stehen und wirbelte herum. Nachdem er sie mit einem weit ausholenden Überkreuzschlag seiner Schwerter zurückgetrieben hatte, wandte Josidiah sich erneut nach links, musste aber wie erwartet schnell wieder anhalten. Dieses Mal kam er nicht nur zum Stehen, sondern lief rückwärts, wobei er ein Schwert nach hinten richtete und den Ork hinter seinem Rücken mitten in den Bauch traf.

Seine grimmige Zufriedenheit angesichts dieses geschickten Manövers hielt nicht lange an, denn noch während der tote Ork von seiner Klinge rutschte und die anderen nun auch den Hügel hinabliefen, sah Josidiah die drei Riesen nahen. Es waren fünfzehn Fuß große Giganten, die gemächlich ihre Stachelkeulen schwangen, von denen jede einzelne so lang war wie der Elf selbst.

Josidiah überlegte, welche Zauber ihm noch blieben. Was konnte er zu seinem Vorteil nutzen?

Nichts. Diesen Kampf würde er allein mit den Schwertern ausfechten müssen. Und angesichts von drei Riesen, die zielstrebig auf ihn zukamen, standen seine Chancen ziemlich schlecht.

Er rannte nach rechts, um einem Keulenschlag auszuweichen, dann wieder auf seine vorige Position zurück, um sich dem zweiten Riesen zu entziehen und zugleich einen Konter gegen den ersten Riesen auszuführen, ehe dieser seine schwere Waffe erneut heben konnte. Das wäre Josidiah sogar fast geglückt, doch der dritte Riese schnitt ihm den Weg ab und zwang ihn zu einem Hechtsprung, um seinem Hieb auszuweichen.

Ich muss sie gegeneinander ausspielen, dachte der Elf, bis sich ihre langen Glieder ineinander verhaken.

Er riss sein Schwert in die Höhe, stieß ein lautes Gebrüll aus und stürmte direkt auf den vordersten Riesen zu, duckte sich dann jedoch unter dessen Parade hindurch und warf sich mit einer Flugrolle nach vorn. Er landete auf den Füßen und rannte weiter, direkt zwischen den gespreizten Beinen des Riesen hindurch. Dabei stieß er mit einem Schwert nach oben und zog das zweite zur Seite. So konnte Josidiah auf der anderen Seite den Angriff des nächsten Riesen mit einem Doppelschlag parieren. Seine Schwerter fingen die Keule ab und lenkten sie etwas zur Seite und nach unten.

Die schiere Wucht des Hiebs hatte Josidiahs Arme betäubt. An einen Gegenangriff war nicht zu denken. Aus dem Augenwinkel sah er den dritten Riesen heranstürmen und erkannte, dass sein wagemutiger Angriff ihn in eine höchst gefährliche Lage gebracht hatte. Er rettete sich gerade noch durch einen Sprung zur Seite und rollte erneut ab, als er die Keule über sich in der Luft sah.

Dieser Riese jedoch war klüger als die anderen und wartete mit dem Zuschlagen, bis er einen langen Schritt näher war. Josidiah rollte ein zweites und ein drittes Mal herum, gelangte aber nicht außer Reichweite. Diesmal nicht.

Der Riese brüllte. Er riss die Keule über den Kopf, und Josidiah wollte noch zur Seite kriechen, brach aber erschrocken ab, als ein riesiger schwarzer Speer – ein Speer? – über ihn hinwegflog.

Nein, das war kein Speer, erkannte der Klingensänger. Es war ein Panther. Es war die Katze des alten Zauberers! Sie landete mit all ihrem Gewicht mitten auf der Brust des Riesen, krallte sich dort fest und schnappte nach dem Gesicht des verblüfften Ungeheuers. Der Koloss taumelte nach hinten, verlor das Gleichgewicht und ging zu Boden, doch der Panther blieb die ganze Zeit auf ihm.

Die Katze war zu nah für die Keule, und so ließ der Riese seine Waffe fallen, um nach dem Tier zu greifen. Der Panther krallte sich mit den Vordertatzen an ihm fest, während seine Hinterläufe wild zu scharren begannen und so erst das Bärenfell zerrissen, mit dem der Riese bekleidet war, und dann die Haut.

Josidiah blieb keine Zeit, sich Fragen nach dem Wie, Warum oder sonst etwas zu stellen. Er war schon wieder auf den Beinen, weil der nächste Riese rasch näher kam. Derjenige, den er erwischt hatte, schlurfte auch schon wieder heran. Der Klingensänger rannte seitwärts, um einen Riesen zwischen sich und den zweiten Angreifer zu bekommen, damit er es nur mit einem zur Zeit aufnehmen musste.

Er duckte sich unter einem mächtigen Seitenhieb hinweg und dann noch einmal, als die Keule mit einem gefährlichen Rückhandschlag zurückkam. Danach sprang er in die Höhe und zog die Beine an, weil der Riese wie erwartet nun zum Tiefschlag ansetzte. Dabei jedoch musste der Angreifer sich bücken. Josidiah landete im Laufschritt, stürmte vor, gelangte zwischen den Riesen und seine Waffe und konnte dem Ungeheuer erst einmal, dann noch einmal mitten ins Gesicht stechen.

Heulend wich der Riese zurück, doch sein Kumpan drängte sofort herbei. Mit einer Hand schwang er seine Keule, mit der anderen umklammerte er seine aufgerissene Lende.

Ein Donnerschlag erklang, und ein Blitz an der Seite des Hügels blendete Elf und Riesen gleichermaßen, aber kämpfen konnte Josidiah auch, ohne etwas zu sehen. Er drang weiter vor und schlug mit aller Kraft zu.

Die Hand des Riesen schloss sich um die Katze, doch der wendige Panther warf sich abrupt herum, biss fest zu und trennte dadurch drei Finger ab, sodass der Riese keinen weiteren Gedanken mehr daran verschwendete, das Tier zu zerquetschen. Er griff nur noch kraftvoll mit der anderen Hand zu, um sich die Katze von der Brust zu reißen. Dann rollte der Koloss herum und tastete nach seiner Keule, denn er wusste, dass er wieder stehen musste, ehe die Katze zurückkam.

Doch dazu blieb ihm keine Zeit. Der Panther kam blitzschnell zurück, grub alle vier Tatzen in den Boden und spannte jeden Muskel an, federte stahlhart zurück. Als er sich auf der Stelle drehte und wieder losschnellte, auf den Kopf des sich erhebenden Riesen zu, flogen Erdklumpen durch die Luft. Die Katze biss sich fest, kratzte und riss das Fleisch auf.

Der Gigant jaulte vor Schmerzen. Wieder ließ er die Keule fallen. Er schlug mit beiden Armen auf die Katze ein und verpasste ihr schwere Hiebe, doch der Panther ließ nicht los. Seine Reißzähne gruben tiefe Löcher in das fleischige Gesicht, und seine mächtigen Klauen zerfetzten die Haut.

Gegenüber von seinem Gegner richtete Josidiah sich wieder auf. Der Riese blutete aus mehreren Wunden, war aber noch keineswegs am Ende. Und schon schob sich sein Begleiter wieder neben ihn, sodass die beiden Schulter an Schulter standen.

Da erschien eine weitere Gestalt auf dem Hügel, eine tief gebeugte Gestalt, der sich der zweite Riese sogleich zuwandte.

»Du hast dir ganz schön Zeit gelassen«, bemerkte der Elf sarkastisch.

»Da sind Orks in den Wäldern«, gab Anders zurück. »Lästige kleine Biester.«

Da der Mensch wehrlos erschien, schritt der Riese sofort zur Tat und hob mit beiden Händen die schwere Keule. Anders beachtete ihn gar nicht, sondern setzte zu einem Zauber an.

Die Keule schoss quer über das Gras, und Josidiah hätte beinahe aufgeschrien, weil er glaubte, Anders würde gleich eine Meile vom Berg weggeschleudert werden.

Der Riese hätte ebenso gut gegen einen Felsen schlagen können. Die Keule prallte mit voller Wucht gegen Anders' Schulter und wieder zurück. Der Zauberer zuckte nicht mit der Wimper und brach auch seine Beschwörung nicht ab.

»Oh, wie ich diesen Zauber liebe«, sagte der Magier zwischen den Silben seines Zauberspruchs.

»Steinhaut«, stellte Josidiah trocken fest. »Den musst du mir unbedingt beibringen.«

»Den hier aber auch«, ergänzte Anders lachend. Er hatte seinen nächsten Zauber vollendet und deutete schwungvoll mit beiden Armen auf den Boden, direkt zu den Füßen des Riesen. Sofort begann die Erde zu wogen, als würde ein Dutzend Riesen mit großen Spaten dort den Boden umgraben. Als er fertig war, stand der Riese in einem Loch, auf Augenhöhe mit dem Zauberer.

»Das ist nur fair«, fand Anders.

Der Riese heulte auf und wollte die Keule heben, doch das Loch war zu eng, um die Waffe ungehindert hochzureißen. Der Zauberer setzte bereits zur dritten Beschwörung an. Diesmal streckte er die Hand aus, deutete mit einem Finger direkt zwischen die Augen des Riesen und bog den Zeigefinger, um seinem Gegner einen edelsteinbesetzten Ring zu zeigen.

Das Monster, dessen Waffe in dem engen Loch feststeckte, improvisierte. Es warf den Kopf nach vorn und biss den Zauberer fest in die ausgestreckte Hand.

Auch diesmal reagierte Anders kaum. Stattdessen stöhnte der Riese laut auf, denn bei dem Biss war ihm ein Zahn zersplittert.

Anders stieß die Hand nach vorn, bis sein Ring nur noch einen Fingerbreit vor dem offenen Mund des Monsters schwebte. Dann setzte er die Magie frei. Mehrere Blitzschläge zuckten in den offenen Mund des Riesen und explodierten in seinem Kopf.

»Tadaa!«, machte der alte Magier, beugte die Beine zu einer Art Hofknicks, riss die Arme auseinander und breitete die Hände aus, während der Riese in sein Loch sackte. »Und das Grab steht auch schon bereit«, prahlte er.

Der andere Riese hatte genug gesehen und wandte sich zur Flucht, aber so leicht ließ Josidiah ihn nicht davonkommen. Der Klingensänger sprang hinter ihm her und steckte ein Schwert in die Scheide. Er ließ den Riesen so weit den Hügel hinabrennen, dass er schließlich mit einem Satz auf gleicher Höhe mit dessen Knollennase landen konnte. Daran hielt er sich fest, zog den Schwertarm hart um die andere Seite herum und stieß dem Ungeheuer die Klinge tief in die Kehle. Der Riese wollte nach dem Elf greifen, aber unvermittelt schnappte er nach Luft, geriet ins Stolpern, fiel auf die Knie und rutschte den Berg hinunter.

Josidiahs Schwertarm stieß immer wieder zu, um die Wunde zu erweitern und dem Monster Luftröhre und Schlagader weiter aufzuschneiden. Er stieß sich erst ab, als der Riese kopfüber zu Boden ging. Auf dem Rücken des Riesen kam der Elf zum Stehen. Sein Gegner lebte noch; er keuchte. Josidiah wusste, dass die Wunde tödlich war, und kehrte auf den Hügel zurück.

Anders' selbstzufriedenes Lächeln verging ihm kurze Zeit später, als er den verletzten Panther entdeckte. Die Katze hatte gute Arbeit geleistet: Der Riese lag tot auf der Erde. Doch dabei hatte sie selbst schweren Schaden genommen. Sie lag verdreht da und japste mit kurzen Atemzügen nach Luft. Ihr Rückgrat war gebrochen.

Anders lief zu ihr, und Josidiah gesellte sich kurz darauf zu ihnen.

»Tu doch etwas!«, flehte der Elf.

»Ich kann nichts für sie tun«, protestierte Anders.

»Schicke sie wieder in die Figur zurück«, sagte Josidiah. »Wenn sie zurückkommt, ist sie wieder heil.«

Anders drehte sich zu dem Elf um und packte ihn vorn an der Tunika. »Ich habe den Zauber nicht vollendet«, jammerte er. Erst da dämmerte es ihm. Was hatte den Panther hierhergeführt? Warum sollte ein Panther, ein wildes Tier, einem Elf zu Hilfe eilen?

»Ich habe den Zauber noch lange nicht beendet«, sagte der Magier ruhiger und ließ seinen Freund los. »Ich habe die Katze einfach laufen lassen.«

Mit großen Augen sah Josidiah erst Anders, dann den Panther an. Die Fragen lagen auf der Hand, aber weder der Elf noch der Zauberer wollten sie laut aussprechen.

»Wir müssen sie in meinen Turm zurückbringen«, sagte Anders.

Josidiah zweifelte noch immer. Wie sollten sie eine sechshundert Pfund schwere, schlaffe Katze den ganzen Weg bis zum Turm schleppen?

Aber auch dafür hatte Anders eine Lösung. Er zog ein

Stück schwarzen Samt hervor, das er mehrere Male auseinanderfaltete, bis er einen schwarzen Fleck von mehreren Fuß Durchmesser in der Hand hielt. Dann hob der Magier eine Seite des Tuchs und legte sie vorsichtig über die Hinterhand des Panthers.

Josidiah blinzelte, als er sah, dass der Pantherschwanz in dem Tuch verschwunden war!

»Heb sie hoch, wenn ich das über sie ziehe«, bat Anders. Josidiah gehorchte und hob die Katze Stück für Stück an, während der Zauberer das Tuch bewegte. Schließlich hatte die Dunkelheit das Tier fast verschluckt.

»Extradimensionales Loch«, erklärte der Zauberer, während er auch noch den Kopf der Katze darin einschloss. Dann faltete er das Tuch wieder sorgfältig zusammen, bis es in seine Tasche passte. »Es geht ihr gut darin«, sagte er. »Bis auf die Verletzungen durch den Riesen natürlich.«

»Wunderbares Spielzeug, Zauberer«, gratulierte Josidiah.

»So etwas findet man als Abenteurer«, erwiderte Anders mit einem Augenzwinkern. »Du solltest mehr herumkommen.«

Seine Heiterkeit hielt nicht lange an, denn nun zogen die beiden eilig nach Beltgardenheim zurück. Doch was sollten sie dort anderes tun, als der Katze das Sterben zu erleichtern?

Genau das hatte Anders vor, als er sein tragbares Loch öffnete und den Panther liebevoll daraus hervorholte. Doch dann brach er ab, und Josidiah blutete das Herz, denn er verstand, dass der Panther seinem Ende entgegenging.

»Vielleicht kann ich den Zauber für die Figur vollenden«, überlegte Anders. Er sah Josidiah mitleidig an. »Geh«, sagte er, »denn ich muss ihr einen schnellen, gnädigen Tod bereiten.«

Josidiah schüttelte den Kopf. Er war entschlossen, der Verwandlung bis zum Ende beizuwohnen, dem sterblichen Ende dieser wundervollen Katze, die ihm unaufgefordert zu Hilfe gekommen war. Wie sollte der Elf das Band erklären, das zwischen ihm und der Katze gewachsen war? Hatte Anders' magische Vorbereitung dem Tier einen Sinn für Loyalität eingeflößt, es auf die hirnlose Sklaverei eingestimmt, die ihm als magisches Werkzeug bevorgestanden hätte?

Josidiah sah der Katze erneut in die Augen. Er wusste, dass es nicht so war. Hier war etwas anderes geschehen, etwas Größeres, auch wenn die Magie von Anders' Vorbereitungen vielleicht ihren Teil dazu beigetragen hatte.

Der Zauberer holte schnell die Statuette und stellte sie neben den sterbenden Panther. »Nimm du sie«, sagte er zu Josidiah.

»Ich kann nicht«, erwiderte der Klingensänger. Ihm war es unerträglich, den Panther in der verkleinerten Gestalt zu sehen. Er wollte das Tier auf keinen Fall versklaven.

Anders widersprach nicht – dazu blieb keine Zeit. Er goss der Katze magisches Öl über den Kopf, webte seine Magie und legte dem Panther eine Hand über die Augen.

»Dein Name ist Schnurrbart«, begann er und legte dem Tier seinen Dolch an den Hals.

»Nein!«, schrie Josidiah, sprang neben den Zauberer, riss dessen Hand zurück und zog den Dolch weg. »Nicht Schnurrbart, auf keinen Fall!«

Josidiah schaute in die herrlichen gelbgrünen Augen, die noch immer intensiv leuchteten, obwohl der Zeitpunkt des Todes gekommen war. Er betrachtete das Tier, seine schöne, stumme Freundin. »Schatten«, sagte er. »Nein, nicht Schatten.« Noch einmal hielt er den Dolch zurück. »Das hochelfische Wort für Schatten.« Er blickte der Katze direkt in die Augen, als würde er dort eine Bestätigung suchen. Plötzlich begriff er es. Nicht er hatte diesen Namen ausgesucht. Sie hieß die ganze Zeit schon so. »Guenhwyvar.«

In dem Moment, als er diesen Namen ausstieß, zuckte ein schwarzer Blitz auf, wie das Negativ von Anders' gleißenden Blitzen. Ein grauer Nebel erfüllte den Raum. Das schwarze Tuch zog sich zusammen, bis es vollständig verschwand, und dann war auch der Panther fort. Er hatte sich in Nichts aufgelöst.

Anders und Josidiah wichen zurück und blieben Seite an Seite sitzen. Einen Augenblick schien eine tiefe Leere durch den Raum zu ziehen, ein Spalt im Universum, als wäre die Trennung zwischen den Existenzebenen aufgerissen worden. Aber dann war es auch schon verflogen. Alles. Der Panther, das Loch, der Spalt. Was blieb, war die kleine Figur.

»Was hast du getan?«, fragte Josidiah den Zauberer.

»Ich?« Anders wich zurück. »Was hast *du* getan?«

Josidiah griff vorsichtig nach der Figur. Als er sie in der Hand hielt, sah er Anders an, der langsam nickte. Er war einverstanden.

»Guenhwyvar«, rief der Elf zaghaft.

Gleich darauf füllte sich der Raum neben dem Elf mit wirbelndem grauen Nebel, der allmählich die Gestalt des Panthers annahm. Die Katze atmete schon leichter, als würden ihre Wunden bereits heilen. Als sie zu Josidiah aufsah, stockte dem Elf der Atem, und er verlor sich in der Intensität und der Intelligenz dieses Blickes.

Das war keine Sklavin, kein willenloses Werkzeug. Das war der Panther, derselbe hinreißende Panther!

»Wie hast du das gemacht?«, fragte der Elf.

»Ich weiß es nicht«, antwortete Anders. »Und ich weiß nicht einmal, was ich, nein, was wir mit der Figur gemacht haben. Es ist die Figur, die sich in das lebendige Tier verwandelt, aber dennoch ist sowohl die Katze hier als auch die Figur!« Der alte Magier lachte zufrieden und sah dem Elf in die Augen. »Schicke sie wieder fort, damit sie gesund wird«, bat er ihn.

Josidiah sah die Katze an. »Geh, Guenhwyvar. Aber ich werde dich wieder rufen, versprochen.«

Der Panther grollte leise, aber es klang nicht wütend. Dann hinkte das Tier langsam davon und verlor sich in grauem Nebel.

»Das ist das Glück der Magie«, sagte Anders. »Das eigentliche Mysterium. Nicht einmal die größten Zauberer könnten so etwas erklären, glaube ich. Vielleicht meine ganzen Vorbereitungen, vielleicht die Magie des Lochs – ach, ja, mein schönes Loch, das jetzt verloren ist! Vielleicht auch alles zusammen. Das Glück der Mysterien«, schloss er. »Nun denn, gib schon her.« Er streckte seine Hand nach der Figur aus, aber Josidiah hielt sie nur umso fester.

»Niemals«, sagte der Elf mit einem Lächeln. Auch Anders lächelte.

»Aha«, stellte der Zauberer wenig überrascht fest. »Aber mein verlorenes Loch und meine Zeit und Mühe wirst du mir bezahlen!«

»Mit Vergnügen«, sagte der Elf, und mit dieser Figur in der Hand, dem Schlüssel zu dem wundersamen schwarzen Panther, zu Guenhwyvar, die, wie ihm bewusst wurde, bis ans Ende seiner Tage seine treueste Gefährtin und Freundin sein würde, war ihm klar, dass er sein Gold noch nie so gut angelegt hatte.

Das eigensinnige Schwert

Erstveröffentlichung in *Realms of Shadow*,
Wizards of the Coast, 2002

»Das eigensinnige Schwert« erfüllte im Rahmen der Kurzgeschichten, die ich zu den Vergessenen Welten beisteuerte, einen neuen Zweck. Bis dahin war ich nie mit Plänen für neue Kurzgeschichten in Vertragsverhandlungen eingestiegen und hatte nicht die Absicht, mich darauf einzulassen. Ich dachte, ich würde mal eine schreiben, wenn ich Lust dazu hätte, und wenn Wizards of the Coast sie dann veröffentlichen wollte – umso besser! Aber Verlagsprogramme, die auch Anthologien umfassen, funktionieren nicht unbedingt so, und deshalb stimmte ich bei den Verhandlungen auch zu, fünf Geschichten zu schreiben. Der Grund dafür war, dass die Drizzt-Bücher sich gerade in zwei Hauptstränge teilten: Entreri und Jarlaxle hatten ihre eigenen Ziele, und so lösten wir »Der schwarze Zauber« sogar ganz aus der Geschichte und machten dieses Solo-Abenteuer der beiden zum ersten Band der Söldner-Trilogie.

Deshalb wehrte ich mich bei diesen Verhandlungen nicht gegen die Idee einer Kurzgeschichte über Drizzts Begleiter. Ich wusste, dass ich Entreri und Jarlaxle mindestens drei Jahre sich selbst überlassen musste, wenn ich mich auf eine neue Drizzt-Trilogie festlegte, und das lag keineswegs in meiner Absicht.

Während meiner Arbeit am »Hexenkönig« hatte ich endlich das Gefühl, Artemis Entreri näherzukommen, und das war ein Charakter, von dem ich schon lange mehr erfahren wollte. Als Autor liebe ich es einfach, mit Protagonisten, die mich selbst immer wieder überraschen, derartige Seitenstränge auszuloten.

Das Format der Kurzgeschichte passte damals perfekt zu Entreri und Jarlaxle. Ich konnte sie besonders gefährlichen Situationen aussetzen, auf unterschiedliche Weise Druck auf sie ausüben und zulassen, dass ihre Reaktionen mir nicht nur mehr über ihren individuellen Charakter, sondern auch über ihre Beziehung zueinander verrieten – und diese Frage stand für mich im Vordergrund. Keiner der beiden ist besonders vertrauenswürdig oder altruistisch. Was hatte eine Freundschaft zwischen derartigen Personen also zu bedeuten? Beruhte sie ausschließlich auf dem anhaltenden und greifbaren beiderseitigen Profit oder kam irgendwann der Punkt, wo etwas Tieferes entstand, etwas Ehrlicheres, bei dem es nicht mehr so sehr um den nachweislichen Gewinn ging, ob materiell oder in Form von wachsendem Einfluss?

Das also war der Anlass für »Das eigensinnige Schwert«. In erster Linie geht es natürlich um logische Überleitungen für die Geschichten um Entreri und Jarlaxle. So wird die bevorstehende Rückkehr in das Nesser-Reich angesprochen, aber auch deren Bedeutung für Entreri, der ein mächtiges Nesser-Schwert besitzt. Außerdem stellt sich die interessante Frage, was passiert, wenn man mit einem Vampirdolch nach einem Schatten sticht...

Darüber hinaus sehen wir die Grenzen und Möglichkeiten der Freundschaft dieses ungewöhnlichen Paars, das sich zu einer Reise quer durch seine Welt anschickt. Ich hoffe, dass diese und die beiden anderen Geschichten um das dynamische Duo die Spannung anheizen, bis ihre Verbindung in »Die Drachen der Blutsteinlande« den Höhepunkt erreicht.

Jahr des Schilds (1367 DR)

»So anders als Calimhafen ist es gar nicht«, beharrte Artemis Entreri etwas störrisch.

Jarlaxle, der ihm gegenübersaß, schmunzelte nur.

»Und du bezeichnest mein Volk als fremdenfeindlich«, erwiderte der Drow. »Immerhin verhalten wir uns gegenüber anderen unserer eigenen Spezies weniger rassistisch.«

»Du redest dummes Zeug.«

»Meine Worte haben uns hier Einlass verschafft, oder?«, gab der Dunkelelf mit seinem typischen Grinsen zurück.

Das stimmte allerdings. Er und Entreri waren nach Nordosten gezogen, in die Gegend, die als die Blutsteinlande bekannt war. Angeblich winkten dort lukrative Geschäfte mit Goblin-Ohren und dergleichen aus dem wilden Land Vaasa im Norden des Königreichs Damara und dieser Stadt, Heliogabalus, der Hauptstadt von Damara. Mit einem Verweis auf Gareth Drachenbann persönlich hatte der Dunkelelf die Stadtwachen daran erinnert, dass der Paladinkönig von Damara für seine Toleranz und sein Verständnis bekannt war und einen jeden nicht nach seiner Herkunft, sondern anhand seiner Taten beurteilte. So hatte Jarlaxle die strengen Hüter der Stadt überredet, ihm Zutritt zu gewähren.

In erster Linie hatten sie jedoch zugestimmt, weil Jarlaxle so gar nicht dem entsprach, was sie von Dunkelelfen gehört hatten – und sie hatten noch nie einen Dunkelelf zu Gesicht bekommen. Sein grellbunter Aufzug mit dem auffälligen breitkrempigen Hut, den eine riesige lila Feder zierte, dem weiten Umhang, der an dem Tag, als er die Stadt betreten hatte, blau gewesen war, inzwischen aber rot leuchtete, der Augenklappe, die täglich von einem Auge zum anderen wanderte, schien der Drow in erster Linie zur Unterhaltung beizutragen, ohne die Sicherheit der großen Stadt zu bedrohen, zumal er keine sichtbaren Waffen trug. So hatte man ihn und Entreri, der sein kostbares Schwert und den juwelenbesetzten Dolch bei sich trug, in die Stadt gelassen, ihnen allerdings klar zu verstehen gegeben, dass man sie genau im Auge behalten würde.

Nach einigen Stunden wussten der Meuchelmörder und der Drow, dass die faulen Wachen keineswegs vorhatten, dieses Versprechen zu halten.

»Du lässt dir ganz schön Zeit!«, schrie Entreri quer durch die gut besetzte Taverne der eingeschüchterten Kellnerin zu, die ihre Bestellung aufgenommen hatte.

Sie wussten, dass die Frau es nicht eilig hatte, zu ihnen zurückzukehren, denn beim Anblick des Drow-Elfen hatte sie sichtlich gezittert und Mühe gehabt, sich auf ihre Worte zu konzentrieren.

Die Frau wurde blass und machte sich auf den Weg zum Tresen. Dann aber drehte sie sich um, erst einmal, dann noch einmal, als ob sie nicht wüsste, was sie jetzt tun sollte. An einem der Nachbartische blickten zwei Männer mit säuerlichem Gesicht von ihr zu Entreri.

Der Meuchelmörder blieb ruhig sitzen. Er hoffte beinahe, dass das Paar sich rühren würde. In den letzten Monaten, seit er und Jarlaxle den Gesprungenen Kristall zerstört hatten, hatte er außerordentlich schlechte Laune.

Selbst mit seinem exzentrischen Begleiter war die Reise langweilig und ereignislos gewesen, und Jarlaxles Plan, sich in den Blutsteinlanden einen Ruf als Goblin-Töter und nebenher ein kleines Vermögen zu erwerben, klang für Entreri eher nach einer Aufgabe für seinen alten Erzfeind Drizzt und dessen »ritterliche« Freunde.

Dennoch musste Entreri sich eingestehen, dass ihr Spielraum etwas eingeschränkt war, seit Calimhafen ihnen versperrt war. Es würde nicht leicht werden, in einer anderen Stadt ein ruhiges Plätzchen zu finden.

»Du hast sie bloßgestellt«, sagte Jarlaxle.

Entreri zuckte nur mit den Schultern.

»Weißt du, mein Freund, im Drow-Adel gibt es ein Sprichwort: Wenn jemand gut zu dir ist, aber schlecht zum gemeinen Volk, dann ist er wirklich böse. In meinem Volk gilt das als Kompliment, aber hier?«

Entreri lehnte sich zurück und schob die Vorderkante seines runden Huts mit dem schmalen Rand hoch, den Jarlaxle als Bolero bezeichnete, sodass der Drow die Skepsis in seinen dunklen Augen gut erkennen konnte.

»Tu nicht so, als wäre dir das egal«, sagte Jarlaxle angesichts dieses höhnischen Blickes.

»Jetzt redet mir schon ein Dunkelelf ins Gewissen«, bemerkte Entreri ungläubig. »Wie tief muss ich gesunken sein!«

»Artemis Entreri hat es nicht nötig, eine Kellnerin zu schikanieren«, sagte Jarlaxle daraufhin und wandte sich betont ab.

Mit einem frustrierten Knurren stand Entreri auf und ging durch den Raum. Sein schmaler Körper bewegte sich geschmeidig und lautlos, fast als würde er schweben. Er hielt auf die Kellnerin zu und kam dabei an dem

Tisch mit den zwei murrenden Zuschauern vorbei, von denen einer ihm den Weg versperren wollte. Aber der kalte, strenge Blick von Entreri ließ ihn davon absehen.

»Du da«, rief Entreri dem Mädchen zu.

Sie blieb stehen. In der Taverne schien plötzlich die Zeit stillzustehen. Alle Gespräche brachen sofort ab.

Nur das wissende Lachen eines auffällig gekleideten Dunkelelf im hinteren Bereich des Raums war noch zu hören.

Die Kellnerin drehte sich langsam um und sah Entreri näher kommen. Er ging zu ihr hin und ließ sich auf ein Knie nieder.

»Ich bitte um Verzeihung, mein Fräulein«, entschuldigte er sich.

Er streckte die Hand aus und legte einige Goldmünzen auf ihr Tablett.

Die junge Frau starrte ihn ungläubig an.

Entreri erhob sich wieder und stand nun vor ihr. »Ich nehme an, dass du unsere Bestellung vergessen hast«, fuhr er fort. »Was angesichts der ...«, er warf einen Blick auf Jarlaxle, »... ungewöhnlichen Aufmachung meines Freundes durchaus verständlich ist. Ich werde die Bestellung wiederholen und entschuldige mich dafür, dass ich dein Dilemma nicht gleich erkannt habe.«

Um ihn herum wandten die anderen Gäste sich wieder ihren eigenen Gesprächen zu. Die Kellnerin strahlte vor Erleichterung.

Entreri wollte sie noch einmal um Verzeihung bitten, brachte die Worte aber nicht über die Lippen.

»Danke sehr«, sagte er nur und wiederholte seine Bestellung, ehe er kehrtmachte und zu Jarlaxle zurückkam.

»Wunderbar!«, lobte der Dunkelelf. »So dauert es kein

Jahr, bis ich dich in einem Paladinorden untergebracht habe!«

Entreri kniff die dunklen Augen zusammen, was Jarlaxle nur noch mehr amüsierte.

»Und ich dachte schon, ich müsste euch zwei vor die Tür befördern«, erklang neben ihnen eine Stimme.

Die beiden drehten sich um. Vor ihnen stand der Wirt, ein bulliger älterer Mann, der so aussah, als wäre ein Teil seiner Brust auf den Bauch herabgerutscht. Dennoch hatte der hochgewachsene Mann eine gebieterische Ausstrahlung. Bevor einer von ihnen seine Worte jedoch als Drohung oder Beleidigung auffassen konnte, bedachte der Wirt sie mit einem zahnlückigen Lächeln.

»Freut mich, dass ihr meine Kitzy glücklich gemacht habt.« Er zog einen Stuhl heran, drehte ihn um, setzte sich rittlings darauf, legte den dicken Ellbogen auf den Tisch und beugte sich nach vorn. »Was führt denn zwei Herren wie euch nach Heliogabalus?«

»Ich wollte nur mal eine Stadt sehen, die sich eines so dummen Namens rühmen kann«, gab Entreri zurück. Der Wirt brach in dröhnendes Gelächter aus und schlug sich auf den Schenkel.

»Wir haben gehört, dass man in diesem Land zu Ruhm und Reichtum kommen kann«, sagte Jarlaxle sehr ernst. »Jeder, der stark und schlau genug dafür ist.«

»So wie ihr zwei?«

»Könnte man so sagen«, erwiderte der Dunkelelf und zuckte mit den Schultern. »Du kannst dir sicher vorstellen, wie schwierig es für jemanden wie mich ist, irgendwo Anerkennung zu finden. Vielleicht ist das also eine passende Gelegenheit.«

»Ein Drow als Held?«

»Den Namen Drizzt Do'Urden hast du sicher mal gehört?«, fragte Jarlaxle.

Er hatte schon einmal versucht, diesen Namen zu nutzen, um damit einige Bauern zu beeindrucken, die allerdings noch nie von dem ungewöhnlichen Drow-Krieger aus dem Eiswindtal gehört hatten, wie sich später herausstellte.

Entreri beobachtete die Vorstellung seines Freundes mit wachsendem Ärger, denn er verstand, worauf sie hinauslief. Jarlaxle war frustriert gewesen, dass er nicht in Drizzts Rolle schlüpfen konnte oder zumindest einen Vorteil davon hatte, jemanden zu spielen, den kein Mensch kannte. Aber vielleicht hatte dieser Wirt hier von Drizzt gehört, sodass Jarlaxle dessen Identität übernehmen und seinen Aufenthalt in Heliogabalus etwas höher in der Hackordnung stehend beginnen konnte.

»Drizzit Dudden?«, wiederholte der Mann und kratzte sich am Kopf. »Nö, kann ich nicht behaupten. Auch ein Drow?«

»Aber ein toter«, warf Entreri ein und bedachte Jarlaxle mit einem zornigen Blick. Er hielt überhaupt nichts davon, dass Jarlaxle diesen Namen immer wieder ins Spiel brachte.

Mit Drizzt war Artemis Entreri fertig. Bei ihrer letzten Begegnung hatte er den Drow geschlagen, wenn auch mit Hilfe eines Drow-Psionikers. Wichtiger als der Tod von Drizzt war jedoch, dass Entreri seinen inneren Dämon ausgetrieben hatte, das Bedürfnis, sich immer wieder mit diesem Mann zu messen.

»Ist auch nicht wichtig«, sagte Jarlaxle, der den Wink verstand und das Gespräch wieder in normale Bahnen lenkte.

»Ihr wollt euch also hier einen Namen machen? Dann wollt ihr bestimmt nach Vaasa hoch.«

»Ich finde, du stellst zu viele Fragen«, bemerkte Entreri, was ihm ein weiteres Stirnrunzeln von Jarlaxle eintrug.

»Du erscheinst in der Tat sehr wissbegierig«, fügte der Drow hinzu, hauptsächlich um Entreris Tonfall zu entschärfen.

»Tja, das ist nun mal mein Geschäft«, erwiderte der Wirt. »Die Leute werden mich nach dem komischen Paar fragen, das hier war.«

»Komisch?«, fragte Entreri.

»Du ziehst mit einem Drow-Elf herum.«

»Allerdings.«

»Wenn ihr mir also einfach eure Geschichte erzählt, erspart ihr euch so einige Nachfragen«, fuhr der Wirt fort.

»Die Plaudertasche vom Dienst«, sagte Jarlaxle trocken.

»Das ist nun mal mein Geschäft.«

»Nun, es ist so, wie wir bereits sagten«, erwiderte der Dunkelelf. Er stand auf und verneigte sich höflich. »Ich bin Jarlaxle, und das hier ist mein Freund, Artemis Entreri.«

Als der Wirt das übliche »Seid gegrüßt« erwiderte, machte Entreri wieder ein finsteres Gesicht und funkelte den Dunkelelf wütend an. Er konnte kaum glauben, dass Jarlaxle gerade ihre Namen preisgegeben hatte. Der Wirt stellte sich seinerseits vor, doch Entreri versuchte gar nicht erst, sich seinen Namen einzuprägen. Dann erzählte der Wirt von anderen Männern, die nach Vaasa ausgezogen waren, was Entreri noch weniger interessierte. Auf einen Ruf von der Bar erhob sich der Wirt schließlich, entschuldigte sich und verschwand.

»Was?«, reagierte Jarlaxle auf Entreris Blick.

»So leicht gibst du preis, wer wir sind?«

»Warum nicht?«

Entreris Gesicht verriet deutlich, dass die Gründe auf der Hand lagen.

»Niemand jagt uns nach, mein Freund. Wir haben uns auch nicht den Zorn der Behörden zugezogen – zumindest nicht in dieser Gegend. Warst du in Calimhafen nicht als Artemis Entreri bekannt? Du solltest dich deines Namens nicht schämen!«

Entreri schüttelte nur den Kopf, lehnte sich zurück und trank einen Schluck Wein. Dieses ganze Abenteuer passte ihm immer noch nicht.

Als die anderen Gäste allmählich gingen, schlenderte der Wirt wieder zu ihnen herüber.

»Und wann geht es weiter nach Vaasa?«, fragte er.

Entreri und Jarlaxle wechselten einen wissenden Blick: Nach dem Tonfall des Mannes zu schließen, waren seine Worte nur eine Einleitung.

»Bald, schätze ich«, antwortete Jarlaxle, als würde er bereits am Köder knabbern. »Unsere Mittel gehen zur Neige.«

»Aha, ihr seid also schon auf Auftragssuche«, sagte der Wirt. »Nur Goblins töten? Also, Goblins und Orks, meine ich? Oder seid ihr auch für anderes zu haben?«

»Du nimmst dir einiges heraus«, meinte Entreri.

»Mag sein, aber ihr werdet doch nicht behaupten, dass ihr den offenen Kampf bevorzugt, oder?«

»Möchtest du es probieren?«, bot Entreri an.

»Oh, ich zweifle nicht an euch!«, grinste der Mann. Er hob abwehrend seine dicken Pranken, um den gefährlichen Gast auf Abstand zu halten. »Aber ihr zwei macht den Eindruck, als ob ihr für besseren Lohn auch bessere Arbeit leistet, wenn ihr versteht, was ich meine.«

»Und wenn nicht?«

Der Wirt sah Entreri fragend an.

»Wenn wir nicht verstehen«, erklärte Jarlaxle.

»Oh, also in Heliogabalus gibt es jede Menge zu tun«, erläuterte der Wirt. »Für einen, der aus dem richtigen Holz geschnitzt ist, meine ich. Die Behörden konzentrieren sich ganz auf Vaasa und bekämpfen dort die Monster, aber damit sind die Bürger hier in der Stadt weitgehend sich selbst überlassen. Sie haben niemanden, an den sie sich wenden können.«

Entreri versuchte nicht einmal, sein Grinsen zu verbergen. Allein das Geschwätz des Mannes vermittelte ihm ein heimatliches Gefühl. Letztlich unterschied sich Heliogabalus gar nicht so sehr von Calimhafen, wo zwischen den offiziellen Gesetzen und dem Gesetz der Straße ein großer Unterschied bestand. Allerdings konnte er kaum fassen, dass man ihn und Jarlaxle so schnell angesprochen hatte, ohne dass ihnen ein Ruf vorauseilte. Er dachte jedoch nicht lange darüber nach. Vermutlich befanden sich die meisten Kämpfer im Norden, zusammen mit den Ordnungskräften der Stadt, was auch immer das für eine Ordnung sein mochte.

»Und du kennst den Bedarf hier?«, fragte Jarlaxle den Mann.

»Nun, das ist mein Geschäft«, sagte der Wirt. »Ich könnte sogar selbst gerade etwas Hilfe gebrauchen, und ein Freund von mir hat mich gebeten, ihm jemanden zu vermitteln.«

»Und wie kommst du darauf, dass ausgerechnet wir die Richtigen dafür wären?«, erkundigte sich Jarlaxle.

»Wenn einer das mal so lange macht wie der alte Feepun, kriegt man einen Blick dafür«, erklärte der Mann. »Ich sehe doch, wie ihr euch bewegt. Ich sehe, wie ihr die Gläser anhebt, wie eure Augen sich von einer Seite zur anderen bewegen und alles ganz genau wahrnehmen. Ich schätze mal, die Arbeit, die ich für euch habe – wenn ihr sie denn annehmt –, entspricht bei Weitem nicht euren wahren Talenten, aber es wäre ein Anfang.« Er schwieg und sah die beiden hoffnungsvoll an.

»Nun, dann erzähl uns doch bitte mehr«, forderte Jarlaxle ihn nach einer längeren Pause auf. »Natürlich nichts, was gegen die Gesetze dieses Landes verstößt«, fügte er hinzu, wie jeder Dieb oder Mörder, der etwas auf sich hielt, erwartungsgemäß stets prompt ergänzte.

»Oh, nein, keineswegs«, lachte Feepun auf. »Ein wenig angewandte Gerechtigkeit, weiter nichts.«

Jarlaxle und Entreri wechselten wieder einen wissenden Blick – das war die übliche Antwort auf diese Floskel, die in der Regel bedeutete, dass jemand entweder den Tod verdient hatte oder ausgeraubt werden sollte.

»Ich hab da einen Freund, der gern eine Kleinigkeit zurückhätte«, erklärte der Wirt flüsternd und nach vorn gebeugt. »Er zahlt auch gut. Hundert Goldstücke für eine Nacht. Seid ihr dabei?«

»Sprich weiter«, sagte Jarlaxle.

»Scheint so, als gäbe es Streit um eine kleine Statue. Wurde einem Typen hier geklaut. Er will sie wiederhaben.«

»Wieso glaubst du, dass wir so etwas können?«, fragte Entreri.

»Ich sagte doch, ich weiß meine Gäste einzuschätzen. Ich glaube, ihr könnt das. Dürfte nicht allzu schwer sein, auch wenn dieser Rorli kein angenehmer Zeitgenosse ist.«

»Dann sind hundert vielleicht nicht genug«, warf Jarlaxle ein.

Der Wirt zuckte mit den Schultern. »Er sagte, er zahlt hundert. Ist doch ein fairer Preis. Vielleicht frage ich ...«

»Erzähl uns erst mal die Einzelheiten«, unterbrach ihn Entreri. »Wir haben viel zu tun und müssen noch für die Reise nach Norden einkaufen.«

Der Wirt grinste, kam noch näher und teilte ihnen alles mit, was er über Rorli wusste, einschließlich dessen Adresse. Es war nicht weit dorthin. Anschließend wollten Jarlaxle und Entreri sich unter vier Augen besprechen, und der Wirt ließ sie eine Weile in Ruhe.

»Ist doch eine nette Abwechslung«, fand Jarlaxle, als sie allein waren.

»Wir können dabei umkommen. Oder Rorli könnte umkommen.«

Der Dunkelelf zuckte mit den Schultern, als ob das keine besondere Rolle spielte. »Hundert Goldstücke sind ein Hungerlohn«, sagte er, »aber damit können wir einen Ruf begründen, der uns vielleicht gut zupasskommt.«

»Gib mir hundert Goldstücke, damit ich alles besorgen kann, was ich dafür brauche«, verlangte Entreri.

Mit einem breiten Grinsen griff Jarlaxle in einen kleinen Beutel und zog daraus Münzen hervor, mehr und immer mehr – mehr als die Börse überhaupt fassen konnte. Diese enthielt eine extradimensionale Tasche, und schließlich hatte Entreri fast zweihundert Goldstücke.

»Und wir machen das für hundert?«, fragte der Meuchelmörder zweifelnd.

»Die Sachen, die du kaufst, können wir doch später noch verwenden, oder?«

»Ja.«

»Dann ist es eine Investition.«

Entreri hatte den Eindruck, dass sein Begleiter die Situation ein wenig zu sehr genoss. Und das bedeutete normalerweise Ärger.

Dennoch zuckte er mit den Schultern und winkte den Wirt wieder herbei.

Entreri hatte sein Seil mit einem Haken am Dach des Gebäudes befestigt und ein Klettergeschirr angelegt, in dem er geschickt an der Wand emporkletterte, bis er den Fenstersims im Obergeschoss erreichte. Hinter diesem Fenster lag Rorlis Schlafzimmer, wie er herausgefunden hatte. Er hatte sich auch schon vergewissert, dass es auf dieser Seite der Scheibe keine Fallen gab, die auf Druck reagierten.

Perfekt ausbalanciert und erstaunlich gewandt zog der Dieb jetzt weiteres Handwerkszeug hervor, das er frisch erworben hatte. Er setzte vorsichtig eine Saugglocke auf die Mitte der Scheibe und befestigte daran einen Glasschneider mit Diamantspitze. Damit ritzte er einen perfekten Kreis. Er zog behutsam, doch die Scheibe ließ sich nicht sofort herausheben.

Jarlaxle schwebte gelassen zu ihm herauf. »Interessante Ausrüstung für jemanden, der nicht über Levitation verfügt«, sagte der Dunkelelf und zeigte auf das Klettergeschirr.

»Ich komme zurecht«, erwiderte Entreri.

»Aber der Tarnanzug war rausgeschmissenes Geld«, fuhr der Drow kopfschüttelnd fort. Er seufzte. »Der Mantel, den ich dir gab, vermag weitaus mehr, und der Hut ist sogar noch besser.«

Entreri wunderte sich nicht über Jarlaxles Aussagen zu magischen Gegenständen. Er hatte sich schon gedacht, dass sein Umhang eine verbesserte Version des traditionellen *Piwafwi* der Dunkelelfen war. Die Bemerkung über den Hut jedoch verblüffte ihn.

»Der Hut?«, fragte er. Unwillkürlich glitt seine freie Hand zu der schmalen, steifen Krempe seines Boleros.

»Zieh ihn mit der linken Hand nach unten und anschließend nach links, dann bist du vor neugierigen Augen sicher.«

Entreri befolgte die Anweisung des Drow. Sofort überkam ihn eisige Kühle. Er erschauerte.

»Na also«, sagte Jarlaxle. »Wenn dir wieder warm wird, tippst du kurz an den Hut.«

»Mir ist eiskalt. Ich fühle mich wie eine Leiche.«

»Lieber sich so fühlen, als eine Leiche zu sein.«

Entreri tippte zustimmend an seinen Hut und erschauerte erneut. Dann machte er sich wieder an die Arbeit. Diesmal zog er die kreisförmig ausgeschnittene Scheibe heraus.

»Ganz schön eng«, konstatierte Jarlaxle trocken.

Der Meuchelmörder grinste ihn abfällig an, griff geschickt durch die Scheibe, schob seine Hand hindurch und suchte das Glas langsam und sehr, sehr vorsichtig nach Fallen ab.

»Sieht ziemlich aufwendig aus«, meinte Jarlaxle.

Er griff an seinen großen Hut und zog ein Stückchen schwarzen Stoff hervor. Als Entreri das sah, senkte er den Kopf und seufzte. Er wusste, was jetzt kam.

Jarlaxle wirbelte das Tuch herum, wobei es sich verlängerte und immer größer wurde. Der Drow warf es gegen die Mauer, sodass der gesamte Bereich, den das schwarze Rund abdeckte, einfach verschwand. Ein normales tragbares Loch, ein seltener und kostbarer Gegenstand, erschuf eine extradimensionale Tasche, doch wie üblich war Jarlaxles Version ganz und gar nicht normal. Je nachdem, welche Seite der Drow nach unten warf, erschuf das tragbare Loch entweder die Tasche oder schnitt vorübergehend ein Loch in die Oberfläche, die es gerade berührte. So trat Jarlaxle einfach in den Raum und zog sein Loch hinter sich zusammen, um die Wand wieder zu schließen.

Entreri war so irritiert, dass er sich beinahe zu schnell über die Falle an der Fensterscheibe hinwegbewegt hätte. Aber er fühlte die kleine Erhebung, die auf Druck eine Falle auslösen würde. Der Dieb riss sich zusammen, entsicherte die Falle mit geschulten Händen und legte dabei eine feine Nadel frei. Zweifellos vergiftet.

Bald darauf steckte die Nadel gut verwahrt an seiner Manschette. Er beendete die Überprüfung des Fensters, öffnete den Riegel und betrat ebenfalls den Raum.

»Ich habe die Wand wenigstens wieder zugemacht«, scherzte Jarlaxle mit einem Blick auf die Scheibe, die Entreri immer noch hielt.

Mit einer schnellen Bewegung seines Handgelenks ließ der Meuchelmörder die Scheibe fallen, die klirrend auf dem Boden zersprang.

»So viel zum heimlichen Vorgehen«, sagte Jarlaxle.

»Vielleicht habe ich gerade Lust, jemanden umzubringen«, gab Entreri mit einem zornigen Blick auf den stichelnden Dunkelelf zurück.

Jarlaxle zuckte nur mit den Schultern.

Entreri sah sich um. Gegenüber dem Fenster war auf der linken Seite eine Tür zu sehen, gleich neben einem geöffneten Schrank. In der Mitte der rechten Wand stand eine Kommode, die Entreri bis zur Schulter reichte. Auf der anderen Seite vervollständigte ein Bett mit Nachttisch die Einrichtung. Entreri ging zu der Kommode hinüber, während Jarlaxle sich den Schrank vornahm.

»Geschmacklos«, hörte er den Dunkelelf sagen, der die aufgehängten Kleider betrachtete, die fast alle grau in grau waren.

Kopfschüttelnd zog Entreri die unterste Schublade auf, in der er unter einigen Leintüchern eine kleine Börse fand, welche sogleich in seiner Tasche verschwand. Die nächste Schublade enthielt nichts Besonderes. In der dritten befanden sich verschiedene Dinge zur Körperpflege, darunter ein schöner beinerner Kamm mit einem Griff aus Perlmutt. Auch den steckte er ein.

Die oberste Schublade hatte den interessantesten Inhalt zu bieten: mehrere Glastiegel mit Salben und drei Fläschchen mit verschiedenfarbigen Flüssigkeiten. Entreri nickte wissend, warf einen Blick zum Fenster, schloss die Schublade und ging zum Bett.

»Oh, ein Geheimfach«, sagte Jarlaxle vom Schrank aus.

»Lass mich erst nach Fallen suchen.«

»Nicht nötig«, sagte der Dunkelelf.

Er trat zurück und nahm eine silberne Pfeife zur Hand, die an einer Kette um seinen Hals ging. Nach zwei kurzen Pfiffen war ein *Plopp* zu hören, während sich das Geheimfach mit einem Blitz auf magische Weise öffnete.

»Du bist für alles gewappnet«, stellte Entreri fest.

»Hält mich am Leben. Na, sieh mal einer an, was haben wir denn da?«

Kurz darauf kam Jarlaxle aus dem Schrank heraus. Er hielt eine kleine Figur in der Hand, einen muskulösen Mann, halb schwarz, halb weiß.

»Ab ins Gasthaus und die Belohnung abholen?«, fragte Jarlaxle.

Daraufhin begann die Figur, ihn auszulachen. »Du gehst nirgendwohin, Artemis Entreri!«, sagte sie, und dass sie Entreri ansprach, nicht Jarlaxle, bewies beiden, dass diese Worte ihr einprogrammiert worden waren. Sie waren nur für den Meuchelmörder bestimmt.

»Äh...«, machte Entreri.

Plötzlich öffnete sich die Zimmertür, und Jarlaxle wich zum Fenster zurück. Entreri hielt sich links neben ihm am Bett. Ein kräftiger Mann mit dunkler Haut in einer zerlumpten schwarzen Robe betrat das Zimmer. Auf seinem Kopf saß ein stark verzierter Helm, und hinter ihm drängte sich eine ganze Horde großer grauer und schwarzer Hunde, die abwechselnd im Schatten des Gangs untertauchten, als bestünden sie aus demselben undefinierbaren Material wie jene schwarzen Flecken.

Entreri spürte ein Ziehen an seinem Gürtel. Das war Charons Klaue, sein prächtiges Schwert. Es fühlte sich jedoch nicht so an, als wäre das Schwert begierig auf den Kampf. Eher so, als würde es einen alten Freund begrüßen.

»Du hast uns offenbar erwartet«, stellte Jarlaxle mit ruhiger Stimme fest und hielt dabei die Figur hoch.

»Wenn ihr sie kampflos übergebt, könnten wir uns als wichtige Verbündete erweisen«, sagte der hochgewachsene Mann.

»Nun, dazu sehe ich momentan keine Veranlassung«,

erwiderte Jarlaxle grinsend. »Natürlich ließe sich über den Preis verhandeln...«

»Nicht diese wertlose Figur!«

»Das Schwert«, folgerte Entreri.

»Mit dem Handschuh«, bestätigte der Mann.

Entreri reagierte verächtlich. »Das sind bessere Verbündete, als ihr jemals sein könntet.«

»Mag sein, aber sind sie auch ebenso gefährliche Gegner wie wir?«

»Wir?«, warf Jarlaxle ein. »Wer seid ihr? Um wen geht es hier eigentlich?«

Sowohl der dunkelhäutige Mann als auch Entreri sahen den Drow neugierig an.

»Das Schwert, das dein Freund trägt, gehört ihm nicht«, teilte der Mann Jarlaxle mit.

Der Drow warf einen Blick auf Entreri und fragte: »Hast du den Vorbesitzer getötet?«

»Was glaubst du denn?«

Jarlaxle nickte und sah den anderen an. »Es ist seins.«

»Es ist ein Nesser-Schwert!«

Das sagte Entreri nichts, aber als er zu Jarlaxle blickte, sah er, dass der Drow die Augen weit aufgerissen hatte, so weit wie damals, als sie den Drachen aufgesucht hatten, um den Gesprungenen Kristall zu zerstören. Das bedeutete Ärger.

»Nesser?«, wiederholte der Drow. »Dieses Volk ist vor langer Zeit untergegangen.«

»Dieses Volk wird bald zurückkehren«, versicherte ihm der Mann. »Es fordert den Glanz von einst und damit auch seinen Besitz zurück.«

»Na, das ist ja wohl die beste Nachricht der letzten tausend Jahre«, sagte Jarlaxle sarkastisch.

Der dunkelhäutige Mann lachte nur. »Ich habe den Auftrag, das Schwert zu beschaffen«, erklärte er. »Ich hätte euch einfach töten können, ohne lange zu fragen, aber ich hatte den Eindruck, zwei Freunde wie ihr könnten für die Sh… mein Volk wertvolle Verbündete sein. So wie wir für euch.«

»Wie wertvoll?«, fragte Jarlaxle mit offenkundigem Interesse.

»Und wenn ich mich mit euch verbünde – kann ich dann das Schwert behalten?«, wollte Entreri wissen.

»Nein«, antwortete der Mann.

»Dann nicht«, gab Entreri zurück.

»Nur nicht so hastig«, warf der Drow ein, der ein Geschäft witterte.

»Das war doch ziemlich deutlich«, sagte Entreri.

»Für mich ebenfalls«, sagte der Mann. »Dann also auf die harte Tour. Wie du willst!«

Bei diesen Worten trat er beiseite und ließ das Rudel Hunde in den Raum. Die Tiere heulten wütend auf und bleckten die weißen Zähne, die in auffälligem Kontrast zu dem Schwarz standen, das sie umgab.

Entreri ging in die Hocke, um zur Seite zu schnellen, doch Jarlaxle regelte die Sache auf seine Art, indem er den Hunden das tragbare Loch vorwarf, durch das er den Raum betreten hatte.

Jaulend verschwanden die Hunde durch den Boden und fielen in das darunter gelegene Zimmer. Jarlaxle bückte sich sofort, hob das Loch auf und versiegelte damit den Boden.

»Ich will auch so eins«, bemerkte Entreri.

»Dann spring damit bloß nicht in meins hinein«, warnte Jarlaxle.

Entreri sah ihn verwirrt an.

»Tor... Astral... ach, das willst du gar nicht wissen«, versicherte ihm Jarlaxle.

»Stimmt. Wo waren wir gerade?«, fragte der Meuchelmörder den Schatten.

»Bei einem Feind, den ihr nicht versteht!«, erwiderte der Mann.

Er lachte und glitt zur Seite, wobei er derart schnell vollständig mit den Schatten verschmolz, dass Entreri es für einen Trick hielt. Dennoch gelang es dem Meuchelmörder, mit den Fingern zu schnippen, und als er einen leisen Fluch hörte, wusste er, dass sein winziges Geschoss getroffen hatte.

»Du hast es lieber dunkel, Drow?«, fragte der Fremde, und als er ausgesprochen hatte, wurde es stockfinster.

»Allerdings!«, antwortete Jarlaxle und benutzte erneut seine Pfeife: einmal kurz, einmal lang, einmal kurz. Entreri hörte die Tür schlagen.

Alles geschah sehr schnell und rein instinktiv. Entreri zog sein Schwert und den juwelenbesetzten Dolch und wich schutzsuchend zum Bett zurück. Dort tippte er noch einmal an seinen Hut, obwohl ihm bewusst war, dass es sich um eine magische Finsternis handelte, die nicht einmal jene durchdringen konnten, deren Augen im Dunkeln etwas sahen. Dennoch war es die richtige Entscheidung, denn unmittelbar, nachdem die Kälte seinen Körper umhüllt hatte, spürte er die plötzliche Hitze eines Feuerballs, der das ganze Zimmer erfüllte.

Sofort war Entreri auf dem Boden und unter dem Bett, tauchte jedoch auf der anderen Seite wieder auf, als die brennende Matratze in sich zusammenfiel.

»Magie!«, schrie er.

»Ernsthaft?«, erwiderte Jarlaxle sarkastisch.

»Ernsthaft«, rief der Fremde. »Und eure kleinen Stiche fürchte ich nicht!«

»Wirklich?«, fragte Entreri, der sich beim Sprechen bewegte, um nur nicht zur Zielscheibe zu werden. »Nicht einmal von deiner eigenen Fensternad...?«

Das letzte Wort brach abrupt ab, denn plötzlich herrschte im Zimmer absolute Stille. Es war eine umfassende magische Stille, die sogar die jaulenden, heulenden Hunde ausblendete. Entreri wusste, dass Jarlaxle das bewirkt hatte, die Standarderöffnung des Drow gegen gefährliche Zauberer. Wenn ein Magiekundiger nicht mehr auf Zauberworte zurückgreifen konnte, war sein Repertoire erheblich eingeschränkt.

Vorerst jedoch musste Entreri sich um sich selbst kümmern, denn nun vollführte sein magisches Schwert ohne Vorwarnung einen Angriff auf seine Gefühle. Es wollte ihn zwingen, die Klinge auf sich selbst zu richten und sich das Leben zu nehmen. Schon einmal hatte er mit der eigensinnigen Waffe darum gerungen, wer den stärkeren Willen besaß, aber angesichts eines Vertreters seiner Schöpfer wirkte das Schwert jetzt besonders wütend.

Immerhin trug der Meuchelmörder den Handschuh, der die Wirkung des Schwerts schwächte, sodass er einigermaßen die Oberhand behielt. Gleichzeitig aber musste er genau verfolgen, was im Zimmer gerade vorging. Seine bisherigen Taten und Worte hatten ihm einen Vorteil verschafft, doch wenn er die augenblickliche Gelegenheit verstreichen ließ, würde seine Lage deutlich brenzliger werden.

Er konzentrierte sich ganz auf die Hitze, die vom Bett ausstrahlte, drehte sich in die Richtung, die seiner

Meinung nach exakt gegenüber dem Fenster war, und setzte dann mit drei langen Schritten quer durch den Raum. Dabei zog er endlich das störrische Schwert aus der Scheide.

Er stach nur einmal zu. Schnell und treffsicher stieß er dem Unbekannten seinen juwelenbesetzten Vampirdolch, der dem Opfer die Lebenskraft entzog, tief in den Rücken.

Als der Dolch dem Sterbenden das Leben aussaugte, wurde Entreri von einem seltsamen Gefühl erfasst. Ihm wurde schwindelig, und er verlor die Orientierung. Er wich zurück. Dann sackte er lautlos zu Boden, wo er erst einmal liegen blieb.

Bald darauf hörte er unten wieder die Hunde bellen.

»Es ist vorbei«, sagte er, denn er fürchtete, Jarlaxle würde sofort einen zweiten Schweigebann weben.

Kurz danach löste sich auch die Dunkelheit auf. Entreri, der immer noch auf dem Boden lag, sah genau über sich seinen Freund in ähnlicher Position an der Decke liegen, nur hatte Jarlaxle bequem die Hände hinter dem Kopf verschränkt. Entreri bemerkte auch, dass die Brandspuren an Decke und Wänden an einer Blase um den Drow endeten, als ob dieser einen Schild aufgespannt hätte, den Magie – oder zumindest der Feuerball – nicht durchdringen konnte.

Der Meuchelmörder wunderte sich keinen Augenblick.

»Gut gemacht«, gratulierte ihm Jarlaxle, während er langsam herunterschwebte. Entreri stand auf und klopfte sich ab. »Wie hast du gewusst, wo er war, ohne ihn zu sehen oder zu hören?«

Entreri warf einen Blick auf den Toten. Im Fallen hatte

er die oberste Schublade der Kommode herausgezogen, deren Inhalt jetzt um ihn verstreut lag.

»Ich habe gesagt, dass ich ihn mit der Nadel vom Fenster getroffen hätte«, erklärte Entreri. »Ich bin davon ausgegangen, dass eine der Flaschen das Gegengift enthält. Im Schutz der Dunkelheit und der Stille wollte er sich um diese Kleinigkeit kümmern.«

»Gut gemacht!«, wiederholte Jarlaxle. »Ich wusste ja, dass es einen Grund gibt, warum ich dich mitschleppe.«

Entreri schüttelte den Kopf. »Das mit dem Schwert war keine Lüge«, sagte er. »Es hat etwas mit ihm zu tun. Ich habe es deutlich gespürt, denn es hat sogar versucht, sich gegen mich zu stellen.«

»Ein Nesser-Schwert...«, sann Jarlaxle. Er schaute Entreri staunend an. Dann lächelte er. »Sag mal, wie verhält sich dein Schwert denn jetzt dir gegenüber?«

Entreri zuckte mit den Schultern und griff vorsichtig nach der Klinge. Sie schien ihm sehr entgegenkommend, mehr denn je. Verwundert sah er Jarlaxle an.

»Vielleicht ist es der Ansicht, dass du seinen Herstellern gerade etwas ähnlicher geworden bist«, meinte der Drow. Als sich auf Entreris Gesicht noch größere Verwirrung abzeichnete, fügte er mit einem Blick auf den gefallenen Feind hinzu: »Das war kein normaler Mensch.«

»So viel war mir auch klar.«

»Er war ein Schatten – ein Wesen, das von der Essenz des Schattens durchtränkt ist.«

Das sagte Entreri überhaupt nichts. Er zuckte mit den Schultern.

»Und du hast ihn mit deinem Vampirdolch getötet, richtig?«

Entreri hob wieder die Schultern. Er bekam ein ungutes Gefühl, aber Jarlaxle lachte nur und zog einen kleinen Spiegel hervor. Trotz des fahlen Lichts sah Entreri beim Blick in den Spiegel, dass seine normalerweise braune Haut einen leichten Grauton angenommen hatte, auch wenn es kaum auffiel.

»Du hast dir ein wenig davon einverleibt«, sagte der Drow.

»Und was bedeutet das?«, fragte der Meuchelmörder erschrocken.

»Das bedeutet, dass du in deinem Gewerbe gerade noch besser geworden bist, mein Freund«, lachte Jarlaxle. »Wie viel das ausmacht, werden wir schon noch erfahren.«

Damit musste Entreri sich vorerst zufriedengeben, denn mehr wollte sein geheimniskrämerischer Begleiter nicht preisgeben. Er bückte sich nach der Figur. Diesmal blieb sie stumm.

»Wir sollten zum Wirt gehen und unser Geld einfordern«, sagte er.

»Und?«, fragte der Drow.

»Und den Esel töten, weil er uns eine Falle gestellt hat.«

»Das dürfte in Heliogabalus aber nicht so gut ankommen«, gab Jarlaxle zu bedenken.

Entreris Antwort war so typisch, dass Jarlaxle die Worte innerlich mitsprechen konnte.

»Dann verraten wir es eben niemandem.«

Wachsweich im Nesser-Reich

Erstveröffentlichung in *Realms of the Dragons*,
Wizards of the Coast, 2004

Während »Das eigensinnige Schwert« dazu diente, die Handlungsstränge um Entreri und Jarlaxle voranzutreiben und in größere Ereignisse einzubetten, die den Vergessenen Welten *bevorstanden, ging es in »Wachsweich im Nesser-Reich« eher um die persönliche Verbindung zwischen diesen beiden Charakteren. Ich muss zugeben, dass das Schreiben selbst mir selten so viel Spaß gemacht hat wie bei dieser speziellen Geschichte.*

Auf vielerlei Ebenen verlässt sich die Geschichte ganz auf ihre Gegenspieler, die Drachenschwestern Tazmikella und Ilnezhara. Das ist ein kleiner Tribut an die Dichter der Romantik und deren Würdigung der »einsamen Schäferin aus den Bergen«. Bis zu Wordsworth, Shelley und deren Zeitgenossen konzentrierte sich die Literatur praktisch immer auf die »wichtigen« Persönlichkeiten, sodass Tazmikellas Erklärung, warum ihre Schwester so wenig für die »Bauern« übrighat, von Herzen kommt. Und deshalb sind die Drachenschwestern gewissermaßen ein Spiegel für Entreri und Jarlaxle: Die eine ist exotisch und in Gefühlsdingen risikofreudig, die andere weitaus weltgewandter, geerdeter, aber damit vielleicht auch beschränkter.

Das ist der zentrale Punkt an dieser Geschichte, aber auch an Idalias Flöte, die im Laufe der Geschichte von Artemis Entreri noch eine Rolle spielen sollte. Jarlaxle erweitert Entreris Horizont, indem er ihn an unbekannte Orte seiner Welt führt, ihm aber auch hilft, seinem Leben einen neuen Sinn zu verleihen. Ob ihn das in Der Hexenkönig *zum König von Vaasa macht oder gar auf eine sexuelle Beziehung ausgerechnet zu einem Drachen hindeutet – Jarlaxle ist fest entschlossen, das Leben in vollen Zügen auszukosten und Entreri dabei mitzuschleifen, mag dieser noch so sehr treten und schreien (oder grollen und Rache schwören). Einmal beklagt sich Entreri, dass Jarlaxle ihn ständig mit Drachen konfrontiert, und Drachen stehen dabei ganz einfach für die große weite Welt, zu deren Entdeckung Jarlaxle Entreri auffordert.*

Das alles geht auf eine Passage in Der schwarze Zauber *zurück, in der Drizzt über dieses ungewöhnliche Gespann, Entreri und Jarlaxle, nachdenkt. Er begreift, welche Wirkung Jarlaxle auf Entreri haben könnte. Allerdings ist ihm nicht klar, wohin das führen wird, und er überlegt: »Vielleicht wird Artemis Entreri mit Jarlaxles Hilfe den Weg aus seiner gegenwärtig so leeren Existenz finden. Oder vielleicht wird Jarlaxle ihn schließlich töten. Wie auch immer, die Welt wird in jedem Fall ein Stück besser werden, glaube ich.«*

Ich bin immer wieder verblüfft, wie die verschiedenen Puzzleteile dieser jahrzehntelangen Geschichte sich am Ende ineinanderfügen – verblüfft, weil ich das Gefühl habe, ich selbst wäre mit meinen Protagonisten unterwegs und würde ihnen nicht einfach nur vorgeben, wo es als Nächstes langgeht. Doch alles baut logisch aufeinander auf. Jede Geschichte beruht darauf, was vorher geschah, und irgendwie fühlen sich all diese Personen authentisch an, sowohl die Gefährten der Halle als auch das hier geschilderte Schurken-Duo. Ihre Wege sind logisch, und doch überraschen sie mich immer wieder. Für mich sind sie real, ob auf symbolische Art durch die Magie des Schreibens oder als Zeichen meines persönlichen Wahnsinns – so genau weiß ich das noch nicht. Auf jeden Fall macht es unheimlich Spaß.

Eines noch: Bei meiner Zusage, diese Kurzgeschichten zu schreiben, dachte ich noch, sie würden zwar in den jeweiligen Anthologien erscheinen, aber dann am Anfang des nächsten Romans über diese Charaktere erneut gedruckt werden. Ich wollte nicht nur ergänzende Geschichten schreiben, die für die eigentliche Reise dieser beiden Charaktere nicht von Belang waren. Aus Gründen, auf die ich keinen Einfluss habe, ist das nicht geschehen, was mir immer noch wehtut. Denn wenn ich sie rückblickend heute noch einmal lese, besonders diese hier und »Das eigensinnige Schwert«, habe ich das Gefühl, dass die Ereignisse der Söldnertrilogie damit mehr in den Brennpunkt rücken.

Das Jahr des Banners (1368 DR)

Wenn er nicht gesehen werden wollte, konnte er sich ohne Weiteres längere Zeit vor Geschäftsfassaden aufhalten, ohne gesehen zu werden. Für Artemis Entreri, der sich so viele Jahre in den Schatten bewegt hatte, war das ein Kinderspiel. Jetzt lief er den Mauerweg herunter, eine einsame Gestalt, die an einem stürmischen Abend durch das Kaufmannsviertel der Hauptstadt von Damara, Heliogabalus, zog. Sintflutartiger Regen ließ das Wasser in kleinen Bächen an den Seiten der gepflasterten Straße entlangströmen, die nach der hohen Stadtmauer von Heliogabalus benannt war, neben der sie verlief.

Ein Blitz beleuchtete die Gestalt, als sie vor einem der beiden Antiquitätenläden stehen blieb, die sich am sogenannten Mauereck gegenüberlagen. Der Mann trug einen pechschwarzen Mantel, der vor Nässe glänzte. Zum Schutz vor dem Unwetter hatte er ihn fest um die Schultern gezogen, doch an der rechten Seite fiel er weit genug zurück, um einen Blick auf den juwelenbesetzten Griff des Dolches zu erlauben, der sein Markenzeichen war. Der flache Hut mit der schmalen runden Krempe sah in diesem Land, wo man sich für gewöhnlich mit Kapuze und Schal begnügte, recht extravagant aus. Doch dieser Hut verblasste im Vergleich zu dem, den die schlanke Gestalt trug, die beim nächsten Blitz neben ihm auftauchte: ein großes, breitkrempiges Ding, auf der einen Seite hochgesteckt und mit einer Riesenfeder geschmückt.

»Wie schon vermutet«, flüsterte der Mann im Vorübergehen, wobei selbst ein aufmerksamer Beobachter keine Bewegung wahrgenommen hätte, die darauf hindeutete, dass gerade eine Information weitergegeben wurde. »Der Dritte von links.«

Die schlanke Gestalt setzte ihren Weg fort. Ihre Stiefel waren auf dem nassen Pflaster deutlich zu hören.

Kurz darauf erreichte Entreri die Tür des Ladens »Tazmikellas Silberbeutel«, sah sich um und schlüpfte hinein.

Hinter einem Tisch saß ein kicherndes junges Paar, das kaum Notiz von ihm nahm. Auf der anderen Seite hantierte ein fülliger Mann mittleren Alters mit einigen kleinen Figuren herum, die er abstaubte und unter leisem Gegrummel wieder ins Regal zurückstellte. Sein Gesicht war so rund wie sein Bauch, dessen Umfang beträchtlich war. Die Wangen waren rot wie Äpfel, die Lippen leuchteten. Er hatte große Augen und schien unablässig zu blinzeln.

»So weit, so gut«, sagte er zu Entreri. »Wenn du hier bist, um dich vor dem Regen zu retten, bist du zweifellos ein kluges Kerlchen. Sieh dich um – vielleicht findest du ja sogar etwas, was du kaufen willst. Darauf scheint in dieser Stadt nämlich keiner sehr erpicht zu sein! Ja, ja, warum auch kaufen, wenn man einfach reinspazieren und alles anglotzen kann?«

Entreri starrte ihn an, ohne etwas zu sagen oder eine Miene zu verziehen.

»Na gut, wie du willst«, fuhr der Mann fort. »Aber sei so gut und mach die neuen Teppiche nicht nass. Vielleicht will sie ja doch noch jemand erwerben.«

Ohne den Mann weiter zu beachten, ging Entreri wie ausgemacht nach rechts zum dritten Kerzenhalter im Schaufenster. Der Fuß hatte die Form einer hockenden Kröte und wirkte sogar auf Entreri abstoßend, der an Schönheit selten einen Gedanken verschwendete. Er nahm erst den vierten Kerzenhalter zur Hand, tat so, als würde er ihn kurz ansehen, stellte ihn wieder hin, nahm dann den zweiten und schließlich doch den dritten. Seine sensiblen Fingerspitzen wanderten über die Unterseite des Fußes. Die Stelle, wo sich das Material änderte, von Silber zu Wachs wurde, war fast auf Anhieb zu spüren.

Ein Blitz über der Stadt ließ ihn wieder an die Taverne und die Serviette denken, die das Schankmädchen auf den Tisch gelegt hatte. Er rief sich die Worte auf dem schmutzigen alten Lappen in Erinnerung und betastete wieder das Wachs.

»Wachsweich im Nesser-Reich«, flüsterte er.

»Wie bitte?«, sagte der kleine Mann.

»Ich sagte, dass der hier gut in der Hand liegt«, log Entreri. »Der Sturm hat meine Kerzen ruiniert. Eigentlich wollte ich nur neue holen, aber jetzt sehe ich diesen interessanten Kerzenhalter.«

»Möchtest du ihn kaufen?«, fragte der Kaufmann. Seine Stimme verriet, dass ernsthafte Interessenten sich nur selten hier blicken ließen.

»Fünfzig Silberstücke?«, bot Entreri an.

Der Mann schnaubte nur und sagte: »Schon vom Gewicht her ist er doppelt so viel wert. Da kann ich ihn auch einschmelzen.«

»Ist das reines Silber?«, fragte Entreri mit gespielter Überraschung, obwohl er es natürlich längst wusste und den Materialwert auf wenige Kupferstücke genau geschätzt hatte.

»Nur das allerbeste«, sagte der Dicke, während er eifrig herüberkam. »Fünfzig Goldstücke wären angemessener als fünfzig Silberlinge.«

Entreri tat, als wolle er den Kerzenhalter zurückstellen, zögerte dann aber im letzten Augenblick. Eine Weile stand er da und wog ihn in der Hand.

»Ich gebe dir dreißig Goldstücke«, sagte er. »Das ist ein fairer Preis.«

»Fair?«, gab der Mann zurück. »Wir haben selbst vierzig dafür bezahlt!«

»Na, dann vierzig.«

»Zweiundvierzig«, beharrte der andere.

Entreri zuckte mit den Schultern und zog einen Beutel heraus. Er warf ihn einige Male mit der offenen Hand in die Höhe, dann drehte er ihn um und holte einige Münzen heraus. Nach einem weiteren Wurf, mit dem er das Gewicht prüfte, warf er ihn dem Mann zu.

»Zweiundvierzig«, willigte er ein. »Vielleicht auch dreiundvierzig.«

Nachdem er den Rest des Goldes in einem anderen Beutel verstaut hatte, nahm der Meuchelmörder den Kerzenhalter und ging zur Tür.

»Warte«, rief der Verkäufer. »Kann ich sonst noch etwas für dich tun? Ich meine – du hast ja nicht einmal eine Kerze gekauft, und es ist eine dunkle Nacht. Wolltest du nicht ursprünglich Kerzen? Dieser Kerzenhalter wirft sehr schöne Schatten, wenn die passende Kerze darin steckt.«

Erst ein Kichern von einem anderen Tisch machte den Mann darauf aufmerksam, dass er Selbstgespräche führte, denn Entreri war bereits verschwunden.

Draußen erhellte wieder ein Blitz die Straße, so lange und so grell, dass Entreri das Schild an dem Laden gegenüber lesen konnte: Ilnezharas Goldmünzen.

Nach einem Blick in beide Richtungen tauchte Entreri im Ort unter. Geräuschlos liefen seine Stiefel über das Pflaster. Er hatte einen langen Weg vor sich, bis in den Süden der Stadt, doch in den menschenleeren Straßen kam er gut voran. Bald darauf erreichte er das unauffällige Gebäude, sah sich aus alter Gewohnheit noch einmal um und nahm dann die Hintertreppe ins Obergeschoss und zu seiner Wohnung. Ein neuerlicher Blick bestätigte, dass er allein war. Er trat ein.

Das Zimmer war einladend warm. Im Kamin knisterte ein Feuer, und auf den überall verteilten Kandelabern verströmten Kerzen ihr helles Licht. An der Tür schüttelte Entreri den Mantel ab und warf ihn über den Ständer an der Tür, wo bereits ein Reisemantel von vergleichbarer Qualität zum Trocknen aufgehängt war. Danach kam der Hut, der seinen Platz neben einem ziemlich großen Exemplar einnahm.

Mit einem Arm wischte sich Entreri das feuchte Gesicht ab, mit dem anderen löste er seinen Gürtel. Zwischendurch jedoch zog er rasch den juwelenbesetzten Dolch und schleuderte ihn quer durch den Raum. Er grub sich jenseits des schmalen Betts in einen Schattenriss, den er dort an die Wand gemalt hatte – eine schlanke Gestalt mit lächerlich großem Hut. Wie üblich traf der Dolch exakt sein Ziel, knapp über dem Bett, direkt in die Leistengegend der Silhouette.

»Autsch, würde ich sagen«, bemerkte Jarlaxle.

»Allerdings«, sagte Entreri.

Nach einem Blick auf seinen Partner wäre Entreri fast überrascht zurückgewichen, denn Jarlaxle hatte die Augenklappe auf seine Stirn geschoben. Zum allerersten Mal zeigte er Entreri seine beiden Augen.

»Ich finde es ziemlich beunruhigend«, sagte der Drow, »dass du etwas in diesem Bereich über deinem Bett hängen haben willst.«

»Wenn ich aufwache und schnell nach meinem Dolch greife und dann etwas anderes über meinem Bett hängt, würde ich es ganz sicher herausreißen.«

»Noch mal autsch, würde ich sagen.«

»Allerdings.«

»Wieso bist du so schlecht gelaunt, mein Freund?«

»Angeboren.«

»Wir haben die Worte offenbar richtig gedeutet«, sagte Jarlaxle mit einem Wink auf den Kerzenhalter in Entreris Hand. »*Wachsweich im Nesser-Reich*, in der Tat.«

Entreri ging auf ihn zu, blieb aber abrupt stehen und stellte dabei den Kerzenständer auf den Tisch.

»Und ich dachte, du hättest etwas ganz anderes im Sinn«, bemerkte Entreri, während er weiterging und sich auf sein Bett fallen ließ.

»Die Kellnerin hat das Tuch genau in die Mitte zwischen uns gelegt«, erinnerte ihn Jarlaxle. Er zog das schmutzige Tuch aus der Tasche und hielt es hoch. »*Viel kostbarer dies Angebot, entdeckt, was in ihm steckt*«, las er vor. »*Achtsame Blicke finden es direkt am Mauereck. Gar* hübscher Tand, den niemand braucht, *man übersieht ihn leicht. Dem Klugen leuchtet bald ein Licht wachsweich im Nesser-Reich.*«

Mit einem durchtriebenen Grinsen beendete der Drow-Söldner seinen Satz, drehte den Kerzenhalter um und zupfte an dem Wachs, das unter der Sitzfläche der Kröte klebte.

»Die zweite Zeile war der entscheidende Hinweis«, sagte er, während er den Pfropfen löste. »Silber ist wahrscheinlicher als Gold, damit war schon mal klar, um welchen Laden es ging.« Jarlaxles Lächeln wurde breiter, als er den kleinen Finger in die Höhlung schob, mit dem Nagel gegen die Seite drückte und ein dünnes Röllchen Pergament herauszog. »Die richtige Wahl.«

Der Drow beugte sich über den Tisch und breitete das Pergament darauf aus.

»Interessant«, sagte er. Als sein Zimmergenosse nicht darauf reagierte, sagte er es noch einmal, und noch einmal.

Nach mehreren frustrierenden Minuten sagte Jarlaxle es wieder und wäre fast aufgesprungen, als Entreri direkt neben ihm antwortete.

»Das ist eine Karte.«

»Eine Karte?«, fragte der Drow. »Das sind ein paar

Punkte, ein Kreis, ein Strich und ein Tropfen Blut. Wo siehst du die Karte?«

»Die Punkte sind Gebäude... Orte. Alle Gebäude, die in diesem Rätsel, an dem wir inzwischen teilhaben, eine Rolle gespielt haben«, erklärte Entreri. Er beugte sich vor und zeigte auf die verschiedenen Punkte. »Die Taverne, unsere Wohnung...«

Bei diesen Worten stockte er und sah sich um. Es war ihm gar nicht recht, dass derjenige, der hinter der ganzen Sache steckte, wusste, wo sie wohnten.

»Und Mauereck«, folgerte Jarlaxle, als er begriff. Er deutete auf den Kreis. »Der Silberbeutel und die Goldmünzen. Sogar die Entfernungen sind einigermaßen nachvollziehbar.« Er maß die Distanzen mit den Fingern nach und sah sich bestätigt. »Aber das wussten wir bereits alles.«

»Nur das nicht«, sagte Entreri. Er zeigte auf das Zeichen ganz außen auf dem langen Stück Pergament: ein Tropfen Blut, der von den anderen Markierungen sehr weit entfernt war.

»Blut?«, fragte der Drow.

»Ein Ziel.«

Den Blutfleck, eine unauffällige Hütte an einem steinigen Hang weit jenseits der Mauern von Heliogabalus, fanden die beiden bei leichtem Nieselregen am nächsten Morgen. Von hier aus war die Stadt nicht zu sehen, denn das Haus lag auf der anderen Seite der Anhöhe und zudem abseits der Straßen.

Entreri suchte das ganze Gelände zunächst misstrauisch nach einem Hinterhalt ab, konnte jedoch nichts entdecken. Das Dach war nicht hoch; die Rückwand des

Hauses, das an den Berg anschloss, ragte kaum mehr als fünf Fuß über den Boden hinaus. Auch standen in der Nähe kaum Bäume, von denen aus ein Bogenschütze leichtes Spiel gehabt hätte.

Der vorsichtige Meuchelmörder war so in seine Beobachtung der Umgebung vertieft, dass er überrascht reagierte, als eine Frauenstimme ihn und Jarlaxle von der Veranda her ansprach.

»Schlau und schnell«, sagte die Frau. »Besser, als ich gedacht hätte!«

Die beiden traten einen Schritt auseinander, um die Frau aus unterschiedlichen Blickwinkeln ins Auge zu fassen. Sie war durchaus attraktiv, wenn auch keine Schönheit. Ihr Gesicht war eher gewöhnlich und nicht so auffällig gepudert und geschminkt, wie es bei den edleren Damen von Damara groß in Mode war. Es wirkte auch ein wenig zu kurz, aber das lag vielleicht daran, dass ihre Schultern für den Rest ihres Körpers etwas breit geraten waren. Sie musste etwas älter sein als Entreri, um die fünfzig. In ihr schulterlanges rotblondes Haar mischten sich graue Strähnen, und es hatte den frischen Glanz der Jugend bereits eingebüßt.

Die Frau trug ein schlichtes blassblaues Kleid von einfachem Schnitt, dazu allerdings feine Schuhe, die für das raue, häufig matschige Gelände zwischen der Hütte und der Stadt wenig geeignet waren. Solche Schuhe sah man eher innerhalb der Stadtmauern, überlegte Entreri. Sie passten schlecht zu einer mutigen Einsiedlerin so weit außerhalb.

Entreri spürte, dass Jarlaxles Blick auf ihm ruhte, und er drehte sich zu seinem breit lächelnden Freund um.

»Seid gegrüßt, Lady Tazmikella«, sagte der Drow theatralisch und schwenkte mit großer Geste seinen Hut, während er sich verneigte.

Der überraschte Entreri warf einen Blick auf die Frau, die ein irritiertes Gesicht machte.

»Urteilt Ihr immer so vorschnell?«, fragte sie, wobei Entreri nicht klar war, ob sie sich ärgerte, weil Jarlaxle richtig geraten hatte, oder ob seine Anrede sie verstimmt hatte.

»Ich ziehe meine Schlüsse«, erklärte der Drow.

Die Frau schien weder sonderlich beeindruckt noch überzeugt, als sie fortfuhr: »Offenbar seid Ihr interessiert, also tretet ein.«

Sie machte kehrt und ging in die Hütte. Nach einem weiteren Blickwechsel und einträchtigem Schulterzucken folgten die Männer ihr Seite an Seite. Jarlaxles Zauberstiefel klackten selbst auf dem weichen Untergrund laut, während Entreris geschulte Schritte nicht einmal auf dem harten Holz der Veranda zu hören waren.

Drinnen stellten sie fest, dass die schäbige Fassade irreführend war, denn sie betraten ein irgendwie viel zu großes, geräumiges Zimmer, das von fantastischen bestickten Wandbehängen und Teppichen geziert war. Die meisten zeigten ländliche Szenen aus Damara: einen Schäfer mit seiner Herde auf einer sonnigen Bergwiese, eine singende Wäscherin am Fluss, Kinder, die mit langen Stangen und den Wimpeln berühmter Helden den Tjost nachspielten... Der Tisch war mit prächtigen Leuchtern und guten Tellern gedeckt, und an den Wänden standen mehrere antike Waschtische mit geschmackvoll arrangierten Pflanzen und Blumen. Über dem Esstisch hing ein Kronleuchter, ein schlichtes, aber schönes Exemplar mit vielen Armen, das gut in eines der Herrenhäuser der Stadt gepasst hätte, wenn auch nicht in die repräsentativeren Bereiche.

Beim Blick auf das Dekor, das betont in Silber gehalten war, begriff Entreri, dass Jarlaxle richtig geraten hatte.

»Bitte setzt Euch«, sagte die Frau.

Sie wies auf die einfachen, aber elegant gearbeiteten Holzstühle am Esstisch. Die Einrichtung war von erstklassiger Qualität, stellte Entreri fest, als er das Gewicht des Stuhls wahrnahm und seine Finger das tiefe Schnitzwerk nachfuhren, das von höchster Handwerkskunst zeugte.

»Ihr habt Euch beeilt, daher will auch ich nicht lange um den heißen Brei herumreden«, sagte die Frau.

»Ihr habt von uns gehört und möchtet uns engagieren«, meinte Jarlaxle.

»Natürlich.«

»Ihr seht nicht aus wie jemand, der einem anderen den Tod wünscht.«

Bei dieser Bemerkung des Drow wurde die Frau blass, wie Entreri beobachtete. Denn das war für gewöhnlich seine Aufgabe, wenn sie einen potenziellen Auftraggeber trafen und Jarlaxle stets genau diese Frage stellte. Der Drow eröffnete derartige Gespräche gern sehr direkt.

»Mir wurde gesagt, Ihr zwei hättet gewisse Talente im ... Beschaffen.«

»Da scheint Ihr Euch doch selbst recht gut auszukennen, Lady Taz...«, Jarlaxle zögerte kurz und sah sie fragend an.

»Taz*mikella*«, bestätigte sie. »Das stimmt allerdings, und ich freue mich, dass es Euch aufgefallen ist. Ihr mögt aber auch bemerkt haben, dass ich auf diesem Gebiet in der schönen Stadt Heliogabalus Konkurrenz habe.«

»Ilnezharas Goldmünzen«, sagte Entreri.

»Das ist ein Name, der mir nie ohne Fluch über die Lippen geht«, gab die Frau zu. »Meine Erzrivalin. Wir waren früher befreundet. Und leider hat sie es wieder getan.«

»Es?«, fragten die beiden Männer einstimmig.

»Sich etwas angeeignet, dessen sie nicht würdig ist«, sagte Tazmikella. Angesichts der fragenden Mienen ihrer Gäste lehnte sie sich zurück und hob die Hände, um allen Bemerkungen zuvorzukommen. »Ich werde es Euch erklären.«

Die Frau schloss die Augen und schwieg eine ganze Weile.

»Vor nicht allzu langer Zeit«, begann sie zögernd, als wäre sie sich nicht sicher, wie sie es ihnen vermitteln sollte, »stieß ich auf eine Frau, die auf einem Feld auf einem Stein saß. Sie sah mich nicht, denn sie war ganz in Erinnerungen verloren. Jedenfalls kam es mir so vor. Mit geschlossenen Augen sang sie vor sich hin und war im Geiste ganz woanders – nach den wenigen Worten, die ich verstehen konnte, bei jemandem, den sie verloren hatte. Ich habe noch nie so viel Leidenschaft und Schmerz in einer Stimme vernommen. Ein jeder Ton kam aus tiefstem Herzen. Die Schönheit ihres Liedes und ihres Gesangs hat mich sehr berührt. Ich verstand es einfach, aber meine Konkurrentin ...«

»Ilnezhara«, warf Jarlaxle ein, und Tazmikella nickte.

»Ilnezhara hätte nie begriffen, welche Schönheit in diesem Lied lag. Sie hätte kritisiert, dass bestimmte Worte sich nicht richtig reimten, die Gesangstechnik bemängelt und die gelegentlichen Unsicherheiten der unausgebildeten Stimme moniert. Doch gerade dass es nicht perfekt war, hat mein Herz berührt.«

»Weil es ehrlich war«, folgerte Jarlaxle.

»Und damit kostbar«, ergänzte Entreri als Hinweis auf den Vers, der sie hierhergeführt hatte.

»Für Ilnezhara vielleicht nicht fein genug«, spann Jarlaxle den Gedanken weiter. »Aber die Schönheit der Perfektion hätte das ehrliche Gefühl übertüncht.«

»Genau!«, bestätigte Tazmikella. »Das ist der ewige Zwist zwischen uns, der bei allem und jedem aufflackert – ob bei Gemälden, Skulpturen, Wandbehängen, Liedern oder Geschichten. Ich habe den Barden gelauscht, habe miterlebt, wie sie mit ihren Geschichten von kühnen Abenteuern ganze Wirtsstuben in ihren Bann geschlagen haben, und niemand konnte sich ihnen entziehen. Und Ilnezhara, meine einstige Partnerin, sagte mir dann, dass die Geschichte völlig falsch aufgebaut war, weil sie von irgendwelchen Strukturen abweicht, die Gelehrte für richtig halten, die mit den Leuten dort in der Taverne aber überhaupt nichts zu tun haben. Vor Kurzem haben wir uns bei einer Auktion bekriegt, obwohl ich an dem angebotenen Bild gar nicht interessiert war. Es waren nur einige Worte, die meine Neugier weckten – die Frage, wie so etwas als Kunst bezeichnet werden kann.«

»Und Eure Gegenspielerin sah das anders?«, fragte der Drow.

»Zunächst nicht, aber als der Künstler die wahre Bedeutung erläuterte, fingen Ilnezharas Augen an zu glühen. Durch bloßes Betrachten des Werks wäre man natürlich nie darauf gekommen. Aber das spielte keine Rolle. Das Werk entsprach der vorgeschriebenen Form, und in diesem Zusammenhang erschienen die Erklärungen des Künstlers absolut nachvollziehbar. So ist das eben mit solchen Leuten. Sie sehen nur das, was unter ihre Definition von Kultur fällt, und haben keinen Sinn für das Tremolo im Lied einer verletzten Frau. Sie wollen nur alles, was sie umgibt, auf ihre Linie bringen und setzen enge Grenzen für das, was ihre Zustimmung findet. Alles, was dem gemeinen Mann zugänglich ist, wird verworfen.«

»Dadurch fühlen solche Zeitgenossen sich besser«, sagte Jarlaxle zu Entreri, der plötzlich feststellte, dass er sich weder langweilte noch abgeschaltet hatte.

»Wir sollen also dieses Gemälde stehlen, das Ihr anfangs gar nicht haben wolltet?«, vergewisserte sich Entreri.

Tazmikella verzog abfällig das Gesicht. »Gewiss nicht! Von mir aus könnt Ihr es mit Eurem prächtigen Schwert aufschlitzen. Nein, es geht um etwas anderes, etwas, auf das Ilnezhara rein zufällig gestoßen ist, und was sie nie wirklich zu schätzen wissen wird. Sie behält es nur, weil sie weiß, dass es mir wichtig ist!«

Die Söldner sahen einander an.

»Eine Flöte«, sagte Tazmikella. »Eine Flöte aus einem einzigen Stück grauem trockenem Treibholz. Ein Wandermönch, Idalia von der Gelben Rose, hat sie vor langer Zeit angefertigt. Er nahm dieses eine Stück hässliches Treibholz an sich und arbeitete Tag und Nacht daran, mit unglaublichem Feingefühl. Die Flöte wurde sein ganzer Lebensinhalt, und er wäre fast verhungert, während er an ihrer Vollendung feilte. Aber er *hat* sie vollendet. Und dieser Flöte entspringt herrliche Musik. Töne so klar wie der Wind, der durch uralte Schluchten streicht.«

»Und Eure Konkurrentin hat sie diesem Mönch abgekauft?«

»Idalia starb vor vielen Hundert Jahren«, erläuterte Tazmikella. »Seither war die Flöte verschollen. Aber irgendwie hat sie sie aufgestöbert.«

»Könnt Ihr ihr die Flöte nicht einfach abkaufen?«, fragte der Drow.

»Sie ist unverkäuflich.«

»Aber Ihr sagt, sie wüsste sie nicht zu schätzen.«

Wieder verzog die Frau das Gesicht. »Sie packt sie einfach weg und verschwendet keinen weiteren Gedanken daran. Für sie ist die Flöte nur wertvoll, weil sie weiß, dass es mich so sehr bedrückt, sie nicht selbst zu besitzen.«

Die beiden Söldner warfen sich wieder einen Blick zu.

»Es geht nicht nur darum, dass ich sie nicht haben kann«, fuhr Tazmikella ziemlich verzweifelt fort. »Sie weiß, wie es mich und andere meiner Art schmerzt, dass niemand auf Idalias Meisterwerk spielt. Versteht Ihr? Sie genießt ihre Macht, dem einfachen Volk wahre Schönheit vorzuenthalten.«

Entreri wollte etwas sagen, aber Jarlaxle schnitt ihm das Wort ab.

»Es ist eine Schande«, sagte der Drow. »Und Ihr wünscht, dass wir das in Ordnung bringen.«

Tazmikella ging zu einem Waschtisch, zog eine Schublade auf und kehrte kurz darauf mit einem Pergament in der Hand zurück.

»Ilnezhara plant eine Ausstellung in ihrem Laden«, erklärte sie und reichte Jarlaxle die Notiz.

»Die Flöte ist gar nicht hier?«, wunderte sich Entreri.

»Sie befindet sich in ihrem privaten Wohnsitz, einem Turm im Nordosten der Stadt.«

»Und wir sollen dem Turm einen Besuch abstatten,

während Ilnezhara auf ihrer Ausstellung ist?«, folgerte Jarlaxle.

»Oder Ihr – Ihr allein – besucht die Ausstellung«, sagte Tazmikella und deutete dabei auf den Drow. »Ilnezhara wird an jemandem von Eurer ... Schönheit Interesse hegen. Es dürfte Euch nicht schwerfallen, ihr eine Einladung zu entlocken.«

Jarlaxle warf ihr einen skeptischen Blick zu.

»Leichter als ein Einbruch in den Turm«, beteuerte Tazmikella. »Sie ist eine Frau mit beträchtlichem Vermögen, reich genug, so wie ich, um nur das Beste zu kaufen, nur die erfahrensten Wachen anzuheuern und absolut tödliche Fallen zu stellen.«

»Glänzende Aussichten«, bemerkte Entreri. Trotz seines sarkastischen Tonfalls leuchteten seine Augen angesichts dieser Herausforderung.

»Beschafft mir die Flöte«, sagte Tazmikella, diesmal an Entreri gewandt, »und meine Belohnung wird Eure kühnsten Träume übersteigen. Was haltet Ihr von hundert Säcken Silber?«

»Und wenn mir Gold lieber wäre?«

Nachdem ihm das herausgerutscht war, verfinsterte sich Tazmikellas Gesicht derart, dass der Meuchelmörder begriff, dass er diesmal wohl zu weit gegangen war. Er tippte entschuldigend an seinen Hut, sah Jarlaxle an und nickte zustimmend.

Artemis Entreri hatte noch nie einer Herausforderung widerstehen können. Im Augenblick musste er sich außerhalb des einsam gelegenen Turms verstecken und auf Jarlaxle und Ilnezhara warten – falls der Drow tatsächlich eine Einladung ergattert hatte, wie Tazmikella vorausgesagt hatte.

Der dreißig Fuß hohe Turm aus grauem Gestein hatte ein breites poliertes Portal, das von vier schlanken weißen Säulen getragen wurde, zwei in der Gestalt athletisch gebauter Männer und zwei Statuen wohlgeformter Frauen. Die Tür hinter diesem Portal bestand aus schwerem Holz, in dessen Mitte eine Blüte geschnitzt war, vermutlich eine Rose.

Sowohl der Ring an der Tür als auch das Schloss waren vergoldet. Der Kontrast zwischen diesem Ort und Tazmikellas bescheidenem Haus war augenfällig.

Entreri wusste, dass die Tür verschlossen und vermutlich mit teuflischen Fallen versehen war, vielleicht auch mit magischen Schutzrunen. Doch er sah keine Wachen weit und breit, und so schlich er im Schutz der Abenddämmerung zum Turm hinüber, wo er sehr vorsichtig an der Wand entlang vorrückte. An einer Stelle bemerkte er auf halber Höhe einen schmalen Fenstersims. Instinktiv betasteten seine Finger die Steinblöcke. Hier konnte er leicht emporklettern.

Nachdem er das wusste, lief er weiter zur Tür.

Die erste Falle hatte Entreri schnell entdeckt: eine Platte vor der Klinke, die auf Druck reagierte. Um sie zu entschärfen, folgte er einfach der logischen Verbindung zu der Säule vorn links. Dann fand er die zweite Falle: eine Nadel auf einer Feder in der Mechanik des Türschlosses. Er zog ein Stück Holz aus seinem Beutel, das er speziell für derartige Fallen bei sich trug. Das Loch in der Mitte reichte gerade aus, um einen Dietrich hindurchzuschieben und diesem ein wenig Spielraum zu lassen. Er führte das Werkzeug ein, drehte es nach rechts und links und nickte zufrieden, als er den erwarteten Aufprall hörte. Als er das Holzstück umdrehte, sah er den

Pfeil, auf dem das Gift glänzte. Ilnezhara war eine ernst zu nehmende Gegenspielerin.

Entreri achtete sehr sorgfältig auf seine nächsten Bewegungen. Er suchte jeden Zoll der Tür ab, erst einmal, dann ein zweites Mal. Nachdem er sich davon überzeugt hatte, dass er zumindest alle mechanischen Fallen entfernt hatte (magische Schutzvorrichtungen waren viel schwerer zu entdecken), beschäftigte er sich näher mit dem Schloss.

Mit einem Klicken öffnete sich die Tür.

Entreri sprang zurück, eilte zu der Säule und setzte den Mechanismus der Druckplatte wieder in Kraft. Dann rannte er zur Schwelle, setzte hinüber, schob die Tür hinter sich zu und wollte sie wieder abschließen.

Doch noch während er mit seinem Werkzeug am Schloss hantierte, wurde die Tür aufgerissen, und er musste sich zur Seite werfen.

»Oh, bei der Liebe der Drow«, fluchte er, als er sich wegrollte und sah, wie die Statuen von den Säulen hereinmarschierten. In ihren Händen ruhten schmale Steinschwerter.

Das war das Signal für Charons Klaue, Entreris todbringendes Schwert, und seinen juwelenbesetzten Dolch, den er mit der anderen Hand zückte. Ohne die magischen Waffen zu beachten, griffen die beiden vorderen Säulenwächter Seite an Seite an. Charons Klaue fuhr nach vorn, um dem Angriff zu begegnen, und Entreri erzwang mit einem Schlag nach links und rechts eine Lücke. Seitwärtsgedreht stürmte er zwischen den Steinschwertern und den Statuen hindurch. Dabei gelang ihm ein schneller Schwerthieb nach der einen und ein fester Stich nach der anderen Seite. Beide Klingen fanden ihr Ziel, und für jeden Sterblichen wäre dieser Angriff tödlich gewesen. Aber die Wächter besaßen keine Lebensenergie, die Entreris Vampirdolch hätte aussaugen können, und keine Seele, die Charons Klaue hätte schmelzen lassen können.

Das waren nicht seine bevorzugten Gegner, stellte Entreri fest, und er bedauerte, dass offenbar niemand mehr Wachen aus Fleisch und Blut einstellte.

Doch mit solchen Überlegungen hielt er sich nicht lange auf, sondern eilte an den Männern vorbei.

Jetzt gingen die zwei Frauen auf Entreri los. Sie sprangen ihn an und spreizten schon im Anflug ihre Steinfinger.

Entreri warf sich zu Boden und rollte seitwärts ab. Beide Frauen traten nach ihm und trafen, doch er nahm ihre harten Tritte hin, weil er sie dabei aus dem Gleichgewicht bringen und gegen die männlichen Wächter prallen lassen konnte. Bei der schweren Kollision splitterte der Stein, und Staub wirbelte auf. Sofort war Entreri wieder auf den Beinen, näherte sich von hinten und schlug mit seinem mächtigen Schwert mit aller Kraft zu.

Als die Statuen sich voneinander gelöst hatten und wieder auf ihn losgingen, wandte Entreri den nächsten Trick von Charons Klaue an. Er schwenkte die Klinge in hohem Bogen und erzeugte dabei eine schwarze Aschewand. Hinter dieser optischen Barriere schnellte der Meuchelmörder zur Seite, drehte sich um und griff unverzüglich an, als die ersten Statuen durch den undurchsichtigen Schirm brachen.

Erneut ging sein Schwert wütend ans Werk und schlug auf die Statuen ein. Dann erzeugte Entreri noch einmal eine schützende Aschewand und rannte davon.

In dieser Atempause stellte er fest, dass zwei der Statuen zerbrochen waren. Eine dritte, eine der Frauen, hüpfte auf einem Bein auf ihn zu. Das andere lag auf dem Boden. Neben ihr lief einer der Männer, der offenbar noch unbeschädigt war.

Entreri stürmte vor, um die beiden aufzuhalten, bevor der Mann einen größeren Vorsprung vor der verkrüppelten Frau hatte. Als das Steinschwert nahte, hakte Entreri gekonnt mit seinem Dolch ein, drehte es nach außen weg und zog es dann mit einem Ruck zurück, während er an dem Mann vorbeischlüpfte, sich duckte und dann mit einem tiefen Schwertschlag der hüpfenden Frau das zweite Bein abschlug. Als sie auf dem Boden aufkam, richtete sich Entreri schon wieder auf, setzte ihr einen Fuß aufs Gesicht und brachte sich gerade noch vor einem kraftvollen Abwärtsschlag seines ersten Gegners in Sicherheit.

Einem Schlag, der den Kopf der Frau zerbrach.

Entreri wirbelte herum und war sofort wieder kampfbereit. Jetzt hatte er nur noch einen Gegner vor sich. Mit Charons Klaue fing er die Klinge des zustoßenden Steinschwerts von innen her ab und hob es an, um die Waffe und den Waffenarm in die Höhe zu führen. Er trat vor und stieß der Statue den Dolch fest in die Achselgrube, ehe er Charons Klaue so zurückriss, dass er sie der Statue über das Gesicht ziehen konnte, während er seitlich auswich. Der Wächter wollte ihm folgen, aber Entreri änderte schon wieder die Richtung. Er bewegte sich blitzschnell und perfekt ausbalanciert.

Wieder traf er die Statue ins Gesicht, doch das war nur ein Ablenkungsmanöver, denn als der Wächter abwehrend den Schwertarm hob, drehte sich Entreri um und schlüpfte unter dem Arm hindurch. Auf der anderen Seite kam er ausbalanciert zum Stehen, sodass er Charons Klaue gegen den Oberarm des bereits angegriffenen Schwertarms führen konnte.

Der Arm fiel herunter.

Die Statue ging mit einer Hand auf ihn los, aber Entreris Klingen trennten ihr in einem kaum wahrnehmbaren Wirbel einen Finger nach dem anderen ab.

Dann verkürzte er die Hand im Nu zu einem Stumpf. Der Wächter wollte ihm noch einen Kopfstoß verpassen, doch da wurde ihm der Kopf auch schon abgeschlagen.

»Felsenfest«, meinte Entreri, hob den Fuß, stemmte ihn gegen den Leib des Wächters und kippte das leblose Wesen um.

Sobald er seine Waffen eingesteckt hatte, sah er sich in dem Raum um, der voller Kostbarkeiten steckte.

»Ich arbeite für die falsche Person«, bemerkte er schwer beeindruckt.

Dann aber zuckte er mit den Achseln und machte sich auf die Suche nach Idalias Flöte. Dabei stellte er bald fest, dass die zerstörten Statuen zerfielen und die Einzelteile wie von Zauberhand durch die offene Tür zu den Säulen zurückschwebten – ganz wie erwartet.

Als sie endlich wieder ihre Plätze eingenommen hatten und den Eindruck machten, als wäre nie etwas geschehen, machte Entreri die Tür zu und schloss ab. Wenn jetzt jemand kam, würde hoffentlich alles so aussehen wie zuvor.

Sobald die beiden den Turm betraten und Entreri die berüchtigte Ilnezhara näher ins Auge fassen konnte, fragte er sich, ob Tazmikellas Abneigung gegenüber ihrer einstigen Freundin nicht auf mehr beruhte als auf Konkurrenzdenken. Denn Ilnezhara schien alles zu verkörpern, was

Tazmikella nicht zu eigen war. Ihr langes Haar glänzte so sehr, dass Entreri nicht hätte sagen können, ob es nun rotblond oder kastanienfarben oder eher kupferrot leuchtete. Ihre geradezu riesigen blauen Augen passten gut zu ihrem intelligenten Gesicht mit den hohen Backenknochen. Ihre Nase war schmal und gerade, die Lippen wirkten überaus sinnlich und einladend. Sie war etwas größer als Jarlaxle, der nur fünfeinhalb Fuß maß, doch sie bewegte ihren schlanken Körper ebenso anmutig wie der geschmeidige Drow.

»Ich finde Euch unterhaltsam«, sagte sie und warf das volle Haar zurück.

Entreri wusste, dass er in seiner Nische, die teilweise hinter einem Wandbehang verborgen war und hinter einem mehrteiligen Regal mit Schüsseln in den unterschiedlichsten Farben lag, gut versteckt war. Ilnezhara konnte ihn unmöglich sehen. Doch als sie die Haare zurückwarf und dabei kurz in seine Richtung sah, fühlte er ihren durchdringenden Blick auf sich ruhen.

Sie widmete sich sogleich wieder ihrem Gespräch mit Jarlaxle. Entreri rügte sich insgeheim. Wann hatte er zuletzt derart an seinen Fähigkeiten gezweifelt? Hatte die Schönheit der Frau ihn geblendet? Er schüttelte diesen Gedanken ab und konzentrierte sich wieder auf das Gespräch zwischen den beiden. Jarlaxle und Ilnezhara saßen inzwischen auf einem Diwan. Die Frau hatte sich an den charmanten Drow gekuschelt und malte mit einem Finger zärtlich Kreise auf seine Brust, nachdem sie die obersten Knöpfe seines feinen weißen Hemds geöffnet hatte. Sie redete immer noch darüber, wie unterhaltsam der Drow war.

»So bin ich eben«, antwortete Jarlaxle. »Ich habe so

viele Länder der Oberfläche bereist, bin von Taverne zu Taverne und von Palast zu Palast gezogen, um das einfache Volk und Könige gleichermaßen zu unterhalten. Mein Charme schützt mich vor dem unvermeidlichen ersten Eindruck, den meine schwarze Haut hinterlässt.«

»Mit Liedern? Singt Ihr mir etwas vor, Jarlaxle?«

»Mit Liedern, ja, aber meine Talente liegen eher im instrumentalen Bereich.«

»Oh, Instrumente! Davon habe ich natürlich eine hübsche Sammlung.«

Sie löste sich von dem Diwan und begab sich in den hinteren Teil des Raums. Tatsächlich lagen dort viele Instrumente bereit, wie Entreri wusste, der bereits einen Großteil des Turms durchsucht hatte. Im hinteren Bereich des Raums lagerten mehrere Lauten und eine prachtvolle Harfe, alle von ausnehmend guter Qualität, hergestellt von den besten Meistern ihres Fachs.

»Eure geschickten Finger werden den Saiten einer Laute die schönsten Töne entlocken«, sagte Ilnezhara reichlich lüstern, wie Entreri fand. Sie hob eine Laute aus deren Schutzhülle und zeigte sie Jarlaxle.

»Eigentlich geht es mehr um einen Kuss«, gab der Drow zurück. Entreri versuchte, einen angewiderten Seufzer zu unterdrücken. »Meinen Atem. Denn mein Lieblingsinstrument ist die Flöte.«

»Die Flöte?«, wiederholte Ilnezhara. »Oh, da habe ich tatsächlich ein Exemplar von ganz erstaunlichem Klang, auch wenn es äußerlich nicht viel hermacht.«

Jarlaxle beugte sich vor. Entreri hielt den Atem an. Ihm fiel nicht einmal auf, dass das alles zu einfach schien.

Ilnezhara zog sich noch weiter in den hinteren Bereich zurück.

»Möchtet Ihr sie sehen?«, fragte sie verführerisch. »Oder möchtet Ihr wenigstens sehen, wo ich sie aufbewahre?«

Jarlaxles Lächeln wich einem Ausdruck der Verwirrung.

»Oder hofft Ihr am Ende, dass Euer diebischer Freund sie längst gefunden hat, sodass sie bereits verschwunden ist, wenn ich den Kasten aufklappe?«, fuhr die Frau fort.

»Herrin ...«

»Er ist noch da. Warum fragt Ihr ihn nicht selbst?«, beharrte Ilnezhara und blickte zu der Nische an der Seite, wo Entreri sich versteckte.

»Spielt mit meinen Freunden!«, rief Ilnezhara plötzlich, hob die Hand und beschrieb einen Kreis. Sofort begannen mehrere kleine Statuen – zwei Gargylen, eine Echse und ein Bär – zu wachsen und sich zu bewegen.

»Nicht noch mehr Magie!«, knurrte Entreri und brach aus seinem Versteck hervor.

Jarlaxle sprang vom Diwan auf, aber Ilnezhara war ebenso schnell. Sie schlüpfte hinter einen Raumteiler und verschwand.

»Na, großartig«, sagte Jarlaxle zu Entreri, als sie die Verfolgung aufnahmen.

Entreri wollte einwenden, dass er jede Falle gefunden hatte, die den Zugang verwehrte. Wie hatte er erwarten können, dass Ilnezhara derart vorbereitet war? Aber er schwieg, denn auf Jarlaxles Sarkasmus fiel ihm keine passende Reaktion ein.

Hinter dem Raumteiler verlief ein Gang zwischen Regalen voller Kunstwerke und Schmuckschatullen. Weiter vorn verschwand die Frau gerade hinter dem nächsten kostbaren bemalten Raumteiler. Da dieser unmittelbar vor der geschwungenen Rückwand stand, schien es, als hätten sie Ilnezhara in der Falle und könnten bei ihr sein, ehe die magischen Geschöpfe voll zum Leben erwachten.

»Ihr entwischt uns nicht!«, rief Jarlaxle, aber noch während er sprach, sahen er und Jarlaxle die Wand über dem Raumteiler aufspringen. Eine Geheimtür schwang auf.

»Die hast du nicht gefunden?«, fragte der Drow.

»Ich hatte bloß wenige Minuten«, verteidigte sich Entreri und lief links um den Raumteiler, während Jarlaxle rechts herumbog.

Entreri war als Erster an der Tür, stieß sie mit der Schulter auf und erwartete, auf der Rückseite des Turms zu stehen. Als er jedoch hindurchtrat, gähnte unter seinen Füßen plötzlich Leere. Halt suchend griff er nach der Tür, fand einen Ring zum Zuziehen und hielt sich daran fest. Seine Beine baumelten in der Luft, während die Tür noch weiter aufschwang. Als er die andere Seite sehen konnte, hätte er beinahe losgelassen. Sein Unterkiefer klappte herunter.

Er hing nicht im Freien, sondern in einer riesigen von Magie erhellten Höhle. Es musste ein extradimensionaler Raum sein, der weiter und weiter ging, so weit Entreri sehen konnte. Schatzkammern waren für Artemis Entreri nichts Neues; immerhin hatte er den reichsten Kaufleuten von Calimhafen und den reichsten Paschas gedient. Aber eine derartige Sammlung von Münzen, Juwelen und Kunstwerken hatte er in seinem ganzen Leben noch nicht zu Gesicht bekommen! Auf dem Boden glänzte das Gold in übermannshohen Bergen, und viele dieser Kleinode waren mit funkelnden Edelsteinen besetzt. Überall lockten Schwerter und Rüstungen, Statuen und Instrumente, Schalen und kostbare Möbel, und jedes einzelne Stück war mit unnachahmlicher Sorgfalt gefertigt.

Entreri warf einen Blick auf Jarlaxle, der von der Schwelle aus hereinstarrte. Auch er war wie vom Donner gerührt.

»Eine Illusion«, sagte Entreri.

Jarlaxle schob seine Augenklappe von einem Auge auf das andere und suchte den Raum prüfend ab.

»Nein«, sagte der Drow und blickte zurück in den Turm.

Achselzuckend betrat Jarlaxle den Raum und schwebte acht Fuß tief nach unten. Als Entreri das geräuschvolle Nahen der künstlichen Wächter hörte, ließ er los. Die Tür schloss sich mit einem lauten Rums, und der Lärm verebbte.

»Herrlich, nicht wahr?«, sagte Ilnezhara, die nun hinter einem Stapel Gold hervortrat.

»Bei den Göttern...«, flüsterte Entreri und sah seinen Partner verstohlen an.

»Von solchen Horten habe ich schon gehört, Herrin«, begann der Drow. »Allerdings stets in der Obhut von...«

»Sprich es nicht aus«, flüsterte Entreri, aber das half nichts mehr, denn Ilnezhara veränderte bereits ihre Gestalt. Sie hörten ihre Knochen knacken, während ihr Körper sich verwandelte.

Hinter ihr bildete sich ein gewaltiger kupferroter Schwanz, und aus ihren Schultern wuchsen riesige Flügel.

»Ein Drache«, stellte Entreri fest. »Noch ein stinkender Drache. Was ist das für ein Spiel?«, fuhr er seinen Partner an. »Ständig führst du mich zu stinkenden Drachen! Mein ganzes Leben hatte ich keinen einzigen zu Gesicht bekommen, aber seit ich mit dir durchs Land ziehe, kenne ich sie schon viel zu gut!«

»Zu dem ersten hast du *mich* geschleppt«, erinnerte ihn Jarlaxle.

»Um dieses verfluchte Ding loszuwerden, ja!«, gab Entreri zurück. »Das weißt du ganz genau. Dieses Ding, das dich sonst vernichtet hätte! Wäre ich sonst freiwillig in die Höhle des Drachen gegangen?«

»Das ist doch jetzt egal«, hielt Jarlaxle dagegen.

»Es ist nicht egal!«, fauchte Entreri. »Dauernd schleppst du mich zu stinkenden Drachen.«

Ilnezharas Räuspern brachte den Boden zum Beben und beendete ihre Zankerei.

»Ich könnte mir nettere Attribute vorstellen, besten Dank«, sagte sie, als die Diebe sich wieder ihr zuwandten. Ihre Stimme ähnelte der ihrer menschlichen Gestalt, nur war sie jetzt um ein Vielfaches lauter.

»Ich gehe davon aus, dass wir uns wegen Eurer Wächter keine Sorgen mehr zu machen brauchen«, sagte Jarlaxle.

Der Drache lächelte. In dem magischen Licht glänzten Reihen von Zähnen, die so lang waren wie Entreris Arm.

»Ihr seid wirklich unterhaltsam, werter Drow«, sagte Ilnezhara. »Auch wenn ich bedaure, dass Ihr weniger klug seid, als ich dachte. Auf Geheiß einer Gans wie Tazmikella einen Drachen bestehlen? Denn selbstverständlich hat sie Euch geschickt. Das Dummerchen kann einfach nicht begreifen, warum sie immer wieder den Kürzeren zieht.«

»Los«, flüsterte Jarlaxle und lief nach rechts, während der Meuchelmörder nach links ausbrach.

Aber der Drache bewegte sich ebenfalls und setzte seinen Odem ein.

Entreri schrie auf und warf sich hinter einen Goldberg, denn er hatte keine Ahnung, womit er rechnen musste. Er fühlte, wie der Drachenodem über ihn hinwegstrich, aber als er wieder hochkam, schien er unverletzt. Seine Freude darüber währte jedoch nur kurz, nämlich bis zu dem Augenblick, in dem er feststellte, dass er sich jetzt viel langsamer bewegte.

»Ihr könnt nicht gewinnen, wie auch? Und es gibt keinen Ausweg«, bemerkte Ilnezhara. »Sagt mir, hübscher Drow, hättet Ihr versucht, mich zu bestehlen, wenn Ihr meine wahre Identität gekannt hättet?«

Entreri spähte an dem Drachen vorbei zu Jarlaxle hinüber, der völlig wehrlos vor dem großen Geschöpf stehen geblieben war. Seine ungläubige Miene verriet Ilnezhara alles, was sie wissen wollte.

»Das dachte ich mir«, sagte sie. »Ihr gebt Euch also geschlagen?«

Jarlaxle zuckte mit den Schultern und breitete beide Arme aus.

»Gut, gut«, sagte Ilnezhara.

Daraufhin begannen ihre Knochen erneut zu knirschen, und bald stand sie wieder in ihrer menschlichen Gestalt vor den beiden.

»Ich wusste gar nicht, dass Kupferdrachen derart geschickte Gestaltwandler sind«, sagte der Drow, als er schließlich seine Stimme wiederfand.

»Ich bin viele Jahre bei einem Erzmagier in die Lehre gegangen«, erwiderte Ilnezhara. »Es kann einem recht langweilig werden, wenn die Jahrhunderte verstreichen, wie Ihr sicher versteht.«

»Allerdings«, antwortete der Drow. »Mein Freund jedoch...«

Sein Arm schwenkte in Entreris Richtung.

»Euer Freund, der immer noch glaubt, er könne sich hinter mich schleichen und mit seinem armseligen Dolch nach mir stechen oder mir mit seinem mächtigen Schwert den Kopf abschlagen? Oh ja, das ist eine vortreffliche Waffe«, sagte sie zu Entreri. »Möchtet Ihr sie gegen Ilnezhara einsetzen?«

Der Meuchelmörder starrte sie erbost an, gab aber keine Antwort.

»Vielleicht würdet Ihr sie mir auch überreichen – im Austausch für Euer Leben?«

»Selbstverständlich würde er das«, warf Jarlaxle eilig ein.

Entreri machte ein finsteres Gesicht, begriff aber, dass sein Freund recht hatte.

»Oder vielleicht«, fuhr Ilnezhara fort, »könntet Ihr mir stattdessen auch einen Dienst leisten. Ja, dafür seid Ihr offenbar genau die Richtigen.«

»Wir sollen Euch etwas von Tazmikella beschaffen«, folgerte Entreri.

Ilnezhara verzog das Gesicht. »Was könnte die schon haben, was mich auch nur ansatzweise interessieren würde? Nein, natürlich nicht. Tötet sie.«

»Sie töten?«, fragte Jarlaxle.

»Ja. Ich habe es satt, Freundschaft zu heucheln oder auch nur freundschaftliche Rivalität, und ich verliere die Geduld. Ich will nicht noch Jahrzehnte warten, bis sie an Altersschwäche stirbt oder zu gebrechlich ist, um ihre dummen Spielchen fortzusetzen. Tötet sie, aber ohne dass die Obrigkeit Verdacht schöpft. Wenn Euch das gelingt, dann werde ich Euch Euren Frevel vielleicht verzeihen.«

»Vielleicht?«, wiederholte der Drow.

»Vielleicht«, antwortete der Drache. Und als die beiden zögerten, setzte sie hinzu: »Oder glaubt Ihr, dass Ihr bessere Bedingungen aushandeln könnt?«

Entreri sah, wie Tazmikella erstarrte, als sie Jarlaxle im hinteren Bereich ihrer bescheidenen Hütte auf einem Stuhl warten sah.

»Ihr habt Idalias Flöte?«, fragte sie atemlos.

»Wohl kaum«, erwiderte der Drow. »Anscheinend habt Ihr uns nicht umfassend über das wahre Wesen Eurer Rivalin informiert.«

Entreri, der sich seitlich versteckt hielt, beobachtete Tazmikellas Reaktion. Er und Jarlaxle waren übereingekommen, dass sie die Frau tatsächlich ohne Vorbehalte töten würden, wenn sie Ilnezharas wahre Gestalt kannte.

»Ich habe Euch gesagt, dass sie sich gut zu schützen weiß«, setzte Tazmikella an und erstarrte erneut, als sie den Dolch an ihrem Rücken spürte.

»Was soll das?«, fragte sie. »Ich habe Euch angeheuert...« Sie stockte. »Sie hat Euch zurückgeschickt, damit Ihr mich tötet, richtig? Sie bietet Euch Gold statt Silber.«

Entreri hörte ihre Worte kaum. Er hatte sie mit seinem tückischen, Lebensenergie aussaugenden Dolch nicht einmal angeritzt, doch schon jetzt jagte derart viel Energie über die Klinge seinen Arm empor, dass sich ihm die Haare sträubten. Zitternd und verwirrt hob der Meuchelmörder seine freie Hand, legte sie Tazmikella auf die Schulter und versetzte ihr einen leichten Stoß.

Er hätte ebenso gut einen Berg stoßen können.

Entreri stöhnte und zog beide Hände zurück.

»Bei der Liebe einer achtbeinigen Dämonenkönigin«,

knurrte er, während er sich mit angewidertem Kopfschütteln von ihr löste.

Er warf einen Blick auf Jarlaxle, der ihn neugierig anstarrte.

»Sie auch?«, fragte der Drow.

Entreri nickte.

Tazmikella seufzte und sagte: »Meine eigene Schwester hat Euch auf mich angesetzt...«

»Eure Schwester?«, fragte der Drow.

»Ein Drache reicht dir wohl noch nicht«, knurrte Entreri. »Jetzt führst du mich gleich mitten in eine Drachenfehde!«

»Ihr solltet bloß eine Flöte stehlen«, erinnerte Tazmikella die beiden.

»Einem Drachen«, sagte Entreri.

»Ich hatte Euch für schnell und schlau gehalten.«

»Man sollte seinen Feind aber kennen.«

»Und jetzt seid Ihr gekommen, um mich zu töten«, sagte Tazmikella. »Ja, gibt es denn überhaupt keine Loyalität mehr auf der Welt?«

»Wir wollten Euch eigentlich gar nicht töten«, sagte Jarlaxle.

»Das sagt Ihr jetzt.«

»Wenn wir allerdings herausgefunden hätten, dass Ihr wusstet, dass Ihr uns in eine Drachenhöhle schickt, ja, dann hätten wir Euch vielleicht getötet«, fuhr Entreri fort.

»Ihr dürftet bemerkt haben, dass mein Freund Euch nicht erdolcht hat«, stellte der Drow fest. »Wir wollten uns unterhalten, nicht morden.«

»Und nun, da Ihr mein ... wahres Wesen kennt, möchtet Ihr verhandeln? Vielleicht kann ich Euch überzeugen, dass Ihr lieber Ilnezhara umbringt.«

»Meine liebe ... Herrin«, sagte der Drow und verneigte sich höflich. »Wir ziehen es vor, uns aus derartigen Fehden herauszuhalten. Wir sind Diebe, das gebe ich gern zu, aber keine Auftragsmörder.«

»Ich kenne da einen Drow, den ich momentan ganz gern abstechen würde«, sagte Entreri. Dass Tazmikella bei dieser Bemerkung belustigt lächelte, flößte ihm wieder etwas Hoffnung ein.

»Ich schlage vor, dass Ihr und Eure Schwester Euren Zwist auf angemessene Weise löst. Mit Worten, nicht mit Waffen. Heißt Euer König nicht mit zweitem Namen Drachenbann? Gareth wäre gewiss nicht erbaut, wenn er erführe, dass zwei große Drachen seine Stadt in ihrem Eifer in Schutt und Asche gelegt haben.«

»Ja, liebe Schwester«, ertönte eine andere Stimme. Entreri stöhnte erneut.

Jarlaxle verneigte sich noch tiefer, als Ilnezhara wie aus dem Nichts auftauchte.

»Ich hatte dir doch gesagt, sie würden nicht versuchen, mich zu töten«, erklärte Tazmikella.

»Nur weil der da deine wahre Identität erkannt hat, bevor sein Dolch zustach«, hielt Ilnezhara dagegen.

»Das ist nicht ganz richtig«, sagte Entreri.

»Ich könnte es ihnen dennoch kaum verdenken, wenn sie es tatsächlich versucht hätten«, meinte Tazmikella. »Schließlich handelten sie im Auftrag eines Drachen.«

»Selbsterhaltung ist ein mächtiger Antrieb«, stimmte ihre Schwester zu, während sie neben Jarlaxle trat.

Ilnezhara knöpfte sein Hemd wieder auf und fuhr mit ihren langen Fingern erneut zärtlich über seine Brust.

»Ihr möchtet also noch mit mir spielen, bevor Ihr mich tötet?«, erkundigte sich Jarlaxle.

»Euch töten?« Ilnezhara reagierte mit gespieltem Entsetzen. »Mein hübscher Drow, wie käme ich darauf? Oh nein. Natürlich habe ich meine Pläne mit Euch, aber Euer Tod ist darin nicht vorgesehen.«

Sie schmiegte sich etwas näher an ihn, und Jarlaxle grinste außerordentlich selbstgefällig.

»Sie ist ein Drache!«, sagte Entreri, woraufhin ihn alle drei anstarrten.

Normalerweise war Artemis Entreris Stimme ziemlich emotionslos, aber diese Worte äußerte er mit dem gleichen Nachdruck, als wäre er quer durch den Raum gestürmt, hätte Jarlaxle am Kragen gepackt, ihn hochgehoben, gegen die Wand gerammt und dabei verzweifelt gebrüllt: »Bist du irre?«

»Der da ist so fantasielos«, sagte Ilnezhara zu ihrer Schwester.

»Er ist praktisch veranlagt.«

»Er ist langweilig«, stellte Ilnezhara klar. Herablassend sah sie Entreri an. »Sage mir, Mensch, wenn du die staubigen Straßen entlanggehst, fragst du dich nie, was in den vergoldeten Kutschen steckt, die an dir vorbeirollen?«

»Ihr seid ein Drache«, sagte Entreri.

Ilnezhara lachte ihn aus.

»Und du hast keine Ahnung, was das heißt«, verkündete sie.

Dann legte sie einen Arm um Jarlaxle und zog ihn an sich.

»Ich weiß, dass Ihr nur ein bisschen fester zudrücken müsst, und schon quellen Jarlaxle die Gedärme aus dem Mund«, erwiderte Entreri, was Ilnezhara das hochmütige Lächeln vergehen ließ.

»Er hat keine Fantasie«, versicherte ihr Jarlaxle.

»Du bist so ein Bauer«, sagte der Drache zu Entreri. »Vielleicht solltest du dich lieber mit meiner Schwester befassen.«

Entreri rieb sich mit einer Hand über das Gesicht und warf einen Blick auf Tazmikella, welche die ganze Szene amüsiert beobachtete.

»Genug davon«, erklärte Tazmikella. »Dann ist es also abgemacht.«

»Ist es das?«, fragte Entreri.

»Ihr arbeitet ab sofort für uns«, teilte Ilnezhara ihm mit. »Ihr seid schlau und geistesgegenwärtig, auch wenn der da keine Fantasie hat.«

»Wir mussten erst sichergehen. Das versteht Ihr doch gewiss«, fügte ihre Schwester hinzu.

»Verstehe ich das richtig – die ganze Sache war ein abgekartetes Spiel, um uns zu testen?«, fragte Jarlaxle.

»Drachen...«, knurrte Entreri.

»Natürlich«, bestätigte Ilnezhara.

»Ihr zwei seid also keine Todfeinde?«

»Natürlich nicht«, sagten die Schwestern wie aus einem Mund.

»Wir möchten unsere Horte vergrößern«, sagte Tazmikella. »Und damit kommt Ihr ins Spiel. Wir haben Karten, denen jemand nachgehen sollte. Gerüchte, die der Bestätigung bedürfen. Ihr arbeitet für uns.«

»Und natürlich werden wir Euch großzügig belohnen«, schnurrte Ilnezhara.

Sie zog Jarlaxle noch näher, was diesem einen Grunzlaut entlockte.

»Sie ist ein Drache«, sagte Entreri.

»Bauer«, gab Ilnezhara zurück. Sie lachte wieder, dann

drehte sie Jarlaxle um und wies ihm den Weg zur Tür. »Geht jetzt in die Stadt zurück. Wir werden Euch bald neue Anweisungen schicken.«

»Und wir erwarten absolute Diskretion«, fügte ihre Schwester hinzu.

»Natürlich«, antwortete Jarlaxle, verbeugte sich noch einmal und schwenkte dabei seinen Federhut.

»Oh, eines noch«, sagte Ilnezhara. Sie zog eine schlichte Flöte aus grauem Treibholz hervor. »Die habt Ihr Euch verdient.« Sie tat, als wolle sie die Flöte dem Drow zuwerfen, drehte sich dann jedoch um und streckte sie Entreri hin. »Lerne, damit umzugehen, Bauer. Weil es mir so gefällt, und weil du feststellen dürftest, dass sie ihre ganz eigene Magie besitzt. Vielleicht lernst du dann, Schönheit zu schätzen, die du heute noch nicht begreifst.«

Jarlaxle grinste nur und verbeugte sich noch einmal, doch Entreri steckte die Flöte einfach ein und hielt auf die Tür zu. Er wollte verschwinden, solange es noch möglich war. Er lief an Tazmikella vorbei, um so schnell wie möglich in der Nacht unterzutauchen, aber sie hob die Hand und hielt ihn damit so abrupt auf, als wäre er gegen eine Burgmauer gelaufen.

»Diskretion«, erinnerte sie ihn.

Entreri nickte, trat beiseite und schlüpfte in den Nebel hinaus, dicht gefolgt von Jarlaxle.

»Das ist ja noch mal gut gegangen«, fand der Drow, als er neben Entreri auftauchte.

Jarlaxle streckte die Hand aus und griff seinem Freund an die Schulter, doch im Schutz dieser Bewegung schob er den anderen Arm um seinen Rücken, streckte sich und entwendete Entreri vorsichtig die Flöte.

»Drachen...«, wiederholte Entreri.

Er schüttelte Jarlaxles Arm ab, und im Schutz dieser Bewegung schnappte seine Hand blitzschnell zu, um heimlich nach der Flöte zu greifen, die Jarlaxle eben erst in seinen Gürtel gesteckt hatte.

»Bist du wirklich so ein Bauer, wie die schöne Ilnezhara behauptet?«, fragte der Drow, der nun wieder neben seinen Begleiter trat. »Wo bleibt deine Fantasie, Mann? Hatten wir je reichere Gönner? Oder verführerische?«

»Verführerisch? Das sind Drachen!«

»Ja, das sind sie«, stellte Jarlaxle selbstgefällig fest. Diese Vorstellung schien ihm durchaus zu behagen.

Was ihn natürlich nicht davon abhielt, unauffällig erneut die Hand nach Entreris Flöte auszustrecken. Diesmal schob der Drow das Instrument in eine magische Schlinge auf seinem Rücken, die sich zuziehen und es vor diebischen Fingern schützen würde.

Nur war das, was Jarlaxle für die Schlinge hielt, in Wahrheit Entreris wartende Hand, und dieser zögerte keine Sekunde, sich die Flöte wiederzuholen.

So eng war die Freundschaft unter Dieben.

Die Morgengabe

Originalveröffentlichung in *The Highwayman*
CDS Books, 2004

»Die Morgengabe« wurde in der Erstausgabe meines Romans Der dunkle Mönch veröffentlicht. Nachdem ich diesen Roman geschrieben hatte, ließ ich mich auf das Experiment ein, ihn auf ungewöhnliche Weise bei dem Verlag CDS herauszubringen. Es war nicht dasselbe wie eine Veröffentlichung im Eigenverlag, doch dort räumte man den Autoren wesentlich größeren Einfluss auf die Form des Werks ein. Zum Beispiel habe ich einen Künstler ausgewählt (natürlich Tood Lockwood!) und mit ihm zusammen das Konzept für das Cover erstellt. Auch meinen Lektor habe ich mir selbst ausgesucht.

Das Geschäftsmodell von CDS sah vor, dass der Autor nur einen geringeren Vorschuss erhielt, was für den Verlag das Risiko der Veröffentlichung minimierte, dafür jedoch einen deutlich höheren Anteil am Ladenpreis. Für Autoren stand also viel auf dem Spiel, aber sie hatten auch mehr kreativen Einfluss auf ihr Projekt als bei normalen Verlagen.

Das war ein interessanter Ansatz, und meine anderen Verlage fragten sich, was dabei herauskommen würde. Deshalb sprach ich bei Wizards of the Coast einen Deal für gegenseitige Werbung an: Im Gegenzug für ihre Werbung sollten sie *mir eine Dunkelelfen-Geschichte für das Ende von* Der dunkle Mönch *erlauben. Natürlich würden sie für* Die Morgengabe *die üblichen Rechte erhalten, genau wie für alles, was ich in einer ihrer Anthologien veröffentlicht habe.*

So viel zum geschäftlichen Hintergrund. Es gibt jedoch weitere Gründe, weshalb ich eine Drizzt-Geschichte in den Reihen Dämonendämmerung *und* Schattenelf *platzieren wollte. Zunächst einmal ist Drizzt mein beliebtester Held, und ich wollte Drizzt-Fans dazu verlocken, auch einmal etwas anderes von mir zu lesen, besonders die* Dämonendämmerung-Romane, *die ich persönlich zu meinen besten Werken zähle. Sie spielen in Corona, einer Welt, die allein von mir erdacht wurde. Das sind meine Vergessenen Reiche, mein Shannara, mein Mittelerde. Als ich mir überlegte, wie ich dem Leser diese Welt nahebringen könnte, dachte ich an zwei große Trilogien, dicke Bücher mit zahlreichen Charakteren und Handlungssträngen. Sie sollten die Grenzen dieser Welt ausloten, ihre Magie, die sozialen Strukturen und natürlich die Monster. Tatsächlich ließ sich all das wie geplant verwirklichen, auch wenn es letztlich sieben Bücher wurden: zwei Trilogien und ein Brückenband, der die beiden verbindet.*

Nachdem ich diese Welt erdacht hatte, hoffte ich, nach Corona zurückkehren zu dürfen, um eher persönliche Abenteuer wie bei Drizzt Do'Urden zu erzählen. Der dunkle Mönch *ist die erste dieser Erzählungen, sodass es mir sinnvoll erschien, sie mit einer Drizzt-Geschichte zu kombinieren. »Die Morgengabe« ist ein freches kleines Abenteuer von Drizzt und Cattibrie, das alle wichtigen Punkte von Drizzts Reise anspricht. Vom Ton her ist es dem* Dunklen Mönch *sehr ähnlich, aber eher actionbetont und mit weniger ausführlichen Gewaltszenen. Deshalb wimmelt es nicht gerade von Toten, auch wenn die wilde Kampfszene einen Großteil der Geschichte ausmacht.*

Als Ergänzung zu den Geschichten um Drizzt füllt »Die Morgengabe« ein wenig die sechsjährige Lücke zwischen den Ereignissen in Der magische Stein/Der ewige Traum *und* Das Vermächtnis. *Als wir Drizzt und Catti-brie in* Das Vermächtnis *wiederbegegneten, fuhren sie mit Kapitän Deudermont auf der* Seekobold *zur See. Das klang zwar logisch, doch Deudermonts Mannschaft hatte den Drow bestimmt nicht vorbehaltlos akzeptiert.*

Aus heutiger Sicht – nach den Ereignissen in Der Piratenkönig *– trägt die Geschichte zum inhaltlichen Zusammenhang der langen Reise bei, die ich mit Drizzt zurückgelegt habe. Auch wenn ich wirklich nicht mehr an »Die Morgengabe« dachte, als ich am* Piratenkönig *arbeitete, bleibt Kapitän Deudermont sich in beiden Werken treu, und man erkennt dieselbe ausgeprägte Rechtschaffenheit. Betrachtet man Deudermonts Kompromisslosigkeit in »Die Morgengabe«, so werfen die Ereignisse im* Piratenkönig, *wo Pragmatismus unnachgiebigen Prinzipien unterliegt, ihre Schatten voraus. Es mag seltsam anmuten, doch wenn ich die Geschichte heute noch einmal lese, deutet sich Deudermonts tragischer Fehler hier bereits an.*

»Bist du dir sicher, dass wir hier richtig sind?«, fragte Drizzt Do'Urden seine Begleiterin angesichts des unauffälligen, praktisch fensterlosen Lagerhauses und drehte sich dabei zu Catti-brie um. Wieder einmal verschlug ihm ihr Anblick die Sprache. Mit ihrem leuchtend roten dichten Haar, den großen blauen Augen, den zarten Gesichtszügen und den weichen Lippen war sie zweifellos attraktiv (und für Drizzt die schönste Frau der Welt). Doch in der aufreizenden Kleidung eines Schankmädchens sah sie derart zum Anbeißen aus, dass der Dunkelelf sich ernsthaft Sorgen darüber machte, was die vielen zwielichtigen Gestalten in dieser Ecke von Tiefwasser wohl von ihr denken mochten.

»Bist du sicher?«, fragte er noch einmal.

»Ich habe sie drei Tage beobachtet«, erinnerte sie ihn.

»Und es ist immer dasselbe?«

»Bisher sind alle reingegangen«, bestätigte Catti-brie in ihrem breiten Zwergenakzent. Sie hatten Mithril-Halle vor mittlerweile zwei Monaten verlassen. Nach der Durchquerung der Wildnis im Westen waren sie durch das Trollmoor geritten und an der wenig gastfreundlichen Stadt Nesme vorbeigekommen, deren Torwächter Drizzt, den Dunkelelf, nicht eingelassen hatten. Bei ihrem Aufbruch in Mithril-Halle hatten sie sich vorgenommen, immer in Richtung Sonnenuntergang zu ziehen, und so waren sie schließlich an der Schwertküste und in Tiefwasser gelandet, der größten Stadt von ganz Faerûn.

Hier war Drizzt immerhin geduldet, doch sie konnten schlecht einfach Quartier beziehen und auf die Ankunft eines der wenigen Männer auf der Welt warten, der diesen speziellen Drow vorbehaltlos akzeptierte. So hatten sie ihre Pferde verkauft, sich in Hafennähe eingemietet und sich gründlich mit Land und Leuten, den Sehenswürdigkeiten und vor allem dem Hierarchiegefüge unter den Schurken vertraut gemacht, die diesen gern übersehenen Teil der Großstadt unter sich aufgeteilt hatten.

Drizzt sah noch einmal zu dem gegenüberliegenden kleineren Gebäude mit dem mit Brettern vernagelten Fenster in gleicher Höhe.

»Es ist leer«, sagte Catti-brie.

»Das da hast du auch überprüft?«

Catti-brie stellte sich neben Drizzt und deutete mit

einem Finger auf eines der Fenster. Jetzt erkannte der Dunkelelf an den Farbabstufungen der seitlichen Bretter, dass ein bestimmtes Stück Holz vor nicht allzu langer Zeit entfernt worden war.

»Ein direkter Blick in das Verhörzimmer.«

»Gleich neben dem Sitz des Anführers«, folgerte der Drow trocken, und als er seine Begleiterin ansah, verriet ihm ihr Lächeln, dass er mit dieser Vermutung richtiglag.

Sie standen einander dicht gegenüber. Die Menschenfrau und der Drow waren fast gleich groß, und obwohl Drizzts schlanker Körper mehr Muskeln aufwies, war er kaum schwerer als sie. Zwischen den beiden herrschte eine fast magnetische Anziehungskraft, aber dennoch beließen beide es lieber bei Freundschaft, denn Catti-brie hatte erst vor Kurzem ihren Verlobten, Wulfgar, verloren. Der breitschultrige Barbar war im Kampf Drizzts besonderer Schützling gewesen und hatte sein Leben geopfert, damit Catti-brie und ihr Adoptivvater, der Zwerg Bruenor Heldenhammer, den Klauen einer dämonischen Yochlol entrinnen konnten.

Drizzt und Catti-brie trauerten noch immer um ihren Freund. Nachdem der Angriff aus dem Unterreich abgewehrt war, hatten sie Mithril-Halle hinter sich gelassen, um auch äußerlich Abstand von der Heimat der Zwerge zu gewinnen. Der innere Abstand jedoch bemaß sich nicht in Meilen, sondern in Zeit.

Diese Last änderte nichts an der aufrichtigen Bewunderung, die Drizzt gegenüber der Frau empfand, hinderte ihn jedoch daran, diese Bewunderung beiseitezuschieben, was ihn womöglich auf einen gefährlicheren und damit unerwünschten Pfad gelockt hätte. Ihr aktuelles Vorhaben beruhte auf einer Idee von Catti-brie, nachdem die *Seekobold*, der Piratenjäger ihres Freundes Kapitän Deudermont, im Hafen von Tiefwasser eingelaufen war. Sie wären gern an Bord gegangen und mit Deudermont weitergesegelt, und wenn sie an der Mole aufgetaucht wären, hätte der Kapitän sie vermutlich mit offenen Armen empfangen. Doch die abenteuerlustige Catti-brie, die vor kaum etwas zurückschreckte, hatte Drizzt überzeugt, ein ganz anderes Wagnis einzugehen. Sie hatte sich in die Taverne geschlichen, war Abend für Abend dort aufgetaucht, hatte den Plan ausgeheckt, sich vergewissert, dass alles stimmte, und Drizzt nun hierher mitgeschleppt.

»Geh und ruh dich etwas aus«, bat Drizzt sie. Dann zog er seine scharfen Krummsäbel, von denen der eine aus dem Hort eines weißen Drachen stammte und mit mächtiger Magie versehen war. Der andere war ebenfalls magisch und das Geschenk eines Erzmagiers. Drizzt legte die feinen Klingen aufeinander, wickelte sie in ein Tuch, schnürte es zusammen und hängte sich das Bündel über die Schulter.

»Drei Stunden nach Sonnenuntergang?«, fragte Catti-brie.

Drizzt nickte. Dann überlegte er noch einmal und zog eine kleine Pantherstatue aus schwarzem Onyx aus dem Beutel an seinem Gürtel. Er lächelte Catti-brie an, als er ihr die Figur mit einem Augenzwinkern zuwarf.

Catti-brie betastete das Meisterwerk, steckte es ein und bedankte sich mit einem Nicken für sein Vertrauen und dafür, dass er ihr eine so große Verantwortung übertrug.

Kurz darauf scheuchte der Drow sie davon, ehe er sich gründlich vergewisserte, dass die Gasse wirklich leer war. Dann kletterte er zu dem Fenster im Obergeschoss hinauf und stieg in das Gebäude. Alles war genauso, wie Catti-brie es beschrieben hatte, sogar die Ausrichtung der Fenster zueinander. Er nickte. Auch das Fenster dieses Hauses war teilweise vernagelt, aber Drizzt löste absichtlich keines der Bretter, weil er seine Opfer nicht auf sich aufmerksam machen wollte.

Kurz darauf kam er ohne Gepäck wieder heraus.

Der Elf mit der schwarzen Haut stolzierte so großspurig wie möglich in die Wirtsstube. Er wusste, dass ihn ohnehin alle anstarren würden. Und jede Hand würde automatisch zu einem Schwert oder einem Dolch fahren, jeder Muskel würde sich hasserfüllt oder vor Schreck verkrampfen. Es war der wohlverdiente Ruf seiner Rasse, wie er wusste, und deshalb akzeptierte er die Furcht wie den Hass, der ihm unweigerlich zunächst entgegenschlug, als schlichte Tatsache. Er wusste auch, dass ihm in diesem speziellen Teil dieser speziellen Stadt zudem sein eigener Ruf vorauseilen mochte. Deshalb trat er nicht offen auf, sondern verbarg sein auffälligstes äußeres Merkmal: die veilchenblauen Augen. Er hatte sein langes weißes Haar nach vorn gekämmt, sodass es das linke Auge verbarg, und über dem rechten Auge trug er eine schwarze Augenklappe aus feinem Stoff, die ihm ermöglichte, seine Umgebung zwar abgedunkelt, aber doch ausreichend deutlich wahrzunehmen.

Über die schmutzigen, ausgeleierten Kleider hatte er eine alte Decke als Mantel gelegt. Als Gürtel diente eine billige Schärpe, in der ein unauffälliger Hirschfänger steckte. So schlecht ausgerüstet wollte er nicht in einen Kampf verwickelt werden, weshalb er mit seinem stolzen Auftreten bewusst mit den Befürchtungen und Vorurteilen spielte, welche die Oberflächenbewohner gegenüber den Drow hegten.

An der Bar bemerkte er das finstere Gesicht des Wirts.

»Keine Bange, du Clown«, sagte er, wobei er die Worte bewusst verzerrte, als wäre die Sprache ihm nicht geläufig. »Ich will gar nichts trinken. Ich suche Thurgod aus Baldurs Tor. Mit dir habe ich nichts zu schaffen.«

Der Wirt machte ein noch böseres Gesicht.

»Du bist tot, noch ehe dir klar wird, dass du mich gerade beleidigt hast«, warnte Drizzt.

Das schien den Mann denn doch zu erschrecken. Eine junge Kellnerin beugte sich über die Bar und flüsterte dem Wirt eilig zu: »Sei kein Trottel!«, ehe sie sich Drizzt zuwandte.

»Thurgod ist da drüben«, sagte sie und wies auf einen Tisch hinten in der Ecke. »Der Große mit dem Bart.«

Das wusste Drizzt natürlich längst, denn Catti-brie hatte ihre Nachforschungen sehr sorgfältig betrieben.

»Du solltest ihm aber einen ausgeben, weißt du«, fuhr sie fort. »Er segelt nur mit Leuten, die auch schon mit ihm getrunken haben.«

Drizzt starrte zu dem Mann hinüber. Dann drehte er sich wieder zu dem Wirt um, der genauso widerborstig wirkte wie zuvor. »Vielleicht bringe ich ihm deinen Kopf, dann kann er hier saufen, so viel er will.«

Der Wirt wäre am liebsten hochgefahren, genau wie viele seiner rauflustigen Gäste, aber Drizzt wusste, wie er seinen Bluff durchziehen musste. Deshalb ging er jetzt einfach schnurstracks auf Thurgods Tisch zu.

Die vier Männer, die dort zusammensaßen, verfolgten wie alle anderen jeden Schritt von ihm, und Drizzt behielt sie sorgfältig im Auge, um auch das winzigste Zeichen für einen Angriff sofort zu erkennen. Er wünschte, er hätte anstelle des einfachen Messers seine Krummsäbel bei sich, denn zweifellos wusste jeder hier nur zu gut mit einer Waffe umzugehen.

Diesmal sprang Catti-brie ihm nicht zur Seite.

Er stellte sich direkt zwischen zwei der Gäste an den Tisch.

»Ich suche den Mann mit dem Namen Thurgod aus Baldurs Tor«, sagte er, wobei er erneut bewusst so sprach, als wäre ihm die Umgangssprache von Tiefwasser nicht geläufig.

Der breitschultrige Mann gegenüber verschränkte die Arme vor der Brust und strich mit einer Hand über seinen wild wuchernden schwarzen Bart.

»Du bist Thurgod?«

»Wer will das wissen?«

»Masoj von Menzoberranzan«, log Drizzt. Er wählte den Namen eines ehemaligen Partners. Ihm hatte er die magische Figur abgenommen, die es ihm erlaubte, den großen Panther Guenhwyvar an seine Seite zu rufen.

»Ich kenne keinen Masoj«, antwortete Thurgod. »Und auch kein Menzoberranzan.«

»Das ist nicht wichtig«, sagte Drizzt. »Du suchst Männer. Ich bin ein Mann.«

Sein Gegenüber zog erstaunt die Brauen hoch und wandte sich dann seinen Kameraden zu, die alle grinsten. »Warst schon auf vielen Schiffen, was?«

»Dämonenschiffe auf allen Existenzebenen«, antwortete Drizzt ohne Zögern.

»Na, ob das dasselbe ist?«, meinte Thurgod, doch Drizzt bemerkte ein leises Zittern in seiner Stimme, das er offensichtlich zu verbergen suchte, um sein Interesse nicht zu verraten.

»Ist dasselbe«, sagte Drizzt.

Thurgod gab dem Mann links einen Wink, der daraufhin das Seil löste, das ihm als Gürtel diente, und es Drizzt zuwarf. Noch ehe Thurgod auch nur gesagt hatte, was er wollte, hatten Drizzts Hände schnell wie der Wind drei verschiedene Seemannsknoten geknüpft und dem Mann das Seil wieder zurückgeworfen. Zum Glück war Drizzt auf seinen zwei Fahrten mit Deudermont nicht untätig geblieben. Von jedem, der auf der *Seekobold* mitreiste, wurde erwartet, dass er sich sowohl an der Arbeit als auch an eventuellen Seeschlachten beteiligte, und mit dem typischen Geschick seines Volkes hatte Drizzt sich als besonders gut im Umgang mit der Takelage erwiesen.

Thurgod nickte anerkennend, bemühte sich aber nach wie vor um eine ungerührte Miene. Sein Blick wanderte von dem Seil zu Drizzts Augenklappe, seiner Schärpe und dem Messer, das dort steckte.

»Mit dem kannst du umgehen?«

»Ich bin ein Drow«, erwiderte Drizzt. Der Mann neben Thurgod rümpfte die Nase. »Ein Drow, der nicht kämpfen kann, lebt nicht lange.«

»Das habe ich auch gehört«, sagte Thurgod und verpasste dem Skeptiker einen Rippenstoß.

»Ich lebe lange«, erklärte Drizzt, wobei er den Zweifler mit einem herrischen Blick bedachte, der trotz der verdeckten Augen seine Wirkung nicht verfehlte. Allein schon angesichts der vorgeneigten arroganten Haltung des Drow zog der Schurke den Kopf ein.

»Du suchst Männer. Ich bin ein Mann«, wiederholte Drizzt und baute sich vor Thurgod auf.

»Masoj aus Menzoberranzan?«

Drizzt nickte.

»Komm übermorgen wieder«, wies Thurgod ihn an. »Direkt hierher. Dann unterhalten wir uns.«

Drizzt nickte wieder, warf dem Mann neben Thurgod noch einen finsteren Blick zu, machte kehrt und spazierte gelassen davon. Er spielte mit dem Gedanken, sein Messer zu ziehen und ein wenig damit zu jonglieren, um es anschließend wieder sicher in seiner Schärpe zu verstauen.

Aber diesen Gedanken verwarf er. Mitunter war eine unausgesprochene Drohung am wirksamsten.

Sie hatten ihm das Messer abgenommen und ihm die Augen verbunden, aber damit hatte Drizzt gerechnet. Er kannte sowohl den Weg durch die Gassen als auch das Ziel von Thurgods Männern. Immer wieder kam ihm der Gedanke, dass die Gruppe beabsichtigen könnte, ihn einfach umzubringen. In diesem Fall wäre er vollkommen hilflos, sofern Catti-brie nicht aus der Ferne über ihn wachte. Darauf musste er vertrauen.

Denn anders funktionierte es nicht.

Er hörte das Knarren des Holztors und roch die abgestandene Luft des wenig benutzten Lagerhauses. Drinnen lief die kleine Gruppe durch ein Labyrinth aus gestapelten Säcken und großen Kisten zur hinteren Ecke des Gebäudes, wo alle eine sehr steile Holztreppe hinaufstiegen. Trotz seiner verbundenen Augen hatte der geschickte Drizzt keine Schwierigkeiten mit dem Weg und der Kletterei. Sobald sie das Obergeschoss erreichten, riss ihm jemand die Binde herunter.

Sofort schüttelte der Drow seine Haare wieder über

das eine Auge. Das andere war immer noch hinter der dunklen durchsichtigen Augenklappe verborgen.

Der Raum mit dem Podest im hinteren Bereich und dem Holzthron darauf sah aus, wie er ihn in Erinnerung hatte. Jetzt allerdings saß dort Thurgod, der sich bequem zurückgelehnt hatte und Drizzt recht unbesorgt betrachtete.

»Willkommen, Masoj von Menzoberranzan«, sagte er, als Drizzt ihm vorgeführt wurde. Daraufhin wichen die Wachen zurück und stellten sich an beiden Seiten auf. Drizzt nutzte die Gelegenheit, sich einen schnellen Überblick zu verschaffen. Es waren insgesamt sieben Schurken anwesend, von denen allenfalls Thurgod ein ernst zu nehmender Gegner sein mochte, und selbst dieser beeindruckte Drizzt nicht sonderlich. Vermutlich würde er sich als typischer Raufbold entpuppen, einer, der den Frontalangriff bevorzugte, weil er andere am liebsten mit brutaler Gewalt bezwang.

Drizzt hatte schon mehrere solcher Schläger getötet.

»Du willst dich der Mannschaft anschließen«, sagte Thurgod. »Wann kannst du segeln?«

»Ich habe keinerlei Verpflichtungen.«

»Wenn ich dich also gleich zum Hafen bring, gehste direkt an Bord?«

Drizzt zögerte kurz, weil er den Wechsel in einen Dialekt wahrgenommen hatte. Die Umstehenden schienen nichts zu merken. Vielleicht war dieser Mann hier schon weiter gesegelt, als er verraten wollte? Der Drow machte sich eine gedankliche Notiz, auf alles gefasst zu bleiben, überspielte die Pause aber sogleich.

»Je eher ich aus dieser Stadt verschwinde, desto besser«, antwortete er. »Es gibt eine ganze Menge Typen, die mich hier nicht haben wollen.«

»Hast Ärger gehabt, hm?«

Der Drow zuckte nur lässig mit den Schultern.

»Schon mal einen umgebracht, Masoj von Menzoberranzan?«, fragte Thurgod und beugte sich dabei vor.

»Mehr als jeder andere Anwesende«, gab Drizzt zurück. Das war vermutlich keine Lüge. »Mehr als ihr alle zusammen.«

Thurgod sank wieder zurück und beäugte den Drow mit einem Lächeln, das dieser irgendwie eigenartig fand. Die Männer an der Wand regten sich, als hätte er sie beleidigt, und die beiden, die Drizzt hergeführt hatten, rückten vorsichtig näher.

»Na schön«, sagte Thurgod. Wieder änderten sich Tonfall, Haltung und Dialekt. »Dann hast du dich mit deinen eigenen Worten gerichtet, Masoj von Menzoberranzan. Durch dein Geständnis hast du dich verdammt.«

Die beiden neben Drizzt sprangen los, doch der Drow hechtete nach vorn gegen das Podest. Mit der Kraft seiner Gedanken beschwor er eine Kugel undurchdringlicher Finsternis um die größte Gruppe auf der linken Seite des Raums, während seine Hände bereits unabhängig davon an dem Brett unten am Podest zerrten, das er vorbereitet hatte. Als er die Griffe seiner Krummsäbel fühlte, die in dem Sack hinter dem Brett bereitlagen, überkam ihn ein Gefühl der Erleichterung. Sofort sprang er auf, riss die Klingen heraus und streckte sie erst in die Höhe, dann zu den Seiten, um die vordersten Angreifer einzuschüchtern oder wenigstens einen Moment lang erstarren zu lassen.

Mit einem Schlachtruf tat der Drow so, als wollte er sich auf Thurgod stürzen, warf sich stattdessen aber wie geplant vor dem großen Mann auf den Boden.

Er hörte, wie das Holz hinter ihm splitterte und sah den magischen Pfeil silbern über sich hinwegzischen. Der Pfeil sollte Thurgods Brust an den Thron nageln, aber Drizzt sah nur eine Explosion, als der Zauberpfeil gegen einen unsichtbaren magischen Schild prallte – eine Schutzkugel, wie er erkannte, als die blaue Blitzenergie sich verästelnd im Halbkreis um den Piratenkapitän ausbreitete.

Der Drow fluchte in sich hinein, hatte aber keine Zeit, über diese unerwartete Wendung der Ereignisse nachzudenken, denn jetzt gingen zwei Männer auf ihn los. Seine Krummsäbel bewegten sich unabhängig voneinander mit verblüffender Geschicklichkeit.

Drizzt drehte sich nach rechts und ließ dabei den rechten Arm so hochschnellen, dass sein Krummsäbel den zweiten Stoß des Angreifers zur Linken abwehren konnte, während er mit dem zweiten Säbel rasch auf den Gegner vor sich eindrang. Er fing dessen Schwert auf der Außenseite ab, drehte es einmal, dann noch einmal nach rechts, bis er seinen Angreifer überraschte und den linken Krummsäbel blitzschnell etwas tiefer herumzog, unter dem Schwert einhakte und dieses weit zur anderen Seite riss. Nach einem kurzen Ruck stieß dieser Säbel kräftig zu und landete einen Treffer, der den Mann nach hinten kippen ließ. Der Pirat blieb liegen und umklammerte seine Brust.

Drizzt hatte keine Zeit, noch einmal zuzustechen; er sprang vor und dann zur Seite, wo er rasch abrollte. Der Mann hinter ihm folgte ihm, doch jetzt splitterte wieder das Holz, weil Catti-bries zweiter Pfeil heranschoss. Der Pfeil sirrte durch die Luft, streifte Drizzts Verfolger und ließ ihn zurückweichen, als er erneut an der Kugel explodierte, die Thurgod schützte.

Drizzt hörte die Explosion, sah aber nicht hin, denn er war bereits mit den nächsten drei Gegnern beschäftigt. Er näherte sich tief gebückt, hielt die Klingen vor sich, und der erste Angreifer senkte die Axt, um ihn fernzuhalten. Dann aber schnellte Drizzt empor, ohne im Geringsten langsamer zu werden. Er sprang über die Axt hinweg, setzte dem überraschten Mann einen Fuß auf die Brust und schnellte auf den zu, der hinter ihm stand. Die Beine des Drow bewegten sich so schnell, dass er dem erhobenen Schwert des nächsten Kämpfers entging, diesem aber noch rasch einen kurzen Tritt ins Gesicht verpassen konnte, ehe er seitlich wieder zum Stehen kam. Sofort hielt er den Säbel bereit, um das Schwert des anderen abzuwehren, und konterte auch gleich mit seiner zweiten Waffe.

Dieser Mann aber erwies sich als überraschend zäh. Erst da begriff Drizzt, dass der Schwerthieb eine Finte gewesen war. Die eigentliche Gefahr ging von der anderen Waffe seines Gegners aus, einem Dolch.

Mit einem schnellen Hüftschwung wich der Drow ihm aus, handelte sich aber dennoch einen Schnitt quer über die Seite ein. Dann musste er sich erst nach hinten und dann erneut zur Seite werfen, weil der dritte Mann auf ihn losging.

Drizzt vollzog einen Salto, landete sicher auf den Füßen und nutzte seinen Schwung, um die beiden Angreifer zu überraschen.

Da er unvermittelt innerhalb der Reichweite ihrer Langschwerter stand, trommelte Drizzt mit einem wilden Wirbel seiner Säbel auf sie ein, womit er ihnen mehrere leichte und einige kräftige Schläge ins Gesicht versetzte. Ohne ihre Reaktionen abzuwarten, eilte der Drow weiter.

Nach seiner nächsten Wende erstarrte er vor Schreck wie alle anderen im Raum, als der nächste Pfeil durch das teilweise vernagelte Fenster brach, dicht gefolgt von einem weiteren.

»Masoj von Menzoberranzan!«, brüllte Thurgod, worauf Drizzt auf ihn losging.

Der Mann stand auf seinem Podest. Sein Schild knisterte immer noch von der Restenergie der letzten zwei Treffer, und sein Gesicht war rot vor Wut.

Drizzt prüfte seine Lage. Die Männer gegenüber waren seiner Kugel der Finsternis entronnen und stellten sich wieder auf. Trotz all seiner Bemühungen und des Überraschungsmoments hatte Drizzt nur drei Mann außer Gefecht gesetzt. Auch Catti-brie hatte nichts ausgerichtet, denn nur einer ihrer Pfeile hatte zufällig einen Gegner geritzt.

Und jetzt war auch der Vorteil der Überraschung dahin.

Es schien nur noch eine Chance zu geben, die der Drow prompt ergriff. Er stürmte auf das Podest zu, weil er wusste, dass Thurgods Männer ihn nicht daran hindern konnten. Hoffentlich würde der magische Schild ihn nicht aufhalten!

Drizzt hatte noch drei lange Sätze vor sich, als er sah, wie Thurgod die Hände vorschob. Aus einem seiner Ringe blitzte ein Energiestoß, der Drizzt so heftig traf, dass er abrupt anhielt und wild wedelnd nach hinten geworfen wurde.

Irgendwie gelang es ihm, seinen Aufprall durch Abrollen abzufedern, aber dennoch landete er am Ende unsanft an der gegenüberliegenden Wand, gleich neben dem Fenster, durch das Catti-bries Pfeile eingedrungen waren. So schnell wie möglich zog er die Beine an, weil er davon ausging, dass jetzt viele Piraten auf ihn losgehen würden. Doch wieder entpuppte sich Thurgod als der gefährlichste Gegner. Der Mann spielte mit den Fingern, und schon schossen knisternde Blitze durch den Raum. Als einer der wendigsten Kämpfer von Tiefwasser versuchte Drizzt auszuweichen, aber die Blitze bogen ab, verfolgten ihn und trafen.

Er kämpfte gegen die brennenden Schmerzen an, während er staunend erkannte, dass dieser Grobian in Wirklichkeit ein Zauberer war. Gerade noch rechtzeitig nahm er wahr, dass der Mann sich zu einem weiteren Zauber anschickte.

Drizzt warf sich flach auf den Boden, als ein immenser Blitz über ihn hinwegsauste und ein Loch in die Wand riss. Das Donnern und das grelle Aufleuchten ließ alle im Raum geblendet nach hinten taumeln.

»Macht ihn fertig!«, rief Thurgod, und prompt drang seine Mannschaft von allen Seiten auf Drizzt ein.

Der Drow wusste, dass er tot war. Es gab kein Entkommen. Er sprang wieder auf, denn er wollte wenigstens noch einige Gegner mit in den Tod nehmen. Dann fiel er wieder zur Seite, weil die restlichen Bretter am Fenster zerbarsten, als eine große schwarze Gestalt in den Raum brach.

Guenhwyvar!

Während er innerlich noch ein Loblied auf Catti-brie sang, die die magische Statue zum passendsten Zeitpunkt eingesetzt hatte, gerade rechtzeitig, um die Soldaten erschüttert vor dem sechshundert Pfund schweren Panther zurückweichen zu lassen, rüstete Drizzt sich zum Gegenangriff.

Guenhwyvar sprang sofort nach links, wo sie zwei Männer umrannte, dann setzte sie nach rechts zurück und nahm Thurgod aufs Korn.

Ein heftiger Windstoß sträubte ihr das Fell und unterbrach ihre Bewegung, aber im Gegensatz zu Drizzt wurde Guenhwyvar nicht weggeweht, sondern landete vor dem Podest. Dort grub sie die Klauen ins Holz, um dem anhaltenden Wind und auch dem folgenden Windzauber zu begegnen.

Thurgods Gesichtsausdruck verriet Drizzt, dass der Zauberer sich über seine Lage im Klaren war.

Dasselbe galt für den Rest der Piraten, nachdem einer von ihnen an der Treppe nach vorn kippte. Ein Pfeil hatte seine Schulter durchschossen und blieb mit großer Wucht in der Decke stecken.

Jetzt kam Catti-brie die Treppe hoch. Sie hatte den Bogen abgelegt und hielt nun Schnitter in der Hand, ihr unglaublich scharfes, wachsames und boshaftes Schwert.

Thurgod wandte sich zur Flucht.

Guenhwyvar begrub ihn unter sich.

Die Männer neben Catti-brie fielen über sie her, doch sie verteidigte sich furchtlos.

Drizzt ging auf die nächsten beiden los, parierte ihre Schwerter mit einem Abwärtsschlag seines Krummsäbels, folgte jedoch nicht der gesamten Bewegung, sondern ließ die Waffen seiner Gegner abrupt fahren, als sein zweiter Säbel unter ihnen auftauchte und ihre eigene Bewegung nutzte, um die Klingen wieder in die Höhe zu schieben, sehr hoch. Denn nun fiel Drizzt auf die Knie, um die entstandene Blöße in ihrer Deckung zu nutzen. Er wollte seine Klingen in Richtung der jetzt ungeschützten Bäuche der Piraten stoßen.

»Drizzt Do'Urden!«

Dieser Ruf ließ ihn und alle anderen erstarren. Alle Blicke, selbst Guenhwyvars und die des unter ihr zappelnden Thurgod, wandten sich zur Seite, wo jetzt ein großer sauber gekämmter Mann den Raum betrat. Er trug einen langschößigen Kapitänsrock mit großen Messingknöpfen und ein Entermesser an der Hüfte.

»Deudermont?«, fragte Drizzt ungläubig, als er den Kapitän der *Seekobold* erkannte.

»Drizzt Do'Urden«, wiederholte Kapitän Deudermont lächelnd. Dann begrüßte er Drizzts Begleiterin: »Cattibrie!«

Alle Anwesenden ließen die Waffen sinken. Zwei Männer, offenbar Priester, eilten aus dem Zimmer hinter Deudermont zu den Verwundeten.

»Mit dieser Scharade wolltest du Piraten fangen?«, vergewisserte sich Catti-brie.

»Genau wie ihr?«, gab der Kapitän zurück.

»Erlöst mich von diesem verflohten Vieh«, knurrte es von unten her. Thurgod lag noch immer flach auf dem Rücken, und Guenhwyvar stand über ihm.

Nur war es keineswegs Thurgod und auch kein Piratenkapitän, der da lag, und sobald Guenhwyvar von ihm abließ, stand der jetzt deutlich schmalere Mann auf und klopfte sich mit herrischen Bewegungen die Zaubererroben ab, nachdem die Illusion verflogen war.

Erst da erkannte Drizzt den Bordzauberer der *Seekobold*. »Robillard?«

»Ebender«, sagte Deudermont trocken und nicht ohne einen spöttischen Seitenblick auf den stolzen Zauberer.

Robillard machte ein mürrisches Gesicht, an dem

Drizzt den stets miesepetrigen Mann noch deutlicher erkannte.

Der Drow zog die Augenklappe ab und strich sein Haar zurück, um seine verräterischen tiefblauen Augen zu enthüllen. Die meisten anderen steckten bereits ihre Waffen weg, aber noch immer bedachten die Männer Drizzt mit misstrauischen Blicken.

Diese Reaktion überraschte Drizzt nicht besonders. Immerhin war er ein Drow in der Oberflächenwelt, wo seine Rasse verhasst und gefürchtet war.

»Wem verdankt Tiefwasser euren Besuch?«, fragte Kapitän Deudermont, als er herüberkam und Catti-brie neben ihm auftauchte. »Und wie geht es König Bruenor und Mithril-Halle?«

»Wir waren auf der Suche nach der *Seekobold*«, sagte Drizzt. »Weil wir Kapitän Deudermonts Angebot, mit ihm auf Piratenjagd zu gehen, annehmen möchten.«

Bei dieser Bemerkung hellte sich Deudermonts Miene auf, während die übrigen Männer im Raum eher grimmig dreinschauten.

»Mir scheint, wir haben uns viel zu erzählen«, stellte Deudermont fest.

»Allerdings«, sagte Drizzt. »Wir hatten gehofft, dir eine Morgengabe überreichen zu können, aber jetzt hat es den Anschein, als bestünde die aus deiner eigenen Mannschaft.«

Deudermont wandte sich an Catti-brie. »Was zweifellos an dir liegt.«

Die Frau zuckte mit den Schultern.

»Moment mal. Sag nicht, dass wir einen Drow-Elf an Bord nehmen sollen«, wagte einer der Männer, der noch sein Schwert in der Hand hielt, einzuwenden.

»Das ist nicht irgendein Drow-Elf«, erwiderte Deudermont. »Du bist noch nicht lange dabei, Mandar, deshalb kannst du nicht wissen, dass die beiden hier schon früher mit uns gesegelt sind.«

»Ganz egal«, sagte ein zweiter Mann, der ebenfalls noch seine Waffe hielt. Auch er gehörte erst seit Kurzem der Mannschaft an. »Drow bleibt Drow.«

Dieser Meinung schloss sich noch ein Dritter an, und einige andere Männer nickten dazu.

Deudermont zwinkerte Drizzt zu, zuckte mit den Schultern, und als Drizzt schon sagen wollte, dass er ihr Urteil ohne Widerrede hinnehmen würde, brachte der Kapitän ihn mit erhobener Hand zum Schweigen. »Ich habe Drizzt Do'Urden einen Platz auf der *Seekobold* angeboten«, sagte Deudermont zu seinen Männern. »Einen Platz, den er sich redlich verdient hat, und der nichts mit dem Ruf seines Volkes zu tun hat.«

»Du kannst ihnen ihre Einwände kaum verdenken«, warnte Robillard.

Deudermont überlegte eine Weile. Er sah Drizzt an, der keine Regung zeigte. Guenhwyvar stand neben ihm. Dann blickte er zu Catti-brie, die auf der anderen Seite stand und die Vorurteile nicht einfach hinzunehmen gedachte. Sie starrte ihm wütend ins Gesicht, doch Deudermont wurde klar, dass nur der Zorn sie noch davon abhielt, Tränen der Enttäuschung zu vergießen.

»Oh doch, das kann ich, mein lieber Freund«, sagte der Kapitän und bedachte sie alle mit einem vernichtenden Blick. »Ich sage, dass Drizzt Do'Urden ein wertvoller Seemann ist. Das hat er bereits bewiesen, und zwar nicht nur auf der *Seekobold*. Viele hier waren Zeuge seiner Taten, auch du selbst.«

»Das stimmt«, räumte der Zauberer ein.

Drizzt wollte etwas sagen, weil er sah, wohin diese Diskussion führte. Er hatte nie die Absicht gehabt, der guten Mannschaft der *Seekobold* Anlass zur Meuterei zu geben. Aber wieder drehte Kapitän Deudermont sich zu ihm um und hielt ihn auf, ehe er auch nur ein Wort herausbrachte – diesmal mit einem ehrlichen, freimütigen Lächeln.

»Ich stelle den Charakter meiner Männer gern mal auf die Probe«, flüsterte der Kapitän Drizzt und Catti-brie zu. »Das hier ist ein geeigneter Moment, ihnen ins Herz zu blicken.«

Er wandte sich wieder an seine Mannschaft. »Drizzt segelt mit uns auf der *Seekobold*, und ich bin froh, ihn dabeizuhaben. Ebenso wird es euch allen ergehen, sobald wir auf Piraten treffen und seine Krummsäbel, den Panther und die unglaubliche Catti-brie auf unserer Seite wissen.«

Wieder erhob sich ein leises Murren, aber Deudermont übertönte es.

»Wer nicht einverstanden ist, kann das Schiff verlassen«, sagte er. »Ihr braucht euch nicht zu rechtfertigen und nicht zu entschuldigen, aber das ist mein letztes Wort.«

»Und wenn du die gesamte Mannschaft verlierst?«, wandte ein alter Seebär von der Seite her ein.

Deudermont zuckte nur mit den Schultern, als wäre es ihm egal. Drizzt begriff, dass diese Geste ehrlich gemeint war. »Das werde ich nicht. Denn Robillard ist zu klug, um sich von Vorurteilen leiten zu lassen.«

Er warf einen Blick auf seinen Zauberer, der die Mannschaft wütend ansah und sich dann zu Drizzt und Catti-brie gesellte – wenn auch möglichst weit von dem Panther entfernt.

Daraufhin folgte ein weiterer Mann, dem sich zwei andere anschlossen. Danach kamen einer der Priester und der Mann, den Catti-bries Pfeil gestreift hatte.

Bald hielten sich nur noch die beiden von Drizzt fern, die schon zu Beginn widersprochen hatten. Beide umklammerten noch immer ihre Waffen. Sie sahen einander an, und der eine sagte: »Ich fahre nicht mit einem Drow.«

Der andere steckte die Waffe weg, hob die Hände und schloss sich der Mannschaft an.

»Was soll das, Mandar?«

»Deudermont sagt, er ist in Ordnung.«

»Pah!«, schnaubte der andere und spuckte aus. Er schob seine Waffe in den Gürtel und stapfte zu den anderen hinüber.

Aber Deudermont hob erneut eine Hand. »Du akzeptierst ihn nicht. Nicht wirklich. Deshalb will ich dich nicht auf meinem Schiff haben. Komm morgen früh zur *Seekobold* und lass dir deine letzte Heuer auszahlen. Danach kannst du gehen, wohin du willst.«

»Aber...«, wollte der Mann protestieren.

»Mir ist klar, was du denkst, und das akzeptiere ich nicht. Verschwinde.«

Der Mann spuckte noch einmal aus, drehte sich um und zog ab.

»Er wollte sich uns anschließen«, protestierte Mandar.

»Äußerlich, ja, aber innerlich nicht«, erklärte Deudermont. »Wenn wir da draußen sind, auf der offenen See, müssen wir uns aufeinander verlassen können. Wenn ein

Piratenschwert Drizzt Do'Urden bedroht hätte, wäre er dann dazwischengegangen?«

»Wäre das überhaupt jemand?«

»Mach's gut, Mandar«, sagte Deudermont, ohne zu zögern. »Auch du kannst dir morgen deine Heuer abholen.«

Mandar verschlug es die Sprache. Dann lachte er kurz auf und ging davon.

Deudermont sah ihm nicht nach, sondern musterte seine Männer. »Noch jemand?«

»Wir wollten nicht so viel Ärger verursachen«, sagte Drizzt, als offensichtlich kein anderer mehr gehen wollte.

»Ärger?«, wiederholte Deudermont. »Auf der *Seekobold* beurteile ich jemanden danach, wie gut er sein Schwert führt. Aber noch wichtiger ist sein Charakter, seine Bereitschaft, alles andere beiseitezustellen und Eintracht unter der Mannschaft zu wahren. Wer dazu nicht in der Lage ist, ist auf meinem Schiff unerwünscht.«

»Ich bin ein Drow. Das ist eine besondere Situation.«

»In der Tat. Es verschafft mir Gelegenheit, genauer zu erkennen, wie jemand wirklich denkt. Die Mannschaft der *Seekobold* ist heute stärker geworden, und zwar nicht nur durch zwei …«, er warf einen Blick auf Guenhwyvar, »nein, drei wertvolle Neuzugänge.«

Drizzt betrachtete Catti-brie, die glücklich lächelte. Er verstand, wie gerechtfertigt ihre Zufriedenheit war. Das war Kapitän Deudermont, wie er leibte und lebte, und sie hatten beide insgeheim gebetet, dass ihre Erinnerungen sie nicht trogen und nicht nur inständige Hoffnung sie über all die Meilen hierhergeführt hatte.

»Willkommen an Bord, Drizzt Do'Urden, Catti-brie und Guenhwyvar«, sagte Deudermont warmherzig.

In den Ohren des Drow klangen diese Worte wie Musik.

Zwei Seelen in einer Brust

Erstveröffentlichung in *Realms of the Elves*
Wizards of the Coast, 2006

So wie ich Kurzgeschichten über Entreri und Jarlaxle schrieb, während ich an dem nächsten Buch über Drizzt arbeitete, kehrte ich mit der folgenden Geschichte zu Drizzt zurück, während ich die Romane über Entreri und Jarlaxle weiterspann. Ich wollte damit offene Handlungsfäden aus der Trilogie »Die Rückkehr des Dunkelelf« verknüpfen. Ich hätte daraus auch ein Extrakapitel für Kampf der Kreaturen *oder* Die zwei Schwerter *machen können, doch in diesem Zusammenhang wäre die Lösung der Verwicklung von Drizzt und Ellifain zu abrupt gewesen, und die Reaktion von Tos'un auf diese unerwartete Gelegenheit hätte weit mehr Szenen erfordert.*

Indem ich diese beiden Fäden verband, konnte ich diesen eher momentanen Geschehnissen eine eigene Bühne geben und musste sie nicht in Handlungen einbetten, in denen bereits unzählige andere Ebenen miteinander verwoben waren.

Was Ellifain betrifft, ging es darum, Drizzt endlich diese Last von den Schultern zu nehmen. Man darf einem Charakter in meinen Augen nicht zu sehr mitspielen, sonst bricht er, und das bis dahin tragischste Ereignis in Drizzts Leben, schlimmer noch als der Tod seines Vaters, war der Tod von Ellifain. Das *geschundene Elfenmädchen hatte keinesfalls verdient, was die Drow ihr bei jenem brutalen Überfall vor langer Zeit angetan hatten. Ihr Hass war wohlbegründet, wenn auch Drizzt die falsche Zielscheibe war. Dennoch verstand Drizzt ihr blindwütiges Verlangen, ihn tot zu sehen. Nachdem er sie getötet hatte, litt er daher sowohl unter dem Unrecht als auch unter Schuldgefühlen.*

Ich habe meinen Vater 1985 verloren. Wir standen uns nahe, sehr nahe. Er war mein Freund, mein Ansporn und eben mein Dad. Er war ein wichtiger Teil meines Alltags, und sein Tod kam plötzlich und unerwartet. Trotz des immensen Schmerzes, den dieser dunkle Besucher mir an jenem Junitag 1985 zufügte, wurde meine Trauer bald zu einem Akzeptieren, und schließlich überwog die Dankbarkeit für all die Jahre, die wir zusammen verbracht hatten. Der Hauptgrund dafür war sicher, dass nichts Unausgesprochenes zwischen uns gestanden hatte. Ich hätte mir noch tausend Abenteuer mit meinem Vater gewünscht. Er hätte miterleben sollen, wie meine Kinder zu wunderbaren Menschen heranwachsen oder wie ich endlich meinen ersten Roman veröffentlichte. Aber ich hatte nicht das Gefühl, etwas auf später verschoben zu haben. Ich hatte also keine Schuldgefühle, was meinen Vater anging. Wir haben uns unsere Liebe und Freundschaft jeden Tag gezeigt, durch alles, was wir taten.

In der Saga vom Dunkelelf *bezeichnet Drizzt die Schuld als zweischneidiges Schwert, das bedrückendste aller Gefühle, aber auch als eine Bestätigung des Gewissens. Wie wir alle wird er häufig von diesem Gefühl getrieben und versteht sehr gut, dass Trauer unendlich schmerzlicher ist, wenn sie mit Schuldgefühlen einhergeht. Bei Ellifain ist ihm dies besonders bewusst, und wieder einmal ist es Innovindil, die ihm bei seinem Problem hilft. Sie bietet ihm ihren eigenen sterblichen*

Körper als Ventil für seine Erlösung an. Erst nachdem Drizzt die Schuld hinter sich lässt, kann er Ellifains Schicksal akzeptieren.

Für Tos'un habe ich ein anderes Dauerthema meiner Bücher weiterverfolgt. Durch ihn und seine Entscheidungen, besonders seinen Widerstand gegen Khazid'hea bezüglich der Tötung von Sinnafain, wird ein neues Licht auf Obould geworfen. Hier siegt Pragmatismus über Bosheit, und jemand, der mit einer so verzerrten Weltsicht aufgewachsen ist, erlebt vielleicht einen Moment der Wahrheit. Wie Obould, der ironischerweise ausgerechnet durch die Klerikerzeremonie das Wissen erwarb, den Fallstricken seiner Herkunft zu entrinnen, muss sich auch Tos'un zwischen Instinkt und Pragmatismus entscheiden. Gibt es einen besseren Weg für den Drow, selbst wenn dies bedeutet, sich vom überlieferten Hass und den Vorurteilen seines Volkes zu lösen? Das ist dieselbe Frage, der sich in diesem Krieg natürlich auch Drizzt und Bruenor stellen müssen: Kann wirklich etwas Gutes daraus erwachsen, Obould und sein Königreich anzuerkennen? Oberflächlich betrachtet erscheinen diese Fragen einfach. Natürlich wäre Tos'un besser beraten, sich den Oberflächenelfen anzuschließen. Zweifellos sieht Bruenor sich durch die Übermacht der Ork-Armee und die mangelnde Unterstützung seitens seiner Nachbarn zu bestimmten Entscheidungen gezwungen. Was bleibt, ist jedoch die Macht der Gefühle, und dieser Hass ist tief verwurzelt.

Ganz ähnlich wie leider bei vielen Konflikten in unserer Welt.

Winter. Im Jahr der ungespielten Harfe (1371 DR)

Er blickte mit dem Ausdruck tiefster Verachtung in den Nachthimmel. Der abtrünnige Drow, Tos'un Armgo, hatte gehofft, die Weite über der Oberflächenwelt niemals mehr sehen zu müssen. Während des Überfalls der Drow auf Mithril-Halle hatte Tos'un seine Gefährten und sein Haus verloren und war danach lieber desertiert, als sich in den fortwährenden Wahnsinn des tödlichen Krieges zu stürzen, der in Menzoberranzan tobte.

Er hatte Freunde gefunden, drei andere abtrünnige Dunkelelfen, mit denen er in den oberen Tunneln des Unterreichs und zuweilen auch unter den Bewohnern der Oberfläche ein gutes Leben führte – insbesondere bei dem Ork-König Obould. Auch bei der Invasion der Ork-Armee in Mithril-Halle hatten die vier eine entscheidende Rolle gespielt. Heimlich hatten die Drow ein Bündnis zwischen Obould und den Frostriesen im Norden vorbereitet und den Ork-König dazu gebracht, von großem Ruhm zu träumen.

Doch Tos'uns Drow-Freunde waren tot. Als Letzte war die Priesterin, Kaer'lic, vor seinen Augen von König Obould persönlich erschlagen worden. Dank seiner Schnelligkeit und durch reines Glück war Tos'un einem ähnlichen Schicksal entronnen.

Jetzt war er allein. Nein, nicht ganz allein, überlegte er und berührte den wunderbaren Griff von Khazid'hea, dem Wächterschwert, das er inmitten der Verwüstung gefunden hatte, die der Kampf von Obould und Drizzt Do'Urden hinterlassen hatte.

Bei seinen Streifzügen durch Oboulds frisch erworbenes Königreich, in dem es von stinkenden dummen Orks nur so wimmelte, war Tos'un zu dem Schluss gekommen, dass es für ihn an der Zeit war, die Oberflächenwelt zu verlassen. Er wollte in die tiefen Tunnel des Unterreichs zurückkehren, vielleicht sogar nach Menzoberranzan, zu seinesgleichen. Eine tiefe Höhle hatte ihn in ein Tunnelsystem geführt, und über einige Pfade durch das obere Unterreich hatte er den alten Schlupfwinkel erreicht, in dem er mit den anderen Drow gelebt hatte. Von dort aus kannte Tos'un den Weg in die Tiefe.

Also hatte er sich auf den Weg gemacht, doch seine Zweifel waren mit jedem Schritt gewachsen. Tos'un kannte das Unterreich. Die ersten hundert Jahre seines Lebens hatte er als adliger Soldat in der Truppe des Hauses Barrison del'Armgo von Menzoberranzan gedient. Er hatte Spähtrupps in die Tunnel geführt und zweimal sogar Karawanen zur Handelsstadt Ched Nasad Geleitschutz gegeben.

Das Unterreich war ihm vertraut.

Deshalb wusste er im Grunde seines Herzens, dass er in diesen Tunneln allein nicht überleben konnte.

Jeder Schritt wurde langsamer und vorsichtiger als der vorherige. Zweifel trübten seine Gedanken, und selbst die leise Stimme in seinem Kopf, die Khazid'heas einfühlsame Botschaften überbrachte, drängte ihn zur Umkehr.

Und nun stand Tos'un wieder allein und verwirrt im Sternenlicht, wo ihm der kalte Wind ins Gesicht blies.

Wir werden unseren Platz finden, versicherte ihm Khazid'hea auf telepathischem Weg. *Wir sind stärker als unsere Freunde. Wir sind schlauer als unsere Feinde.*

Unwillkürlich fragte sich Tos'un Armgo, ob diese Aussage des Schwerts auch für Drizzt Do'Urden und König Obould galt.

In der Ferne flammte ein Lagerfeuer auf, dessen Anblick den Drow daran erinnerte, dass er schon seit langer Zeit nichts mehr gegessen hatte.

»Wir suchen uns ein paar Orks mit ordentlichem Proviant«, versprach er seinem knurrenden Magen. »Ich habe Hunger.«

Khazid'hea war einverstanden.

Das Schwert hatte immer Hunger.

Auf den weiß gefiederten Schwingen von Drizzts Reittier glänzte das Sonnenlicht, als der Dunkelelf mit seinem Pegasus auf eine steile Böschung an einer Flussbiegung zuhielt. Für die Elfe Innovindil, die nördlich von ihm auf ihrem eigenen Pegasus heranflog, ergab dieser Anblick vor dem eindrucksvollen Hintergrund der dunklen Wolken über dem südlich gelegenen Trollmoor ein kontrastreiches Bild. Vor drei Tagen waren die beiden in Mithril-Halle aufgebrochen, wo der Waffenstillstand zwischen den Zwergen der Sippe Heldenhammer und der eindringenden Ork-Armee wohl den harten Winter hindurch Bestand haben würde. Drizzt und Innovindil mussten weit nach Westen, bis hin zur Schwertküste, um dort die sterblichen Überreste von Ellifain abzuholen, der gefallenen Mondelfe aus Innovindils weitläufiger Sippe, die Drizzt aufgrund eines tragischen Missverständnisses getötet hatte.

Sie waren zunächst nach Süden geflogen und dann nach Südwesten, weil sie in der Stadt Nesme am Nordrand des gefürchteten Trollmoors Halt machen wollten. Dort wollten sie sehen, wie weit der Wiederaufbau nach dem Blutbad des vergangenen Sommers fortgeschritten war. Über Nesme wollten sie den Bogen um das Trollmoor schlagen, um erst weiter südlich nach Westen ins ferne Luskan zu reisen.

Mit dem Einbruch des Winters war die Höhenluft bitterkalt geworden. Morgenwind und Abendwind, die beiden geflügelten Rosse, ertrugen die Kälte klaglos, aber Innovindil und Drizzt brauchten regelmäßige Pausen. Zwar hatte Bruenor beide Elfen mit guten Pelzmänteln aus Robbenfell und dazu dicken Fäustlingen und Mützen ausgestattet, aber auf jedem Fleckchen bloßer Haut war der eisige Wind zu schneidend, um längere Zeit zu fliegen.

Als Drizzt langsam wendete, gab Innovindil ihm ein Zeichen, er sollte lieber auf einer Anhöhe etwas weiter im Westen absetzen. Doch der Drow wehrte ab und zeigte seinerseits nach Nordwesten, allerdings nicht, um einen Landeplatz anzuzeigen.

Als sie dorthin blickte, verdüsterte sich ihre Miene, denn sofort war ihr klar, was der Drow meinte. Eine Reihe schwarzer Punkte zog auf einem schmalen Weg nach Süden: Orks.

Morgenwind, der sich mit Drizzt langsam nach unten schraubte, flog unterhalb von Innovindil. Drizzt legte eine Hand an einen seiner Säbel, zog diesen ein Stück aus der Scheide und nickte dann. Es war eine stumme Frage, ob seine Begleiterin kampfbereit war.

Innovindil lächelte ihm zu, während sie ihren Pegasus folgen ließ.

»Sie werden den Fluss gleich westlich von hier überqueren«, sagte Drizzt, als sie auf dem breiten, flachen Felsen dicht neben ihm landete. Das Lächeln des Drow war nicht zu sehen, weil er den Schal hoch über das Gesicht gezogen hatte, doch die leuchtenden Augen kündeten von seiner Vorfreude.

Innovindil lockerte ihren Kragen und schlug die Kapuze zurück, damit sie das lange goldene Haar ausschütteln konnte. Sie erwiderte Drizzts Blick und sagte: »Vor uns liegen Hunderte von Meilen, und der Winter hält schon Einzug. Sind die paar Orks die Verzögerung denn wert?«

Drizzt zuckte mit den Schultern, doch als er den Schal herunterzog, grinste er vor Begeisterung.

Dagegen konnte Innovindil wenig vorbringen.

»Wir sollten zumindest prüfen, was sie vorhaben«, meinte der Drow. »Es überrascht mich, momentan so weit im Süden überhaupt Orks zu sehen.«

»Weil ihr König tot ist, meinst du?«

»Ich hätte gedacht, dass die meisten nach Norden ziehen, in ihre sicheren Höhlen. Wollen sie ihre Raubzüge fortsetzen, obwohl sie nicht mehr durch Obould geeint sind?«

Die Elfe blickte nach Westen, obwohl sie die Orks während ihres Fluges aus den Augen verloren hatten. »Vielleicht sind einige übermütig geworden. Durch ihre zahlenmäßige Übermacht haben sie so viel Land eingenommen, dass sie womöglich vergessen haben, wer ihre Gegner sind.«

»Dann sollten wir sie daran erinnern«, beschloss Drizzt. Er hob ein Bein über den Hals des Pegasus, bis er seitlich auf dem Tier saß und Innovindil ansah. Dann warf er sich nach hinten und landete mit einem Salto auf der anderen Seite. »Mal sehen, was sie hier wollen«, meinte er, »und dann machen wir ihnen Beine.«

»Denen, die dann noch leben«, stimmte Innovindil zu, die nun ebenfalls absaß und den großen Bogen löste, der hinter dem Sattel festgebunden war.

Sie vertrauten darauf, dass die intelligenten Pegasi selbst auf sich achten würden, während sie und Drizzt lautlos und geschickt über das unebene Terrain huschten. Anfangs liefen sie nach Nordwesten, um die lange Schlucht noch vor den Orks zu erreichen, dann aber hörten sie Metall auf Stein schlagen und wandten sich vorsichtshalber nach Südwesten.

Etwas später kroch Drizzt auf einen hohen Felsvorsprung. Jetzt wusste er zwar, woher das Hämmern kam, doch das verwirrte ihn umso mehr. Denn weiter unten sah er einige Orks, die an einer Engstelle eine Mauer errichteten.

»Ein Tor«, stellte Innovindil fest, die lautlos neben ihm aufgetaucht war.

Sie sahen weitere Orks mit behauenen Steinen von Süden anrücken.

»Wir brauchen einen besseren Überblick«, bemerkte Innovindil.

»Es ist kurz vor Sonnenuntergang«, sagte Drizzt, der sich aufrichtete und zu den Pegasi zurückkehren wollte.

Ihnen blieb noch eine knappe halbe Stunde Tageslicht, doch das reichte aus, um weit mehr herauszufinden, als sie erwartet hatten. Nur wenige Hundert Schritte von dem noch unfertigen Tor befand sich ein Steinwall, und ein Stück weiter war ein weiterer Wall aufgeschichtet. Beide Sperren waren von Posten bemannt, doch die erste, die näher an dem künftigen Tor lag, wurde von Arbeitern abgetragen, welche die Steine zum Behauen für die Mauer davonschleppten.

Die Arbeiten verliefen koordiniert und zielstrebig.

»Oboulds Tod hat sie bisher weder entzweit noch ihnen die Zielstrebigkeit genommen«, bemerkte Innovindil.

»Sie tragen Uniformen.« Drizzt sah aus, als bekäme er kaum noch Luft, und das lag sichtlich nicht nur an der Kälte.

Die Elfe sah selbst, was er meinte, denn an allen drei Stationen trugen die Posten ähnliche schädelförmige Knochenhelme und einheitliche schwarze Wappenröcke.

»Ihre Taktik ist ausgezeichnet«, fuhr der Drow fort, denn ähnliche Szenen hatte er bei seinem kriegerischen Volk in Menzoberranzan häufig beobachtet. »Sie riegeln den Bereich erst provisorisch ab, damit sie während des eigentlichen Baus nicht so leicht von Feinden überfallen werden können.«

»Orks waren schon immer schlau, haben aber nicht zusammengehalten«, erinnerte ihn die Elfe.

»Diese Schwäche hat Obould offenbar gründlicher ausgemerzt, als wir dachten.« Der Drow sah sich um und blickte in Richtung Mithril-Halle. »Wir müssen mehr darüber herausfinden und Bruenor davon erzählen«, sagte er, als er sich seiner Begleiterin wieder zuwandte.

Innovindil hielt seinem Blick kurz stand, ehe sie den Kopf schüttelte. »Wir haben bereits ein Ziel.«

»Das hier ist eine neue Situation.«

»Wir wissen dennoch zu wenig«, wandte sie ein. »Die Kundschafter und Arbeiter hier im Süden wissen vielleicht noch nicht einmal von Oboulds Tod. Aus dem, was wir hier sehen, können wir nicht darauf schließen, was in einem Monat oder nach dem Winter daraus geworden sein wird. Der Waffenstillstand hält auf jeden Fall, solange Schnee liegt, und nichts, was wir König Bruenor momentan erzählen können, wird etwas an seinen Vorbereitungen auf den Winter ändern.«

»Du willst lieber den Körper von Ellifain abholen«, sagte Drizzt.

Innovindil nickte. »Es ist wichtig. Für mein Volk und dafür, dass sie dich akzeptieren.«

»Ist das eine Reise, um eine verlorene Seele zu retten? Oder wollt ihr damit die Aufrichtigkeit eines neuen Freundes prüfen?«

»Beides.«

Drizzt wich zurück, als hätte sie ihn geohrfeigt. Innovindil berührte seine Wange.

»Nicht ich«, versicherte sie ihm. »Innovindil musst du nichts beweisen, Drizzt Do'Urden. Unsere Freundschaft steht außer Frage. Aber ich möchte nicht, dass bei meinem tief verletzten, noch immer wütenden Volk weiterhin Zweifel bestehen. Die Elfen aus dem Mondwald sind ein kleines Volk. Verzeih uns unsere Vorsicht.«

»Haben sie dich darum gebeten?«

»Das war nicht nötig. Mir war klar, wie wichtig das für uns ist, und außerdem sind sowohl ich als auch mein ganzes Volk der Verlorenen dies schuldig. Ellifains Tod ist ein Symbol für ein schlimmes Versäumnis im Mondwald, denn wir konnten sie nicht von ihrem Irrweg abbringen. Ihr Herz war so tief verletzt, dass es der Vernunft nicht mehr zugänglich war, doch da wir ihr keinen Ausweg bieten konnten, fühlen wir im Mondwald uns für Ellifains Tod verantwortlich.«

»Und was ändert es, wenn wir ihren Körper abholen?«

Innovindil zuckte mit den Schultern. »Wir werden sehen.«

Darauf wusste Drizzt nichts zu entgegnen. Es stand

ihm kaum zu, ihre Worte weiter zu hinterfragen. Schließlich hatte er eingewilligt, mit Innovindil zur Schwertküste zu fliegen, also würde er das auch tun – zumindest so viel war er ihr schuldig. Insbesondere jedoch war er es Ellifain schuldig, der irregeleiteten Elfe, die er getötet hatte.

Die beiden kehrten zu ihren Pegasi zurück und stiegen etwas höher ins Gelände, während es um sie herum dunkel und noch kälter wurde. Das wenig einladende Klima hielt sie nicht von ihrem Vorhaben ab, denn sie wollten mehr darüber erfahren, was die Orks in dieser Gegend vorhatten. Unter einem Überhang, der vor dem beißenden Nordostwind Schutz bot, kauerten sie sich zusammen.

Wie erwartet flackerten bald die Lagerfeuer auf, eine ganze Reihe, die sich von der Baustelle aus nach Norden fortsetzte. Besonders interessant jedoch war, dass in kurzen Abständen ein brennender Pfeil in den Nachthimmel geschossen wurde. Über eine Stunde lang maß Drizzt den Abstand der Signale anhand der Bewegung des Mondes und des ihm folgenden kleinen Sternes. Schließlich nickte er anerkennend.

»Das ist kein Zufall«, teilte er Innovindil mit. »Sie haben ein Signalsystem entwickelt.«

Die Elfe schwieg eine ganze Weile. Doch irgendwann sagte sie: »Ist das die Geburtsstunde eines neuen Königreichs?«

Der folgende Tag war milder und weniger windig, sodass Drizzt und Innovindil nicht lange zögerten, sondern ihre fliegenden Pferde rasch aufsteigen ließen. Bald darauf landeten sie noch einmal auf den Felsen oberhalb des Tors und stellten dort schnell fest, dass ihre ersten Vermutungen richtig gewesen waren. Die Orks waren weiterhin mit der koordinierten Errichtung des Tors und dem wohlgeordneten Abbau des Walls im Süden beschäftigt. Später traf auch die Karawane ein, die sie am Vortag entdeckt hatten, und brachte Material und Proviant für die Arbeiter, was den beiden Beobachtern ebenfalls sehr ungewöhnlich vorkam.

Die Orks dort unten stritten sich nicht um die Vorräte, die auffällig geordnet ausgegeben wurden. Man behielt sogar etwas für diejenigen zurück, die momentan weiter im Süden arbeiteten.

Noch erstaunlicher war das Rotationssystem, denn nun ersetzten etliche Neuankömmlinge die Wachen auf der Mauer, die ihrerseits die Rückreise nach Norden antraten. Auch die neuen Wachen trugen Schädelhelme und die schwarzen Wappenröcke, die offenbar zur Uniform von Oboulds Untertanen gehörten.

Die überraschende Ordnung im Gefüge der Orks beschäftigte die beiden Elfen, als sie sich vom Rand der Felsen zurückzogen und auf ihren Rössern wieder emporstiegen. Diesmal wählten sie eine nördlichere Route, um die Organisation der Ork-Armee gründlicher in Augenschein zu nehmen. Dabei fielen ihnen auf vielen Bergspitzen Holzstapel auf, die zu Signalfeuern werden konnten. Sie sahen weitere gut bewachte Karawanen, die sich wie auf den Tentakeln eines riesigen Oktopus über zahlreiche Wege schlängelten. Das ausgedehnte Lager in der Mitte dieser Figur war nicht zu übersehen.

Nachdem sie darüber hinweggeflogen waren, hielten sie sich weiter nördlich. Überall wurde gebaut. Auf jeder verschneiten Wiese entstanden neue Steinhäuser oder

Mauern, und auf jedem zweiten Berg schienen Grundmauern für neue Festungen zu entstehen.

»Mir scheint, Nachrichten sprechen sich bei den Orks nicht besonders schnell herum«, bemerkte Innovindil, als sie in einem versteckten Tal landeten.

Drizzt antwortete nicht, doch sein zweifelnder Blick sprach Bände. Es war undenkbar, dass all diese Orks noch nicht von einem so wichtigen Ereignis wie dem Tod von Obould Todespfeil gehört hatten. War es denkbar, dass der Zusammenhalt, zu dem Obould sein Volk inspiriert hatte, ihn überdauern würde?

Diese Vorstellung erschütterte Drizzt bis ins Mark. Mit dem Tod von Obould sollte der Kopf der Ork-Armee abgeschlagen werden. Wie ein Krebsgeschwür hätte er sich in die Reihen dieser dummen Monster fressen sollen. Interne Machtkämpfe und Selbstsucht sollten die Einheit des Feinds zerstören – die Orks würden von Natur aus das vollbringen, wozu Bruenors Armee nicht in der Lage gewesen war.

»Es ist noch zu früh, um mehr zu sagen«, bemerkte Innovindil, wodurch Drizzt klar wurde, dass sein Gesicht seine Befürchtungen widerspiegelte.

»So früh nun auch wieder nicht.«

»Seit Oboulds Tod wurden unsere Feinde noch nicht wieder herausgefordert«, sagte sie. »Weder durch das Schwert noch durch die Macht des Winters.«

»Mir scheint, sie bereiten sich auf beides vor.«

Innovindil legte dem Drow eine Hand auf die Schulter. Er blickte ihr in die blauen Augen. »Gib die Hoffnung nicht auf«, mahnte sie. »Und urteile nicht über Dinge, die wir noch nicht wissen können. Wie wird es diesem Rest der Ork-Armee ergehen, wenn der Winter voll ausgebrochen ist? Was werden sie tun, wenn der eine oder andere Stamm beschließt, dass es Zeit wird, in seine sichere Höhle in den Bergen zurückzukehren? Werden die anderen versuchen, den Abzug zu verhindern? Und wenn ja, wenn Orks gegen Orks kämpfen, wie lange wird es dauern, bis sie sich alle gegenseitig an die Gurgel gehen?«

Schweigend betrachtete Drizzt die fernen Straßen und die Arbeiter. »Es ist noch zu früh, um darüber zu urteilen«, nickte er schließlich. »Lass uns nach Westen ziehen und unsere Aufgabe erledigen. Wenn wir wiederkommen, sieht es hier vielleicht schon wieder ganz anders aus.«

Innovindil nahm seine Hand und führte ihn zu den wartenden Pegasi zurück. Bald flogen sie wieder Meile um Meile in Richtung Luskan, immer nach Westen. Sie hielten sich an ihr ursprüngliches Vorhaben und bemühten sich beide, sich einzureden, dass die Lage sich bis zu ihrer Rückkehr vermutlich verändert haben würde.

Dennoch sahen sie sich immer wieder um und beobachteten den Zusammenhalt und den fortschreitenden Aufbau einer Ork-Armee, die eigentlich längst zerfallen müsste.

Was sie an diesem Tag zu Gesicht bekamen, machte ihnen ebenso wenig Mut wie die Signalfeuer, die Feuerpfeile in der folgenden Nacht und alles, was sie tags darauf sahen, bis der Einfluss der Orks im Westen am Gräuelpass endete.

Tos'un Armgo stammte zwar aus einem einflussreichen Haus von Menzoberranzan, zählte dort aber eher zum Fußvolk. Deshalb hatte er viele Jahre seiner Ausbildung an der Schule für Krieger, Melee-Magthere, absolviert und später unter dem gleichermaßen brutalen wie legendären Waffenmeister Uthegental gedient, der sich unter den Drow wegen seines erschreckend offensiven Kampfstils einen Namen gemacht hatte. Für subtiles Vorgehen hatte Uthegental wenig übrig; er zeichnete sich eher durch brutale Gewalt und Grausamkeit aus. So lernten die Krieger des Hauses Barrison del'Armgo, schnell und hart zuzuschlagen.

Tos'un bildete da keine Ausnahme. Als er daher mit Khazid'hea in der Rechten und einem weiteren Schwert in der Linken die Ork-Karawane angriff, zögerte er nicht. Er sprang von oben auf sie herab, stach mit links zu, sobald er neben dem Anführer gelandet war, und schlitzte den dummen Kerl dann mit Khazid'hea von der Schulter bis zur Hüfte auf. Es folgte eine ebenso abrupte Drehung mit Rückhandschlag, mit der Khazid'hea den nächsten Ork erledigte, der sich noch mit einem Proviantsack schützen wollte.

Die unvergleichlich scharfe Klinge glitt so leicht durch den Sack und den erhobenen Arm des Orks bis in dessen Gesicht, dass Tos'un sich nicht einmal sicher war, ob er den Ork getroffen hatte.

Zumindest, bis das Blut spritzte und der Ork zusammenbrach.

Der Drow setzte einen Fuß auf den Gefallenen, schnellte vorwärts und tötete zum dritten Mal. Diesmal stach Khazid'hea durch die Bretter des vordersten Wagens in die Brust des Orks, der dahinter Schutz gesucht hatte.

Mehr!, kreischte das intelligente Schwert in seinem Kopf. Es sandte dem Drow telepathisch Wellen des Zorns, die ihn aufwühlten und weiter antrieben.

Zwei Orks traten dem Angreifer mit gezückten Schwertern entgegen.

Sofort reagierte Tos'un mit dem zweiten Schwert, das er von links nach rechts unter der Klinge des rechten Orks hindurchzog. Er drehte es, schlug gegen die Unterseite der Klinge des zweiten Orks und fuhr dann mit einer raschen Abfolge von Paraden wieder nach rechts und zurück nach links. Da der Drow nicht besonders kräftig zuschlug, setzten sich die Orks kaum zur Wehr. Allerdings bemerkten sie auch nicht, dass ihr Gegner ihre Schwerter allmählich anhob.

Mitten in der Bewegung brach Tos'un ab und warf sein zweites Schwert zwischen den überraschten Orks hoch in die Luft, um gleich darauf tief in die Hocke und auf ein Knie zu gehen. So duckte er sich unter den Schwertern hindurch, und gleich darauf zerriss Khazid'hea die dicken Gürtel und Lederschärpen der Orks, als wären sie aus brüchigem Pergament.

Beide Orks heulten auf und umklammerten die Gedärme, die aus ihren aufgeschlitzten Bäuchen quollen.

In Tos'uns Kopf heulte Khazid'hea, allerdings vor Glück.

Sofort gingen die nächsten beiden Wachen auf den Drow los. Sie näherten sich von beiden Seiten und stießen mit den Metallspitzen ihrer Speere nach ihm. Tos'un analysierte ihre Bewegungen und überlegte dabei, wie er vorgehen, wo er parieren und welchen Gegenangriff er einleiten sollte.

Als der Vorstoß kam, war er bereit. Mit der ihm eigenen Wendigkeit trat er blitzschnell zurück, drehte sich zur Seite, entging einem Stich, der hinter seinem Körper ins Leere fuhr, und wehrte einen Angriff von vorn ab.

Ein Schritt nach vorn brachte den Ork in Reichweite, und Khazid'hea bekam noch mehr Ork-Blut zu trinken.

Der andere Ork bedrängte ihn von hinten. Tos'un vollführte eine brillante Rückhandabwehr mit seinem normalen Schwert und wirbelte hinterher, um den Speer weiter abzulenken. Dann bohrte er dem Ork Khazid'hea ins Herz.

Das Schwert belohnte Tos'un mit einer Woge von Anerkennung.

Da entdeckte der Drow auf der linken Seite einen Ork, der sich davonschleichen wollte. Er setzte zur Verfolgung an, kehrte aber zurück, weil er zwei Orks erspäht hatte, die vom Wagen sprangen und um ihr Leben liefen. Tos'un verfolgte sie einige Schritte lang. Da er sie aufgrund ihres Vorsprungs wohl kaum schnell einholen konnte, steckte er lieber die Schwerter ein, ging zu den Wagen und untersuchte seine Beute.

Khazid'hea verstummte, aber das Schwert war eher fasziniert als beglückt. Tos'un war ein guter Kämpfer, ein typischer Drow-Krieger, und damit der Menschenfrau, die das Schwert mehrere Jahre hindurch geführt hatte, auf jeden Fall überlegen. Die Frau hatte ohnehin viel zu oft lieber zum Bogen gegriffen, der Waffe einer Memme, den sie Khazid'heas prachtvoller Klinge vorgezogen hatte.

Wir können viel voneinander lernen, flüsterte das Schwert Tos'un zu.

Der Drow warf einen Blick auf den Schwertgriff. Die Waffe spürte sein Zögern.

Du misstraust dem Krieger in dir, erklärte das Schwert.

Tos'un ließ den Proviant sinken, den er gerade gefunden hatte, zog Khazid'hea aus der Scheide und hielt die leuchtende Klinge vor seine roten Augen.

Du denkst zu viel, raunte das Schwert.

Nach einer kurzen Pause steckte Tos'un das Schwert wieder ein und widmete sich seiner Beute.

Das war fürs Erste ausreichend, fand Khazid'hea. Der Drow hatte den Vorschlag des Schwerts nicht gleich verworfen. Beim nächsten Kampf würde das Schwert besser darauf achten, dem Dunkelelf zu einer verbesserten Konzentration und erhöhtem Bewusstsein zu verhelfen, damit er mehr Zutrauen zu seinen Fähigkeiten hatte und deren Grenzen besser verstand.

Vor einiger Zeit hatte Khazid'hea Drizzt Do'Urden gedient, einem exzellenten Drow-Kämpfer. Der Dunkelelf hatte den Einflüsterungen des intelligenten Schwerts mit Leichtigkeit widerstanden, weil seine Wahrnehmungsfähigkeit als Krieger, mit der er blitzschnell seine Feinde erkannte und ihre Fähigkeiten einzuschätzen wusste, bereits perfekt war. Drizzt bewegte sich ohne bewusstes Nachdenken auf eine Weise, die seinen Gedanken und Handlungen perfekt entsprach.

Diesen kriegerischen Instinkt, die Konzentration, die Drizzt selbst über hervorragend ausgebildete Krieger wie Tos'un Armgo erhob, hatte Khazid'hea genau gespürt. Während des Zweikampfs zwischen Drizzt und Obould hatte das Schwert seinen Herrn genau analysiert und viel von einem wahren Meister gelernt.

Dessen Technik wollte das Schwert jetzt Tos'un beibringen. Der Drow würde innerlich zwar nie so stark werden wie Drizzt Do'Urden, aber es würde sich für Khazid'hea dennoch lohnen. Denn ohne die innere Entschlossenheit und die hohen moralischen Grundsätze seines Vorgängers würde Tos'un sich aufgrund seiner besseren Kampfkraft kaum gegen das Schwert auflehnen, so wie Drizzt es getan hatte. Khazid'hea würde Tos'un körperlich stärken können, ohne ständig gegen dessen freien Willen ankämpfen zu müssen.

Denn mit dem Zweitbesten würde sich das Schwert nie zufriedengeben.

»Du bist in den letzten Tagen sehr still«, sagte Innovindil zu Drizzt, als sie landeten, um ihr Nachtlager aufzuschlagen.

Salzige Meeresluft stieg ihnen in die Nase, und die Sonne versank bereits in dem endlosen Ozean, der jenseits der Schwertküste wogte. Das gute Wetter hatte gehalten, sodass sie die vielen Hundert Meilen viel schneller als erwartet bewältigt hatten. Jetzt durften die beiden Elfen sogar darauf hoffen, mit etwas Glück noch vor dem richtig strengen Frost wieder in Mithril-Halle anzukommen. Denn später würde das Tal der Hüter im Schnee versinken, und der eisige Wind würde sie zwingen, auf dem Boden zu reisen. In der Luft schafften die Pegasi leicht dreißig Meilen pro Tag; dreißig Meilen Luftlinie, die sich nicht stundenlang an Bergen oder Flüssen entlangwanden, bis man endlich einen Pass oder eine Furt entdeckte. Unten auf den Straßen und in der unwegsamen Wildnis, wo sie ständig vor Monstern und wilden Tieren auf der Hut sein mussten, konnten sie froh sein, wenn sie zehn Meilen pro Tag schafften, die ihr Ziel mit etwas Glück vielleicht sogar mehr als drei Meilen näher rücken ließen.

»Wir sind erstaunlich schnell vorwärtsgekommen«, fuhr Innovindil fort, als Drizzt nicht antwortete. Ihr Begleiter stand auf einer Klippe und blickte aufs Meer hinaus. »Rillifain ist mit uns.« Der Waldgott war einer der

Elfengötter ihres Clans. »Sein ruhiger Odem hält die Winterstürme in Schach, damit wir Ellifain holen und zügig mit ihr zurückkehren können.«

Sie erzählte noch mehr von dem Gott Rillifain Rallathil, um den sich so viele Geschichten rankten. Als die Sonne in der Ferne das Wasser zu berühren schien, redete sie immer noch. Der feurige Kreis versank hinter den Wellen, das Blau des Himmels wurde dunkler, und da erst erkannte die Elfe, dass Drizzt ihr nicht zuhörte. Er hatte die ganze Zeit nicht zugehört.

»Was ist los?«, fragte sie und trat neben ihn. Kurz darauf wiederholte sie ihre Frage und zwang ihn, sie anzusehen.

»Alles in Ordnung, mein Freund?«, fragte Innovindil.

»Was wusste Obould? Denn er wusste mehr als wir«, sagte Drizzt.

Innovindil trat einen Schritt zurück und runzelte verdutzt ihre zarte Elfenstirn.

»Was glaubst du – gibt es gute Orks und böse Orks?«, fuhr Drizzt fort.

»Gute Orks?«

»Es wundert dich, dass ein gutgesinnter Drow-Elf eine solche Frage stellt?«

Bei diesen Worten riss Innovindil die Augen auf und geriet ins Stottern, bis Drizzt sie mit einem entwaffnenden Lächeln erlöste.

»Gute Orks«, wiederholte er.

»Ich habe keine Ahnung. Ich habe noch keinen guten Ork kennengelernt.«

»Und woran hättest du erkannt, dass es einer ist?«

»Hm. Also schön, dann gibt es vielleicht gute Orks«, räumte Innovindil sichtlich erschüttert ein. »Ich würde sie bestimmt nicht erkennen, aber wenn es sie gibt, entsprechen sie sicher nicht der Norm. Ein paar gibt es vielleicht, aber welche sind in der Überzahl, deine imaginären guten Orks oder all die üblen?«

»Das spielt keine Rolle.«

»Dein Freund, König Bruenor, wäre sicher anderer Meinung.«

»Nein, nein.« Drizzt schüttelte den Kopf. »Wenn es gute Orks gibt, auch wenn es nur wenige sind, würde das nicht bedeuten, dass das Gewissen von Ork zu Ork unterschiedlich stark ausgeprägt ist? Könnte man in diesem Fall nicht darauf hoffen, dass die Orks als Volk mit der Zeit zivilisiert werden könnten, so wie einst die Elfen und die Zwerge, aber auch die Halblinge, die Gnomen und die Menschen?«

Innovindil starrte ihn ungläubig an.

»Was wusste Obould?«, fragte Drizzt wieder.

»Willst du etwa andeuten, König Oboulds Todespfeil hätte auch eine gute Seite gehabt?«, gab Innovindil mit unüberhörbarer Schärfe zurück.

Drizzt holte tief Luft und achtete beim Weitersprechen darauf, die Gefühle von Innovindil nicht zu verletzen. Immerhin hatte sie mit angesehen, wie Obould ihren Freund und Geliebten erschlagen hatte.

»Selbst ohne ihn erhalten die Orks ihre Disziplin aufrecht und arbeiten an der Befestigung ihrer Grenzen«, sagte Drizzt. Er blickte wieder aufs Meer hinaus. »Waren sie einfach bereit für ein eigenes Reich? Ist es dieses Verlangen, aufgrund dessen Obould sie aus ihren Löchern rufen konnte?«

»Am Ende werden sie sich wieder in Stammesfehden verstricken«, gab Innovindil mit immer noch scharfer Stimme zurück. »Sie werden sich gegenseitig auffressen, bis nur noch ein zappelnder Haufen hirnloser Narren übrig ist. Viele werden in ihre Löcher zurücklaufen, und die restlichen werden sich wünschen, es getan zu haben, wenn König Bruenor zurückkehrt und mein Volk aus dem Mondwald mit ihm in die Schlacht zieht.«

»Und wenn nicht?«

»Du zweifelst an den Elfen?«

»Nicht an den Elfen«, stellte Drizzt richtig. »Ich spreche von den Orks. Was ist, wenn die Orks sich nicht gegenseitig fertigmachen? Könnte sich ein neuer Obould erheben, sie im Zaum halten und dieses neue Königreich weiter ausbauen?«

»Das ist nicht dein Ernst!«

»Ich denke darüber nach, und diese Frage sollten wir alle – von Silbrigmond bis Sundabar, von Nesme bis Mithril-Halle, vom Mondwald bis zu den Zitadellen Felbarr und Adbar – gründlich überdenken.«

Innovindil überlegte kurz. »Also gut, diese Möglichkeit besteht. Aber wenn die Orks nicht wieder verschwinden, was machen wir dann?«

»Darauf müssen wir eine Antwort finden.«

»Die Antwort liegt auf der Hand.«

»Natürlich. Wir töten sie.«

»Es sind Orks!«

»Wäre es wirklich das Klügste, in den Krieg zu ziehen, um sie zu bändigen?«, fragte Drizzt. »Oder wäre es womöglich sinnvoller, ihnen ihr Reich zuzugestehen, um das Gute zu fördern, was auch in ihnen steckt? Damit es gedeihen kann, denn wenn ihr Reich Bestand haben soll, brauchen sie zwangsläufig ein gewisses Maß an Zivilisation. Und in einer Zivilisation würden die Nachdenklichen wichtiger werden als die Starken.«

Innovindils Gesicht verriet, dass sie seine Worte nicht richtig ernst nehmen konnte, und wenn er sich selbst so reden hörte, konnte Drizzt Do'Urden das gut nachvollziehen. Dennoch wusste er, dass er diesem Gedanken weiter nachgehen musste. Er musste ihn in Worte fassen, um den Aufruhr in seinem Kopf in den Griff zu bekommen.

»Wenn wir daran glauben, dass die Elfen oder die Zwerge oder die Menschen grundsätzlich gut sind, liegt das daran, dass wir davon ausgehen, dass diese Völker sich zum Guten hin entwickeln können. Natürlich gibt es in unser aller Geschichte und selbst heute noch zahlreiche Verfehlungen. Wie viele Kriege haben die Menschen schon gegeneinander geführt?«

»Einen«, antwortete Innovindil prompt, »und der dauert noch an.«

Drizzt lächelte angesichts dieser unerwarteten Schützenhilfe. »Dennoch sind wir davon überzeugt, dass all diese Völker sich zum Guten hin entwickeln, oder? Die Menschen, die Elfen, die Zwerge.«

»Und die Drow?«

Bei dieser offenkundigen Ausnahme konnte Drizzt nur mit den Schultern zucken. Er fuhr fort: »Unser Optimismus beruht auf dem Grundprinzip, dass die Dinge besser werden, dass *wir* besser werden. Könnten wir uns am Ende irren, weil wir dumm und kurzsichtig sind, wenn wir den Orks eine solche Entwicklungsmöglichkeit absprechen?«

Innovindil starrte ihn an.

»Zu unserem eigenen Nachteil?«, fragte Drizzt.

Die Elfe gab immer noch keine Antwort.

»Schränken wir unsere Vorstellung von diesen Wesen, die wir als Feinde betrachten, nicht ein, wenn wir sie einzig und allein als das Ergebnis ihrer Geschichte ansehen?«, hakte Drizzt nach. »Vielleicht ist es falsch, wenn wir glauben, dass sie nicht in der Lage wären, eine eigene Zivilisation aufzubauen. Und wir schaden uns damit.«

»Du gehst davon aus, dass die Zivilisation, die sie über Äonen hinweg entwickelt haben, ihrer wahren Natur widerspricht«, brachte Innovindil schließlich heraus.

Drizzt überlegte. »Da könntest du recht haben.«

»Würdest du dein Schwert abschnallen und in ein Ork-Lager laufen, immer in der Hoffnung, dass es sich um erleuchtete Orks handelt, die dich deshalb nicht gleich umbringen?«

»Natürlich nicht«, gab Drizzt zu. »Aber was wusste Obould, das wir nicht wissen? Wenn die Orks sich nicht mehr gegenseitig auffressen, dann haben wir nach Ansicht der Ratsversammlung, die in Mithril-Halle zusammengetreten ist, wenig Hoffnung, sie wieder aus dem Land zu vertreiben, das sie für sich beanspruchen.«

»Sie werden aber auch kaum weiter vordringen«, behauptete Innovindil.

»Das heißt, ihnen bleibt das Reich, in dem sie sich gerade festsetzen«, folgerte Drizzt. »Und dieses Reich kann nur gedeihen, wenn sie mit den umliegenden Reichen Handel treiben.«

Erneut bedachte ihn Innovindil mit einem ungläubigen Blick.

»Es ist nur ein Gedankenspiel«, erwiderte Drizzt lächelnd. »So etwas mache ich oft.«

»Du willst behaupten...«

»Ich behaupte gar nichts«, unterbrach er sie. »Ich frage mich nur, ob Obould womöglich etwas ganz anderes angestoßen hat, das heute noch unabsehbar ist. Etwas, dessen Tragweite wir erst in hundert oder zweihundert oder dreihundert Jahren erkennen.«

»Orks, die mit Elfen, Menschen, Zwergen und Halblingen in Eintracht leben?«

»Gibt es nicht irgendwo in Vaasa eine Stadt, wo fast nur Halb-Orks leben? Irgendwo im Osten?«, fragte Drizzt zurück. »Eine Stadt, die dem Paladinkönig der Blutsteinlande untersteht?«

»Palishchuk, ja«, gab die Elfe zu.

»Sie sind allesamt Nachkommen von solchen, die Obould ähnelten.«

»Das sind hoffnungsvolle Worte, aber sie gefallen mir trotzdem nicht.«

»Tarathiels Tod ist noch nicht lange her.«

Innovindil schwieg.

»Ich frage mich nur, ob es möglicherweise mehr von diesen Orks gibt, als wir glauben«, überlegte Drizzt. »Ich frage mich, ob unser Blick auf nur eine, wenn auch vorherrschende Eigenschaft der Orks uns für alle anderen Möglichkeiten blind macht.«

Dabei beließ er es und blickte wieder aufs Meer hinaus.

Zu seiner Überraschung meinte Innovindil: »War nicht genau das der Fehler von Ellifain in Bezug auf Drizzt Do'Urden?«

Während Tos'un wie der Blitz durch das Ork-Lager wirbelte, herrschte ein weißes Rauschen in seinem Kopf. Er schlug und stach, und die Orks sanken zu Boden. Ohne erkennbare Strategie schnellte der Drow hin und her. Für ihn war alles reine Reaktion, als ob ihn eine Musik in seinem Inneren anfeuerte, die seine Füße trug und seine Hände führte. Was er hörte und was er sah, verschmolz zu einem einzigen Gefühl, der vollständigen Wahrnehmung seiner Umgebung. Das geschah jedoch nicht bewusst, denn so widersinnig es auch erschien, in diesem Augenblick perfekter Klarheit nahm Tos'un alles und nichts gleichzeitig wahr.

Das Schwert in seiner Linken, eine Drow-Klinge, drehte sich unablässig so, dass Tos'un damit jede Attacke ablenken konnte. Einmal sprang er seitlich auf einen Stein und dann weiter, während dieses Schwert nach links schoss, einen Speer wegschlug und dann zurückkehrte, um einen zweiten Speer so abzuwehren, dass dieser an ihm vorbeiflog und Tos'un seinen mörderischen Weg fortsetzen konnte.

Diese Klinge verteidigte ihn, doch die andere, Khazid'hea, lechzte nach Blut. Fünf Orks lagen bereits tot am Boden. Zwei andere waren so schwer verwundet, dass sie bereits schwankten, und alle sieben gingen auf Khazid'heas Konto.

Das wachsame Schwert gönnte der zweiten Klinge nicht einen einzigen Toten.

Der Überfall auf das Ork-Lager war schnell und ohne Gnade erfolgt. Drei Orks waren gefallen, ehe die anderen überhaupt gemerkt hatten, dass sie angegriffen wurden. Angesichts von Tos'uns Tempo hatte das Dutzend Orks im Lager keine Chance gehabt, sich zur Verteidigung zu formieren, und seine letzten beiden Opfer hatten sich bereits zur Flucht gewandt, als er sie tötete.

Trotz der mangelnden Gegenwehr hatte Khazid'hea den Eindruck, dass Tos'un heute deutlich besser und gezielter kämpfte und viel mehr aus dem Reflex heraus agierte. Drizzt Do'Urden war er natürlich nicht annähernd gewachsen, aber die ständigen Einflüsterungen des Schwerts, die die Gedanken des Drow überdeckten, zwangen ihn, sich ganz auf seine Sinne und sein Muskelgedächtnis zu verlassen, nicht auf bewusste Entscheidungen. So war er schneller und exakter.

Denk nicht.

Dieses Motto hatte Khazid'hea von Drizzt Do'Urden gelernt, und das übermittelte das Schwert nun wispernd an Tos'un Armgo.

Denk nicht.

Seine Reflexe und sein Instinkt reichten völlig.

Neben den drei Stangen, an denen die Orks ihren Kessel über das Feuer gehängt hatten, blieb Tos'un keuchend stehen. Jetzt flogen keine Speere mehr, und es waren auch keine Feinde mehr zu sehen. Der Drow sah sich um. Er nahm die Orks wahr, die er getötet hatte, und die zwei, die noch stöhnend auf ihren Tod warteten. Da er ihre Schmerzenslaute genoss, hatte Tos'un es nicht eilig, sie umzubringen.

In Gedanken ging er seine Bewegungen noch einmal durch, jeden Schritt, jeden Sprung, jeden Angriff. Er musste sich umsehen, um sich zu vergewissern, dass er beim Sprung von dem Felsen tatsächlich zwei Speere aus der Luft geschlagen hatte.

Sie lagen drüben an dem Stein auf der Erde.

Tos'un schüttelte den Kopf. Was war hier geschehen? Er hatte seiner Wut und seiner Gier nachgegeben.

Er dachte an Melee-Magthere zurück. Dort war er ein eher durchschnittlicher Schüler und damit für den mächtigen Uthegental eine Enttäuschung gewesen. An dieser Schule zählte es zu den zentralen Lektionen, sich von allen bewussten Gedanken zu lösen und den Körper den Bewegungen zu überlassen, auf die er trainiert war.

Diese Stunden hatte Tos'un nie wirklich zu schätzen gewusst.

Als er jetzt inmitten des Blutbads stand, erkannte er erstmals den Unterschied zwischen gewöhnlichen Drow-Kriegern, die nach den Maßstäben anderer Völker immer noch gewaltige Krieger waren, und den Waffenmeistern.

Jetzt verstand er, dass er diesen Kampf so ausgefochten hatte, wie Uthegental sich die perfekte Harmonie zwischen Instinkt und Schwertern vorstellte, jede Bewegung einen Deut schneller als sonst.

Der Drow hatte zwar keine Ahnung, wieso er plötzlich derart kämpfen konnte, und er fragte sich, ob es ihm wohl noch einmal gelänge, aber er wusste ganz genau, dass Khazid'hea zufrieden war.

Sinnafain huschte in dem zerstörten Ork-Lager von einer Deckung zur anderen. Hinter einem Felsen verharrte sie, ehe sie zu einem Unterstand hinüberrannte, wo zwei tote Orks lagen. Von hier aus konnte sie auch die Wege im Westen besser überblicken. In diese Richtung war der Dunkelelf geflohen.

Einige Sekunden lang sah sie sich noch um. Ihre scharfen Elfenaugen nahmen alles wahr, auch die kleinste Bewegung. Dreißig Fuß weiter hüpfte ein Hörnchen herum. Ein Stück weiter wirbelte ein Windstoß einige trockene

Blätter auf und ließ sie über das verschneite Land tanzen. Von dem Drow war nichts mehr zu sehen.

Sinnafain kroch zu dem nächsten Punkt, dem umgekippten Kesselhalter. Hinter dieser kläglichen Deckung kauerte sie sich wieder wartend zusammen.

Der Wind entlockte der noch glühenden Holzkohle neben ihr kleine Flämmchen, aber das war auch das Einzige, was sich im Lager rührte. Die Elfe nickte und hob als Zeichen für ihre Kameraden die Faust.

Wie eine Geisterschar tauchten rund um das Lager jetzt Mondelfen auf, die schweigend nahten, als würden sie schweben. Ihre braun-weißen Mäntel ließen die fünf Gestalten vor der Winterlandschaft verschwimmen.

»Sieben Tote, der Rest ist auf der Flucht«, stellte Abondiel fest, der die Patrouille anführte. »Dieser Drow ist schnell und listig.«

»Genau wie sein Schwert«, bemerkte ein anderer aus der Gruppe. Als die Übrigen ihn ansahen, zeigte er ihnen einen der toten Orks, dem ein Arm abgeschlagen war. Auch der schwere Holzschild war sauber zerteilt.

»Ein mächtiger Krieger, das ist wahr«, sagte Sinnafain. »Ist es denkbar, dass wir es mit einem zweiten Drizzt Do'Urden zu tun haben?«

»Obould hatte ebenfalls Drow-Elfen unter seinen Männern«, erinnerte Albondiel.

»Der hier tötet Orks«, erwiderte sie. »Und das mit Hingabe.«

»Waren die Drow je wählerisch, was ihre Opfer angeht?«, hakte ein anderer nach.

»Ich kenne zumindest einen, bei dem es offenbar so ist«, gab Sinnafain zurück. »Ich werde nicht den gleichen

Fehler machen wie meine Cousine Ellifain. Ich lasse mich nicht von Vorurteilen und übler Nachrede blenden.«

»Das haben schon viele Opfer gesagt«, warnte Albondiel, doch als sie ihn wütend anstarrte, lächelte er beruhigend.

»Ein zweiter Drizzt?«, fragte er, ehe er mit den Schultern zuckte. »Wenn ja, wäre das gut für uns. Wenn nicht...«

»Dann wird er schon sehen!«, brachte Sinnafain seinen Satz zu Ende.

Albondiel nickte zustimmend. »Wir werden es bald wissen«, versicherte er ihr.

Drizzt fegte den letzten Rest kalter Erde von der Decke, unter der die zusammengerollte Gestalt von Ellifain lag, der irregeleiteten Elfe, die sich als Mann verkleidet und Le'lorinel genannt hatte. Aus Rachedurst hatte sie versucht, ihn umzubringen.

Der Dunkelelf stand auf und starrte in das Loch mit dem eingewickelten Körper. Die Frau lag auf der Seite, die Knie an die Brust gezogen. Sie kam Drizzt sehr klein vor. Wie ein Kind.

Wenn er nur einen Hieb seines Lebens zurücknehmen könnte...

Er sah sich nach Innovindil um, die sich an einer Satteltasche von Abendwind zu schaffen machte. Die Elfe zog ein silbernes Weihrauchgefäß heraus, das an drei feinen, aber stabilen Ketten hing. Danach folgte eine juwelenbesetzte Gießkanne mit silbernem Griff und einem zwiebelförmigen Ausguss, vor dem ein Sieb mit vielen kleinen Löchern saß.

Während Innovindil in der Satteltasche nach dem Öl und dem Weihrauch suchte, betrachtete Drizzt wieder

Ellifain. Er rief sich die letzten Augenblicke ihres Lebens ins Gedächtnis, die auch seine letzten gewesen wären, wenn Bruenor und die anderen ihn nicht mit einem Heiltrank gerettet hätten.

Sie war seinem guten Ruf zum Opfer gefallen, wie er wusste. Sie hatte nicht ertragen können, dass dieser Drow mit dem guten Herzen immer berühmter wurde, denn in der verzerrten Erinnerung, die sie von jenem schrecklichen Abend vor all den Jahren in sich trug, war Drizzt für sie nur einer jener ruchlosen Dunkelelfen, die ihre Eltern und so viele ihrer Freunde getötet hatten. Damals hatte Drizzt Ellifain gerettet, indem er sie unter dem blutenden Körper ihrer toten Mutter versteckt hatte. Aber diese Geschichte hatte das arme Mädchen, das damals noch viel zu klein gewesen war, um sich richtig zu erinnern, ihm nie geglaubt.

Ihr Zorn hatte die Oberhand gewonnen, und eine grausame Laune des Schicksals hatte Drizzt gezwungen, unwissentlich die Elfe zu töten, die er einst gerettet hatte.

Er war so in seine Gedanken versunken, während er sich die langen Wege ins Gedächtnis rief, die zu diesem tragischen Zusammenstoß geführt hatten, dass er Innovindils leises Lied gar nicht bemerkte. Die Elfe schritt jetzt um das Grab herum, besprenkelte die Tote mit magischem Konservierungsöl und schwenkte den Weihrauch über ihr, um den Verwesungsgeruch zu übertönen.

Mit ihrem Lied betete Innovindil zu den Elfengöttern und bat sie, Ellifain von ihrer Wut und aus ihrer Verwirrung zu erlösen.

Als Drizzt seinen eigenen Namen vernahm, hörte er genauer hin. Innovindil bat die Götter auch, Ellifain einen Blick auf den Dunkelelf Drizzt zu gewähren, damit sie erfahren könne, wie es wirklich um sein Herz bestellt sei.

Ihr Lied endete so melodisch und leise, dass ihre Stimme mit dem Nachtwind zu verschmelzen schien. Sie wurden eins, und das Säuseln des Windes kündete noch lange danach von Innovindils Gesang.

Dann ließ sie sich mit Drizzts Hilfe geschmeidig zu Ellifain in das Loch herab. Gemeinsam bargen sie die Tote und wickelten sie in eine saubere neue Decke ein, die sie fest zubanden.

»Glaubst du, sie hat ihren Frieden gefunden?«, fragte Drizzt, als sie fertig waren und Hand in Hand zurücktraten.

»Sie war krank, aber deshalb hätte Corellan nie seine sanfte Hand von ihr genommen.«

Innovindil warf Drizzt einen Blick zu und sah die Unsicherheit auf seinem schönen Gesicht. »Du solltest nicht daran zweifeln«, sagte sie. »Sonst stellst du Corellan selbst infrage.«

Drizzt antwortete immer noch nicht.

»Geht es um Corellan?«, wollte sie wissen. »Oder zweifelt Drizzt Do'Urden grundsätzlich an einem Leben nach dem Tod?«

Diese Frage war Drizzt unangenehm, denn sie führte ihn in Bereiche, die er aufgrund seiner pragmatischen Ansichten im Allgemeinen mied.

»Ich weiß es nicht«, antwortete er bedrückt. »Weiß es denn überhaupt jemand?«

»Man hat Geister gesehen und mit ihnen gesprochen. Die Toten sind zurückgekehrt, oder etwa nicht? Und sie erzählen von ihrer Zeit in anderen Welten.«

»Aber Geister sind ... Geister«, erwiderte Drizzt. »Und

diejenigen, die von den Toten zurückkehren, drücken sich allenfalls vage aus. Im Adel von Menzoberranzan waren derartige Praktiken nicht unbekannt, auch wenn es hieß, man würde Lloths Zorn heraufbeschwören, wenn man eine Seele aus ihren Armen reißt. Dennoch frage ich mich, ob derartige Geschichten wirklich mehr sind als vernebelte Träume.«

Innovindil drückte ihm verständnisvoll die Hand. Nach einer Weile räumte sie ein:»Vielleicht glauben wir daran, weil wir sonst am Ende verzweifeln müssten. Auf jeden Fall gibt es Dinge, die wir nicht erklären können, zum Beispiel das Knistern der Magie um uns herum. Wenn dieses Leben irgendwann endgültig vorbei ist, selbst die langen Jahre, die uns Elfen gewährt sind, dann...«

»Dann ist alles nur ein grausamer Scherz?«, fragte Drizzt.

»So könnte es einem vorkommen.«

Drizzt schüttelte bereits den Kopf, während sie noch sprach. »Selbst wenn dieser Moment des Bewusstseins kurz ist«, sagte er, »nur ein Flackern in der Endlosigkeit von allem, was ist, was war und was sein wird, kann es dennoch einen Sinn und Zweck haben und Glück vermitteln.«

»Es gibt noch mehr, Drizzt Do'Urden«, sagte Innovindil.

»Weißt du das oder betest du darum?«

»Vielleicht bete ich, weil ich es weiß.«

»Glauben ist nicht Wissen.«

»Und die Wahrnehmung ist nicht die Realität?«

Diese sarkastische Antwort überdachte Drizzt eine Zeit lang, ehe er sich lächelnd und zugleich dankbar geschlagen gab.

»Ich glaube, sie hat ihren Frieden gefunden«, sagte die Elfe.

»Ich habe von Priestern gehört, die die Toten wiedererwecken.« Aus Drizzts Stimme sprach eine Mischung aus Unsicherheit und Erschütterung. »Das Leben und Sterben von Ellifain war schließlich nichts Alltägliches.«

Die Hoffnung erstarb, als er das Stirnrunzeln seiner Begleiterin bemerkte.

»Ich meine doch nur...«

»Dass deine persönliche Schuld dir zu schaffen macht«, beendete Innovindil seinen Satz.

»Nein.«

»Willst du Ellifain um ihretwillen wieder auferwecken oder um deinetwillen?« Innovindil ließ nicht locker. »Soll der Priester ungeschehen machen, was Drizzt Do'Urden getan hat? Das, was Drizzt Do'Urden sich nicht verzeihen kann?«

Drizzt wippte vor und zurück. Sein Blick wanderte wieder zu der kleinen verhüllten Gestalt.

»Sie hat ihren Frieden«, wiederholte Innovindil, die jetzt vor ihn trat und ihn zwang, ihr in die Augen zu sehen. »Es gibt Zauber, durch die Priester oder auch Zauberer mit den Toten sprechen können. Vielleicht können wir die Priester im Mondwald dazu bewegen, den Geist von Ellifain zu beschwören.«

»Für Drizzt Do'Urden?«

»Warum nicht?«

Dabei beließen sie es und schlugen zum letzten Mal vor ihrer Rückkehr in das Mondtal ihr Nachtlager auf. Hinter dem Kamm im Westen brandeten die Wellen unablässig gegen das Land und spotteten damit der Sterblichkeit.

Innovindil griff den Nachhall dieses Rhythmus für ihre Gebete auf, und nach einer Weile fiel Drizzt in ihr Lied mit ein. Ob die Gebete nun einen wahrhaftigen Gott erreichten oder nicht, auf jeden Fall waren sie kraftvoll, friedlich und ruhig zugleich.

Am anderen Morgen banden sie Ellifain auf der breiten Kruppe von Abendwind fest und machten sich auf den Heimweg. Diesmal würde die Reise länger dauern, denn es war noch kälter geworden, und sie würden häufiger zu Fuß gehen müssen, weil das Fliegen nicht mehr möglich war.

Der Ork verlor das Gleichgewicht, wie Tos'un es vorhergesehen hatte, denn er hatte das unhandliche Breitschwert zu heftig vor die Brust gerissen. Er stolperte, taumelte nach vorn, und Tos'un verwandelte sein Ausweichen in einen schnellen Todesstoß.

Dann jedoch verharrte er, denn der Ork war unvermittelt zusammengezuckt. Tos'un nahm wieder eine Verteidigungshaltung an. Womöglich hatte sein Gegner, der Letzte aus der kleinen Gruppe, die der Drow überfallen hatte, das Stolpern nur vorgetäuscht.

Der Ork zuckte noch einmal und kam auf ihn zu. Tos'un wollte ihn schon abwehren, begriff jedoch, dass dies kein Angriff war. Er trat zur Seite, während der Ork mit zwei langen Pfeilen im Rücken auf den Bauch fiel. Auf der anderen Seite des kleinen Lagers sah Tos'un eine hellhäutige Elfe mit schwarzen Haaren stehen, die ruhig ihren Bogen in der Hand hielt.

Auf dem kein Pfeil lag.

Töte sie!, verlangte Khazid'hea in seinem Kopf.

Das war tatsächlich Tos'uns erster Gedanke gewesen. Seine Augen blitzten auf, und er wäre beinahe losgesprungen. Er konnte sie erwischen und niederschlagen, bevor sie auch nur den nächsten Pfeil auflegen oder das Kurzschwert an der Hüfte ziehen konnte, um sich zu wehren.

Der Drow rührte sich nicht.

Töte sie!

Ihr Gesichtsausdruck half ihm, sowohl dem Ruf des Schwerts als auch seiner eigenen Mordlust zu widerstehen. Auch ohne dass er nach links und rechts sah, wusste er Bescheid. Schon beim ersten Schritt würde ihn ein Pfeilhagel durchsieben. Mit etwas Glück würde er zwei Schritte schaffen. Auf jeden Fall würde er nicht bis zu ihr kommen.

Er ließ Khazid'hea sinken und wappnete sich gegen die Flüche des Schwerts, indem er sich ganz auf seine Angst und Vorsicht konzentrierte. Das Schwert reagierte schnell und ließ ihn in Ruhe.

Die Elfe sagte etwas zu ihm, was er nicht verstand. Er verstand einige Worte der Elfensprache, nicht jedoch diesen speziellen Dialekt. Ein Geräusch auf der linken Seite machte ihn auf drei Bogenschützen aufmerksam, die mit schussbereiten Bogen aus dem Wald traten. Auf der anderen Seite tauchten drei weitere Elfen auf.

Da der Drow mit weiteren Gegnern rechnete, die sich noch verborgen hielten, bemühte er sich, Khazid'hea stumm auf dem Laufenden zu halten.

Das Schwert schmollte grollend vor sich hin.

Jetzt sprach ihn die Elfe in der gemeinsamen Sprache der Oberflächenbewohner an. Tos'un erkannte die Sprache, verstand aber wieder nur wenige Worte. Ihm war jedoch klar, dass sie ihn nicht bedrohte, und das zeigte dem Drow, worum es ging.

Er lächelte und schob Khazid'hea in die Scheide. Dann hob er die Hände, breitete sie aus und zuckte mit den Schultern. Die Bogenschützen auf beiden Seiten atmeten etwas auf.

Jetzt trat ein Mondelf aus dem Schatten, der in zeremonielle Priestergewänder gekleidet war. Tos'un beherrschte seinen spontanen Ekel beim Anblick des Häretikers und zwang sich zur Ruhe, während der Kleriker verschiedene Anrufungen durchführte.

Er verwendet einen Sprachzauber, um sich leichter mit dir verständigen zu können, teilte Khazid'hea dem Drow wortlos mit.

Und einen Zauber, der Wahrheit und Lüge unterscheiden kann, zumindest wenn seine Kräfte denen der Priester von Menzoberranzan entsprechen, gab Tos'un zurück.

Während er das dachte, spürte der Drow, dass sein Schwert eine seltsame Ruhe ausstrahlte.

Dabei kann ich dir helfen, beantwortete Khazid'hea die noch gar nicht gestellte Frage, weil es Tos'uns Verwirrung spürte. *Wahre Täuschung ist ein Geisteszustand, der nicht einmal durch Magie zu entdecken ist.*

»Ich werde erkennen, was du wirklich vorhast«, erklärte der Elfenkleriker dem Drow in perfekt verständlichen Worten und riss ihn damit aus seiner inneren Unterhaltung mit dem Schwert.

Doch diese Verbindung war nicht vollständig abgerissen. Tos'un fühlte, dass ihn noch immer Gelassenheit durchflutete, die das Beben in seiner Stimme dämpfte.

Auf diese Weise stand er dem Priester scheinbar aufrichtig Rede und Antwort, obwohl er nicht die Wahrheit sprach.

Ohne Khazid'heas Hilfe hätten ihn ein Dutzend Elfenpfeile durchbohrt, so viel stand fest.

Und wo soll ich hin?, fragte Tos'un Khazid'hea deutlich später. *Was erwartet mich außerhalb dieses Lagers? Wenn es nach dir geht, würde ich Orks ihren Fraß abjagen oder wieder ins wilde Unterreich zurückkehren, wo ich allein nicht überleben kann.*

Du bist ein Drow, antwortete das Schwert. *Du hasst die Elfen, die dein Volk unterdrücken. Die hier sind arglos und nicht mehr auf der Hut, weil ich dir geholfen habe.*

Tos'un war sich dessen nicht so sicher, auch wenn die Elfen in seiner Nähe sich recht entspannt gaben. Vielleicht würde er an einigen vorbeikommen, aber wie viele lauerten noch im Wald? Das Schwert spürte seine Frage.

Doch Khazid'hea hatte keine Antwort darauf.

Der Drow sah zu, wie die Elfen im Lager umherliefen. Obwohl sie sich auf Feindesland bewegten, denn sie befanden sich jenseits des Surbrin und damit in dem von Obould beanspruchten Territorium, lachten sie beinahe unablässig. Einer stimmte ein Elfenlied an, dessen Rhythmus und Melodie Tos'un unwillkürlich an Menzoberranzan denken ließen, obwohl er die Worte nicht verstand.

Soll ich etwa zwischen denen hier und Oboulds dreckiger Sippe wählen?, fragte der Drow.

Das Schwert schwieg immer noch.

Der Drow lehnte sich zurück, schloss die Augen und blendete die Geräusche des Elfenlagers aus. Er überlegte, welche Möglichkeiten sich ihm boten, doch keine davon erschien besonders vielversprechend. Allein wollte er auch nicht weiterziehen. Er kannte seine Grenzen und wusste, was ihm bevorstand. Irgendwann würde König Obould ihn erwischen.

Er erschauerte, wenn er an den grausamen Tod seiner Drow-Freundin, Kaerlic, dachte. Obould hatte der Priesterin den Hals durchgebissen.

Wir können ihn besiegen, warf Khazid'hea ein. *Du kannst Obould und seine Armeen schlagen. Ganz allein! Sein Reich wird dir gehören!*

Tos'un hätte beinahe laut aufgelacht, und seine ungläubige Reaktion schirmte ihn wie eine Decke von dem aufgeregten Schwert ab. Weder mit noch ohne Khazid'hea würde Tos'un Armgo gegen den starken Ork-König antreten.

Der Drow überlegte noch einmal, ob er ins Unterreich zurückkehren sollte. Den Weg würde er finden, aber konnte er sich bis nach Menzoberranzan durchschlagen? Schon der Gedanke an diese Reise ließ ihn erschauern.

Damit blieben nur die Elfen. Die grässlichen Oberflächenelfen, der Erzfeind seines Volkes. Konnte er sich wirklich bei ihnen einreihen? Eigentlich wollte er sie umbringen, einen nach dem anderen, fast ebenso inbrünstig wie sein ewig hungriges Schwert. Aber wenn er diesem Impuls nachgeben würde, hatte er keinerlei Option mehr.

Ist es möglich, dass ich bei ihnen meinen Platz finde?, fragte er das Schwert. *Wird Tos'un am Ende der nächste Drizzt Do'Urden, ein Abtrünniger des Unterreichs, der mit den Völkern der Oberfläche Frieden schließt?*

Das Schwert antwortete nicht, aber der Drow spürte sein Missfallen. Deshalb verfolgte er diesen Gedankengang auf eigene Faust. Wie würde sein Leben verlaufen, wenn er sich den Oberflächenelfen anpasste? Bei diesen

Überlegungen musterte er eine Frau, die vielleicht nicht die schlechteste Gespielin für die Nacht wäre. Zudem würde ihm hier oben – anders als in seiner eigenen, matriarchal geprägten Gesellschaft – sein Geschlecht nicht im Weg stehen.

Aber war seine schwarze Haut nicht ein ebenso großes Hindernis?

Drizzt ließ sich nicht mehr davon behindern, dachte er. In den letzten Tagen hatte Tos'un genug gehört, um zu wissen, dass Drizzt nicht nur mit den Oberflächenelfen gut auskam, sondern auch mit Zwergen.

Kann es sein, dass Drizzt Do'Urden einen Weg geebnet hat, den ich auch beschreiten könnte?

Du hasst diese Elfen, mischte Khazid'hea sich ein. *Ich schmecke deine Galle.*

Aber trotzdem kann ich ihre Gastfreundschaft akzeptieren, wenn schon nicht um ihretwillen, dann um meinetwillen.

Willst du etwa aufhören zu kämpfen?

Wieder hätte Tos'un beinahe laut aufgelacht, weil er begriff, dass es Khazid'hea einzig und allein darum ging, seine herrliche Klinge in frischem Blut zu baden.

Ich werde mit ihnen zusammen Obould hässliche Sippe abschlachten, versprach er. Das Schwert schien sich zu beruhigen.

Und wenn es mich nach Elfenblut verlangt?

Alles zu seiner Zeit, antwortete Tos'un. *Wenn ich sie leid habe oder sich mir ein besserer Weg auftut...*

Natürlich war die Situation neu, und seine Gedankenspiele waren reine Spekulation. Momentan konnte sich der Drow in keinerlei Hinsicht sicher fühlen, und er hatte letztlich auch kaum eine andere Wahl. Doch der innere Dialog und die Möglichkeiten, die sich derzeit auftaten, waren nicht unangenehm. Vorläufig musste das ausreichen.

Drizzt hatte die Hände in die Hüften gestemmt. Ungläubig starrte er das Schild an:

ACHTUNG! HALT!
Reich Todespfeil
Zutritt nur auf Geheiß von König Obould.
Unbefugte werden mit dem Tode bestraft!

Der Text war in vielen Sprachen verfasst, auch in Elfisch und in der Gemeinsamen Sprache, und seiner scheinbar so einfachen Aussage entnahmen Drizzt und Innovindil deutlich mehr, als dort stand. Über einen Monat hatten sie das winterliche Land durchstreift, bis sie wieder hier standen, an dem Weg, wo sie die Orks so aufmerksam beim Bau ihres neuen Tors beobachtet hatten. Dieses Tor, das rund fünfzig Fuß weiter nördlich lag, war von einer Schönheit und Zweckmäßigkeit, auf die auch ein Zwergenbaumeister stolz gewesen wäre.

»Sie sind nicht abgezogen. Sie halten weiterhin zusammen«, stellte Drizzt fest.

»Und sie sagen, Obould wäre ihr König, und sie benennen ihr Reich nach ihm«, fügte Innovindil hinzu. »Anscheinend hat die Vision dieses ungewöhnlichen Orks sein Leben überdauert.«

Drizzt schüttelte den Kopf, obwohl ihm keine Argumente gegen diese Einschätzung einfielen. Die Schlussfolgerung lag auf der Hand, aber sie erschien ihm absurd. Es war so untypisch für die Orks.

Nach einer ganzen Weile sagte Innovindil: »Komm. Es

wird eine kalte Nacht, und ein Sturm zieht auf. Lass uns weiterziehen.«

Drizzt warf ihr einen Blick zu und nickte, doch seine Gedanken waren noch immer bei dem Schild und seiner Bedeutung.

»Wir können deutlich vor Sonnenuntergang in Mithril-Halle sein«, sagte er.

»Ich möchte den Surbrin überqueren«, erwiderte Innovindil, deren Blick zu Ellifains Körper wanderte, der auf Abendwinds Rücken festgebunden war. »Zuerst in den Mondwald, wenn du nichts dagegen hast.«

Da das Wetter hielt und vorläufig noch die Sonne schien, obwohl sich im Nordosten bereits dunkle Wolken sammelten, flogen sie durch das Tal der Hüter und am Westtor von König Bruenors Reich vorbei. Es tröstete sie jedoch, dass die Tore nach wie vor fest verschlossen waren.

Sie zogen an der Südflanke des Berges entlang, in dem die Zwerge hausten, und überquerten dann die Mauer und die Brücke im Osten. Dabei wurden sie von mehreren Zwergenposten gesichtet und nach dem ersten Schrecken auch erkannt. Drizzt erwiderte ihr Winken und hörte, wie man unten seinen Namen rief.

Jenseits des breiten, teilweise vereisten Flusses, dessen stahlgraues Wasser rasch und wütend dahinströmte, gingen sie herunter und warfen dabei bereits lange Schatten.

Hier waren sie sicher. Oboulds Truppen waren nicht weiter vorgedrungen, und als ihr Lagerfeuer in der dunklen Nacht flackerte und Schneefall einsetzte, dauerte es nicht lange, bis eine Elfenpatrouille aus Innovindils Volk auftauchte, die den Südrand ihres Landes bewachte.

Es war eine freudige Begrüßung. Die Elfen sangen und tanzten, und Drizzt reihte sich lächelnd ein.

Bald nahm der Sturm zu. Der Wind heulte, doch die Elfen, die in einem dichten Pinienwald Schutz gesucht hatten, ließen sich ihr Fest nicht verderben; so sehr freuten sie sich über Innovindils Heimkehr. Dass die arme Ellifain geborgen war, trug trotz des traurigen Anlasses ebenfalls zur Zufriedenheit bei.

Bald darauf erzählte Innovindil den anderen von ihrer Reise, insbesondere von ihrer Überraschung und Enttäuschung, als sie festgestellt hatten, dass sich die Orks nach König Oboulds Tod nicht wieder in ihren Höhlen verkrochen hatten.

»Aber Obould ist nicht tot«, antwortete einer der Elfen. Innovindil und Drizzt schwiegen verwundert.

Da trat ein anderer Elf vor: »Wir haben einen zweiten Drow getroffen, Drizzt Do' Urden, der unter den Orks ganz so aufräumt, wie du es einst getan hast. Er heißt Tos'un.«

Drizzt hatte das Gefühl, als würde ihn eine heftige Bö umwerfen, obwohl der Wind von den Pinienzweigen abgefangen wurde. Bei der Schlacht gegen Oboulds Armee hatte er zwei andere Dunkelelfen getötet, und während seines Kampfes hatte er mindestens zwei weitere bemerkt. Die Drow-Priesterin hatte das magische Erdbeben heraufbeschworen, das Drizzt und den Ork-König ins Taumeln gebracht hatte. Drizzt hatte Glück gehabt und sich etwas weiter unten auf einen Felsvorsprung retten können. Obould jedoch war dabei in eine tiefe Schlucht gestürzt. Das konnte er unmöglich überlebt haben. Ob dieser Tos'un einer von denen war, die Drizzts Kampf mit dem Ork-König gesehen hatten?

»Obould lebt«, wiederholte der Elf. »Er hat den vernichtenden Erdrutsch überlebt.«

Drizzt konnte das kaum glauben, aber nach allem, was er von der Ork-Armee gesehen hatte, war es in der Tat denkbar.

»Wo steckt dieser Tos'un?«, fragte er mit heiserer Stimme.

»Auf der anderen Seite des Surbrin, weit oben im Norden«, teilte der Elf ihm mit. »Er hat sich Albondiel und dessen Patrouille angeschlossen. Allen Berichten zufolge ist er ein guter Kämpfer.«

»Ihr scheint das zu glauben«, fand Drizzt.

»Aus gutem Grund.«

Davon war Drizzt nicht überzeugt.

Er ist im Mondwald, erinnerte Khazid'hea Tos'un an einem strahlenden und eisig kalten Morgen.

Sie befanden sich noch immer auf der anderen Seite des Surbrin im Norden des neu ausgerufenen Reiches Todespfeil, kurz vor den östlichsten Gipfeln des Grats der Welt. Der Drow wollte nicht reagieren, aber seine Gedanken kehrten unwillkürlich zu Sinnafains Mitteilung zurück, dass Drizzt Do'Urden zurück sei und sich derzeit im Mondwald aufhalte.

Er hat dich gesehen, als er mit Obould kämpfte, warnte Khazid'hea. *Er weiß, dass du mit den Orks verbündet warst.*

Er hat zwei Drow gesehen, stellte Tos'un richtig. *Von Weitem. Woher soll er wissen, dass ich es war?*

Und wenn doch? Seine Augen sind weit besser an die helle Sonne gewöhnt als deine. Unterschätze nie seine Klugheit. Er hat auch mit deinen beiden Begleitern gekämpft. Du hast keine Ahnung, was Drizzt von ihnen erfahren hat, bevor sie starben.

Tos'un steckte das Schwert ein und sah sich in dem Steinkreis vor der kleinen Höhle um, in der er und die

Elfen in der letzten Nacht gelagert hatten. Er hatte schon vermutet, dass Drizzt am Tod von Donnia Soldue und Adnon Khareese beteiligt gewesen war, aber die Bestätigung des Schwerts wühlte ihn dennoch auf.

Willst du deine toten Freunde nicht rächen?, fragte Khazid'hea. Etwas in der telepathischen Botschaft des Schwerts sagte ihm, wie verrückt eine solche Rache wäre. Tos'un wollte sich keineswegs mit dem legendären Verräter messen, der in der großen Stadt Menzoberranzan so viel Unruhe gestiftet hatte. Kaer'lic hatte gefürchtet, dass Drizzt Do'Urden womöglich in der Gunst von Lloth stand, weil er eine Spur der Verwüstung hinterließ, in der das Chaos blühte. Doch selbst wenn es nicht so war, überlief Tos'un beim Gedanken an den Ruf des Abtrünnigen ein kalter Schauer.

Konnte er Drizzt täuschen, oder würde der Verräter ihn einfach niedermetzeln?

Gut, schnurrte Khazid'hea. *Du verstehst, dass du für diesen Kampf noch nicht bereit bist.* Das Schwert lenkte seinen Blick auf Sinnafain, die nicht weit von ihm auf einem Stein saß und auf das weite Tal blickte.

Töte sie und lass uns von hier verschwinden, raunte Khazid'hea. *Die anderen sind draußen oder tief in ihre Meditation versunken. Sie können dich nicht aufhalten.*

Trotz seiner Bedenken griff Tos'uns Hand nach dem Schwert, aber er ließ es sogleich wieder los.

Drizzt wird mich nicht töten. Ich kann ihn überzeugen. Er wird mich akzeptieren.

Zumindest wird er mich einfordern, protestierte Khazid'hea, *damit er mich der Menschenfrau zurückgeben kann.*

Das werde ich nicht zulassen.

Was willst du dagegen tun? Und wie will Tos'un sich ge-

gen die Priester wehren, wenn Khazid'hea ihm nicht mehr hilft, ihre Wahrheitszauber abzuwenden?

Den Schritt haben wir bereits hinter uns, erwiderte der Drow.

Außer wenn ich dich verrate, warnte das Schwert.

Tos'un sog die Luft ein. Er steckte in der Falle. Die Vorstellung, allein in die Kälte hinauszuziehen, behagte ihm nicht, aber dem ruchlosen Schwert war er nicht gewachsen.

Andererseits war er aber auch nicht bereit, sich Khazid'hea oder Drizzt oder sonst jemandem zu unterwerfen. Tos'un wusste, dass seine Kampftechnik sich durch die Einflüsterungen des Schwerts verbessert hatte, und es gab wenige Waffen auf der Welt, die eine schärfere Schneide besaßen. Dennoch zweifelte er nicht an der Richtigkeit von Khazid'heas Einschätzung, dass er für einen Zweikampf mit Drizzt Do'Urden noch nicht bereit war.

Ohne sich dessen richtig bewusst zu sein, stand der Drow auf und stellte sich hinter Sinnafain.

»Es wird ein schöner Tag, aber der Wind wird uns im Bereich der Höhle festhalten«, sagte sie. Tos'un verstand die meisten Wörter und ihre Bedeutung, denn er hatte eine schnelle Auffassungsgabe, und die Elfensprache unterschied sich gar nicht so sehr von der Sprache der Drow. Viele Wörter waren ähnlich, hatten ähnliche Wurzeln und letztlich die gleiche Struktur.

Als sie sich nach ihm umdrehte, schlug er zu.

Für Sinnafain war es, als wäre die Welt ins Trudeln geraten. Sie lag auf dem Boden, und der Drow stand über ihr. Die tödliche Spitze seines Schwerts ruhte unter ihrem Kinn und zwang sie, den Hals nach hinten zu biegen.

Töte sie!, forderte Khazid'hea.

Tos'uns Gedanken überschlugen sich. Er wollte ihr das Schwert in die Kehle stechen. Oder sollte er sie lieber als Geisel nehmen? Sie war ein wertvolles Verhandlungsobjekt, das ihm auf jeden Fall noch eine ganze Weile Vergnügen bereiten konnte.

Aber wozu?

Töte sie!, kreischte Khazid'hea in seinem Kopf.

Tos'un ließ etwas locker. Sinnafain senkte das Kinn und sah ihn an. Das Entsetzen in ihren blauen Augen gefiel ihm. Fast hätte er das Schwert zurückgezogen, nur um ihr neue Hoffnung zu schenken, ehe er wieder zuschlug und ihr die Kehle durchschnitt.

Aber wozu?

Töte sie!

»Ich bin nicht euer Feind, aber Drizzt wird das nicht verstehen«, hörte Tos'un sich sagen. Allerdings beherrschte er die Sprache noch so wenig, dass Sinnafains Gesicht nur Verwirrung ausdrückte.

»Nicht euer Feind«, wiederholte er langsam und konzentriert. »Drizzt nicht verstehen.«

Frustriert schüttelte er den Kopf, nahm der hilflosen Elfe die Waffen ab und schleuderte sie in die Büsche. Er zwang Sinnafain aufzustehen und stieß sie vorwärts, immer mit Khazid'hea in ihrem Rücken. Ein paar Mal sah er sich nach der Höhle um, aber bald waren sie so weit entfernt, dass er wusste, dass niemand sie verfolgte.

Er riss Sinnafain herum und zwang sie auf den Boden. »Ich bin nicht euer Feind«, sagte er noch einmal.

Und dann machte Tos'un Armgo zu Khazid'heas größtem Ärger kehrt und rannte davon.

»Das ist Catti-bries Schwert«, sagte Drizzt, als Sinnafain ihm einige Tage später, nachdem sie und ihre Truppe in den Mondwald zurückgekehrt waren, von Tos'un erzählte. »Er gehörte zu denen, die ich gesehen habe, als ich mit Obould kämpfte.«

»Unsere Wahrheitsfinder haben keine Lüge gefunden, auch keine Bosheit«, hielt Sinnafain dagegen.

»Er ist ein Drow«, warf Innovindil ein. »Die beherrschen viele Tricks.«

Doch Sinnafains schlichte Antwort: »Er hat mich nicht getötet«, nahm diesem Einwand das Gewicht.

»Er gehörte zu Obould«, sagte Drizzt wieder. »Ich weiß, dass der Ork-König Hilfe von mehreren Drow hatte. Sie haben auch seinen Angriff gesteuert.« Er warf Innovindil einen Blick zu. Sie nickte zustimmend.

»Ich werde ihn finden«, gelobte Drizzt.

»Und töten?«, fragte Sinnafain.

Drizzt antwortete nicht, denn er musste sich die Bestätigung verkneifen, die ihm schon auf den Lippen lag.

»Du verstehst, was das ist?«, fragte Jallinal, der Priester. »Ein Wiedergänger?«

»Ein Geist, der noch etwas abzuschließen hat, ja«, erwiderte Innovindil, doch ihre Stimme zitterte dabei. Die Priester nahmen ein solches Ritual nicht auf die leichte Schulter. Zum Glück waren Wiedergänger sehr selten. Es handelte sich um Geister, die nicht zur Ruhe kamen, weil sie unter großen Seelenqualen gestorben waren, ohne zentrale Fragen ihres Lebens gelöst zu haben. Aber Ellifain war kein Wiedergänger – noch nicht. Ihr Gespräch mit dem Gott hatte die Elfenpriester davon überzeugt, dass es das Beste wäre, einen Wiedergänger für Ellifain zu *erschaffen*, doch so etwas war absolut unüblich. Dennoch waren sie davon überzeugt, dass es richtig wäre, und da so viel auf dem Spiel stand, konnte Innovindil angesichts ihrer Zuversicht schlecht ablehnen. Sie war in jeder Hinsicht die naheliegende Wahl.

»Die Besessenheit verursacht keine Schmerzen«, versicherte Jallinal. »Jedenfalls keine körperlichen. Dennoch ist sie in höchstem Maße beunruhigend. Bist du sicher, dass du das kannst?«

Innovindil lehnte sich zurück und warf einen Blick auf die Hütte, in der Drizzt sich aufhielt. Unwillkürlich nickte sie, als sie an ihn dachte, den Drow, der ihr als Freund ans Herz gewachsen war. Er brauchte diese Zeremonie ebenso sehr wie Ellifain.

»Bringen wir es hinter uns, damit wir alle ruhiger schlafen«, sagte Innovindil.

Daraufhin stimmten Jallinal und die anderen Kleriker ihre rituellen Beschwörungen an. Innovindil legte sich auf die Kissen auf dem Boden und schloss die Augen. Ganz allmählich wurde sie von der Magie durchdrungen, die dem Geist, den die Priester beschworen, ein Gefäß öffnete. Ihr Bewusstsein wurde eingelullt, ohne sich vollständig zurückzuziehen. Es war eher so, als würden ihre Gedanken durch die ihrer einstigen Freundin gefiltert, als würde sie alles durch das Bewusstsein von Ellifain sehen und hören.

Denn sie wusste bereits, dass Ellifain bei ihr war, und als ihr Körper sich aufsetzte, wurde er von Ellifain gesteuert, nicht von Innovindil.

Doch da war noch etwas, wie Innovindil spürte, denn obwohl Ellifain sich ihren Körper mit ihr teilte, war ihre Freundin verändert. Sie war ruhig und gelassen. Sie hatte ihren Frieden gefunden. Instinktiv fragte Innovindil nach dieser Veränderung, und Ellifain antwortete mit Erinnerungen. Erinnerungen von vor langer Zeit, die ihr erst kürzlich wieder bewusst geworden waren.

Sie konnte wenig sehen, denn ihr Blick wurde von einem angewinkelten Arm versperrt. Schmerzerfüllte Schreckensschreie waren zu hören.

Sie spürte die Wärme, eine feuchte Wärme, und sie wusste, dass es Blut war.

Der Himmel begann sich zu drehen. Sie fühlte, wie sie fiel und auf dem Körper der Frau landete, die sie umklammerte.

Ellifains Mutter. Natürlich!

Innovindils Verstand wurde von den Bildern und Geräuschen verwirrt. Sie war überwältigt. Dann aber konzentrierte sie sich ganz auf das eine Bild, das sie klar erkennen konnte: veilchenblaue Augen.

Diese Augen kannte sie. Innovindil hatte monatelang in diese Augen geblickt.

Die Welt wurde dunkler, wärmer, feuchter.

Das Bild verblasste, und nun verstand Innovindil, was Ellifain erst nach ihrem Tod enthüllt worden war. Was Drizzt Do'Urden in jener furchtbaren Nacht wirklich getan hatte. Ellifain wusste jetzt, wie falsch ihr irregeleiteter Hass auf jenen Dunkelelf gewesen war, und dass sie seiner Schilderung von jenem Angriff besser geglaubt hätte.

Sie ging zu Drizzt und kniete sich vor ihn hin. Dann starrte sie in seine veilchenblauen Augen, die Augen, die Ellifain in der Nacht, in der man ihre Mutter ermordet hatte, so eindringlich gesehen hatte. Sie hob erst eine Hand an Drizzts Wange, dann die andere, bis sie sein Gesicht in beiden Händen hielt.

»Innovindil?«, fragte er mit unsicherer Stimme. Er hielt den Atem an.

»Ellifain, Drizzt Do'Urden«, hörte Innovindil sich sagen. »Die du als Le'lorinel kanntest.«

Drizzt rang mühsam um seine Fassung.

Ellifain zog seinen Kopf herunter, küsste ihn auf die Stirn und hielt ihn lange Zeit in dieser Position.

Dann schob sie ihn auf Armeslänge von sich weg. Innovindil fühlte heiße Tränen über ihre Wangen rinnen.

»Jetzt weiß ich es«, flüsterte Ellifain.

Drizzt umfasste ihre Handgelenke. Er wollte etwas sagen, fand aber keine Worte.

»Jetzt weiß ich es«, sagte Ellifain noch einmal. Sie nickte, erhob sich und verließ die Hütte.

Das alles fühlte Innovindil überdeutlich. Ihre Freundin hatte endlich ihren Frieden.

Das Lächeln auf Drizzts Gesicht war von Grund auf ehrlich, und die Tränen auf seinen Wangen entsprangen Glück und Erleichterung zugleich.

Er wusste, dass ihm und seinen Freunden kein leichter Weg bevorstand. Die Orks waren immer noch da, und er musste mit einem Dunkelelf fertigwerden, der die tödliche Klinge Khazid'hea führte.

Aber diese Gefahren konnten Drizzt Do'Urden an jenem Morgen nicht schrecken, und als Innovindil – nur sie selbst, ohne Ellifains Geist – zu ihm kam, um ihn in die Arme zu schließen, hatte er das Gefühl, die Welt wäre so, wie sie sein sollte.

Denn Drizzt Do'Urden vertraute seinen Freunden, und nach der Vergebung durch Ellifain vertraute er auch endlich wieder sich selbst.

Wenn jemand in meinen Hort vordringt

Erstveröffentlichung in *Dragons: World Afire*
Wizards of the Coast, 2006

Vor vielen Jahren schlugen Margaret Weis und Tracy Hickman vor, zusammen mit mir und Ed Greenwood ein Buch zu schreiben. Die Grundidee war, dass jeder von uns eine Novelle verfassen sollte, in der unsere wichtigsten Charaktere sich denselben Herausforderungen zu stellen hatten. Ich fand diesen Ansatz genial, doch letztlich wurde leider nichts daraus.

Als es also um Dragons: World Afire *ging, war ich in dieser Hinsicht bereits weichgeklopft. »Wenn jemand in meinen Hort vordringt« ist die erste und einzige Novelle meines Lebens, und ich muss zugeben, dass dieses Format mir viel mehr zusagt als eine Kurzgeschichte. Ich bin ein großer Fan der Novellen von Fritz Leiber, und* Die Toten *von James Joyce ist für mich praktisch der Inbegriff von Literatur überhaupt.*

Da wir in diesem Buch unsere Helden nicht alle in dasselbe Abenteuer schickten, konnte ich mich wieder meinen Lieblingsschurken, Entreri und Jarlaxle, widmen. Sie tauchen in dieser Geschichte zwar nicht persönlich auf, aber die Ereignisse haben dennoch mit ihren Abenteuern in Vaasa und Damara zu tun, weil ich wieder einmal eine Ergänzung zu den Romanen geschrieben habe.

Ich liebe die Blutsteinlande, seit ich zum ersten Mal die alten Spielmodule von Douglas Niles in die Finger bekam. Es ist kein Zufall, dass viele der Charaktere aus Der Hexenkönig *direkt aus diesen Modulen entnommen sind. Für das AD&D-Spiel habe ich das Handbuch über diese Region geschrieben und hätte auch gern mein »Mönchs-Quintett« dort angesiedelt (aber das Mönchs-Quintett wurde zum Kleriker-Quintett, das in andere Regionen der Vergessenen Welten verschoben wurde). Außerdem fasziniert mich der Hexenkönig Zhengyi – besonders weil ich weiß, dass es zur Erschaffung dieses Lichs in den alten Zeiten von TSR einen Insiderwitz gab, den mir partout niemand verraten will!*

In »Wachsweich im Nesser-Reich« hatte ich so viel Spaß an den Drachen, dass ich ihnen hier gern eine Hauptrolle zuwies. Und dass es um Drachen geht, heißt keineswegs, dass ich nicht an einem anderen Thema weiterarbeiten könnte, das in der Saga vom Dunkelelf ebenfalls eine so wichtige Rolle spielt, nämlich der Sterblichkeit. Drachen haben in den Vergessenen Welten ein ausgesprochen langes Leben, aber ist das ausreichend? Wie oft habe ich Menschen sagen hören: »Ich möchte nicht ewig leben!« Aber das nehme ich ihnen nicht ab, den meisten jedenfalls nicht. Ich bin mir sicher, dass manch einer fest an die Verheißungen glaubt, die uns erwarten, »wenn wir diese sterbliche Hülle einst verlassen haben«, und dass diese Überzeugung auch der letzten Prüfung standhalten wird. Vielleicht denken sogar die meisten Menschen so, doch im Augenblick der Wahrheit würden wahrscheinlich viele ihre Meinung ändern, wenn das noch etwas nützen würde.

Genau das stellt der Hexenkönig in Aussicht, wie auch Vampire und letztlich auch die meisten Religionen. So vieles von dem, was wir in unserem Leben tun, kündet von unserer Angst vor dem, was uns nach dem Tod erwartet – oder von der

Hoffnung darauf. Das ist das ungelöste Rätsel, die ewige Frage des rationalen Verstandes, der seiner selbst bewusst ist: Hat das alles einen Sinn oder ist es nur ein großer Witz? Sind wir mehr als unsere sterbliche Hülle oder das zufällige Ergebnis der Zusammensetzung unserer Moleküle?

Drizzt glaubt sich frei von den Alltagsfragen des Lebens, weil er weiß und es wirklich versteht, dass er eines Tages sterben wird. Wie oft haben wir von denen, die eine schlimme Krankheit überlebt haben, gehört, dass diese Krankheit ein großer Segen war, weil sie nun so intensiv in der Gegenwart leben und jeden Tag wirklich als Geschenk ansehen?

Sterben, schlafen,
schlafen und vielleicht träumen?
Das ist die große Frage.

Sogar für Drachen.

»Füll die Eimer, schnapp den Fisch«, murmelte Ringo Heffenstein, ein Zwerg mit selbst nach Zwergenmaßstäben ausgesprochen breiten Schultern und einem großen kantigen Kopf. Ringo war eine Ausnahme unter den Zwergen, die in den morastigen Nordosten von Vaasa gezogen waren, denn er hatte keinen richtigen Bart. Einen gewaltigen Schnurrbart, dick wie ein Türgriff, aber keinen Kinnbart. Seit einem unglücklichen Zusammenstoß mit einer gnomischen Feuerwerksrakete in Damara, dem südlich gelegenen zivilisierteren Nachbarland von Vaasa, war die Haut an Ringos Kinn so vernarbt, dass dort kein Haar mehr sprießen mochte.

Für einen Zwerg war das natürlich besonders schmerzlich, doch Ringo war ein besonders pragmatischer Mann, der sich damit stoisch abgefunden und das verbliebene Gesichtshaar entsprechend umfrisiert hatte. Ringo brachte nichts aus der Ruhe. Natürlich konnte er über unwürdige Aufgaben grummeln und maulen wie jeder andere Zwerg, so zum Beispiel über seine aktuelle Tätigkeit als Wasserträger für seine Kameraden, doch am Ende fügte sich für ihn alles in einen übergreifenden Zusammenhang und prallte von seinen breiten Schultern ab.

Jetzt erreichte er die Böschung. Ein paar Dutzend Schritte weiter tranken seine Freunde bereits Bier und erzählten mit zunehmender Lautstärke von wilden und verwegenen Abenteuern.

Ihr schallendes Gelächter ließ Ringo zusammenfahren und unruhig nach Süden blicken. Sie waren nicht weit von Palishchuk entfernt, der Stadt der Halb-Orks. Eigentlich hätten sie längst dort sein können, wo man im sicheren Wirtshaus schlafen konnte. Die Halb-Orks hätten ihre Münzen erfreut angenommen und sie hereingebeten. Doch obwohl sie den Zwergen nicht feindlich gesinnt waren, hatte die Truppe bereits beschlossen, Palishchuk nach Möglichkeit zu umgehen. Ringo und die anderen mochten den Geruch der Halb-Orks nicht, und obwohl diese speziellen Halb-Orks sich eher wie Menschen als wie Orks verhielten, haftete ihnen noch immer die eigenartige Ausdünstung ihrer Vorfahren an.

Lautes Lachen ließ Ringo zum Lager zurückblicken. Als einige der Trunkenbolde vergeblich versuchten, diejenigen zum Schweigen zu bringen, die am lautesten grölten, schüttelte er den Kopf.

Er wandte sich wieder dem See zu, der sich jedes Frühjahr an dieser Stelle bildete, wenn die gefrorene Tundra allmählich auftaute und Schmelzwasser freisetzte. Ihm waren Fische aufgefallen, die seitlich durch die Schatten flitzten. Wieder schüttelte er den Kopf. Wie konnten sie in einer solchen Umgebung nur überleben? Und wenn sie unter dem Schatten des Großen Gletschers den langen Winter von Vaasa überstanden hatten, wie sollte er es dann über sich bringen, einen zu fangen?

»Bleibt nur, wo ihr seid, ihr Fischlein«, sagte der Zwerg. »Ihr gehört hierhin, und der alte Ringo bringt es nicht übers Herz, euch zu fangen und zu braten.«

Er griff nach dem Rest seines Abendessen, einer dicken Brotkrume an der linken Seite seines Schnurrbarts. Den hatte er für später aufbewahrt, doch jetzt warf er nur einen Blick darauf und gab ihn lieber den Fischen.

Der Zwerg grinste, als die Fische nach oben stiegen und nach dem Krümel schnappten. Sofort folgten mehrere andere, die blubbernde Geräusche erzeugten und kleine ineinanderlaufende Wellenringe erzeugten.

Ringo sah ihnen noch einige Minuten zu, bis er einen Eimer nahm und zum Ufer ging. Dort kniete er sich in den Schlamm und tauchte den Eimer seitlich ins Wasser, um ihn zu füllen.

Als er den Eimer gerade herausziehen wollte, nahte eine Welle, die den Griff überspülte und seine Hände samt den behaarten Unterarmen benetzte.

»Hey!«, schnaubte Ringo und wich vor dem eisigen Wasser zurück.

Er fiel nach hinten, blieb sitzen, blickte auf den See und zog die Beine an, damit sie nicht nass wurden. Weiter draußen entstanden weitere Wasserringe, deren Ausläufer auf ihn zurollten.

Ringo kratzte sich am Kopf. Es war nur ein kleiner See,

und es war ziemlich windstill. Hier gab es auch keine Berge, von denen ein Stein oder Baum herabgefallen sein konnte. Und einen Vogel hatte er auch nicht abstürzen sehen.

»Wellen?«

Der Zwerg stand auf und stemmte beide Hände in die Hüften, während das Wasser sich beruhigte. Ein Seitenblick verriet ihm, dass die Fische verschwunden waren.

Das Wasser wurde wieder ganz ruhig, doch Ringo stellten sich vor Nervosität die Nackenhaare auf.

»Heda, wo bleibt das Wasser?«, rief einer der Zwerge aus dem Lager.

Ringo wusste, dass es an der Zeit war für einen Warnruf. Er hätte auch zum Lager zurücklaufen können. Stattdessen stand er da und starrte auf das unbewegte Wasser des dunklen Sees. Das spärliche Sonnenlicht, das durch die Wolken im Westen fiel, malte etwas hellere Linien auf die spiegelnde Oberfläche.

Er wusste, dass er beobachtet wurde. Eigentlich sollte er nach seinem dicken Holzschild und der Streitaxt auf seinem Rücken greifen. Immerhin war er ein Krieger, der etliche Jahre voller Abenteuer und Kämpfe hinter sich hatte.

Doch er blieb stehen und rührte sich nicht. Seine Beine reagierten nicht auf seinen Befehl, ihn zum Lager zu bringen. Seine Hände weigerten sich, Waffe und Schwert zu ergreifen.

Weiter hinten sah er etwas Großes, Dunkles unter der stillen Wasseroberfläche, einen schwärzeren Fleck im Dunkelgrau. Das Wasser war nicht aufgewühlt, aber Ringo erkannte instinktiv, dass der düstere Umriss aus der Tiefe aufstieg.

Ohne eine Welle zu erzeugen, hoben sich dreißig Fuß vor dem Ufer zwei Hörner aus dem Wasser, wurden höher und höher, fünf Fuß, sieben Fuß, und dazwischen erschien die schwarze Krone eines Reptilkopfes.

Ringo begann zu zittern. Seine Hände sackten hilflos herab.

Er wusste, was da emporkam, aber sein Verstand wollte es nicht akzeptieren, ließ nicht zu, dass er schrie, davonrannte oder nach seiner Waffe griff, auch wenn diese hier völlig nutzlos war.

Die Hörner stiegen noch höher auf, und darunter hob sich der schwarze Kopf aus dem Wasser. Ringo sah die Ränder scharfer Schuppen, schwarz wie ein Minenschacht, die den Kopf des Tiers wie eine Rüstung umrahmten, die kein zwergischer Schmiedemeister je zustande brächte. Dann sah er die Augen, gelbe Echsenaugen. Das Ungeheuer verharrte.

Die schrecklichen Augen hatten den Zwerg entdeckt. Das wusste er, und zwar lange bevor die Kreatur sich gezeigt hatte. Ihr Blick durchbohrte ihn und umgab ihn mit einem intensiven Licht, das wie der Strahl einer Blendlaterne auf ihn gerichtet war.

»Wo bleibt das Wasser?«, riefen die anderen wieder. »Ich will noch trinken und pissen, bevor es dunkel wird.«

Er wollte antworten.

»Ringo?«

»Hiev-den-Stein, du Dummbart!«, fiel ein zweiter Zwerg ein. Das war der Spitzname, den sie ihrem wichtigsten Packesel verpasst hatten.

Die Provokation erreichte Ringo gar nicht, denn er konnte nur noch in die schrecklichen Augen des Reptils starren.

»Weg hier!«, schrie er in seinem Inneren. Aber es war, als wären seine Beine tief im Schlamm versunken, und er rührte sich nicht, als sich das Wasser teilte und der spitz zulaufende Kopf erschien, der so lang war wie sein eigener Körper und von hinreißender Schönheit. Zuerst tauchten geblähte Nüstern auf, aus denen Dampfwolken stiegen, dann das furchtbare Maul, aus dem rechts und links Wasser zwischen Zähnen herauslief, die so lang waren wie Zwergenbeine. Die Schlingpflanzen, die sich darin verfangen hatten, baumelten triefend herunter, während der Kopf über die graue Oberfläche des Sees ragte.

Der Drachenkopf stieg höher und höher, und dabei näherte sich das Ungeheuer langsam und lautlos, bis der Kopf keine zehn Fuß vor dem verschlammten Ufer über dem schreckensstarren Zwerg verharrte.

Ringo rang vor Angst nach Luft. Von der Macht der bedrohlichen Reptilienaugen gebannt neigte sich sein Kopf nach hinten, während der schwarze Schlangenhals des Drachen immer länger wurde. Der Drachenkopf wiegte sich langsam hin und her, und Ringo ahmte die Bewegung nach, ohne es zu merken.

Wie schön, dachte er, denn das Ungeheuer war unbestreitbar ein prachtvoller Anblick.

Es hatte etwas Übernatürliches an sich, eine Macht, die die Wahrnehmung eines Sterblichen überstieg – beinahe göttlich und damit für einen Zwerg unbegreiflich. Jeder Gedanke, gegen ein so herrliches Wesen eine Waffe zu ziehen, war verflogen. Wie konnte er sich anmaßen, einen Gott zum Kampf aufzufordern? Warum sollte ein solches Geschöpf ihn überhaupt für würdig erachten, mit ihm zu kämpfen?

Ringo war wie hypnotisiert. Die Macht und die Schönheit des Drachen hatten ihn so überwältigt, dass er kaum mitbekam, wie der Drachenkopf blitzartig vorschnellte, das Maul aufriss und die Kiefer um ihn schloss.

Der Drache wiegte sich langsam im See.

Es war dunkel.

Und Ringo fühlte nichts mehr.

»Heda, Hiev-den-Stein, kannst du dich mal beeilen?«, schimpfte Nordwinnil Fellhammer, der sich jetzt am Lagerfeuer aus dem Schneidersitz erhob. »Meine Lippen sind trocken wie...«

Ihm blieben die Worte im Halse stecken, als er zum See und zu Ringo blickte – oder eher zu den zwei Beinstümpfen, die noch in Ringos Stiefeln steckten. Nordwinnil riss die Augen auf, und sein Kiefer klappte herunter, als das eine Bein umkippte und mit einem leisen Platschen im Matsch landete.

»Genau, das geht mir...«, sagte ein anderer Zwerg, dem ebenfalls die Stimme brach, als er zum See sah, wo der riesige schwarze Drache jetzt in Ufernähe im Wasser kauerte.

Das Ungeheuer schluckte, und einer von Ringos Armen rutschte ihm aus dem Maul.

»D-d-d-d-*drache*!«, kreischte Nordwinnil.

Er versuchte, zur Seite zu rennen, drehte sich aber so eilig um, dass er dabei das Gleichgewicht verlor und kopfüber in das Zelt kippte, das hinter ihm stand. Zappelnd kroch er weiter, während alle Zwerge zu schreien begannen. Er hörte einen dumpfen Knall und wusste, dass jemand trotzig mit der Axt auf einen Holzschild geschlagen hatte.

Der Boden bebte, denn jetzt kam das Untier ganz aus dem See, und Nordwinnil zappelte noch heftiger, wodurch er sich allerdings nur weiter in die Zeltplane verstrickte.

Um ihn herum erklangen Schreckensschreie, aber auch wütendes Gemurre. Jemand spannte eine Armbrust, es folgte das scharfe Klicken des Bolzens, das Zischen des Drachen und dann der Aufschrei des Schützen. Danach erklang ein feuchtes Knacken, denn der Drache hatte nach dem Zwerg geschnappt.

Nordwinnil zog die Beine an und warf sich nach vorn, weil Zwergenblut über ihn und das Zelt regnete. Endlich tauchte er auf der anderen Seite wieder auf, wo er auf allen vieren weiterkroch.

Er brachte keinen Ton mehr heraus, denn hinter ihm schrien seine Gefährten gellend auf. Er wagte nicht, sich umzusehen. Beinahe wäre er vor Angst ohnmächtig geworden, da schlug ihm jemand auf den Rücken.

Doch das war nur ein Zwerg, der gute alte Pergiss MacRingle, der ihn am Kragen packte und mitschleifte.

Der gute alte Pergiss! Pergiss würde ihn nicht zurücklassen.

Gestützt von seinem Freund kam Nordwinnil endlich auf die Beine. Sie rannten davon – oder versuchten es jedenfalls. Bei jedem Schritt des Drachen bebte die Erde. Der Drache war gerade auf einen anderen Zwerg getreten und hatte den armen Kerl auf dem weichen Boden zerquetscht. Pergiss und Nordwinnil prallten gegeneinander, fielen hin und hatten Mühe, wieder aufzustehen.

Nordwinnil drehte sich nach dem Drachen um, als dieser sich ihnen zuwandte. Die schrecklichen Augen entdeckten und fixierten ihn.

»Komm schon, du Dummkopf!«, schrie Pergiss, doch Nordwinnil konnte sich nicht mehr rühren.

Pergiss sah sich um. Der Drache breitete die weiten ledrigen Flügel aus, sodass seine überwältigende Schwärze den letzten Rest Tageslicht schluckte.

»Bei den Göttern«, brachte Pergiss noch heraus.

Der Drachenkopf schoss nur wenige Fuß vor. Er riss das Maul auf und spie seinen schwarzgrünen Säureodem aus.

Nordwinnil und Pergiss rissen die Arme hoch, um sich vor dem tödlichen Regen zu schützen, aber die klebrige brennende Masse war überall.

Sie schrien. Es brannte. Sie zerschmolzen so vollständig, dass niemand mehr hätte sagen können, wo Nordwinnil endete und Pergiss begann.

Dann wurde es wieder still um den einsamen See bei Palishchuk. Die Bussarde hatten das Geschehen interessiert beobachtet, aber keiner wagte es, sich in die Lüfte zu schwingen oder einen Laut von sich zu geben.

Er war Kazmil-urshula-kelloakizilian. Er war Urshula, der schwarze Drache von Vaasa, das Sumpfungeheuer, der Schrecken all derer, die dieses wilde Land zivilisieren wollten. In seiner Jugend hatte er ganze Dörfer dem Erdboden gleichgemacht. Er hatte Städte so gründlich geplündert, dass diejenigen, die später zurückkamen, nicht einmal mehr sahen, wo einst Häuser gestanden hatten. Die Goblin-Stämme hatten ihn verehrt, ihm Opfer dargebracht und sein Bild zu ihrem Totem erkoren.

Als junger Drache hatte Urshula vor Hunderten von Jahren von den Galenas im Süden bis zum Fuß des Großen Gletschers den ganzen Landstrich beherrscht, der heute Vaasas Nordrand bildete.

Aber er war ruhiger geworden. Mit dem Alter war die Zufriedenheit gekommen, und seine Schätze bildeten mit ihrem Geruch, ihrem Geschmack und ihrer magischen Energie ein unwiderstehliches Lager für Urshula. So löste sich der Drache nur selten von dem weichen Torf und den kühlen Steinen seines unterirdischen Horts.

Nur hin und wieder erreichte ihn der Duft von frischem Fleisch, ob Zwerg, Mensch, Ork oder gelegentlich sogar Elf, und wenn er mit dem Summen von Magie und dem metallischen Geschmack von Münzen einherging, erhob sich Urshula.

Nachdem alle Zwerge tot und gefressen waren, prüfte er seine Beute. Die gleichermaßen tödlichen wie geschickten Vorderbeine durchwühlten die Schätze, während er überlegte, ob er Zwerge eigentlich roh bevorzugte, wie den ersten am See oder im Säurebad wie die letzten beiden. Bei diesem Gedanken züngelte eine lange gespaltene Zunge durch seine Fänge, und er suchte nach den Resten des einen oder anderen Happens, um die Frage grundsätzlich zu klären.

Bald hatte er alles Wertvolle in einem Sack zusammengetragen. Diesen Sack umfasste er mit einer Klaue und richtete seine Sinne gen Süden, woher stechender Ork-Geruch heranwehte. Obwohl er nicht mehr richtig hungrig war und auch gern weitergeschlafen hätte, breitete er die Flügel aus und richtete sich auf den Hinterläufen hoch auf. Dabei reckte er den Schlangenhals, um einen Blick nach Süden werfen zu können.

Seine Augen verengten sich, als er die Rauchfahnen aus der fernen Stadt wahrnahm. Natürlich hatte er von der Ortschaft gehört, denn der Lärm ihrer Erbauung war bis zu ihm vorgedrungen, aber er hatte bisher wenig darauf geachtet. Der Ork-Gestank war deutlich, aber Orks hatten normalerweise weder magische Schätze noch Münzen.

Der Drache blickte wieder zum See und dachte an die Tunnel unter dem schwarzen Wasser, die ihn zu seinem Hort führen würden. Dann sah er nach Süden und regte noch einmal die Flügel.

Immer noch mit dem Sack in den Klauen schwang sich Urshula in die Luft. Seine Flügel hoben und senkten sich parallel zum Boden, legten sich leicht schräg auf die Luft und ließen sich von ihr immer höher tragen. Schließlich sah er auf die Stadt herunter und staunte über ihre Größe. Sie musste mehrere Tausend Bewohner haben, denn die lange Stadtmauer erstreckte sich bis weit in den Süden. Dahinter waren viele Häuser zu sehen, teilweise recht große mit vielen Stockwerken.

Eine Welle von Hass durchlief den Drachen, und beinahe hätte Urshula ihr nachgegeben und sich kopfüber auf dieses neue Gebilde gestürzt. Wie konnten sie es wagen, einfach sein Land zu bebauen?

Dann aber hörte er die Hörner erschallen und sah schwarze Punkte über die Mauern hasten – die Wachen der fernen Stadt.

Urshula hatte erst ein einziges Mal eine Stadt angegriffen, keinen einfachen Ort, sondern eine richtige Stadt mit Verteidigungsanlagen. Wenn er daran zurückdachte, durchfuhr einen seiner Flügel, sein rechtes Hinterbein und seinen Unterleib noch heute ein stechender Schmerz.

Dennoch sollten die Eindringlinge nicht ungestraft davonkommen.

Urshula schraubte sich höher in den Abendhimmel. Er brüllte laut, denn seinem Angriff sollten Angst und Schrecken vorausgehen.

Nachdem er über den Wolken war, hörte er auf zu steigen. Er stellte sich die armen Teufel auf der Stadtmauer vor, die verzweifelt den Himmel absuchten.

So schwebte er ein Stück nach Süden, ehe er abtauchte und im Sturzflug aus der Wolkendecke schoss, sodass der Wind heulend an seinen Flügeln entlangstrich. Er hörte die Schreie, sah die Zweibeiner rennen, roch die winzigen Pfeile, die ihm entgegenkamen.

Der Drache brauste über die Stadt hinweg und stieß Säure aus, die in der Mitte der Stadt eine Spur der Verwüstung hinterließ. Einige Pfeile streiften ihn, und ein Speer flog tatsächlich so hoch, dass Urshula ihn im Flug zerbeißen konnte.

Dann war er auch schon jenseits der Südmauer verschwunden. Mit einer leichten Neigung seiner Flügel schickte sich der Drache wieder zum Steigen an.

Auf seinen zweiten Angriff würden sie besser vorbereitet sein, aber einen zweiten Angriff würde es nicht geben. Urshula stieg noch höher. Diesmal bog er nach Norden ab und strich hoch oben über die Stadt hinweg, wo die lächerlichen Pfeile ihn nicht erreichen konnten.

Ein Stück weiter glitt er nach unten, fegte über die Überreste des Zwergenlagers und stieß inmitten einer hoch aufspritzenden Wasserwand in den See.

Seine Flügel waren fest angelegt, und sein großer Körper bog sich, um durch den kalten Zufluss zu tauchen, der das Frühjahrsschmelzwasser des Großen Gletschers herantrug. Doch Urshula würde nie der Atem ausgehen, denn schwarze Drachen waren perfekt an eine solche

Umgebung angepasst. Minuten später bog der Drache in einen Seitengang ab, den allmählich ansteigenden Lavatunnel eines alten Vulkans, an dessen Ende er irgendwann aus dem Wasser kroch.

Unbeirrt durchwanderte er das unterirdische Gewirr der Gänge, die zum Teil so breit waren, dass er seine Flügel etwas ausbreiten konnte, und manchmal so eng, dass seine Schuppen die Wände verschrammten. In einem der engeren Gänge hielt Urshula inne und witterte. Er nickte. Jetzt war er neben seinem Hort.

Er wandte den Kopf der weichen Erde zu und stieß seinen Säureodem aus. Diesmal jedoch versprühte er ihn gleichmäßig und bohrte damit ein Loch in die Wand.

So gelangte er von Süden aus in einen Seitenbereich seines Horts. Er kroch weiter und schüttelte Torf und Erde von seiner Schuppenhaut. Dann blieb er stehen. Sein langer, dicker Schwanz peitschte gegen die Wand und ließ den Tunnel dahinter einstürzen. Urshulas Grollen klang beinahe wie das Schnurren einer Katze. Sein leuchtender Blick wanderte über sein Lager aus Münzen, Edelsteinen, Rüstungsteilen und Waffen. Er warf den Sack mit seiner neuesten Beute dazu und glitt vorwärts.

Während er sich zusammenrollte, schwelgte er in Gedanken an Zerstörung und überlegte noch einmal, ob Zwergenfleisch nun roh oder gekocht leckerer war. Auf der Suche nach Leckereien und süßen Erinnerungen schlängelte seine Zunge zwischen den riesigen Zähnen hervor.

Dann schloss der Drache die leuchtenden Augen. Es wurde stockdunkel, und Kazmil-urshula-kelloakzilian, das Sumpfungeheuer, schlief wieder ein.

»Kleinerer Zwischenfall mit einem Mickerwyrm«, sagte Byphast, die Todeskälte. Äußerlich glich ihr Erscheinungsbild weitgehend einer Elfe, nur das Haar glänzte nicht goldblond oder schwarz, sondern eher silbern, und ihre Haut war ein wenig zu weiß. Auch die Augen passten nicht richtig ins Bild, denn sie schimmerten in einem kalten Gelb um eine schwarze Linie in der Mitte – wie die Augen einer Viper. »Palishchuk hat die erwarteten Narben davongetragen, vor einigen Jahren schon, aber das spielt keine Rolle.«

Auf der anderen Seite des Raums saß jemand vor drei großen Bücherschränken an einem kleinen Tisch. Er wandte Byphast langsam den Kopf zu. Unter dem zerrissenen grauen Mantel war die samtige Schwärze seiner Robe zu sehen. Die weiten Ärmel hingen über den Rand des Tisches hinab, doch als der Mann sich umdrehte, waren seine Finger zu sehen.

Knochenfinger. Ein lebendes Skelett.

Unter der großen Kapuze der Robe steckte nur Schwärze, und darüber war Byphast froh.

Aber ihre Erleichterung hielt nicht lange an, denn jetzt hob Zhengyi die eine Skeletthand und schlug die Kapuze zurück, sodass sein grauweißer Schädel zu sehen war. Die fauligen Fleischfetzen um die unmenschlichen widernatürlichen Augen – glühende Punkte – ließen Byphast den Blick abwenden. Auch der Geruch, der Verwesungsgestank des Todes, hätte sie beinahe vertrieben.

Zhengyi klappte die Kapuze ganz nach hinten, bis sogar die letzten weißen Haarbüschel zum Vorschein kamen, die an seinem kahlen Kopf klebten. Die meisten Menschen kämmten sich, um etwas gepflegter zu wirken, doch darauf legte Zhengyi ganz offensichtlich keinerlei Wert.

Denn während die meisten Zweibeiner und andere Wesen das Leben genossen, schwelgte Zhengyi im Tod. Er hatte seinen Menschenkörper dem Dasein als Untoter geopfert. Von den vielen Untoten, die Toril durchstreiften, war der Lich gewiss der abstoßendste. Ein Vampir konnte andere mit seinem Charme einlullen. Er konnte schön sein, doch einem Lich fehlte jegliche Subtilität. Er traf kein Abkommen mit dem Tod wie ein Vampir. Er war auch keineswegs unwillentlich zum Untoten geworden wie die einfachen Skelette, Zombies und Ghule. Ein Lich war ein mächtiges, zielstrebiges Wesen, ein Zauberer, der durch Zauberkraft und seinen starken Willen dem Tod trotzte und sich weigerte, sein Bewusstsein aufzugeben oder sich einem göttlichen Wesen aus anderen Welten zu unterwerfen.

Selbst Byphast, die Todeskälte, der größte weiße Drache des Großen Gletschers, war in Zhengyis Gegenwart unangenehm berührt. Sie wünschte, die Gänge von Burg Wagnis wären breiter und höher, damit sie Zhengyi in ihrer Ehrfurcht gebietenden Drachengestalt entgegentreten könnte.

Allerdings wusste sie selbst, dass den Lich auch dies kaum beeindrucken würde. Immerhin war Zhengyi unerschrocken durch die eisigen Gänge von Byphasts Höhle gezogen, bis er sie in ihrer eigenen Schatzkammer gestellt hatte. Er hatte die Grube der Remorhaz durchschritten, die von etlichen der mächtigen Polarwürmer bewacht wurde, die dem weißen Drachen dienten. Auch die Eistrolle, die Byphast als Wachen einsetzte, hatte er so unter Kontrolle gehabt, dass sie ihren Drachengott nicht einmal vor seinem Eintreffen gewarnt hatten.

»Sage mir, Byphast, welchen bleibenden Schaden hätte dein eigener Todesodem in Palishchuk angerichtet?«, fragte der Lich schließlich.

Byphast kniff die Augen zusammen. Ihr Odem war Frost, so kalt, dass er Fleisch und Blut aller lebenden Feinde erstarren ließ. Gegen Stein jedoch war sie weitgehend machtlos.

Genau wie gegen einen Lich.

»Der Speichel eines schwarzen Drachen ist konzentriert«, zischte Byphast. Sie fühlte, wie die Wut ihren Elfenkörper durchlief und sie anstachelte, sich in ihre natürliche Gestalt zu verwandeln. »Ein Schwarzer kann verwüsten, ja, aber nur auf kleinem Raum. Der Odem eines weißen Drachen breitet sich weiter aus und ist selbst am Rand noch tödlich. Und wirkungsvoller. Ich kann alle töten, ohne die Stadt selbst zu zerstören. Die Bewohner sterben, die Mauern bleiben intakt. Was ist klüger, Hexenkönig?«

»Du weißt, dass ich dich vorziehe«, erwiderte Zhengyi, dessen trockene Hautlappen im Mundwinkel sich zu einem grimassenhaften Lächeln verzerrten.

Byphast verbarg ihren Abscheu. »Und ich verfüge über mächtige Zauberkraft, die ganz sicher alles übersteigt, was Urshula der Schwarze vermag.«

»Du willst ihn also nicht zum Verbündeten?«

Bei diesen Worten lehnte sich Byphast erstaunt zurück.

»Er ist vor einigen Jahren aufgetaucht«, fuhr Zhengyi fort und ließ die Frage fallen. »Das ist gut. Er steckt unter dem See im Norden der Stadt, dessen bin ich mir sicher.«

»Wenn Zhengyi einen Drachen sucht...«, knurrte Byphast.

»Ich werde Damara erobern, meine Liebe. Wir werden

reiche Beute machen, und die mit mir verbündeten Drachen werden reich belohnt.«

Byphast kniff wieder die Augen zusammen, die bereits vor Eifer glänzten.

»Hältst du Urshula nicht für würdig, sich an unserem Krieg zu beteiligen?«

»Urshula ist der Vater aller schwarzen Drachen in den Blutsteinlanden«, antwortete Byphast. »Wenn du ihn gewinnst, dient dir gleich ein ganzer Schwarm. Sie sind ausgezeichnet darin, Breschen in Burgmauern zu schlagen, bevor die Fußtruppen aufmarschieren.«

»Oh, ich werde ihn gewinnen«, versprach Zhengyi. »Immerhin besitze ich den größten Schatz von allen.«

Byphasts Augen leuchteten auf und wurden wieder zu Schlitzen.

Das stimmte allerdings.

»Glaubst du, Urshula wäre nicht an einem magischen Gefäß interessiert?«, fragte Zhengyi. Er tippte mit einem Finger an den Knochen, vor dem einst seine Lippe gelegen hatte, und kehrte zu dem Schreibtisch mit der Kristallkugel darauf zurück.

»Er ist schwarz.«

»Und du bist weiß«, antwortete Zhengyi mit einem Blick zurück. »Als ich zum ersten Mal von Byphast hörte, habe ich Honoringast dem Roten dieselbe Frage gestellt.«

Byphasts Augen verengten sich bei der Erwähnung des großen roten Drachen, der Zhengyis mächtigster Verbündeter war. Von allen Wesen auf der Welt war ein roter Drache für Byphast das abscheulichste, doch sie war nicht so dumm, den listigen Honoringast, der selbst unter seinesgleichen gefürchtet war, gegen sich aufzubringen. Abgesehen von den glücklicherweise sehr seltenen hochmütigen goldenen Drachen waren rote Drachen zudem die stärksten von allen.

»›Sie ist weiß‹ war das Einzige, was er sagte, und sein Ton war genauso herablassend wie deiner«, fuhr Zhengyi fort. »Doch zu meiner großen Freude und meinem noch größeren Profit erfuhr ich später, dass du auch in der Zauberkunst sehr bewandert bist.«

»In all den Jahrhunderten habe ich nie gehört, dass Urshula auch nur einen einzigen größeren Zauber gewirkt hat«, sagte Byphast. »Ich bin ihm erst einmal begegnet, am Fuß des Großen Gletschers, und da hatten wir beide gerade ein ganzes Lager gefressen, sodass wir nicht aneinandergerieten.«

»Du hast ihn gefürchtet?«

»Selbst der schwächste Drache kann viel zerstören, Hexenkönig. Diese Wahrheit solltest du dir gut merken.«

Zhengyis Lachen klang eher wie ein Pfeifen.

»Soll ich dich zu Urshula begleiten?«, fragte Byphast, als der Hexenkönig sich vor seine Kristallkugel setzte und den Mantel von den Schultern gleiten ließ. Byphast war sich nicht sicher, warum er das tat. Sie hatte geglaubt, sie würden schnurstracks zu Urshulas Hort aufbrechen. »Oder rufst du Honoringast? Wenn du mit einem Weißen und einem Roten zugleich anrückst, dürfte Urshula noch leichter einzuschüchtern sein.«

»Ich werde weder Honoringast noch Byphast brauchen«, antwortete Zhengyi. »Falls Urshula nicht klug genug ist, um etwas von Zauberkraft zu verstehen, wäre es nicht sehr klug, sich in seine Höhle zu wagen.«

»Wenn er nicht zaubern kann, ist er nicht so mächtig wie ich«, knurrte Byphast.

»Das stimmt, aber hast du mich nicht gerade selbst vor dem schwächsten Drachen gewarnt?«

»Und dennoch hast du mich nicht gefürchtet?«

Zhengyi warf ihr einen Blick zu, und ihr wurde klar, was für einen lächerlichen Anblick ihre vor der Brust verschränkten Arme gerade boten.

»Ich habe dich nicht gefürchtet, weil ich wusste, dass du den Wert meines Angebots zu schätzen wissen würdest«, erklärte der Lich. »Byphast, die klug genug ist, die mächtigsten Zauber zu wirken, würde selbstverständlich klug genug sein, den größten aller Schätze zu erkennen. Selbst wenn du mein Angebot abgelehnt hättest, wärst du nicht so dumm gewesen, mich damals und dort zum Kampf zu fordern.«

»Das war ziemlich kühn.«

»Die Kunst verlangt Disziplin. Wenn Urshula keine Disziplin besitzt, sollte ich mich ihm besser so nähern, dass sein ungestümes Wesen keinen Schaden anrichten kann.«

Zhengyi beugte sich vor und starrte in die Kristallkugel. Er fuhr mit einer Hand darüber. In der Kugel erschien ein wabernder bläulich grauer Nebel. Kurz darauf nickte der Hexenkönig und schob seinen Stuhl zurück. Er stand auf, griff in eine Tasche seines Gewands und zog einen kleinen Amethyst in Form eines Drachenschädels heraus.

Byphast sog hörbar die Luft ein. Einen ähnlichen Edelstein kannte sie ziemlich gut.

»Du hast Urshula gefunden?«

»Genau dort, wo ich ihn vermutete«, sagte Zhengyi. »In einer Höhle im Torfmoor gleich neben dem Gletschersee.«

»Und du willst ohne mich dorthin?«

»Du hältst bitte Wache«, antwortete Zhengyi. »So kannst du wenigstens im Geiste dabei sein.«

Nach diesen Worten hob und senkte er langsam die Arme vor dem Körper, bis sich die weiten Ärmel seiner Robe so hypnotisierend hin und her wiegten wie zwei Kobras. Dazu stimmte er die Worte eines Zaubers an.

Byphast erkannte den Zauber und sah gespannt zu, wie Zhengyi sich zu verwandeln begann. Über den Knochen seiner Finger und seines Gesichts bildete sich neue Haut. Aus allen kahlen Stellen seines Schädels sprossen neue Haare. Sie waren nicht so weiß wie die übrigen Büschel, sondern sattbraun. Auch die weißen Haarbüschel wurden dunkler. Die Robe wurde weiter, denn Zhengyis Leibesumfang nahm beträchtlich zu, und schließlich verschwand sein weißes Grinsen hinter vollen roten Lippen.

Er sah aus wie zu Lebzeiten: gesund und rund. Ein dunkler Bart wuchs ihm an Kinn und Wangen.

»So ist der Schock nicht so groß, meinst du nicht auch?«, sagte er.

»Urshula würde die eine wie die andere Gestalt erst einmal fressen.«

Zhengyis Lachen klang ganz anders als das vorherige Pfeifen. Der Unterschied war so groß wie der zwischen seinem runden Leib und dem Skelett. Es war ein Glucksen, das aus dem wackelnden Bauch aufstieg und tief in seiner Kehle dröhnte.

»Hättest du damit nicht lieber warten sollen, bis du bei seiner Höhle bist?«

»Bei der Höhle? Ach was, ich bin praktisch schon drin.«

Byphast stellte sich zu ihm, während er die Kristallkugel ansah und zum nächsten Zauber ansetzte. Beim Blick in die Kugel sah sie Urshula, das Sumpfungeheuer, in seiner unterirdischen Höhle zusammengerollt auf seinen Schätzen liegen. Sie hätte nicht sagen können, ob es ein Trick der Kugel war, welche die Wände aus Stein und Erde beleuchtete, oder ob es dort bei Urshula leuchtende Flechten oder eine andere Lichtquelle gab.

Doch das spielte keine Rolle, denn Byphast wusste, dass es sich nicht um eine Illusion handelte. Das Bild in der Kristallkugel zeigte tatsächlich Urshula, und zwar gerade jetzt und am richtigen Ort. Sie wandte sich wieder Zhengyi zu, der gerade seinen Spruch vollendete.

Sein dicker Körper leuchtete kurz auf, dann löste sich der Glanz von seinem Leib und stieg in die Höhe – das durchsichtige leuchtende Abbild des Mannes dahinter. Das leuchtende Bild schrumpfte, als wäre es weit in die Ferne gereist, glitt auf die Kristallkugel zu und verschwand im Glas.

Urshula öffnete schläfrig ein Auge. Sofort beleuchtete sein Blick einen kegelförmigen Bereich. Der Lichtstrahl schweifte suchend durch die Höhle, in der Gold und Edelsteine glitzerten, sobald sie aus den Schatten auftauchten. Plötzlich klappte auch das andere Auge auf, und der große Drache hob den Kopf, denn vor ihm stand ein behäbiger Mann mit Bart in einer schwarzen Samtrobe.

»Sei gegrüßt, mächtiger Urshula«, sagte der Mann.

Urshula spie aus, und der Boden um den Mann herum schlug dicke Blasen. Ein Stapel Goldmünzen wurde zu einem einzigen Klumpen, und auch eine Plattenrüstung kam an ihre Grenzen, denn die Säure des schwarzen Drachen ließ den Brustpanzer zerfallen.

»Beeindruckend«, sagte der Mann und blickte sich um. Er selbst war unbeschadet davongekommen, als wäre die Säure einfach durch ihn hindurchgeflossen.

Urshula kniff die Augen zusammen und musterte den Mann genauer – oder besser gesagt, dessen *Bild*. Jetzt nahm der Drache die Magie wahr. Ein leises Grollen drang durch seine langen Zähne.

»Ich bin nicht gekommen, um dich zu berauben, mächtiger Urshula. Ich will dich auch nicht angreifen. Vielleicht hast du schon von mir gehört. Ich bin Zhengyi, der Hexenkönig von Vaasa.«

Sein Tonfall verriet dem Drachen, dass dieser Wicht eine ziemlich hohe Meinung von sich hegte. Da war er immerhin schon mal einer.

»Oh, ich sehe«, fuhr der Mann fort. »Mein Anspruch auf die Königswürde bedeutet dir wenig, denn du siehst mich natürlich als jemanden an, der nur über die Menschen gebietet. Oder über die Menschen, Elfen, Zwerge, Goblins, Orks und die sonstigen Zweibeiner, die dich nur interessieren, weil du sie gelegentlich verspeisen kannst.«

Das Grollen des Drachen wurde lauter.

»Doch diesmal solltest du aufmerken, Urshula, denn mein Aufstieg wird für alle, die in Vaasa oder sonst irgendwo in den Blutsteinlanden leben, weitreichende Folgen haben. Ich habe alle Kreaturen in Vaasa aufgerufen, gegen die törichten, schwachen Herrscher von Damara anzutreten. Meine Armeen ziehen durch die Galenas nach Süden. Schon bald wird das ganze Land mir gehören.«

»Alle Kreaturen?«, wiederholte Urshula. Seine Stimme klang wie eine Mischung aus Zischen und Knirschen.

»Die große Mehrheit.«

Der Drache fauchte.

»Ich bin kein Dummkopf«, sagte Zhengyi. »Ein prächtiges Geschöpf wie dich habe ich natürlich erst aufgesucht, seit ich sicher bin, dass alle meine Pläne gut vorangehen. Niemals würde ich Urshula, das Sumpfungeheuer, dazu ausersehen, meine ersten Schlachten für mich auszufechten, denn bis zu den ersten Siegen wäre ich eines Verbündeten wie Urshula nicht würdig.«

»Du bist ein Dummkopf, wenn du glaubst, das wäre später anders.«

»Andere sind nicht dieser Ansicht.«

»Andere? Goblins und Zwerge?«, schnaubte der Drache. Schwarze Rauchwölkchen drangen aus seinen nach oben gerichteten Nüstern.

»Du kennst doch Byphast, die Todeskälte?«, fragte Zhengyi. Die Nüstern des Drachen flammten auf, und seine Augen wurden größer. »Oder Honoringast den Roten?«

Bei diesem Namen fuhr Urshulas Kopf zurück. Jetzt war sich der schwarze Drache seiner Sache plötzlich nicht mehr so sicher. Er sah sich um.

»Bin ich immer noch unwürdig?«, fragte Zhengyi.

Urshula setzte sich auf. Seine Bewegung geschah so erschreckend schnell und geschmeidig für ein so großes Wesen, dass Zhengyi unwillkürlich zurücktrat, obwohl er nur ein projiziertes Bild darstellte, dessen wahre Gestalt vor dem Odem und den Zähnen des schwarzen Drachen sicher war.

»Das Einzige, dessen du würdig bist, ist der Titel Dummkopf, weiter nichts. Du hast die Ruhe von Urshula gestört!«, brüllte der Drache. »Du hast meinen Hort gefunden, und du hältst dich für schlau, aber hüte dich,

›Hexenkönig‹, denn keiner, der Urshulas Hort findet, wird das lange überleben.«

Sein donnerndes Gebrüll ließ die Höhlenwände vibrieren, während der Drache vorschnellte. Er riss das Maul auf und schloss es um das projizierte Bild von Zhengyi. Mit einem lauten, harten Schnappen schlossen sich die Drachenzähne über den Knien des Lichs. Natürlich erwischte Urshula nur Luft, da Zhengyi nicht körperlich anwesend war, doch der Drache schlug dennoch wütend um sich und krallte mit den Tatzen nach dem, was sein Maul nicht greifen konnte. Und als seine Klauen durch den substanzlosen Zhengyi hindurchfuhren und auf dem Boden auftrafen, spannte Urshula seine mächtigen Muskeln an und riss mit den eisenharten Krallen das Gestein auf, durchpflügte den Höhlenboden mit tiefen Rillen.

»Die anderen größeren Drachen dieser Gegend haben sich mit mir verbündet.« Zhengyi redete scheinbar ungerührt weiter. »Sie verstehen, worum es bei diesem Feldzug geht und was dabei herausspringt. Wenn ich über die gesamten Blutsteinlande herrsche, werden sie großzügig belohnt werden.«

»Urshula lässt sich nicht von anderen belohnen«, hielt der Drache dagegen. »Urshula nimmt sich, was er begehrt.«

»In meinen Reihen sind sie sicher, mächtiger Drache.«

»Urshula tötet jeden, der ihn bedroht.«

»Hast du auch von dem jungen Fürsten gehört, der im Süden an Einfluss gewinnt?«, fragte Zhengyi. »Diesem Gareth?«

Der Drache schnaubte.

»Du kennst natürlich auch seinen Beinamen?«

»Du scheinst mich mit jemandem zu verwechseln, den das interessiert.«

»›Drachenbann‹«, erklärte Zhengyi. »Der neue Anführer derer, die sich mir in den Weg stellen, trägt den Beinamen Drachenbann, und den hat sich seine Familie durch ihre Taten verdient. Wäre er wohl ein Freund von Urshula, wenn es ihm irgendwie gelänge, mich zu besiegen?«

»Eben hast du noch behauptet, dass du ohnehin siegen wirst«, erinnerte ihn der Drache.

»Das stimmt, und das ist nicht zuletzt der Weisheit von Byphast, Honoringast und anderen zu verdanken, die klar erkennen, worum es hier geht.«

»Warum störst du dann meinen Schlaf? Geh und siege, aber lass Urshula in Ruhe. Und wisse dein Glück zu schätzen, denn kaum jemand verlässt Urshula anders als in der Form einer Säurepfütze.«

»Großherzigkeit?« Zhengyis Frage war auch gleichzeitig die Antwort. »Ich biete den Drachen eine Belohnung für ihre Dienste. Ich wäre schlecht beraten, wenn ich dieses Angebot nicht auch Kazmil-urshula-kelloakizilian unterbreiten würde.«

Der Drache lachte in sich hinein. Es klang wie das Geräusch von Steinen, die in einem Säureteich von Felsen zermahlen wurden. »Du siehst dich also als Heilbringer an, als künftiger König deines Reiches. Ich habe viele solche Dummköpfe überlebt. Du hältst dich für wichtig, ich aber sehe nur einen armseligen Menschen, einen toten noch dazu, der sich nur als Lebender verkleidet. Geh schlafen, Lich. Such dir ein Königreich und Frieden in einer Welt, die deinem verwesenden Leichnam besser entspricht. Aber belästige mich nicht weiter, sonst werde ich dich persönlich erledigen. Und wenn du es wagst, dich gegen mich zu stellen, ob mit oder ohne andere Drachen«, setzte Urshula hinzu, »dann teile Byphast, der Todeskälte, mit, dass sie die Erste sein wird, die meinen Zorn zu spüren bekommt.«

»Du hast noch gar nicht gehört, was ich dir anbiete«, sagte Zhengyi. Er zog einen kleinen Edelstein in Form eines Drachenkopfes heraus. »Der größte Schatz von allen. Erkennst du das, Urshula?«

Der Drache kniff die Augen zusammen, fauchte leise, antwortete aber nicht.

»Ein Phylakterion«, erklärte Zhengyi. »Extra für Urshula. Ich habe den Tod besiegt, mächtiger Drache. Und ich weiß, wie du …«

»Hinfort von hier, du Scheusal!«, brüllte der Drache. »Du hast den Tod willig angenommen, nicht besiegt, und das hast du nur getan, weil du einer kurzlebigen, schwächlichen Rasse angehörst. Du redest von Urshulas Tod, aber Urshula ist älter als die ältesten Erinnerungen deiner Rasse. Und Urshula wird noch hier sein, wenn die Erinnerung an dich in der Welt längst verblasst ist!«

Das Bild schloss die Hand und steckte das Phylakterion wieder ein. »Du weißt seinen Wert nicht zu schätzen.« Zhengyi zuckte mit den Schultern und verneigte sich. »Schlaf gut, mächtiger Drache. Du bist so beeindruckend, wie ich gehört hatte. Vielleicht ein anderes Mal …«

»Ich werde dich nie wiedersehen. Oder ich werde dich vernichten.«

Urshulas Worte hallten noch lange nach, und es war, als würde ihr Vibrieren Zhengyis Bild zerstieben lassen.

Eine Zeit lang hockte der Drache noch still wie eine Statue da und lauschte, ob er Zhengyi oder dessen Handlanger irgendwo in der Schatzkammer oder in den Gängen darüber hören konnte.

Erst Stunden später rollte sich der große Schwarze wieder zusammen und schlief ein.

Der Hexenkönig stand auf einem hohen, flachen Stein, betrachtete sein Reich im Norden und ballte wütend die Skelettfinger zu Fäusten.

Sein Feldzug war erfolgreich verlaufen. Er war tief nach Damara vorgedrungen, hatte Feinde besiegt und neue Verbündete gewonnen, besonders die faulenden Toten, die seine Armee gerade erst erschlagen hatte. Seine Feinde blieben uneins, denn sie waren vielfach zu sehr mit sich selbst beschäftigt, um die wahre Geißel zu erkennen, die ihr Land heimsuchte.

Gareth Drachenbann und seine Freunde bemühten sich angestrengt, dies zu ändern. Sie wollten die vielen Fürsten von Damara unter einer Flagge einen und so gegen Zhengyi bestehen, aber sie waren zu spät aufgewacht. Deshalb glaubte Zhengyi, den Sieg in der Tasche zu haben.

Dann jedoch war eine kleine, aber schlagkräftige Truppe hinter seinem Rücken in Vaasa eingefallen. Sie hatten die Belagerung von Palishchuk durchbrochen und die versprengten Flüchtlinge im ganzen Land zu einer eindrucksvollen Streitmacht zusammengezogen. Mehrere Karawanen mit Nachschub aus der Gefahrenburg waren auf dem Weg zum Blutsteinpass in den Galena-Bergen verloren gegangen. Zhengyis wichtigste Versorgungslinie war unterbrochen.

Der Hexenkönig wusste, dass er zu einem derart kritischen Zeitpunkt nicht nach Norden blicken sollte. Er hatte keine Zeit, sich mit einem Rebellenhaufen zu befassen, während Gareth Drachenbann vor ihm erstarkte.

»Wo bist du, Byphast?«, fragte er den kalten Nordwind.

Er hatte den Drachen zum Gletscher zurückgeschickt, um die Rebellion samt der Unterstützung aus Damara niederzuschlagen, doch die Nachrichten, die ihn erreichten, waren nicht gerade vielversprechend.

Er blieb noch eine Weile stehen, ehe er wütend seine schwarze Robe mit dem grauen Umhang um sich schlang. Auf dem Abstieg glitt seine untote Gestalt mit Leichtigkeit über alle schwierigen Passagen, und bald hatte er wieder seine sterbliche Erscheinung angenommen und marschierte mit der Nachhut seiner Armee. Die lebenden Menschen, die ihm so sklavisch folgten, hätten den furchtbaren Anblick seines wahren Wesens nicht ertragen können.

In seinem Kommandozelt wartete er die Nacht ab und beschäftigte sich währenddessen mit den Berichten und Karten, die ihn von der Front im Süden erreichten. Zhengyis Kriegsvorbereitungen hätten auch die größten Generäle von Faerûn beeindruckt. Wissen war Macht, das wusste Zhengyi, und sein Hauptquartier mit all den Tischen voller Karten und Modellen von den verschiedenen strategischen Orten in den Blutsteinlanden war das Ergebnis dieses Wissens. So konnte Zhengyi das Vorrücken seiner Armee, seine Rückzugsmöglichkeiten und die günstigsten Angriffspunkte ausarbeiten. In diesem Zelt entstand seine groß angelegte Strategie, einschließlich der Entscheidung, nicht gleich alle Streitkräfte gegen Palishchuk zu führen.

Der Hexenkönig liebte keine Überraschungen.

Doch trotz aller Vorbereitungen und aller Zuversicht blickten Zhengyis glühende Augen häufig über seine Schulter nach Norden, denn er wartete auf Nachricht von seinem weißen Drachen. Einzelne Gruppen mit mächtigen Helden waren schwerer zu orten und verursachten häufig mehr Ärger als ganze Regimente gewöhnlicher Soldaten.

Die Nacht verstrich ohne Zwischenfälle. Erst am anderen Morgen kam Byphast in ihrer Elfengestalt den Weg herab. Zhengyi entdeckte sie schon in einiger Entfernung und begriff auf Anhieb, dass es im Norden nicht zum Besten stand, denn Byphast hinkte. So aufgelöst hatte Zhengyi sie noch nie gesehen.

Mit flatternder Robe schritt der Hexenkönig durch das Lager, um dem weißen Drachen noch außer Hörweite seiner Wachen und Soldaten zu begegnen.

»Die Gerüchte sind wahr«, sagte Zhengyi, als er näher kam. »Eine Gruppe Helden ist nach Palishchuk vorgestoßen.«

»Zur Begeisterung der Halb-Orks«, bestätigte Byphast. »Die Stadt ist stark befestigt. Sie rüsten sich nach wie vor zum Krieg. Sie haben die Mauern verstärkt und greifen mit stechenden Pfeilen an.«

Diese Formulierung verriet Zhengyi, dass der Drache die Verteidigung persönlich geprüft hatte.

»Außerdem haben sie große Verteidigungsmaschinen gebaut, Katapulte und Geschosse, mit denen sie fliegende Kreaturen angreifen können. Als ich über die Stadt flog, stiegen dort Stachelketten auf, um mich zu behindern, und den Riesenspeeren, die sie nach mir warfen, bin ich nur knapp entkommen.«

»Um Palishchuk kümmern wir uns beizeiten«, versprach Zhengyi.

»Ohne Byphast und die anderen Drachen, schätze ich mal«, erwiderte der weiße Drache. »Die Schätze von Palishchuk sind es nicht wert, Leib und Schwinge dafür zu riskieren.«

Zhengyi nickte. Die Stadt der Halb-Orks war ihm weniger wichtig. Wenn er erst Damara besetzt hatte, war Palishchuk nur noch ein Widerstandsnest, das von nirgendwo in den Blutsteinlanden Hilfe zu erwarten hatte. Sie würden nicht lange durchhalten, und noch hatte Zhengyi die Hoffnung nicht aufgegeben, dass die Halb-Orks sich am Ende auf seine Seite schlagen würden. Immerhin waren sie Halb-Orks, die sich nicht so leicht von Moralfragen ins Bockshorn jagen ließen wie die schwachen Menschen, die Halblinge und andere Bewohner von Damara.

»Und die Helden haben sich in der Stadt verschanzt?«, fragte Zhengyi, um zum vordergründigen Problem zurückzukehren.

»Nein, sie haben sich gleich gezeigt. Als ich den Ketten und den Speeren entkommen war und nach Norden abdrehte, kamen sie aus dem Tor geritten.«

»Du hast sie umgebracht?«

Byphasts Gesichtsausdruck teilte ihm alles mit, bevor der Drache sprach. »Sie hatten mächtige Zauberer und Priester dabei. Die Ritter hatten Runen, mit denen sie meinem tödlichen Odem widerstehen konnten, und ihre Rüstungen waren durch Magie gegen meine Klauen gefeit.«

»Eine kleine Gruppe?«

»Fünfzig Mann, die für einen Kampf gegen Drachen gut gerüstet waren.«

»Normalerweise würde Byphast vor einer solchen

Schar nicht die Flucht ergreifen.« Zhengyi gab sich keine Mühe, seine Verachtung zu verbergen. Voller Hohn kniff er die Augen zusammen.

»Falls ich zum Kampf gezwungen wäre – wenn jemals jemand in meinen Hort vordringt –, würde ich sie vernichten«, erwiderte der Drache prompt. »Aber ein solcher Sieg würde zwangsläufig Narben hinterlassen, und das war es mir zu diesem Zeitpunkt und an diesem Ort nicht wert.«

»Du dienst Zhengyi!« Der Hexenkönig lenkte das Gespräch in eine neue Richtung, doch Byphasts Bemerkung (»wenn jemand in meinen Hort vordringt...«) arbeitete in seinen Gedanken weiter.

»Ich habe eingewilligt, Zhengyis Streitkräfte zu unterstützen«, sagte der Drache. »Ich habe nicht gesagt, dass ich mich ganz allein in den Sümpfen von Vaasa in die Schlacht stürze.«

Zhengyi zog das Phylakterion hervor, an das Byphast sich gebunden hatte. Wenn der Drache umkam, würde seine Lebensenergie sich auf das Phylakterion übertragen. Sie würde untot werden, ein Drachenlich.

»Hast du es schon vergessen?«, fragte der Lich.

»Das ist ein letzter Ausweg, auf den ich jedoch keineswegs versessen bin. Wenn ich im Laufe der Ereignisse umkomme, dann möge es so sein. Das ist das Risiko, das unsereins eingehen muss, wenn wir uns in einer Welt niederer Kreaturen bewegen. Aber das Dasein eines Untoten, das du mir anbietest, erscheint mir wenig verlockend.«

»Ach, Byphast, es kommt mir so jämmerlich vor, wenn jemand, der so mächtig ist wie du, sich vor so etwas ängstigt.«

Die Echsenaugen verengten sich. Die Drachenelfe knurrte leise.

»Nun gut«, sagte Zhengyi. »Dann kümmere ich mich selbst um die Eindringlinge. Ich werde nicht zulassen, dass sie mir auf meinem Feldzug durch Damara ständig in den Rücken fallen. Du arbeitest wieder an der Front und meldest dich bei meinen Kommandanten. Vernichtet alle Damaraner, die dumm genug sind, Widerstand zu leisten.«

Byphast rührte sich nicht von der Stelle. Aus dem Blick, den sie Zhengyi zuwarf, sprach blanker Hass.

Doch davon ließ sich der Hexenkönig nicht beirren; zumindest zeigte er es nicht. Er kehrte dem Drachen in Elfengestalt den Rücken zu und marschierte in sein riesiges Lager zurück.

»Donegan!«, rief die Ordensritterin Maryin Felsporn.

»*Sir* Donegan«, stellte der ältere Ritter klar. Er lenkte sein gepanzertes Schlachtross aus der Formation. Die schweren Hufe erzeugten saugende Geräusche auf dem weichen Untergrund, denn neben den zwei Zentnern seines Reiters trug das sieben Zentner schwere Pferd auch noch drei Zentner Rüstung. Bald stand Donegan neben Maryin, der einzigen Frau unter den zehn Rittern, die Fürst Gareth in Begleitung von fünfzig unberittenen Soldaten, einem halben Dutzend Priestern und drei lästigen Zauberern hierhergeschickt hatte.

»Sir Donegan«, wiederholte Maryin mit zur Schau getragener Demut.

Allerdings trug sie keinen Helm, und ihr Lächeln passte nicht zu ihrem Tonfall. Als Kundschafterin der Ritter war die geschmeidige Maryin nur wenig gepanzert, und ihr kräftiger junger Schecke, der kaum größer war als ein Pony, hatte nur einige schützende Brust- und Kopfplatten. Maryin kämpfte am liebsten mit ihrem Bogen und nutzte ihre Schnelligkeit, um bei Feindberührung Zhengyis Truppen von den Rändern her so auszudünnen, dass Donegan und Sir Bevell danach gezielt angreifen konnten.

Donegan saß nicht ab. Mit seiner schweren Plattenrüstung gestalteten sich solche Bewegungen schwierig, besonders wenn er danach wieder auf sein Riesenross klettern wollte. Darum beugte er sich nur so weit vor, wie seine Panzerung es erlaubte, und klappte das Visier seines Helmes hoch.

Maryin hockte neben einer Vertiefung, einer Mulde im Boden, die zur Hälfte mit braunem Wasser vollgelaufen war.

»Nur ein Wesen von der Größe eines Drachen kann solche Abdrücke hinterlassen«, sagte sie.

Donegan richtete sich auf und blickte sich um. Da sah er einen zweiten und einen dritten Abdruck hinter ihnen und ein paar weiter vorn. Dahinter aber kam nichts mehr.

»Meister Fisticus«, rief er dem Anführer der drei Zauberer zu. »Bitte haltet Eure Zaubermittel und Schildzauber bereit. Diese Spuren sind frisch, und es sieht so aus, als hätte sich der Drache in die Luft geschwungen. Er kann jederzeit auf uns herabstoßen, und ich möchte nicht, dass sein tödlicher Odem unsere Reihen dezimiert, noch ehe der Kampf richtig losgeht.«

»Vielleicht sollten wir uns nach Palishchuk zurückziehen, Herr«, sagte Maryin leise. »In Reichweite der Wurfmaschinen...«

»Nein«, widersprach Sir Donegan, noch ehe sie ausgesprochen hatte. »Dieser Drache lässt sich kein zweites Mal zur Stadt locken. Die Halb-Orks haben ihn letztes Mal beinahe erwischt.«

»Wenn es derselbe Drache ist.«

Diese Bemerkung gab Donegan zu denken, denn die Möglichkeit war nicht von der Hand zu weisen. Bis vor wenigen Monaten hatte Donegan in seinen zwanzig Jahren als Abenteurer nur einmal einen Drachen zu Gesicht bekommen, und das war ein kleiner Weißer in der Nähe des Großen Gletschers gewesen. Seit Zhengyi aufgetaucht war, hatte der Ordensritter weit mehr über Drachen gelernt, als er sich je gewünscht hätte, denn mit dem Hexenkönig durchzogen plötzlich auch bösartige Drachen in den verschiedensten Farben den Himmel. Die Roten und Weißen hatten viele Dörfer verwüstet, darunter auch Donegans Heimatort, und der Kampf mit zwei blauen Drachen hatte den Ritter ein Pferd gekostet und die schwarze Schmauchspur eines Blitzes in die Rückseite seiner eigentlich so blanken Rüstung eingebrannt.

Zu viele Drachen, dachte Donegan. Viel zu viele Drachen...

Zhengyi stand am Nordostufer eines kleinen Sees einige Meilen nördlich von Palishchuk. Diesmal gab er sich nicht als Mensch aus, denn solche Eitelkeiten waren hier überflüssig. Er hatte die Kapuze zurückgeschlagen, sodass sein Schädel, die vereinzelten Haarbüschel und die Hautfetzen zu sehen waren. Sein in Fetzen hängendes Gewand stank nach Moder und wies grüne Schimmelflecken auf. Zhengyi hielt einen krummen Eichenstab in der Hand, stützte sich schwer darauf und starrte nach Süden.

Dort kamen sie. Ihre Lanzenspitzen und die Rüstungen der Pferde reflektierten das Sonnenlicht, und er hörte die schweren Hufe und die Schritte der marschierenden Soldaten.

Die Überreste seiner Lippen verzogen sich zu einem grausigen Lächeln. Er dachte an Byphasts Ausspruch: Nur in ihrem Hort würde sie gegen so eine Streitmacht antreten.

Jeder Drache würde seinen Hort mit allen Mitteln verteidigen, selbst wenn es ihn das Leben kostete.

Im Süden blitzte es wieder auf. Sie folgten der Fährte, die Zhengyi mit seiner Magie gelegt hatte, denn sie glaubten, einem Drachen auf der Spur zu sein.

Wieder hob er seinen krummen Eichenstab, suchte einen passenden Punkt und sprach einen Befehl. Wo immer er hinzeigte, brach der Boden auf, Erdklumpen flogen durch die Luft, und die Magie riss den weichen Untergrund so gründlich auseinander wie die mächtigen Tatzen eines Drachen.

Zhengyi blickte nach Südosten zu der kleinen Armee in der Ferne. Vielleicht hatten sie etwas bemerkt, vielleicht auch nicht. In jedem Fall würden sie schon bald eintreffen. Nachdem er den Zauber vollendet und das tiefe Loch gegraben hatte, trat Zhengyi ins Wasser. Für den Hexenkönig war es natürlich nicht kalt, denn derartige Empfindungen spürte er nicht mehr. Keine Kälte konnte durchdringender sein als die eisige Umarmung des Todes.

Als es tiefer wurde, trieb sein Gewand auf der Oberfläche, doch bald war er ganz unter Wasser. Er atmete nicht und rührte sich nicht. Während die Oberfläche sich wieder beruhigte, starrten Zhengyis untote Augen durch das trübe Wasser zum Nordostufer. Dort würden sie zu graben beginnen.

Er hielt seinen Stab noch fester und rüstete sich für den nächsten Zauber.

Tief gebückt schlich Maryin über den matschigen Untergrund und vertraute auf die Deckung des magischen elfischen Tarnumhangs, der von ihrem Körper herunterhing. Das Pferd hatte sie bei Donegan und den anderen gelassen, die in einigen Hundert Fuß Abstand folgten. Maryin sollte einen möglichen Hinterhalt entdecken und sie zu dem Drachen führen. Angesichts der frisch aufgewühlten Erde musste die Ritterin davon ausgehen, ihre Aufgabe erledigt zu haben.

Etwas weiter hinten hatte sie neue Spuren gefunden. Dort war das Ungeheuer offenbar gelandet. Jetzt aber stieß sie auf ein großes Loch unweit eines kleinen Sees. Sie hockte sich an den Rand der Grube und betrachtete den Tunnel an ihrem Grund.

»Bist du da unten, Drache?«, flüsterte sie in sich hinein.

Maryin verharrte noch eine Weile, doch als sie ihre Gefährten nahen hörte, stand sie auf, sah nach hinten, zog eine Hand unter dem Mantel hervor und hob die Faust hoch in die Luft.

Sie sah zum Wasser, ohne zu bemerken, dass die Augen des Hexenkönigs sie fixierten. Hinter ihr hielt Sir Donegan sein Gefolge zurück und kam vorsichtig zu ihr. Er lenkte sein Pferd neben die Kundschafterin.

»Da unten?«, sagte er, als er das Loch inspizierte. »Oder ist das eine List, und er steckt in Wirklichkeit drüben im See?«

Maryin schlug die Kapuze zurück und zuckte mit den Schultern. »Das eine wie das andere ist denkbar.«

»Ihr seid mir eine schöne Kundschafterin!«

Maryin lächelte ihn an. »Ich finde fast alles, das wisst Ihr – sogar die Kleine, die sich neulich in Euer Zimmer schleichen wollte. Aber Ihr könnt nicht von mir erwarten, einem Drachen zu folgen, der immer wieder weiterfliegt. Glaubt Ihr, der Schlag seiner Flügel drückt vom Himmel her das Gras platt? Glaubt Ihr, er verursacht eine Strömungsspur wie ein Boot, das über einen See fährt?«

Sir Donegan lachte über ihren Sarkasmus und den frechen Seitenhieb auf seine Kosten. In Bezug auf das Mädchen hatte er mit Maryin noch eine Rechnung offen, denn auf diese Begegnung hatte Donegan sich gefreut, während er Maryins Eingreifen nicht wirklich zu schätzen wusste. Aber das konnte warten, denn jetzt kam ihm ein Gedanke.

»Ist der Wasserspiegel angestiegen?«

Maryin sah ihn fragend an. Dann begriff sie und ging zum See, um zu prüfen, ob die Wasseroberfläche sich vor Kurzem verändert hatte. Der See war schließlich nicht groß, und wenn ein so riesiges Geschöpf wie ein Drache hineintauchte, musste ein merklicher Unterschied zu finden sein.

Kurz darauf richtete sie sich wieder auf und schüttelte den Kopf.

»Er ist also nicht im See verschwunden«, seufzte Donegan. »Nun gut.«

»Es führen keine Spuren vom Loch zum Wasser, und wenn der Drache weitergeflogen wäre, hätten wir ihn sehen müssen. Wir hätten eigentlich auch das Spritzen hören müssen, wenn er sich ins Wasser gestürzt hätte. Ich vermute, dass der Drache keine Ahnung hat, dass wir ihn verfolgen. Er fühlte sich so sicher, dass er im Tunnel ...«

Sie duckte sich, und Donegan fuhr zurück. Hinter ihnen scheuten einige Pferde, und die Soldaten wurden unruhig. Aus dem Loch drang ein tiefes kehliges Gebrüll, ein hallendes Grollen, das einem Wesen von Drachengröße angemessen war.

»Gefechtsstellung!«, befahl Sir Donegan.

Er wendete sein Pferd und galoppierte zu den Männern zurück. Maryin zog sich wieder die Kapuze über den Kopf und schien mit den Schatten am See zu verschmelzen.

Das Grollen hielt noch einige Augenblicke an, dann war nichts mehr zu hören.

Die Männer senkten die Lanzen und zogen ihre Schwerter. Die Magier und Priester bereiteten ihre Zauber vor.

Dann wurde es wieder ganz still. Und in dieser tiefen Stille sprang nicht wie erwartet ein gewaltiges Monster aus dem Loch.

Als Donegan und die anderen sich schließlich an das große, tiefe Loch heranwagten, starrten sie auf den Tunnel dort unten, der von Osten nach Westen verlief.

»Mir scheint, wir haben unseren Drachen gefunden«, sagte Sir Donegan.

»Seid Ihr sicher, dass das hier von einem Drachen stammt?«, fragte ein Ritter.

»Es gibt Zauber, die solche Dinge vollbringen können«, sagte Fisticus, der Zauberer. »Aber auch Lebewesen.«

»Ein Drache?«

»Es gibt kaum ein Unheil, das ein Drache nicht anrichten kann«, meinte Fisticus. »Ein Ungeheuer wie das, das Palishchuk angegriffen hat, hätte wenig Mühe, sich im Sommer durch den weichen Sumpf von Vaasa zu wühlen.«

Sir Gavaland, ein anderer Ordensritter, sagte: »Man möchte meinen, dass ein Drache, der sich derart zu erkennen gibt, eher den Moment der Überraschung genutzt hätte.«

»Falls er wusste, dass wir hier sind«, antwortete Donegan.

»Und das Grollen?«

»Das kann auch eine Art Schnurren sein, bevor er sich zur Ruhe legt«, gab der Zauberer zu bedenken. »Solche Ungetüme grollen so oft, wie ein Mensch seufzt oder gähnt.«

»Dann hoffen wir mal, dass es ein Gähnen war«, befand Donegan, »und zwar eines, das uns verrät, dass dieser Drache sich gerade auf einen langen, tiefen Schlaf freut.« Er sah seine Soldaten an und grinste unter dem aufgeklappten Visier von einem Ohr zum anderen. »Einen, aus dem er nie wieder erwachen wird.«

Das trug ihm eifriges Nicken und rundum zufriedene Gesichter ein.

Maryin hingegen war weder nach Nicken noch nach Lachen zumute. Sie wusste, was jetzt kam, und kannte ihren Auftrag, noch ehe Sir Donegan sie in die Tiefe schickte. Vielleicht sollte sie doch lieber ihre Plattenrüstung anlegen und einen Elf auf Kundschaft schicken?

Zhengyi nickte unter Wasser zufrieden, als die Truppe über den Rand der Grube kletterte. Die Kombination von Zauber und Bauchreden, durch die er ihnen das Drachengebrüll vorgegaukelt hatte, hatte offensichtlich Erfolg gehabt.

Der Hexenkönig wusste, dass er umgehend wieder in den Süden zurück musste, wo der Krieg um Damara seine Anwesenheit verlangte. Aber er wollte seine Macht noch etwas auskosten, und als alle Soldaten bis auf die wenigen, welche die Pferde bewachen sollten, im Loch verschwunden waren, tauchte er am Südostufer wieder auf.

Die drei armen Tölpel bei den Pferden starrten noch immer in die Grube, ohne die Gefahr zu bemerken, als der Hexenkönig erschien.

Maryin wusste, dass der Elfenmantel sie vor forschenden Blicken schützen konnte, aber in dem enormen Tunnel, der auf jeden Fall groß und breit genug für einen Drachen war, fühlte sie sich dennoch sehr angreifbar. Die Flechten an den Wänden strahlten ein sanftes Licht aus, das an eine Waldlichtung unter dem Funkeln der Sterne erinnerte. Obwohl sie für diese Beleuchtung dankbar war, weil sie so wenigstens keine Fackel brauchte, fürchtete sie doch, dass die durchdringenden Augen des Drachen sie so noch leichter erkennen konnten.

Sie spürte seine Gegenwart an der durchdringenden Aura der Angst, noch ehe sie ihn hörte oder sah.

Auf allen vieren kroch Maryin weiter. Wenn das Ungetüm sie entdeckte, würde sie nicht mehr fliehen können. Also lag ihre einzige Chance darin, unentdeckt zu bleiben.

Sie bog um eine Ecke und hielt den Atem an, denn nun hatte sie weiter hinten Einblick in eine Höhle. Da war er. Und das war nicht der Drache, der vor Kurzem Palishchuk angegriffen hatte. Denn selbst im Dämmerlicht war zu erkennen, dass diese Schuppen nicht weiß, sondern schwarz glänzten.

Vorsichtig und sehr langsam zog sie sich Schritt für Schritt zurück. Schließlich jedoch machte sie kehrt und rannte die restliche Strecke bis dorthin, wo Donegan und die anderen warteten, die auch die Schlachtrösser der Ritter Donegan und Bevell mitführten.

»Ein großer schwarzer Drache«, teilte sie ihnen so leise wie möglich mit, während sie den Umriss der Höhle in die weiche Erde zeichnete.

Fisticus und die anderen Zauberer begannen unverzüglich mit der Vorbereitung der Bannzauber, mit der sie den Säureodem des schwarzen Drachen abwehren wollten.

»Ein Weißer wäre nicht so gefährlich«, murrte der Oberzauberer. »Unsere Zauber gegen Eisodem sind gezielter und umfassender.«

»Vielleicht kann ich etwas Tünche besorgen und ihn anstreichen, solange er schläft«, bemerkte Maryin sarkastisch.

»Das wäre hilfreich«, gab Fisticus sofort zurück.

»Schluss damit«, schimpfte Donegan. »Schwarze Drachen sind so ähnlich wie weiße. Immerhin wartet da vorn kein alter Roter.«

»Wir haben gute Zauber gegen Feuerodem…«, begann Fisticus.

»Und jeder Rote, der seine Schuppen wert ist, dürfte mächtig genug sein, jeden dieser Zauber abzuwehren«, unterbrach ihn Donegan. »Wir brauchen nur etwas gegen seinen ersten Säurestoß, damit wir näher herankommen. Wenn wir erst bei ihm sind, werden wir schon mit ihm fertig.«

Fisticus nickte und ging zu Maryins Zeichnung. »Wie weit ist es vom Tunnel bis zum Drachen?«, fragte er. »Und an welchem Punkt wird es vermutlich zum Kampf kommen?«

In den Drachenhort vorzudringen fiel dem Hexenkönig nicht schwer. Zhengyi nahm einfach die Form eines zweidimensionalen Schattens an und glitt durch einen Spalt im Gestein nach unten. Gleich darauf stand er in der Höhle, unweit von Urshula, war jedoch in dieser Gestalt und durch seine Zauber verborgen, sodass der Drache ihn nicht wahrnahm.

Mit großer Belustigung beobachtete er die Frau, die jetzt wieder heranschlich, um den Drachen zu orten. Ihr folgten zwei magisch abgeschirmte Zauberer.

»Lächerlich«, murmelte Zhengyi lautlos vor sich hin.

Er hob die Hand und fügte selbst eine Illusion hinzu, um die Eindringlinge noch besser vor dem Drachen zu verbergen, denn er wollte nicht, dass Urshula seine Gegner zu früh bemerkte.

Die Zauberer wirkten ihre Magie und zogen sich eilig zurück. Als Zhengyi überlegte, was sie getan hatten, nickte er beifällig. Sie gingen geschickt vor, und er wusste, was jetzt kommen würde. Er hob wieder die Hand, diesmal um seine Illusion zu brechen.

Urshula blinzelte durch ein Auge. Zhengyi sah, wie sich die Muskeln an seinen großen Vorderläufen spannten. In diesem Moment stürmten die Krieger unter lautem Getöse durch den Gang.

Urshula sprang in die Hocke und brachte seinen gehörnten Kopf in Angriffsposition.

Zhengyi staunte, dass die Soldaten ihre Aufstellung

beibehielten. Keiner von ihnen ergriff angesichts des großen Drachen die Flucht. Jetzt war er doch froh, dass er in den Drachenhort zurückgekehrt war, denn die Schlagkraft dieses Rittertrupps war leicht zu unterschätzen.

Urshula zog sich ein Stück zurück, und Zhengyi spürte das tiefe Einatmen, mit dem er den ersten tödlichen Säurestoß vorbereitete. Die Krieger aber verlangsamten ihr Tempo nicht, sondern näherten sich der Stelle, wo die Zauberer ihren ersten Bann gesetzt hatten. Urshulas Hals schoss vor, er riss das Maul weit auf und spie einen Säurekegel.

Die Säure traf auf eine massive, undurchdringliche magische Wand, wo sie zischend zerstob. Nur sehr wenig spritzte über die Wand auf einige Krieger und verletzte sie, doch das hielt die Männer nicht auf. Sie teilten sich und rannten seitlich um die Ränder der magischen Schranke herum. Danach nahmen sie wieder ihre Formation ein, folgten ihren Rittern und näherten sich dem verwirrten Drachen.

Urshula bäumte sich auf, hob den Kopf und wurde prompt von einem Feuerball getroffen, dann von noch einem und noch einem, ehe er reagieren konnte. Als er sich wieder zusammenkauerte, waren die Krieger bereits bei ihm und stachen, schlugen und hackten hemmungslos auf ihn ein. Sie verteilten sich um das Tier, schrien und brüllten und versuchten, ihn gleich beim ersten Angriff zu überwältigen.

Aber Urshula war ein Drache und damit die gefährlichste aller Bestien. Als er plötzlich mit allen vieren um sich schlug, die Krallen ausfuhr, mit dem Schwanz peitschte und die Flügel knattern ließ, waren die Männer rasch im Nachteil.

Nur ein Ritter ließ sich nicht beirren, sondern brüllte Befehle, hob sein Schwert und rief seine Krieger zu sich.

Da schloss sich das Drachenmaul um seinen Bauch und hob ihn so hoch, dass es alle sehen konnten. Die Männer schrien auf, als die Beine ihres Anführers hilflos in der Rüstung zappelten.

Urshula biss zu, und der Unterleib des Ritters fiel zu Boden. Danach folgte der Rest, denn Urshula peitschte einmal mit dem Kopf, um den Ritter wie ein Geschoss zwischen die Soldaten zu schleudern. Diejenigen, die am weitesten fielen, hatten diesmal Glück, denn unmittelbar nach dem Ritter folgte ein zweiter Säurestoß.

Die Männer lösten sich auf und starben.

Noch ehe Zhengyi dem Drachen applaudieren konnte, sah er einen Hagel magischer Pfeile in Grün, Blau und Violett auf Urshula zusausen. Das Siegesgebrüll des Drachen verwandelte sich in einen Schmerzensschrei, denn die Pfeile bohrten sich tief in seine Haut, weil die schwarzen Schuppen gegen einen solchen Angriff nicht gefeit waren.

Da entdeckte der Drache die Zauberer, die sich links am Anfang des Tunnels versammelt hatten. Ohne auf die Krieger zu achten, die immer noch auf seine Flanken einstachen, spie Urshula noch einmal Säure.

Die Steine um die Zauberer knisterten und zersprangen, aber die drei Menschen waren geschützt. Einer zuckte kurz zusammen, konnte sich aber trotzdem noch am nächsten Pfeilhagel seiner Gefährten beteiligen.

Zhengyi fürchtete bereits, der Drache könnte zu schnell besiegt werden; er überlegte, ob er eingreifen sollte.

Aber Urshula richtete sich auf den Hinterbeinen auf und breitete die Flügel aus. Sein kräftiger Flügelschlag bombardierte die Zauberer mit Staub, Münzen und Steinen, die sie zwar nicht verletzten, aber doch an weiteren Angriffen hinderten. Wichtiger jedoch war, dass die Geschosse die schützende magische Abschirmung beschädigten.

»Genial!«, lobte der Hexenkönig.

Die Reaktion des Drachen überraschte Sir Donegan nicht. Da er von Gareth Drachenbann persönlich ausgebildet worden war, der sich seinen Beinamen redlich verdient hatte, hatte Donegan den Angriff in vier Phasen unterteilt: Erstens die Abwehr des ersten tödlichen Drachenodems. Zweitens der Sturmangriff. Drittens ein Hagel magischer Geschosse, der den Drachen von der letzten und entscheidenden Phase ablenken sollte.

Die Ritter Donegan und Bevell saßen hinten im Tunnel auf ihren Pferden und warteten die Reaktion des Drachen ab. Als dieser sich aufbäumte, galoppierten sie donnernd heran, umgingen das schützende Kraftfeld mit gesenkter Lanze rechts und links und preschten dann auf der anderen Seite wieder gemeinsam auf den immer noch ahnungslosen Drachen zu.

Seite an Seite trafen sie das Ungeheuer am schwächsten Punkt seines Schuppenpanzers mitten in den Bauch. Angetrieben vom Schwung der riesigen Streitrösser und mit der magischen Verzauberung beider Lanzen durchdrangen die Waffen die harten Schuppen und bohrten sich tief in die weichen Gedärme des Tiers.

Der Drache kam brüllend wieder auf alle viere herunter, aber Donegan und Bevell hatten ihre Pferde bereits gewendet. Die Lanzen ließen sie einfach im Bauch des Drachen stecken. Beide Ritter zogen gleichzeitig die

Schwerter, die sie auf dem Rücken trugen. Bevells Breitschwert flammte auf sein Kommando hell auf, während von Donegans Zweihänder ein magisches Leuchten ausging. Als der Drachenflügel auf ihn herabfuhr, umfing Donegan sein Pferd fest mit den Schenkeln und stieß die Waffe mit beiden Händen nach oben. Der Drache heulte wieder auf und zog den Flügel zurück.

Bevell war auf der anderen Seite weniger erfolgreich. Zwar gelang ihm ein Treffer, aber dann schlug ihn der Flügel vom Pferd, und er stürzte unsanft zu Boden.

»Alle Mann zu mir!«, rief Donegan seinen Kriegern zu, und alle, die noch kampffähig waren, folgten seinem Ruf.

Der Drache fuhr zu ihm herum. Donegan wäre beinahe ins Wanken geraten. Er glaubte, seine letzte Stunde wäre gekommen.

Aber da schlugen die Zauberer noch einmal zu. Ihr Feuerball umfing den Kopf des Ungeheuers, und in dem Flammenmeer verschwand ein neuer Schwarm magischer Geschosse.

Diesen Moment nutzte Donegan, um mit dem Pferd erneut auf die Flanke des Drachen loszustürmen. Er sprang herunter, scheuchte sein Pferd fort, nahm das Schwert in beide Hände und schlug mit aller Kraft nach der Schuppenhaut. Ringsherum jubelten seine Krieger auf und stachen erneut auf den Drachen ein.

Das Ungeheuer war verwundet. Es schwankte.

»Macht ihn fertig!«, schrie Sir Donegan, der den Augenblick des Sieges gekommen sah.

Doch der Drache drehte sich herum, ließ seinen Schwanz peitschen und fegte Donegan und die anderen quer durch die Höhle.

Der Ritter versuchte, sich aufzusetzen. Sein Helm saß

verkehrt herum und nahm ihm die Sicht. Das Schwert war ihm aus der Hand geflogen. Er tastete herum. Da spürte er eine stützende Hand an der Schulter.

Er rückte seinen Helm zurecht und sah Maryin, die ihm lächelnd zunickte. Sie reichte ihm sein Schwert.

»Bringen wir es hinter uns«, sagte sie.

Zhengyi genoss das Spektakel. Er staunte über die gute Vorbereitung und die Tapferkeit der Ritter. Kaum jemand hätte einem wütenden Drachen so lange standgehalten. Aber auch Urshulas Wildheit und Standhaftigkeit waren bemerkenswert.

Der Drache war jedoch ernsthaft verwundet, wie der Hexenkönig feststellen musste. Eine der Lanzen war abgebrochen. Die Wunde blutete heftig, und zweifellos wüteten durch die stecken gebliebene Lanzenspitze verursachte Schmerzen in den Eingeweiden des Drachen.

Und außerdem kamen die Zauberer zurück, deren Feuerbälle und Geschosse dem Drachen schwer zu schaffen machten.

Zhengyi hatte für ein gewisses Gleichgewicht der Kräfte sorgen wollen, doch jetzt stellte er überrascht fest, dass es Urshula war, der seine Hilfe benötigte, während die Menschen offenbar nicht darauf angewiesen waren. Er durfte es den Menschen auch nicht zu leicht machen.

Der Hexenkönig glitt in seine Schattengestalt zurück und verschwand durch eine Ritze.

»Jetzt wieder Feuer«, wies Fisticus seine beiden Kollegen an. »Wenn der Drache den Kopf hebt, hüllt ihr ihn darin ein.«

Alle drei hielten ihre Bannsprüche bereit und passten

genau auf, während Fisticus die Bewegungen des Drachen beobachtete.

»Eins ...«, zählte er, »zwei ...«

»Sag schon ›drei‹«, erklang eine krächzende Stimme hinter ihnen.

Zhengyi sah die Männer erstarren und grinste, als er sich ihre Gesichter vorstellte. Davon ließ er sich jedoch nicht ablenken, sondern begann sofort mit seinem Lieblingszauber.

Die Zauberer fuhren herum und blickten in eine Explosion miteinander verwobener gleißender Lichtstrahlen.

Fisticus schlug einen Arm vors Gesicht, während der Zauberer links von ihm in Blau getaucht wurde. Geblendet vom hellen Licht aus Zhengyis Zauber wollte der Unglückliche noch aufschreien, doch da war seine Haut schon zu Stein geworden. Er erstarrte mit offenem Mund.

Fisticus umfing violettes Licht, das ihn einfach von der Ebene der Materie hinwegriss und ins Multiversum schleuderte. Dieses abrupte Verschwinden ersparte ihm immerhin das Schicksal des Zauberers zu seiner Rechten, der von einem Blitz getroffen wurde und zuckend dessen Energie aufnahm. Der Blitz schoss weiter an die Stelle, wo Fisticus gestanden hatte, und lief dann knisternd über die Zaubererstatue gegenüber. Die Blitzenergie sprengte das harte Gestein und ließ fingerförmige Steine durch die Gegend fliegen.

Der Zauberer, den der Blitz erwischt hatte, wurde von einer zweiten Farbwelle erfasst. Obwohl er bereits im Sterben lag, stieß er mit letzter Energie einen qualvollen Todesschrei aus, als ihn ein roter Glanz überrollte und in Flammen aufgehen ließ. Er konnte sich nicht einmal mehr umdrehen, sondern blieb brennend liegen.

Zhengyi seufzte krächzend und schüttelte den Kopf.

»Wie wäre es mit etwas Dankbarkeit, lieber Urshula?«, flüsterte er und wandte sich wieder dem Drachen zu. Sein Eingreifen war nicht unbemerkt geblieben.

»Der Hexenkönig!«, brüllte ein Mann.

Sir Donegan, der auf den Drachen einschlug, verzog das Gesicht. Ausgerechnet zu diesem Zeitpunkt musste ein solcher Gegner auftauchen. Er konnte nur beten, dass sein Soldat sich irrte, und hoffen, dass sie den Drachen bald erledigt hatten.

»Fisticus, mach ein Ende!«, schrie er, während er dem Drachen erneut sein Schwert über die Seite zog.

Nach einer schnellen Drehung gelang es ihm, einen Blick zu den Zauberern zu werfen – oder besser zu dem, was von ihnen geblieben war. Donegan bemerkte eine schattenhafte Gestalt an der Wand, hatte aber keine Zeit, genauer darüber nachzudenken.

»Kämpft weiter, Männer! Der Drache wird schon schwächer!«, spornte er seine Männer an und griff erneut an.

Urshula hörte seine Worte. Sie entsprachen durchaus den Tatsachen. Die Angriffe der Zauberer hatten ihn schwer verletzt, und er fühlte immer noch die Lanzenspitze in seinem Bauch, die seine Gedärme durchlöchert hatte.

»Zhengyi? Auf meiner Seite?«, knurrte Urshula in sich hinein, war aber erleichtert darüber, dass einer der Zauberer gerade verbrannte und ein anderer versteinert war und jetzt explodierte.

Aber wo war Zhengyi?

Ein Stich in die Seite riss Urshula aus seinen Gedanken und erinnerte ihn an die eigentliche Gefahr. Er schlug um sich, zertrat einen Mann mit der hinteren Pranke, breitete die Flügel aus und riss damit mehrere andere um. Sein Schwanz peitschte zur anderen Seite, um eine weitere Einheit der störrischen Krieger zurückzutreiben.

Zhengyi wartete geduldig in einer Ritze ab, hielt jedoch die Komponenten für verschiedene Zauber bereit. Mit stillem Beifall beobachtete er Urshulas Wüten, als dieser nach einem Mann schnappte, um ihn zu zermalmen. Dann zuckte der Drache mit dem Kopf und ließ auch dieses menschliche Geschoss zwischen die anderen Männer fliegen.

In diesem Augenblick glaubte Zhengyi, der Drache könnte noch siegen.

Aber dann zuckte Urshula zur Seite, und Zhengyi sah den großen Ritter, der ihm den vernichtenden Schlag beigebracht hatte. Urshula versuchte, sich gegen ihn zu wenden, doch eine Kriegerin, die Kundschafterin, die als Erste in den Drachenhort vorgedrungen war, war auf seinen Rücken und dann auf seinen Hals geklettert. Als das abgelenkte Untier sich auf den Ritter konzentrierte, stieß sie ihr schmales Schwert von hinten unter seine Schädeldecke.

Zhengyi schüttelte den Kopf und zog das Drachenschädelphylakterion heraus.

»*Hexenkönig!*«, brüllte Urshula mit einer Stimme, die durch die ganze Höhle hallte.

Und dann erinnerte das Ungeheuer Zhengyi und alle anderen daran, warum Drachen zu Recht so gefürchtet waren. Urshula sprang auf und warf den Kopf nach hinten, nach vorn, dann nach unten. Die Bewegung katapultierte die Kriegerin so heftig über die Stacheln auf dem Drachenkopf, dass sie sich unmöglich hätte halten können. Schon der Sturz aus einer Höhe von zwanzig Fuß hätte sie umbringen können, aber so weit ließ der Drache es nicht mehr kommen. Er schnappte zu und biss sie mitten durch, sodass ihr Kopf, die Füße und ein Arm noch zu Boden fielen.

Und währenddessen setzte der Drache seinen Sprung fort und drehte sich in der Luft. Jetzt vertraute Urshula nur noch auf seine Größe, denn er wollte den Rest der Angreifer unter seinem Riesenleib zermalmen.

Zhengyi verzog das Gesicht, als der schwarze Drache vor Schmerz die Augen zusammenkniff, denn der Aufprall kostete zwar viele seiner Feinde das Leben, trieb aber auch ihre Waffen und die scharfkantigen Rüstungen durch seine Schuppen und verletzte ihn dadurch schwer.

Doch der schlaue, tapfere Ritter mit dem Zweihänder war dem Drachen entronnen. Er warf sich zur Seite, fuhr herum, schlug mit Macht nach dem herumtastenden Vorderbein des Drachen und schob sich dann daran vorbei, um noch einmal in den Leib des Drachen zu stechen.

Das jedenfalls hatte er vor, bis eine unsichtbare Macht nach ihm griff. Es war die Macht der Telekinese. Als der Ritter sich auf das Tier werfen wollte, wurde er in die Luft gerissen, höher und höher.

Zhengyi war sehr zufrieden mit sich, während er den Mann hoch und höher hob.

Sir Donegan versuchte mit aller Macht, sich aus der magischen Umklammerung zu lösen. Voller Ingrimm sah er immer wieder vor sich, wie das Monster Maryin zerrissen hatte. Aus zwanzig und schließlich über fünfzig Fuß Höhe musste er hilflos mit ansehen, wie der Drache seine Krieger abschlachtete, von denen viele mit offenem Mund zu ihrem fliegenden Anführer emporstarrten. In ihren aufgerissenen Augen erlosch alle Hoffnung.

Donegan schlug mit dem Schwert wie nach einer Hand, fand aber nichts, was er hätte treffen können.

Da richtete er seine Aufmerksamkeit schließlich auf die Decke, der er sich immer schneller näherte. Er rüstete sich für den Aufprall, kam jedoch nie dort an.

Die unsichtbare Macht ließ ihn fallen.

Fluchend und schreiend weigerte sich Sir Donegan noch im Sturz, sein Schicksal hinzunehmen. Der Schrei der Überraschung wurde zu einem trotzigen Gebrüll, und er warf sich herum und zielte auf den Kopf des Drachen, der ihn nicht kommen sah.

Donegans Schwert bohrte sich mitten durch den Schädel des Ungeheuers. Der Ritter hielt es fest, bis auch er mit dem Kopf voran auf den Drachen stürzte. Der Ruck trieb den Helm so fest auf seine Schlüsselbeine, dass diese auf beiden Seiten brachen. Der Hals wurde dabei mit solcher Wucht gestaucht, dass seine Wirbelsäule zu Staub wurde. Der Ritter fiel in sich zusammen und kippte langsam nach hinten.

Dann rollte er von dem Ungetüm, dessen großer Kopf noch immer hoch aufgerichtet war. Donegans Schwert steckte wie ein drittes Horn zitternd in seinem Schädel.

»Hexenkönig?«, brüllte Urshula wieder. In seiner Stimme blubberte Blut. Er blinzelte zu der Wand hinüber, an der die Zauberer gestanden hatten. Ein roter Schleier nahm ihm die Sicht. »Hexenkönig!«

Und Zhengyi antwortete, nicht körperlich, sondern telepathisch. Urshula bemerkte den dunklen Tunnel, an dessen Ende der Lich stand. Er war hell erleuchtet und hielt das kleine Phylakterion in die Luft, den Drachenschädel. Instinktiv wehrte sich Urshula gegen dessen Sog. Andererseits versprach Zhengyis ausgestreckte Hand ewiges Leben. Die Alternative war der endgültige Tod. In diesem Augenblick des Entsetzens, in dem das schwarze Ende drohte, ergab der Drache sich Zhengyi.

Urshulas Seele floh aus dem sterbenden Körper und raste durch den Tunnel in den Drachenstein.

Zhengyi bestaunte seine Beute. Der Schädel, in dem die Lebensenergie der gefangenen Drachenseele brodelte, strahlte hell auf. Das war der künftige Drachenleichnam Urshula.

Zhengyis neuester Verbündeter.

Der Hexenkönig ließ den Stein sinken und sah sich gründlich um. Sein Eingreifen war exakt zum richtigen Zeitpunkt erfolgt, denn fast alle Krieger waren tot. Nur einige wenige lagen noch stöhnend und blutend in den Todeszuckungen.

Doch Zhengyi gönnte ihnen nicht einmal einen schnellen Tod, sondern wob den nächsten Zauber und machte sich mit Hilfe von Magie mit seiner Beute davon. Sein Sieg war vollkommen. Die Menschen sollten langsam und qualvoll sterben.

»Du dachtest, du hättest gesiegt, als du damals die Ritter besiegt hast, die sich hinter deinem Rücken nach Vaasa geschlichen haben«, rügte Byphast ihn an einem kalten Wintermorgen.

»An diesem Tag habe ich gesiegt, allerdings«, erwiderte der Hexenkönig. Er blickte von dem dicken Buch auf seinem Tisch auf und sah den Drachen in Elfengestalt an.

»Die anderen Drachen fliehen«, fuhr Byphast fort. »Fürst Drachenbann ist ein Gegner, gegen den wir kein zweites Mal antreten wollen. Du stehst einem stärkeren Bündnis gegenüber, als du glaubst.«

»Aber sie sind sterblich«, stellte Zhengyi klar. »Schon bald werden sie schwach und alt sein. Sie werden sterben.«

»Du hast geglaubt, dein Reich wäre sicher«, widersprach Byphast.

Zhengyi musste sich Mühe geben, nicht aufzulachen, weil seine Ruhe sie derart erschütterte. Denn es stimmte, was sie sagte. In der Tat bröckelte sein Reich an allen Seiten, und das wusste er. Gareth Drachenbann könnte in Damara sogar den Sieg davontragen, und dann würde Zhengyi von dem Paladin in ein dunkles Loch in Vaasa zurückgetrieben werden.

»Ich finde es sehr komisch, dass ein Drache sich derartige Sorgen über die nahe Zukunft macht«, antwortete er.

»Dein Plan wird scheitern!«

»Mein Plan wird ruhen. Hat ein Drache, ein Wesen, das eine Stadt plündern und sich dann hundert Jahre zur Ruhe begeben kann, keine Geduld? Du enttäuschst mich, Byphast. Verstehst du nicht, dass unsere Feinde sterblich sind, ich aber nicht? Und du auch nicht«, erinnerte er sie mit einem Nicken zu dem Regal neben seinem Tisch, auf dem mehrere Drachenschädelsteine auf die Seelen der Drachen warteten, für die sie bestimmt waren.

»Meine Kräfte entspringen nicht meiner körperlichen Gestalt«, fuhr der Hexenkönig fort, »sondern der Finsternis, die in den Herzen aller Lebenden wohnt.«

Er schob beide Hände unter den Einband des dicken Buches und hob ihn gerade so weit an, dass Byphast die schwarze Hülle mit den eingravierten Drachen sehen konnte: Drachen im Aufbäumen, Drachen im Sitzen, schlafende Drachen und kämpfende Drachen. Er senkte das Buch wieder, griff in einen Beutel an seinem Gürtel und zog einen leuchtenden Schädelstein heraus.

»Urshula der Schwarze«, bemerkte Byphast.

Zhengyi setzte den Schädel mitten auf das aufgeschlagene Buch, flüsterte magische Worte und drückte ihn dabei herunter.

Der Schädel sank in die Seiten und verschwand im Inneren des Buches.

Byphast hielt die Luft an und starrte den Hexenkönig an.

»Wenn ich jetzt nicht gewinne, gewinne ich später«, erklärte Zhengyi. »Zusammen mit meinen Verbündeten. Irgendwann findet ein dummer Mensch, ein Elf oder ein anderer Sterblicher dieses Buch und will ergründen, was es enthält. Und dabei wird er Urshula in seiner neuen Gestalt entfesseln.«

Zhengyi hielt inne und sah nach hinten. Unwillkürlich folgte Byphast seinem Blick zu einem ganzen Schrank voller ähnlicher Bücher.

»Seine Gier, seine Fehlbarkeit und sein geheimer Wunsch, nein, sein Verlangen nach dem großen Schatz, den nur ich ihm bieten kann, werden meine Pläne vorantreiben, wie auch immer die Schlacht auf den Feldern von Damara ausgeht.«

»So selbstsicher...«, sagte Byphast kopfschüttelnd. Aus ihrem Lächeln sprach Mitleid.

»Willst du das Band zu deinem Phylakterion durchtrennen?«, fragte Zhengyi. »Willst du das Geschenk der Unsterblichkeit zurückweisen, das ich dir angeboten habe?«

Byphasts Lächeln erstarb.

»Das dachte ich mir«, sagte Zhengyi. Er schlug das dicke Buch zu und stellte es zu den anderen zurück. »Meine Macht ist so ewig wie die Angst jedes denkenden Wesens vor dem Tod. Und deshalb, Byphast, bin ich ewig.« Er sah noch einmal zu dem eben vollendeten Buch zurück. »Urshula wurde in seinem Hort besiegt. Die Ritter der Blutsteinarmee haben ihn erschlagen. Doch das macht ihn nur stärker, und eines Tages werden König Gareth oder seine Nachfahren das erfahren.«

Byphast ließ all das eine Zeit lang auf sich einwirken. »Ich werde nicht weiterkämpfen«, beschloss sie. »Ich kehre in meine Heimat zurück, zum Großen Gletscher.«

Zhengyi zuckte mit den Schultern, als ob das keine Rolle spielte. Im Augenblick war es tatsächlich unwichtig.

»Aber das Band zum Phylakterion wirst du nicht durchtrennen«, stellte er fest.

Byphast straffte sich entschlossen. »Ich habe noch tausend Jahre vor mir«, betonte sie.

Zhengyi lächelte nur und sagte: »So sei es. Ich bin geduldig.«

Knochen und Steine

Erstveröffentlichung in *Realms of War*
Wizards of the Coast, 2008

Wenden wir uns zur Abwechslung einmal der harten, ungeschönten Realität zu. Die grundsätzliche Frage bei jedem Krieg lautet zwangsläufig: »Ist es das wert?« Um diese Frage kommt man nicht herum. Letztlich stellt sie sich dem Menschen natürlich bei jeder Herausforderung. Ist der Urlaub mit den kleinen Kindern all das Geld, den Stress und die Mühe wert? Sind die vierzig Stunden pro Woche – plus die Zeit für das Pendeln – den Lohn wert, den man mir dafür bietet?

Bei einem Krieg erhält diese Frage jedoch besondere Brisanz, denn diejenigen, die am meisten davon profitieren, sei es in Form von Macht oder von Geld, verwenden viel Energie auf das Vorgaukeln falscher Szenarien, um die unvermeidliche brutale Realität der Schlacht möglichst lange auszublenden. Und wenn sie sich durchgesetzt haben, geben sich diejenigen, die den Feldzug vorantreiben, große Mühe, das Leid in den Hintergrund zu rücken. Deshalb sehen wir die Reporter und die Fähnchen schwenkenden Superpatrioten genau zu dem Zeitpunkt, an dem wir noch gar nicht begreifen, warum auf der anderen Seite ebenfalls Fähnchen schwenkende Superpatrioten ihre Zustimmung bekunden.

Das erinnert mich an eine Textstelle aus einem alten Song von Crosby, Stills, Nash & Young: »Dein Mantel, mein Freund, verrät mir, dass du auf der anderen Seite stehst. Es gibt nur eines, was ich gern wüsste. Sagst du mir bitte, wer gewonnen hat?« Diese Zeilen sind so ausdrucksvoll, so überaus menschlich, schmerzerfüllt und resigniert. Wenn ich in den letzten zehn Jahren die Nachrichten verfolgt habe, ist mir regelmäßig dieses Lied in den Sinn gekommen.

Ich habe mich redlich bemüht, das Phänomen Krieg zu ergründen. Mit der Zeit habe ich viele wunderbare Soldaten und deren unglaubliche Familien kennengelernt. So viele Briefe, so viel echte Freundschaft, so viele Gefühle.

Aber die nagende Frage: »Ist es das wert?«, muss dennoch stets im Vordergrund stehen, und ich hoffe, dass diejenigen, die Entscheidungen über Krieg und Frieden zu treffen haben, immer ihr Hauptaugenmerk darauf richten. Denn man vergisst im Krieg viel zu oft, dass jedes »Ja« eine enorme Hürde überwinden sollte, wegen der »Knochen und Steine«, die am Ende unweigerlich zurückbleiben, und wegen des Schmerzes, der bleibt, auch wenn niemand mehr Fähnchen schwenkt.

Ich habe diese Geschichte etwas ungewöhnlich angelegt, denn ich habe ein Miniabenteuer von Pwent mit einem bereits veröffentlichten Essay von Drizzt verwoben. Dieses Essay wurde durch eine Szene aus dem Film Wir waren Helden *angeregt. Am Ende beklagt ein Colonel aus Nordvietnam den Sieg der Amerikaner und sagt sinngemäß: »Sie glauben, sie hätten einen großen Sieg errungen, also werden noch mehr kommen. Das Ergebnis bleibt dasselbe, aber dafür werden viel mehr Männer ihr Leben lassen müssen.« Wenn wir die überdurchschnittlichen Helden- und Kampfszenen mal außen vor lassen (ich schwöre, die meisten Kriegsfilme unterscheiden sich kaum von den meisten Sportfilmen, wie* Wunder auf dem

Eis, *wo die Ereignisse plötzlich nicht mehr genügen, und Jim Craig kurzerhand noch neunhundert halsbrecherische Sprünge hinlegen muss, um die Dramatik zu erhöhen ... Aber das ist ein anderes Thema). Jedenfalls ist* Wir waren Helden *ein wirklich eindrucksvoller Film mit vielen einprägsamen Szenen, der eine ganze Reihe Fragen zu Krieg und Menschlichkeit aufwirft. Die Bemerkungen jenes nordvietnamesischen Colonels haben sich mir ebenso eingebrannt wie die Hubschrauberszene mit dem erschütternden Song »Sgt. MacKenzie«.*

In diesem Essay reduziert Drizzt all das auf die grundlegende harte Wahrheit. Wie die Vögel in Vonneguts Schlachthaus 5 *kann er nichts gegen die hässliche Wirklichkeit des Massakers sagen.*

Doch ausgerechnet zwei so ungewöhnliche, gnadenlose Krieger wie Pwent und der Ork bringen dann doch noch etwas Menschlichkeit in das scheinbar sinnlose Gemetzel.

»Knochen und Steine« gibt keine Antworten. Diese Geschichte stellt Fragen. Nur deshalb wurde sie geschrieben.

Jahr des Humpens (1370 DR)

An diesem Spätnachmittag fand Thibbledorf Pwent aus Mithril-Halle keine Ruhe. Angesichts der nahenden Horden von König Obould im Norden und Westen hatte Bruenor diese Regionen für tabu erklärt. Das war sicher eine ebenso pragmatische wie weise Entscheidung.

Als Offizier aus Bruenors Garde widersetzte sich der Schlachtenwüter nicht oft den Edikten seines geliebten Königs Bruenor. Das hier jedoch waren besondere Umstände, sagte sich Pwent, wenn auch in einfacheren Worten: »Muss getan werden.«

Trotzdem kam es ihn hart an, gegen den Befehl seines Königs zu verstoßen, und dieser Zwiespalt setzte ihm zu. Wie ein Spiegel von Pwents Seelenqual ballten sich am bleigrauen Himmel dicke Regenwolken.

Der Regen würde auch auf Gendray Hardhatter niederprasseln, und jeder Tropfen würde in Thibbledorf Pwents Herz ein schmerzhaftes Echo erzeugen.

Es ging nicht darum, dass Gendray in der Schlacht gefallen war, das war es nicht! Das war ein Schicksal, das jedes Mitglied der wilden Knochenbrecher-Brigade ebenso bereitwillig in Kauf nahm wie ihr Anführer, Thibbledorf Pwent. Als Gendray sich der Truppe erst vor wenigen Monaten angeschlossen hatte, hatte Pwent dessen Vater Honcklebart, einem guten alten Freund, erklärt, dass er keinesfalls für Gendrays Sicherheit garantieren könne.

»Aber ich weiß, dass er für eine gute Sache stirbt«, hatte Honcklebart zu Pwent gesagt, nachdem die zwei etliche Becher Met geleert hatten.

»Auf die Zwerge, auf den König und auf den Clan!« Mit diesen Worten hatte Pwent den Becher gehoben, und Honcklebart hatte begeistert mit ihm angestoßen. Denn was konnte ein Zwerg sich Besseres wünschen?

Somit hatte Gendrays Leben an jenem stürmischen Tag auf den Klippen nördlich des Tals der Hüter, am Westrand von Mithril-Halle, kein unerwartetes Ende genommen. Sie hatten eine Ork-Horde abgewehrt, und nie war ein Heldenhammer-Zwerg aus besserem Grund gefallen.

Als Pwent sich diesem schicksalhaften Ort näherte, erinnerte er sich lebhaft an den Kampf. Seine Schlachtenwüter hatten ihn mit großem Stolz erfüllt. Er hatte sie ins Zentrum des Ork-Angriffs geführt, und obwohl sie den grimmigsten Kriegern von König Obould zahlenmäßig weit unterlegen waren, hatten die Schlachtenwüter nicht mit der Wimper gezuckt. An jenem Tag waren viele Zwerge gefallen, aber sie fielen auf die Körper von weit mehr Orks.

Pwent hatte damit gerechnet, bei diesem Himmelfahrtskommando ebenfalls umzukommen, doch mit Hilfe seiner heldenhaften Freunde und eines schlauen Gnoms waren er und einige Schlachtenwüter irgendwie die Klippen heruntergekommen und hatten zum Westtor von Mithril-Halle zurückgefunden. Es war ein bitter erkämpfter Sieg gewesen, dessen Opfern jegliche Ehre gebührte.

Trotz dieser Einsicht klang in Thibbledorf Pwent auch der zweite Teil von Honcklebart Hardhatters Trinkspruch nach, der stolz den Becher erhoben hatte: »Und ich weiß, dass Thibbledorf Pwent meinen Jungen nicht zurücklässt, ob tot oder lebendig.«

Auch darauf hatte Pwent bereitwillig angestoßen. »Und wenn ihn ein Drache frisst, dann schneide ich ihm den Bauch auf und ziehe seine Knochen wieder raus!«, hatte er überschwänglich gelobt, und er hatte jedes Wort ernst gemeint.

Aber Gendray, der tote Gendray, war an jenem Tag nicht nach Hause gekommen.

»Du hast meinen Jungen zurückgelassen«, hatte Honcklebart nach dem Kampf in den Hallen gesagt. Aus seinen Worten sprach weder Hass noch Anklage. Es war eine Feststellung. Von einem Zwerg, dem es das Herz gebrochen hatte.

Es wäre Pwent fast lieber gewesen, wenn ihm sein alter Freund einen Schlag auf die Nase verpasst hätte. Obwohl Honcklebart für seinen rechten Haken berüchtigt war, hätte das den Schlachtenwüter kaum so geschmerzt wie diese schlichte Feststellung.

»Du hast meinen Jungen zurückgelassen.«

Ich betrachte den Hang, wo jetzt nur die Vögel zu hören sind. Das ist alles. Die Vögel, die krächzen und streiten und ihre Schnäbel in unsichtbare Augäpfel stecken. Krähen kreisen nicht lange über einem Feld voller Toter. Wie die Biene zur Blume strebt, halten sie zielstrebig auf das Festmahl zu. Sie sind die Aufräumer – zusammen mit den Käfern, den Würmern, dem Regen und dem ewigen Wind.

Und der Zeit, der Zeit, die verstreicht. Dem neuen Tag, dem Wechsel der Jahreszeiten, dem kommenden Jahr.

G'nurk zog den Kopf ein, als der aufgerissene Grat in Sicht kam. Es war ein so glorreicher Angriff gewesen! Die stolzen Ork-Krieger, Oboulds Untertanen, hatten den felsigen Hang gegen die befestigte Position der Zwerge im Handstreich genommen.

G'nurk war selbst dabei gewesen, ganz vorn an der Front. Er war einer der wenigen, die diesen Angriff überlebt hatten. Aber trotz der Verluste in den vorderen Reihen hatten er und seine Kameraden den Weg gebahnt. Sie hatten die Ork-Armee ins Zwergenlager geführt.

Der Sieg war zum Greifen nahe gewesen. Jedenfalls hatte es so ausgesehen.

Aber dann hatte ein Zwergentrick oder teuflische Magie den Grat explodieren lassen, und die nachströmenden Orks waren niedergemäht worden wie ein Feld voller Ähren. Die meisten lagen noch immer dort; einstmals stolze Krieger, die ihr Leben gelassen hatten.

Auch Tinguinguay, G'nurks geliebte Tochter, lag noch dort.

Er suchte sich einen Weg um die Felsen. Noch immer hing der Staub jener gewaltigen Explosion in der Luft, die das ganze Gelände verändert hatte. Die vielen Spalten, Felsbrocken und Trümmer kamen G'nurk wie ein gigantischer Leichnam vor, als ob dieser Landstrich ums Leben gekommen wäre wie ein schlafender Riese.

G'nurk blieb stehen und lehnte sich an einen Felsen. Mit seiner schmutzigen Hand wischte er sich über die feuchten Augen, holte tief Luft und erinnerte sich daran, dass er Tinguinguay die beste Ehre erwies, wenn er sich selbst stolz und ehrenhaft verhielt.

Deshalb stieß er sich von dem Stein ab, der ihm Halt bot, und stapfte entschlossen weiter. Bald fand er die ersten toten Kameraden, oder besser gesagt, deren Überreste. Die Kämpfer hier drüben, die dem Grat am nächsten gestanden hatten, waren von den fliegenden Steinen in der Druckwelle verstümmelt worden.

Es herrschte ein grauenvoller Gestank. Eine ganze Traube schwarzer Käfer, die ersten Lebewesen, die er hier entdeckte, umschwärmte Gedärme, die aus einem aufgerissenen Leib quollen.

Er stellte sich vor, wie die Würmer sein kleines Mädchen fraßen, seine Tochter, die ihm mit ihrem Augenaufschlag und ihrem Schmollmündchen so oft eine Extraportion Essen abgeluchst hatte. Einmal hatte G'nurk ihretwegen ein Kampftraining versäumt, weil Tinguinguay ihn zu einem Besuch an einer nahen Schwimmstelle überredet hatte. Obould hatte sein Fehlen, Gruumsh sei Dank, nicht bemerkt.

Die Erinnerung entlockte G'nurk ein Lächeln, das jedoch bald in Schluchzen umschlug.

Wieder lehnte er sich Halt suchend an einen Felsen. Und wieder schalt er sich, dachte an Ehre und Pflicht und daran, was er Tinguinguay schuldig war.

Er kletterte auf den Felsen, um sich einen besseren Überblick zu verschaffen. Vor vielen Jahren hatte Obould eine Expedition zu einem Vulkan geführt, weil er dessen laute Ausbrüche für den Ruf von Gruumsh hielt. Dort, wo der Berg einen halben Wald weggesprengt hatte, hatte G'nurk all die umgestürzten unbelaubten Bäume gesehen, denen der Ausbruch alle Zweige abgerissen hatte. Die nackten Stämme lagen in sauberen Reihen nebeneinander, und G'nurk hatte es als geradezu unwirklich empfunden, dass eine Naturgewalt wie ein Vulkanausbruch, der Inbegriff des Chaos, etwas derart Geordnetes hervorbringen konnte.

So kam es dem Ork-Krieger auch jetzt vor, als er auf dem Stein stand und sich auf dem Hang umsah, wo der Angriff seiner Horde sein Ende gefunden hatte, denn die Toten lagen säuberlich aufgereiht da – viel zu ordentlich.

So viele Tote.

»Tinguinguay«, flüsterte G'nurk.

Er musste sie finden. Er wollte sie noch einmal sehen, und er wusste, dass es hier und jetzt sein musste – bevor die Vögel, die Käfer und die Maden ihr Werk verrichteten.

Wenn alles vorbei ist, bleiben Knochen und Steine. Die Schreie sind verstummt. Der Gestank ist verflogen. Das Blut ist versickert. Wenn die vollgefressenen Vögel weiterfliegen, nehmen sie alles mit, woran man die Gefallenen erkennen konnte.

Was bleibt, sind ihre Knochen und die Steine, die in Wind und Regen zerfallen, bis das, was noch von ihnen geblieben ist, so miteinander vermengt ist, dass es irgendwann nur noch der aufmerksamste Beobachter auseinanderhalten kann.

Unter Pwents Füßen löste sich ein Stein, doch der Zwerg hörte es nicht. Als er über die letzte Anhöhe an der Klippe kletterte, wo sich die Zwerge verschanzt hatten, ehe sie nach Mithril-Halle flohen, geriet eine ganze Kaskade kleinerer Steine ins Rutschen, aber auch das nahm er nicht wahr.

Er hörte die Schreie, das Gebrüll, ob stolz, schmerzerfüllt oder trotzig angesichts der Übermacht. Wie hatten sie sich gegenseitig angefeuert!

Und er hörte das Klirren der Waffen, die Schädel, die unter seinen schweren Stachelhandschuhen knirschend barsten, und das saugende Geräusch seines Helmstachels, wenn dieser wieder tief in einen Ork-Bauch drang.

Seine Gedanken waren bei jener Schlacht, als er den Grat betrat und auf den langen steinigen Abhang blickte, der immer noch mit vielen Dutzend toter Zwerge und Hunderten toter Orks übersät war. Hier war der Ork-Angriff erfolgt. Die Felsen, die man auf sie herabgerollt hatte, die von Riesen bemannten Katapulte, die sie mit dicken Steinen bombardiert hatten... Er erinnerte sich lebhaft an den Moment der Verzweiflung, in dem nur die Schlachtenwüter, *seine* Schlachtenwüter, noch etwas ausrichten konnten. Er hatte den Gegenangriff den Hang hinunter angeführt, um sich kopfüber in die Ork-Horde zu stürzen. Sie hatten geboxt und getreten, geschlagen und gebissen, Moradin und Clangeddin und Dumathoin angerufen. Für König Bruenor, für die Heldenhammer und für Mithril-Halle! Sie hatten keine Furcht gezeigt und keinen Augenblick gezögert, obwohl keiner davon ausgehen konnte, dieses Feld lebend zu verlassen.

Und so kam es, dass Thibbledorf Pwent von Stolz und Trauer zugleich erfüllt war, als er diesen Hang nun entschlossen ein zweites Mal herunterstapfte und nur hin und wieder innehielt, um einen Stein aufzuheben und ihn nach einem Vogel zu werfen, der unbedingt am Leichnam eines Freundes herumpicken wollte.

Bald entdeckte er die Stelle, wo seine Brigade sich so wacker festgesetzt hatte, und sah die toten Zwerge inmitten der Berge toter Orks – ganze Mauern aus Orks, die bis auf Bauchhöhe oder höher aufgetürmt waren. Wie großartig die Schlachtenwüter gekämpft hatten!

Er hoffte, dass noch kein Vogel Gendray die Augen ausgepickt hatte. Honcklebart hatte es verdient, seinem Sohn die Augen schließen zu dürfen.

Pwent ging hinüber und warf einen toten Ork nach dem anderen knurrend zur Seite. Er war zu wütend, um auf die Totenstarre zu achten, selbst als einmal ein steifer Arm abriss und in seiner Hand hängen blieb. Pwent schleuderte ihn fluchend dem Toten hinterher.

Schließlich erreichte er den ersten Soldaten. Bedrückt erkannte er Torben Eisenfaust, ein altgedientes Mitglied der Knochenbrecher-Brigade.

Pwent sprach ein kurzes Gebet zu Moradin. Doch mittendrin stockte er. Erst jetzt wurde ihm klar, was er vorhatte. Natürlich konnte er Gendray nach Hause holen, aber all die anderen hier draußen zurückzulassen...

Wie konnte er das tun?

Der Schlachtenwüter machte einen Schritt zurück und trat einem toten Ork ins Gesicht. Dann stemmte er die

Hände in die Hüften und überlegte. Wie viele Kameraden brauchte er, und wie oft mussten sie laufen, um all die Jungs heimzuholen? Denn jetzt wurde ihm klar, dass er keinen von ihnen den Vögeln und den Käfern überlassen konnte, nicht einen einzigen.

Große Zahlen verwirrten Thibbledorf Pwent, besonders wenn er seine Stiefel anhatte, und ganz besonders wenn er wie jetzt dabei abgelenkt wurde.

Denn im Nordwesten bewegte sich etwas.

Erst dachte er an einen großen Vogel oder einen anderen Aasfresser, doch dann begriff er. Es war wie ein Schlag ins Gesicht.

Das war ein Ork. Ein einzelner Ork, der durch das Labyrinth aus Trümmern und Toten schlich und Pwent offenbar noch nicht bemerkt hatte.

Pwent hätte sich auf den Boden legen und tot stellen können. Das war die bevorzugte Strategie der Schlachtenwüter in solchen Fällen, ein perfekter Hinterhalt.

Aber er dachte an Gendray und Torben und all die anderen. Er malte sich aus, wie eine Krähe Gendrays Augen fraß oder ein Schwarm Käfer sich über seine Eingeweide hermachte. Wieder roch er das Blut, hörte die Schreie, dachte an ihren verzweifelten, heldenhaften Ausfall.

Pwent hätte sich auf den Boden legen und tot stellen sollen. Stattdessen spuckte er aus und ging brüllend zum Angriff über.

Wer wird sich an die erinnern, die hier gestorben sind, und was haben beide Seiten gewonnen, das all die Verluste rechtfertigt?

Wenn ein Zwerg in den Kampf zieht, würde er niemals sagen, dass der Preis zu hoch sei, denn für einen Zwerg ist der Krieg immer eine noble Sache. Nichts ist dem Zwerg heiliger, als seinem Freund im Kampf beizustehen. Denn ihre Gemeinschaft gründet sich auf Treue, Blutsbande und vergossenes Blut.

Und so ist es für den Einzelnen vielleicht sogar ein guter Tod, ein würdiges Ende eines ehrenvollen Lebens, vielleicht gar eines Lebens, das durch dieses allerletzte Opfer die wahre Krönung erhält.

G'nurk mochte weder seinen Ohren noch seinen Augen trauen, doch als er endlich registrierte, was hier geschah, nämlich dass ein einzelner Zwerg den Hang heruntergestürmt kam, genau auf ihn zu, zog ein Lächeln über sein Gesicht.

Das war ein Geschenk von Gruumsh, ganz klar. An diesem Zwerg konnte er seine Wut auslassen und die Dämonen der Verzweiflung über Tinguinguays Tod vertreiben.

G'nurk war noch nie vor einem Kampf zurückgescheut und fürchtete sich nicht vor Zwergen. Beim Anblick dieses schwer gerüsteten Kämpfers mit der tückischen scharfkantigen Rüstung und den Stacheln an Knien, Ellbogen und Helm, dem nicht einmal die Haut eines Erdkolosses widerstanden hätte, hätten die meisten Krieger weiche Knie bekommen, doch für G'nurk war sein Nahen ein echter Lichtblick.

Strahlend zog der Ork den dicken Spieß vom Rücken und drehte ihn langsam in der Hand, bis er optimal lag. Diese Waffe war kein Wurfgerät, denn G'nurk hatte das hintere Ende mit einer Eisenkugel beschwert.

Der Zwerg polterte näher heran, ohne sich von der prächtigen Waffe im Geringsten einschüchtern zu lassen. Er fegte zwei tote Orks achtlos beiseite und brüllte dabei unaufhörlich in einem Ton, der hemmungslose Wut ausdrückte ... und auch Schmerz?

G'nurk dachte an Tinguinguay. Auch er fühlte den Schmerz und begann jetzt zu knurren, ein Knurren, das sich bald in trotziges Gebrüll verwandelte.

Bis zum letzten Augenblick hielt er den Speer horizontal vor sich. Dann stach er zu, ließ das beschwerte Ende auf den Boden donnern und trat noch mit dem Fuß dagegen, um die Waffe zu stabilisieren.

Damit, so glaubte er, hatte er den Zwerg am Haken, aber dieser Kerl war doch nicht so lebensmüde, wie es den Anschein hatte. Der Zwerg warf sich zur Seite und schlug dabei mit dem linken Arm nach G'nurks kippendem Spieß.

Mit seinem Angriff folgte der Zwerg dem Schaft.

G'nurk drehte den Spieß um und trat die Kugel in die Höhe. Er wich aus, schlug mit aller Kraft zu und wollte dem Zwerg das schwere Ende seiner Waffe so hart vor die Brust schmettern, dass er den ergrimmten Krieger damit aufhalten und sogar nach hinten werfen konnte.

G'nurk sprang nach links und kippte dabei geschickt seine Waffe. Sobald er sie gedreht hatte, griff er erneut an, rammte die Kugel nach vorn und hoffte wieder auf einen schnellen Sieg.

»Für Tinguinguay!«, schrie er auf Zwergisch, denn er wollte, dass sein Feind diesen Namen kannte. Der Name sollte das Letzte sein, was der Zwerg jemals hörte!

Aber der Zwerg warf sich flach auf den Boden, und der Spieß stieß über ihn hinweg und traf nur Luft.

Erstaunlich wendig für seinen Umfang und eine derartige Rüstung kam der Zwerg wieder auf die Beine, stieß mit dem Helmstachel an G'nurks Speer vorbei und drehte den Kopf so, dass er die Waffe perfekt parierte.

Er verdrehte den Kopf, bis der Speer unter dem Helmstachel hing. Dann sprang er zurück und bückte sich, sodass der Speer nach unten gerissen wurde und sein Bauch hinter die Spitze gelangte. Danach rollte er sich erstaunlicherweise ein weiteres Mal ab und drehte den Speer dabei um!

Fassungslos versuchte G'nurk, den kleinen Mistkerl während dieses Manövers aufzuspießen.

Aber damit hatte der Zwerg gerechnet, ja, er hatte es provoziert, und sobald G'nurk mit dem Speer zustieß, drehte sich der Zwerg zur Seite und schlug den Schaft weg.

»Ich brauch deine Augen für meinen toten Freund«, knurrte er, und G'nurk verstand seine Worte, obwohl er keineswegs fließend Zwergisch sprach.

Dann war der Zwerg so nahe, dass der Speer ihm nichts mehr anhaben konnte, und er hielt die Waffe so fest, dass G'nurk sie nicht mehr zurückreißen konnte.

Deshalb ging der Ork zu einem Überraschungsangriff über. Er ballte die andere Faust, die in einem Kettenhandschuh steckte, und schlug sie dem grinsenden Zwerg mitten ins Gesicht. Dieser Schlag hätte praktisch jeden Ork oder Zwerg auf der Stelle gefällt.

Letztendlich frage ich mich immer wieder, was denn nun insgesamt dabei herauskommt. Ist der Sieg seinen hohen Preis wert? Wird Obould etwas erreichen, was Hunderte oder gar Tausende toter Orks wert ist? Wird das, was er erringt, von Dauer sein? Und wird der Tod jener Zwerge, die dort auf dem Berg standgehalten haben, Bruenors Volk auf die Dauer hel-

fen? Hätten sie sich nicht lieber in Mithril-Halle verstecken sollen, dessen Tunnel so viel leichter zu verteidigen sind?

Wenn in einigen Hundert Jahren nur noch die Knochen und die Steine bleiben – ist es dann noch von Bedeutung? Und für wen?

Ich frage mich, was das Feuer nährt, das in den Herzen so vieler kämpferischer Völker, insbesondere meines eigenen, Bilder von glorreichen Siegen erzeugt. Ich betrachte die Toten auf dem Hang und sehe die unausweichliche Leere. Ich denke an die Schmerzensschreie. In meinem Kopf höre ich, wie die Sterbenden nach ihren Angehörigen rufen, wenn sie wissen, dass es zu Ende geht. Ich sehe den Turm mit meinem besten Freund einstürzen. Die greifbaren Überreste – Steine und Knochen – sind den Augenblick der Schlacht kaum wert. Und dann frage ich mich, ob es etwas weniger Greifbares gibt, etwas Größeres? Oder ist es am Ende womöglich, wie ich fürchte, nur eine große Illusion, die uns immer wieder in den Krieg ziehen lässt?

Wenn man diesem letzten Gedankengang folgt – gibt es etwas in uns, das, sobald die Erinnerungen an den Krieg verblassen, so vehement Teil von etwas Großem sein will, dass wir die Ruhe, die Stille, den Alltag und den Frieden verachten? Setzen wir alle Frieden mit Langeweile und Genügsamkeit gleich? Vielleicht glimmt der Funke des Krieges unablässig in uns weiter und wird nur von noch frischem Schmerz und Verlust gedämpft, und wenn diese erstickende Decke sich mit der Zeit hebt, flackert das Feuer erneut auf. In geringerem Maße habe ich das an mir selbst beobachtet, als mir klar wurde, dass ich nicht für das ruhige Leben geschaffen bin. Nur der Wind im Gesicht, der Weg unter den Füßen und das Abenteuer auf diesem Weg können mich wirklich glücklich machen.

Ich bin so, und ich stehe dazu, aber wenn jemand wie

Obould eine ganze Armee mitbringt, scheint mir die Sache doch anders. Denn dann geht es um eine höhere Moral, von der die Knochen zwischen den Steinen so eindringlich künden. Wenn man uns zu den Waffen ruft, eilen wir zu Ruhm und Ehre, doch was ist mit denen, die aus Durst nach Größe auf der Strecke bleiben?

Thibbledorf Pwent war kein gewöhnlicher Zwerg. Er wusste, dass seine Haltung und sein Bedürfnis, zu reden und zu lachen, den Schlag ermöglichten, aber auf diese Weise begann für den Schlachtenwüter fast jede Prügelei.

Er sah die Faust auf sein Gesicht zukommen und hätte sie vielleicht sogar noch abwehren können.

Das wollte er aber gar nicht.

Er fühlte, wie seine Nase brach, sein Kopf nach hinten kippte und das Blut herausschoss.

Pwent lächelte immer noch.

»Jetzt bin ich dran!«, versprach er.

Anstatt sich jedoch auf den Ork zu stürzen, riss er den Speerschaft wieder fest an seine Seite, sprang los, rollte sich über die Waffe und griff dabei auch mit der zweiten Hand zu. Als er wieder hochkam, hielt er den Speer mit beiden Händen quer über den Schultern im Nacken.

So drehte er sich wild nach allen Seiten, bis der Ork schließlich losließ.

Pwent landete ihm gegenüber. Das Gesicht des Zwergs verzerrte sich vor Wut, als der Ork nach einem schweren Stein griff. Brüllend packte er den Speer mit beiden Händen und riss ihn herunter.

Die Waffe zerbrach, und Pwent warf die beiden Enden fort.

Der Stein traf ihn vor die Brust und ließ ihn einen Schritt zurückweichen.

»Das wird dir noch leidtun«, fluchte der Schlachtenwüter.

Er sprang vor, ließ die Fäuste fliegen, trat mit den Knien zu und schwang den Kopf herum, dass die Helmspitze dem Ork direkt vor dem Gesicht wippte.

Der Ork lehnte sich ganz zurück, stolperte und schien zu fallen. Heulend senkte Pwent den Kopf und stürmte los. Er fühlte, wie sein Helmstachel erst die Kettenglieder durchstieß, dann das Lederpolster. Er drang in das Fleisch des Orks ein und ließ dessen Knochen splittern. Dieses Gefühl kannte der Schlachtenwüter aus vielen Kämpfen seiner glorreichen Vergangenheit.

Mit einem Ruck richtete Pwent sich auf und zog sein Opfer mit sich. Der Ork auf seinem Kopf wackelte noch, war jedoch von dem Stachel aufgespießt.

Zu seiner Überraschung stand Pwents Gegner jedoch immer noch vor ihm. Erst als der Ork mit erhobenem Schwert auf ihn zukam, begriff der Schlachtenwüter dessen List. Der Ork hatte seinen Sturz nur vorgetäuscht und dabei einen Toten vor sich gezogen. Gleichzeitig hatte er ein Schwert aufgehoben. Das Opfer auf Pwents Kopf war schon seit Tagen tot.

Während sein wahrer Gegner jetzt freie Hand hatte und auf Thibbledorf Pwents Herz zielte.

Die nächsten Augenblicke nahm er nur undeutlich wahr, denn die Stiche und Schläge kamen nur noch reflexartig. Pwent wurde getroffen, teilte aber auch kräftig aus. Das Schwert schnitt in seinen Arm, und aus der schwarzen Rüstung quoll Blut, aber bei diesem Schlag konnte der Schlachtenwüter die Waffe weiter abwenden, als der Ork gedacht hatte, und einige kurze kräftige Treffer landen. Als der Ork endlich wieder außer Reichweite war, gelang ihm ein linker Haken gegen Pwents Kinn, und noch ehe der Schlachtenwüter kontern konnte, kam das Schwert zurück.

Er ist gut, sehr gut für einen Ork, fand Pwent.

Und wieder prügelten die beiden wild aufeinander los, knurrten und schlugen zu, stachen und wichen aus, und die ganze Zeit schleppte Pwent einen zentnerschweren Ork auf seinem Kopf herum. So ging das nicht weiter, das war ihm klar.

Dem nächsten Schwerthieb entging er nur, indem er gerade noch den Bauch einzog und die Hüften zurückwarf. Dann nutzte er sein Übergewicht, das seinen Kopf mit dem Gewicht des toten Orks zu weit nach vorn zog, um abrupt vorzustürmen.

Er wollte einen ungestümen linken Haken austeilen, doch der Ork duckte sich überraschend schnell weg, und Pwents Faust fuhr ins Leere. Nur seine schnelle Reaktion rettete den stolpernden Zwerg, denn anstatt den Schlag abzubrechen, wie sein Instinkt verlangte, brachte er die Bewegung zu Ende, drehte sich um und hob dabei den rechten Fuß.

Er trat zu. Jetzt musste er einen Treffer landen, was ihm auch gelang. Der Ork stolperte ein paar Schritte rückwärts.

Aber auch Pwent geriet ins Taumeln, denn der Tote auf seinem Helmstachel hatte sich gedreht. Den nächsten Angriff würde Pwent nicht mehr schnell genug abwenden können.

Das sah auch der Ork, und er stieß sich ab, um Pwent den Rest zu geben.

Der Zwerg konnte ihn nicht aufhalten.

Da riss der Ork plötzlich die Augen auf, denn offensichtlich hatte er seitlich etwas bemerkt. Noch ehe sein Gegner bei ihm war, spannte der Schlachtenwüter, der sich noch nie eine Chance hatte entgehen lassen, jede Faser seines Körpers an, riss den Kopf mit einem Ruck nach vorn und schleuderte dem Ork den aufgespießten Leichnam vor die Brust.

Der Ork wich zurück und stieß ein ersticktes Heulen aus. Pwent zögerte nicht, sondern sprang vor und vollführte einen Überschlag über die Leiche und den lebenden Ork. In Schulterhöhe seines Gegners rammte der Schlachtenwüter dem Ork einen Arm unter das Kinn und fuhr ihm gleichzeitig mit der anderen Hand ins Gesicht. Er erwischte ein Büschel Haare und den Lederhelm. Als Pwent hinter dem Ork auf beiden Füßen landete, war der Kampf entschieden. Der Ork hatte den Kopf weit nach links verdreht und das Gleichgewicht verloren. Sobald Pwent losließ, würde G'nurk auf dem Boden liegen.

Ein leichter Ruck mit einer Hand und ein zweiter mit dem anderen Arm würde dem Ork den Hals brechen und ihm gleichzeitig mit der scharfen Kante von Pwents Armschiene Luftröhre und Schlagader aufreißen.

Genau das hatte Pwent geplant, doch etwas im Gesicht des Orks, ein verlorener, tief betroffener Ausdruck, ließ ihn innehalten.

»Wieso gibst du auf?«, wollte der Schlachtenwüter wissen und löste seine Hand so weit, dass der Ork antworten konnte, ohne aus dieser Haltung zu entwischen.

Der Ork reagierte nicht. Pwent rüttelte unsanft an seinem Kopf.

»Du hast gesagt, ›für‹ etwas«, sagte Pwent. »Für was?«

Als der Ork nicht gleich antwortete, zerrte er noch einmal an ihm.

»Ihr Name ist zu gut für dich«, keuchte der Ork gepresst.

»Ihr Name?«, fragte Pwent. »Du hast dein Schätzchen hier, ja? Willst dich wohl zu ihr gesellen, was?«

Der Ork knurrte und versuchte vergeblich, sich zu wehren. Offenbar lag Pwent richtig.

»Und?«, flüsterte er.

»Meine Tochter«, sagte der Ork, und zu Pwents Überraschung schien er bei diesen Worten aufzugeben. Pwent fühlte ihn unter seiner Hand erschlaffen.

»Deine Tochter? Was meinst du damit? Was tust du hier draußen?«

Wieder stockte der Ork. Pwent schüttelte ihn heftig durch. »Rede!«

»Meine Tochter«, sagte der Ork wieder. Das heißt, er wollte es sagen, aber seine Stimme versagte, und er brachte die Worte nicht heraus.

»Deine Tochter ist hier draußen gestorben?«, fragte Pwent. »In der Schlacht? Du hast dein Mädchen verloren?«

Der Ork antwortete nicht, aber dem Gesicht des gebrochenen Kriegers konnte Pwent die Wahrheit entnehmen.

Er folgte dem leeren Blick des Orks zur Seite, wo noch mehr Tote lagen. »Das ist sie, stimmt's?«, fragte er.

»Tinguinguay«, flüsterte der Ork fast tonlos, und Pwent wollte seinen Augen kaum trauen, als er die Träne aus dem Augenwinkel des Orks rinnen sah.

Der Zwerg schluckte hörbar. Das war nicht vorgesehen.

Er griff fester zu, um die Sache hinter sich zu bringen.

Doch zu seiner eigenen Überraschung zog er den Ork stattdessen hoch und verpasste ihm einen Schubs.

»Dann hol sie und verschwinde von hier«, grummelte der Schlachtenwüter, der plötzlich einen Kloß im Hals hatte.

Wer wird sich an die erinnern, die hier gestorben sind? Und was haben beide Seiten für all das errungen, was sie verloren haben?

Wenn wir jemanden verlieren, den wir lieben, nehmen wir uns unweigerlich vor, ihn niemals zu vergessen und uns an diese Person zu erinnern, solange wir leben. Aber wir Lebenden begnügen uns letztlich mit der Gegenwart, die all unsere Aufmerksamkeit erfordert. Und mit den Jahren denken wir nicht mehr jeden Tag und irgendwann nicht einmal mehr jeden Zehntag an die, die uns vorangegangen sind. Dann kommt die Schuld, denn wenn ich nicht mehr an Zaknafein denke, meinen Vater und Mentor, der sich für mich geopfert hat, wer dann? Und wenn es niemand mehr tut, ist er vielleicht endgültig verschwunden. Mit der Zeit gehen die Schuldgefühle zurück, weil wir gründlicher vergessen, und schließlich verleitet das Pendel unserer selbstsüchtigen Gedanken uns dazu, uns selbst beifällig zuzunicken, wenn wir hin und wieder doch einmal an die Toten denken. Vielleicht bleibt die Schuld für immer, denn letztlich kreisen unsere Gedanken um uns selbst. Das ist der Kern der Individualität, der sich nicht bestreiten lässt.

Am Ende sehen wir alle die Welt durch unsere eigenen Augen und aus unserer ganz persönlichen Sicht.

G'nurk fing den Schwung ab und fuhr zu dem überraschten Zwerg herum. »Du lässt mich gehen?«, fragte er auf Zwergisch.

»Nimm dein Mädchen und verschwinde von hier.«
»Aber warum ...?«

»Nimm sie einfach!«, murrte Pwent. »Ich habe keine Zeit für dich, du Hund. Du bist gekommen, um deine Kleine zu holen – gut für sie und gut für dich! Also nimm sie und verschwinde von hier!«

G'nurk verstand fast jedes Wort, auf jeden Fall genug, um zu begreifen, was gerade geschehen war.

Er warf einen Blick auf seine Tochter, seine geliebte tote Tochter, dann auf den Zwerg und fragte: »Wen hast du verloren?«

»Halt die Klappe, Hund«, fauchte Pwent ihn an. »Und verschwinde endlich, bevor ich es mir anders überlege.«

Sein Tonfall sprach Bände, und der Schmerz hinter Pwents Worten sagte dem Ork, der eine ähnliche Bürde aus Hass und Trauer mit sich herumtrug, alles, was er wissen musste.

Er sah zu Tinguinguay zurück. Ein Seitenblick verriet ihm, dass der Zwerg mit gesenktem Kopf abzog.

G'nurk war kein gewöhnlicher Ork-Krieger. Er hatte viele Jahre in Oboulds Eliteeinheit gedient und Anwärter für diese berühmte Truppe ausgebildet. Der Zwerg hatte ihn, wenn auch nur durch einen Trick, geschlagen, und das war für G'nurk keine Kleinigkeit. Mit einer derartigen Niederlage hatte er nicht gerechnet.

Jetzt war er eines Besseren belehrt.

Mit zwei Sätzen überwand er die Entfernung zwischen sich und dem Zwerg, und als dieser herumfuhr, um seinen Überfall abzuwehren, prasselten G'nurks schnelle Schläge bereits auf ihn ein, die ihn vor allem davon abhalten sollten, einen sicheren Stand einzunehmen.

Der Ork drang unaufhörlich auf Pwent ein und ließ

dabei keinerlei Gegenwehr zu. Der Zwerg hatte nicht die geringste Chance.

G'nurk stieß den Zwerg nach hinten und hätte ihn fast umgeworfen, aber der Bartträger kam wieder hoch.

Der Ork trat zur Seite, rammte dem Zwerg von hinten den Schwertknauf gegen die Schulter und brachte ihn damit noch weiter aus dem Gleichgewicht. Als der Zwerg nach ihm greifen wollte, um den Ork als Hebel zu nutzen, duckte G'nurk sich unter seinem Arm weg und hielt ihn dabei fest. Als er wieder hochkam, verdrehte er dem Zwerg derart den Arm, dass dieser kopfüber zu Boden stürzte.

Der Zwerg landete flach auf dem Rücken. G'nurk stand über ihm und hielt ihm das Schwert an die Kehle.

Frischgebackene Eltern sprechen häufig über ihre plötzliche Angst vor der eigenen Sterblichkeit. Diese Angst begleitet Eltern besonders, solange die Kinder noch kleiner sind. Bis ein Kind zwölf oder dreizehn ist, fürchten sie den Tod jedoch nicht so sehr um des Kindes willen, was natürlich auch eine Rolle spielt, sondern mehr um ihretwillen. Welcher Vater möchte dem Tod entgegentreten, bevor sein Kind alt genug ist, sich wirklich an ihn zu erinnern?

Denn wer sonst sollte die Knochen zwischen den Steinen mit einem Gesicht verbinden? Wer sonst sollte sich an das Leuchten in den Augen erinnern, ehe die Krähe heranfliegt?

»Oh, du mordlustiger falscher Hund!«, kreischte Thibbledorf Pwent. »Du hast genauso wenig Ehre in dir wie deine Toch...« Er verbiss sich das Wort, weil G'nurk die Klinge noch fester an seinen Hals drückte.

»Sprich nicht von ihr!«, warnte der Ork, doch dann zog er das Schwert wieder etwas zurück.

»Hältst du das etwa für ehrenhaft?«

G'nurk nickte.

Pwent kochte vor Zorn. »Du Hund! Wie kannst du nur?«

G'nurk trat zurück und nahm das Schwert von Pwents Hals. »Weil du jetzt weißt, dass ich dir für deine Gnade dankbar bin, Zwerg«, erklärte er. »Jetzt weißt du, dass deine Entscheidung richtig war. Du ziehst ab, ohne deine Gnade zu bereuen. Denn es ist nichts weiter als das: der Lohn für eine gute Tat. Wenn wir uns in der Schlacht wiedersehen, Obould gegen Bruenor, dann wisse, dass ich meinem König dienen werde.«

»Und ich meinem!«, betonte Pwent, während er sich aufrappelte.

»Aber du bist nicht mein Feind, Zwerg«, fügte der Ork hinzu, trat zurück, nickte ihm zu und ging davon.

»Ich bin aber auch nicht dein verdammter Freund!«

G'nurk drehte sich um und lächelte, auch wenn Pwent nicht wusste, ob er ihm zustimmte oder insgeheim das Gegenteil vermutete.

Was für ein merkwürdiger Tag…

Ich wünschte, die Krähen würden kreisen, und der Wind würde sie davontragen, und die Gesichter würden ewig bleiben, um uns an den Schmerz zu erinnern. Wenn die Fanfare zum Kampf ruft, und bevor neue Armeen die Knochen zwischen den Steinen zertrampeln, sollten uns die Gesichter der Toten an den Preis erinnern.

Die rot bespritzten Steine vor mir sind ein ernüchternder Anblick.

Und das Krächzen der Krähen ist ein erschütternder Warnruf für mich.

– … Drizzt Do'Urden.

Iruladoon

Erstveröffentlichung in *Realms of the Dead*
Wizards of the Coast, 2010

Es wird dringend empfohlen, diese Geschichte erst im Anschluss an *Der König der Geister* (Blanvalet TB 26619) zu lesen!

Wenn junge Autoren mich um einen Rat bitten, lautet meine Antwort stets: »Wenn du aufhören kannst, dann hör auf. Wenn du nicht aufhören kannst, bist du ein Autor.« Das sage ich nicht einfach so dahin, sondern es ist mein Ernst. Schreiben ist kein »Job«, und es ist bestimmt kein schneller Weg zu Ruhm und Reichtum! Man muss schreiben um des Schreibens willen.

Warum also bin ich ein Autor? Warum kann ich nicht aufhören? Inzwischen bin ich natürlich recht erfolgreich, aber warum konnte ich damals, 1984 bis 1987, nicht aufhören, als die vielen Tausend Stunden Arbeit mir nichts als einen Stapel Absagen einbrachten? Obwohl ich wirklich dankbar bin, dass ich so viel Erfolg hatte, habe ich öffentlich erklärt, dass ich, falls ich mal im Lotto gewinnen sollte, wahrscheinlich noch mehr schreiben würde als bisher, aber weniger veröffentlichen.

Denn letztlich geht es nicht ums Geschäft. Es ist niemals ums Geschäft gegangen. Es kann beim Schreiben nicht ums

Geschäft gehen. Beim Schreiben dient das Geschäft dazu, das Schreiben überhaupt zu ermöglichen, doch worauf es ankommt, das ist das Schreiben selbst. Warum?

Viele Jahre dachte ich, es ginge um die Leser. Natürlich sind die vielen Briefe und Reaktionen auf mein Werk ein Ansporn für mich und auch sehr tröstlich. Wenn mir ein Soldat aus der Wüste schreibt, dass meine Bücher ihm helfen, die Zeit zwischen zwei Einsätzen zu vertreiben, wenn ein krebskrankes Kind sich Drizzt zum Vorbild nimmt, wenn ein Jugendlicher mir anvertraut, dass er zwar keine Freunde hat, aber das sei nicht so schlimm, denn er hätte ja immerhin die Gefährten der Halle – all das macht mich zufrieden. Ich freue mich darüber und fühle mich geehrt, auf diese Weise das Leben anderer zu bereichern.

Dennoch muss es noch mehr geben, und das gibt es auch, selbst wenn ich es bis vor Kurzem nicht wirklich zu schätzen wusste. Warum ich ein Autor bin? Weil ich mir durch das Schreiben die Welt erschließe, unsere Existenz, Leben und Tod. Schreiben ist für mich ein innerer Dialog, und ich frage mich, ob ich all meine Leser daran hätte teilhaben lassen, wenn mir das früher aufgegangen wäre.

Ich habe oft gesagt, Drizzt sei der, der ich gern wäre, wenn ich den Mut dazu hätte. Aber er ist noch mehr als das, denn an ihm und den anderen entzünden sich meine Fragen, und sie sind hoffentlich auch der Weg zu den Antworten.

Nirgendwo in meinem Werk kommt dies mehr zum Tragen als in »Iruladoon«, und dabei spreche ich von dem Konzept, nicht nur von der Geschichte selbst. Die Veränderungen in dieser Welt, von denen unausweichlich auch die Gefährten der Halle betroffen waren, haben das Haus Salvatore schwer erschüttert. Diese Freunde kenne ich seit über zwanzig Jahren. Hätte ein Heldentod ausgereicht? Oder vier heldenhafte Tode?

Mag sein. Aber wenn diese Freunde dazu dienten, grundsätzliche Fragen des Lebens zu klären, warum sollte ich sie dann nicht dazu verwenden, auch die größeren Fragen zu klären, wie die nach dem, was nach dieser Existenz kommt? Schließlich geht es um Fantasy und um eine Welt mit aktiven Göttern und mächtiger Magie.

Wenn ich in »Knochen und Steine« das Konzept des Krieges hinterfragt habe, warum sollte ich in »Iruladoon« nicht auch das Konzept vom Leben nach dem Tod hinterfragen? Als ich klein war, sagte ein Onkel von mir gern im Scherz: »Wenn im Himmel nur ein Haufen dicker Leute singt und Harfe spielt, will ich lieber in die Hölle!«

An »Iruladoon« gefällt mir vor allem, dass das Konzept auch für mich noch im Werden ist. Ich habe noch nicht alle Antworten für das, was hier vorgeht, auch wenn es sich allmählich herausschält. Es ist ein weiterer Nebenstrang für mich, eine Reise zu einem anderen Ort der Fantasie, bei der ich wichtige Fragen nach mir selbst und dem Sinn des Lebens stellen kann und meine Leser hoffentlich zu ähnlichen Fragen anrege.

Ich will wissen, warum Catti-brie singt. Und vertraut mir: Ich werde es herausfinden.

Der Wald von Iruladoon
Frühling in den Jahren nach der Zauberpest

»Wir schaffen es nicht rechtzeitig!«, rief Lathan Obridock verzweifelt.

Er drehte sich im Bug nach den anderen Fischern um. Sein Gesicht war nass von der Gischt, als die *Larsons Knochenjäger* durch die beträchtliche Dünung des stets unberechenbaren Lac Dinneshere schaukelte. Seine Zähne klapperten sowohl vor Angst als auch wegen der durchdringenden Kälte des Wassers im Eiswindtal; der See war mehr als die Hälfte des Jahres von dickem Eis bedeckt.

»Immer mit der Ruhe, Kleiner«, mahnte Addadearber vom Blitz, ein ziemlich bunter Vogel aus Caer-Dineval, der Heimatstadt der Fischer am Westufer des großen Sees. Caer-Dineval war einer der drei Häfen, die diese Gegend um den einsamen Berg mit dem Namen Kelvins Steinhügel prägten. »Ich wäre nie zu Ashelia Larson ins Boot gestiegen, wenn ich geglaubt hätte, dass sie mich im See versenkt!«

Bei diesen Worten wedelte Addadearber mit beiden Armen, aber die Wirkung war weniger eindrucksvoll als sonst, denn er hatte seine rote Zaubererrobe gegen praktischere Segelbekleidung getauscht. Schließlich zog nichts einen Mann so schnell in die Tiefe wie eine nasse wollene Robe. Immerhin trug Addadearber noch seinen schwarzen Hut mit der breiten Krempe. Der ursprünglich hohe Hut war einmal spitz zugelaufen und hatte eindrucksvoll auf seinem Kopf gesessen. Jetzt jedoch war er auf halber Höhe abgeknickt, die Spitze wies nach links, und die früher so steife Krempe hing auf beiden Seiten triefend herab. Irgendwie passte es zu dem alternden Zauberer mit dem grauen Haar und dem buschigen grauen Bart, der schon etwas krumm ging, und dessen Magie sich seit dem Zerfall von Mystras Gewebe – jenem großen Ereignis, das die ganze Welt die *Zauberpest* nannte – als bestenfalls unzuverlässig erwies, wenn sie nicht gleich ganz versagte.

»Du bist alt, also ist es dir egal, ob du stirbst!«, klagte das jüngste Mitglied der *Knochenjäger*, Spragan Rubrik. Mit seinen fünfzehn Jahren war er noch zwei Jahre jünger als Lathan. Seine langen braunen Locken hingen triefend herunter, doch in seinen dunkelbraunen Augen hätte auch so die Feuchtigkeit gestanden, denn schließlich hatte er als Erster das Leck im Laderaum entdeckt, wo nun das kalte, dunkle Wasser des Lac Dinneshere zwischen die gefangenen Fische sickerte.

»Ich würde lieber meine Zunge hüten, als so mit Addadearber vom Blitz zu reden«, riet ihm Ashelia vom Ruder her. In ihrer Stimme lag weit weniger Panik als in den Worten der jungen Fischer. Obwohl Ashelia nicht mehr jung und eher kräftig gebaut war, bot die breitschultrige Frau mit den glänzenden grauen Augen, dem straffen Scheitel auf der rechten Seite und den glatten blonden Haaren, die ihr bis auf die Schultern hingen, doch einen ansprechenden Anblick. Im Gegensatz zu anderen erfahrenen Fischern war ihre Haut straff und zart wie Porzellan. Am Ende dieses besonders strengen Winters zeigte sich nur eine Spur von Farbe auf ihren Wangen.

»Vielleicht hofft er ja, der alte Hexer würde ihn in etwas verwandeln, was schwimmen kann«, bemerkte der fünfte Mann, der die Kapuze seines waldgrünen Mantels tief ins Gesicht gezogen hatte.

»Ich ziehe eine Kröte in Betracht«, gab Addadearber zurück. »Und die können tatsächlich schwimmen. Allerdings ist die Frage, wie weit, besonders angesichts der Größe der Knöchelkopfforellen, die wir in den letzten zwei Tagen gefangen haben. Ich möchte wetten, dass das arme Kerlchen keine zehn Schläge weit käme, bevor ihn so ein Zehnpfünder verschlingt. Was meinst du, Streuner?«

Der Mann im Mantel kicherte nur vor sich hin, was Addadearbers Scherz und seinem Spitznamen gleichermaßen galt. In Zehn-Städte nannte man ihn »Streuner«, weil er genau das zu tun schien. Der Waldläufer, dessen wahren Namen kaum jemand kannte, weil er ihn nur selten preisgab, schien überall und nirgends herumzustreunen. Er war mittelgroß, ein muskulöser, aber dennoch schlanker Mann mit glattem schwarzen Haar und scharfen Augen, einem braunen und einem blauen, die angeblich auf seine Herkunft zurückgingen. Die Ohren waren ziemlich lang und staken unter den langen Haaren hervor. Streuner versuchte gar nicht erst zu verbergen, dass in seinen Adern auch Elfenblut floss.

Spragan sah Lathan erschrocken an, doch der schüttelte nur den Kopf und strich sich die blonden Locken aus den Augen.

Da begann Addadearber zu flüstern, als ob er einen Zauber anstimmte, und die beiden jungen Fischer fuhren entsetzt zu ihm herum. Der alte Zauberer grinste zufrieden.

»Schluss damit«, mahnte Ashelia. »Sie sind sowieso schon verängstigt genug.« Bei diesen Worten bedachte sie die Jungen mit einem strengen Blick. »Ich dachte, sie sind schon oft genug auf dem Wasser gewesen und wüssten, dass ein kleines Leck die *Knochenjäger* nicht untergehen lässt. Besonders Lathan, der Sohn meiner Schwester, der doch echtes Seemannsblut haben sollte. Andererseits wirkt er gerade so blass, dass man sich fragt, ob er überhaupt einen Tropfen Blut in den Adern hat.«

»Wir waren aber noch nie so weit...«, wollte Spragan aufbegehren. Ashelia schnitt ihm das Wort ab.

»Und du bist auch still!«, schimpfte sie. »Seit vier Generationen segeln die Rubriks auf dem Dinneshere. Dein Großvater, deine Tante und zwei Onkel von dir haben im

Lac ihre ewige Ruhe gefunden. Ich hab euch mitgenommen, damit ihr etwas lernt, weil eure Mütter mich darum gebeten haben – euch alle beide! Glaubt ihr, sie hätten euch mir anvertraut, wenn ich den See nicht kennen würde? Und glaubt ihr, ich hätte euch in meine Mannschaft aufgenommen, wenn ich euch das nicht zutrauen würde? Also beweist mir jetzt bloß nicht, dass ich mich getäuscht habe! Lathan, du bleibst vorn und hältst das Tau bereit, sobald wir uns dem Ostufer nähern, und du, Spragan, schnappst dir einen Eimer und verschwindest im Frachtraum.«

»Aber es ist zu viel...«

»Ich sage das jetzt kein zweites Mal, denn ich habe noch eine Idee, wie wir im Nu hundertfünfzig Pfund weniger Ballast an Bord hätten.«

Nach einem letzten Blick auf Lathan verschwand der Junge hastig. Sie hörten ihn achtern die Leiter hinunterklettern und dann im Frachtraum herumpatschen. An der Heckreling öffnete sich eine Luke, aus der Spragan nach weiterem Geplatsche einen Eimer Wasser hinter die *Knochenjäger* kippte.

»Soll ich dem Jungen helfen?«, fragte Streuner.

Ashelia lehnte sein Angebot ab. »Wir sind schon in der Ostströmung, und es ist nicht mehr weit. Du hast mir die Überfahrt zum Ostufer viel zu gut bezahlt, als dass ich dich dafür noch schuften lassen würde. Aber was unseren alten Zauberkünstler angeht...«

»Du bezahlst mich dafür, Fische zu finden, nicht fürs Wasserschöpfen«, wehrte Addadearber ab. »Die magere Bezahlung nehme ich in Kauf, weil ich dafür deinen Liebreiz bewundern kann, aber selbst dieser Genuss hat seine Grenzen.«

Ashelias Grinsen und ihr unterdrücktes Kichern verrieten, dass die Frau Sarkasmus erkannte, wenn sie ihn hörte – noch ein Grund, weshalb der alte Zauberer sie so schätzte.

Ashelias Vertrauen in die *Knochenjäger* war durchaus gerechtfertigt. Als erfahrene Seglerin kannte sie ihr Boot vom Ruder bis zum Knattern der Segel, und obwohl sie augenblicklich alle Mühe hatte, die *Knochenjäger* auf dem gewünschten Kurs zu halten, gelang die Durchfahrt durch die geheime Passage in die stille Lagune dahinter auf Anhieb. Sie wäre sogar gelungen, wenn Ashelia den armen Spragan und Lathan nicht unaufhörlich zum Schöpfen verdonnert hätte.

Diesen Ort kannte kaum jemand außer einigen Fischern aus Caer-Dineval und natürlich Streuner, der sich in der Wildnis um die drei Seen besser zurechtfand als jeder andere aus Zehn-Städte. Ein einfacher Steg führte zum Strand, an dem eine einsame Hütte stand, und dahinter lag ein kleiner, aber dichter Wald. Schon das war bemerkenswert, denn rund um den Lac Dinneshere gab es sonst praktisch nur schroffe Klippen und öde Tundra. Aber die Klippen im Norden und im Süden waren hier etwas höher und boten dem Wald Schutz vor dem Wind. Dieser Wald, dessen Größe im Eiswindtal nur vom Einsamen Wald weit drüben am Maer Dualdon übertroffen wurde, war ein ebenso wohlgehütetes Geheimnis wie der Steg und die Hütte.

Unter Ashelias erfahrener Hand glitt die *Larsons Knochenjäger* problemlos heran, und Lathan und Spragan beeilten sich, die Taue festzumachen.

»Das Wasser ist nicht tief«, sagte Ashelia.

»Ich kann schon den Grund sehen!«, bestätigte Spragan.

»Selbst wenn sie vollläuft, kann sie hier nicht sinken. Das heißt, wir können sie in Ruhe reparieren und leer schöpfen und sind schon bald wieder draußen«, sagte Ashelia. »Werkzeug, Teer und Planken sind in der Hütte.«

»Ihr seid ein schlaues Völkchen, ihr Fischerleute«, gratulierte Addadearber der Frau.

»Nicht alle«, gab Ashelia zurück. »Aber die, die es nicht sind, sind tot oder werden es bald sein. Dummheit verzeiht der Lac Dinneshere nicht.«

Mit Hilfe von Addadearbers Magie, der ihnen etwas Teer erhitzte und das Wasser aus dem Frachtraum blies, damit Ashelia die Ersatzplanke montieren konnte, war das Boot bald wieder instand gesetzt. Da aber die Sonne bereits tief im Westen hing, beschlossen sie, die Nacht in der Bucht zu verbringen.

»Sucht ein paar schöne Fische fürs Abendessen aus«, wies die Kapitänin ihre jungen Matrosen an. »Danach schöpft ihr das Boot bis unter die Planke leer, damit wir sehen, ob es hält. Und dann sammelt ihr Feuerholz für die Nacht.«

Nachdem sie die beiden an die Arbeit geschickt hatte, ging sie über den Steg zum Ufer, wo der Zauberer und der Waldläufer verblüfft zum Wald hinstarrten.

»Was ist denn hier los?«, fragte sie.

»Hier herrscht richtig Frühling«, gab Streuner zurück und zeigte auf den Wald. Als sie seinem Blick folgte, verstand Ashelia, was er meinte. Der Wald sah dichter und lebendiger aus als bei ihrem letzten Besuch, und die Luft war vom Blütenduft und den Geräuschen des Waldes erfüllt.

Auch Ashelia reagierte erstaunt. »Ich war im Herbst zum letzten Mal hier«, sagte sie. »Es ist irgendwie anders. Der Wald ist größer.«

»Ein Trick der Zauberpest?«, fragte Addadearber. »Vielleicht aus dem Ruder gelaufene Magie?«

»Für dich ist immer gleich alles Magie, Zauberer«, sagte Streuner, worauf Addadearber die buschigen Brauen hochzog. »Es war ein guter Winter mit reichlich Schnee und gleichmäßigem Tauwetter«, fügte der Waldläufer hinzu. »Selbst hier draußen im Eiswindtal findet das Leben seinen Weg.«

»Weil wir nun mal ein zäher Haufen sind«, fügte Ashelia hinzu und drehte sich zur Hütte um. Die anderen folgten ihr.

Aber keiner von ihnen war von Streuners Behauptung, dass hier nichts Ungewöhnliches vorging, überzeugt, am allerwenigsten der Waldläufer selbst. Sie konnten es spüren. Es war wie ein Pochen im Boden unter ihren Füßen. Sie rochen es, und sie hörten es. Es lag ein Vibrieren in der Luft.

Nachdem sie etwas sauber gemacht hatten, wobei der Waldläufer die Feuerstelle leerte, rückten sie den kleinen Tisch und die Stühle in der Hütte so zurecht, dass auf dem Boden Platz zum Schlafen war. Bald kamen auch Lathan und Spragan, die jede Menge Fische anschleppten, in erster Linie Knöchelkopfforellen, aber auch einige Blaubarsche und Tüpfelbarsche.

»Scheint zu halten«, meldete Lathan.

Streuner warf ihm eine Axt zu, die an einer Wand gelehnt hatte.

»Genug zum Kochen und damit uns in der Nacht nicht kalt wird«, trug Ashelia den beiden Matrosen auf.

»Ich sollte mir auch so ein Pärchen zulegen«, bemerkte Addadearber, als die zwei abzogen.

»Kann hilfreich sein«, stimmte Ashelia zu.

»Nicht der Mühe wert«, fand der Waldläufer, und als die anderen beiden ihn amüsiert ansahen, fügte er hinzu: »Und, nein, ich lasse mir nicht von ihren bestimmt höchst eindrucksvollen Kochkünsten mein Essen ruinieren.« Er nahm den größten Fisch zur Hand, zog ein Messer aus dem Gürtel und ging nach draußen, um das Tier zu putzen.

Mit einem Fingerschnippen belebte Addadearber einen zweiten Fisch und ließ ihn dem Waldläufer hinterhertanzen.

»Du hast ja viel Vertrauen in deine Magie«, stellte Ashelia fest. »Das geht nicht mehr vielen so.«

»Taschenspielertricks«, gab der Zauberer zu. »Wir können doch nicht einfach aufhören zu zaubern. Sonst haben wir alles vergessen, wenn das Gewebe wieder erstarkt.«

»Falls«, betonte Ashelia.

Diese Bemerkung tat Addadearber mit einem Schulterzucken ab. »Und wenn nicht, müssen wir uns mit der Magie arrangieren, die noch bleibt oder neu entsteht. Ich setze meine Zauber jeden Tag und immer wieder ein. Wenn die Magie sich verändert, werde ich zusehen und lernen und meine weniger mutigen Kollegen weit hinter mir lassen.«

»Und dann regiert Addadearber die Welt.« Ashelia grinste breit. »Oder zumindest das Eiswindtal. Bist du dieses Reiches auch würdig, Zauberer?«

»Womit habe ich das nur verdient?«, seufzte Addadearber.

»Meine Finger sind eiskalt. Ich kann das Ding kaum noch halten!«, jammerte Lathan, der mit einer Hand die Axt schwang.

»Ich nehme sie«, bot Spragan sofort an, erntete aber nur einen finsteren Blick.

»Ich bin der Ältere. Du wirst Reisig samm…« Er stockte verdutzt, denn Spragan stand nicht mehr neben ihm auf dem Weg, und auch der Weg war nicht mehr derselbe wie zuvor. Neben ihm war ein Birkenhain, der eben noch nicht da gewesen war. »Spragan?«

Keine Antwort.

Lathan blickte sich um, doch die Umgebung kam ihm plötzlich nicht mehr bekannt vor, obwohl er eben erst gekommen war. Als er sich umdrehte, sah er einen undurchdringlichen Wald. Vom Pfad keine Spur…

»Spragan!«, rief er lauter. Eilig lief er ein Stück in die eine Richtung, dann in die andere und wieder dorthin, wo er hergekommen war.

»Spragan!«

»Was?«, fragte sein Freund neben ihm so unvermittelt, dass Lathan ihn beinahe mit der Axt erwischt hätte.

»Was ist denn los?«, fragte Spragan.

Lathan schüttelte den Kopf. »Lass uns fertig werden und schnell von hier verschwinden.«

Spragan sah ihn an, als hätte er keine Ahnung, wovon Lathan redete, zuckte aber mit den Schultern und zeigte auf einen Hügel, wo ein paar ältere Bäume kleine Zweige verloren hatten. »Brennholz«, sagte er und machte sich auf den Weg.

Lathan holte tief Luft und tadelte sich, weil er vor dem Jüngeren so irrationale Angst gezeigt hatte. Entschlossen hob er die Axt, und als er eine junge Ulme sah, beschloss er, dass ein bisschen Bewegung ihm gut täte. Ein paar Axthiebe würden seine Nerven bestimmt beruhigen.

Er hob die Axt mit beiden Händen, um sie schon einmal aufzuwärmen, und marschierte forsch auf das Bäumchen zu. Als er näher kam, sah er sich noch kurz nach Spragan um.

Er konnte seinen Freund nicht entdecken. Er fand nicht einmal den Hügel wieder, auf den Spragan gezeigt hatte, obwohl er höchstens ein Dutzend Schritte gegangen war.

Lathan umklammerte die Axt noch fester.

Spragan hegte keine vergleichbaren Befürchtungen. Er hüpfte durch das dichte Unterholz, tanzte zwischen den wilden Blumen herum und sammelte dabei trockene Zweige und kurze Äste. Es war ein langer Tag gewesen, und er hatte Hunger. Er leckte sich ein paar Mal über die Lippen, so sehr freute er sich auf die Forellen.

Dann bückte er sich nach einem Gestrüpp und kam mit einem langen trockenen Ast wieder hoch. Seine Augen strahlten. Damit war seine Arbeit hoffentlich getan. Er stellte den Ast an einen Baum und trat einmal in seine Mitte, sodass er brach. Dann hob er die eine Hälfte auf, um auch diese durchzubrechen.

Auf halbem Wege erstarrte er. Er war nicht allein.

Sie lächelte ihm zu, wie es nur ein kleines Mädchen vermochte, strahlend und offen, und als sie den Kopf bewegte, sah er die langen roten Haare um ihre schmalen Schultern fließen. Auch ihr Kleid fiel ihm auf, denn es wirkte so fehl am Platz, so unzureichend gegen die kalten Winde im Eiswindtal. Es war weiß und voller Rüschen, ein Gewand, das eher auf einen großen Ball in Bryn Shander gepasst hätte als mitten in den Wald. Selbst ihr schwarzer Umhang schien eher dekorativ als warm zu sein.

»Was machst du denn...? Wer bist du?«, stotterte Spragan.

Das Mädchen lächelte und sah ihn nur an.

»Lebst du hier?«

Sie versteckte sich kichernd hinter einem Baum.

Spragan ließ den Ast fallen und lief ihr nach, aber als er um den Baum bog, war sie verschwunden.

Sie war hinter ihm! Er spürte es, auch ohne sich umzudrehen. Spragan sprang einen Schritt vor und fuhr herum.

Sie war es, aber sie war es auch nicht, denn das Mädchen vor ihm war mindestens in seinem Alter.

Und sie war atemberaubend schön. Sie musste die ältere Schwester des Kindes sein, das er gerade gesehen hatte – das offene Lächeln, die glänzenden rotbraunen Haare und blaue Augen, so blau, dass er darin zu versinken glaubte. Doch das war nicht die ältere Schwester. Irgendwie wusste Spragan, dass es dasselbe Mädchen war, nur älter, und sie trug auch dasselbe Kleid. Verwirrt griff der arme Junge nach ihrem Arm.

Seine Hand glitt einfach durch sie hindurch, und das Mädchen verschwand. Es löste sich in Nichts auf.

Das Kichern eines Kindes ließ ihn wieder herumfahren. Da stand sie, genau da, höchstens acht Jahre alt.

Und schon war sie wieder weg. Ein Frauenlachen zeigte ihm eine Frau, die so alt war wie seine Mutter, auch sie unglaublich schön.

Wieder das kleine Mädchen. Eine junge Frau in seinem Alter. Noch einmal das Kind. Eine Frau, kein Mädchen mehr. Eine alte Hexe... Eine nach der anderen tauchte auf, tanzte um ihn herum, lachte, lachte ihn aus und drehte ihn rechts und links herum. Der arme Spragan sprang nach allen Seiten, bis er schließlich Hals über Kopf den Hügel hinunterstolperte.

Ein sehnsüchtiges, melancholisches Lied durchwob die Luft und erfüllte ihn mit den unterschiedlichsten Gefühlen. Er wollte noch schneller laufen, geriet aber wieder ins Stolpern, konnte sich an einem Baum abfangen und kam abrupt zum Stehen. Hier drehte er sich noch einmal um.

Da war sie wieder, direkt vor ihm, diesmal eine Frau von vielleicht fünfundzwanzig Jahren. Sie sang nicht mehr, und sie lächelte auch nicht. Ihr Gesicht war angespannt, der Blick durchdringend. Spragan schrak vor ihr zurück, doch seine Beine wollten einfach nicht weglaufen.

Die Frau atmete tief durch, hob beide Arme, und plötzlich verschwamm ihre Gestalt, und die Luft um sie herum schimmerte in einer ungewöhnlichen Aura. Ihre Haare wurden wild flatternd nach hinten geweht, obwohl überhaupt kein Wind herrschte, und auch ihr mehrlagiges Kleid wehte nach hinten, als sie sich hoch aufrichtete. Nein, so groß war sie gar nicht, stellte er entsetzt fest. Sie schwebte in der Luft! Und dabei war sie von lodernden tiefroten Flammen umgeben, und ihre Augen verdrehten sich, bis nur noch das Weiße zu sehen war.

Spragan schrie auf. Er wurde von einer heißen Windbö erfasst und einfach umgeweht.

»Wer bist du?«, schrie er, während er sich auf alle viere aufrichtete.

Jetzt blies der Wind kräftiger und riss Zweige mit sich, die ihm die Arme zerkratzten, und Sand, der ihm in die Augen drang und seine Haut rötete. Spragan stemmte sich gegen den Sturm und drehte sich um.

Sie war immer noch da. Inmitten von Flammen schwebte sie in der Luft, und ihre Haare wehten nach allen Seiten.

Dann war sie wieder ein kleines Mädchen, aber nicht weniger bedrohlich, sondern eher noch schrecklicher, denn die Augen rollten strahlend blau zurück, und ihr Mund öffnete sich zu einem bösartigen Zischen.

Spragan rannte an ihr vorbei und glaubte dabei zu fliegen, so stark wurde er vom Wind vorwärtsgetrieben. Er schrie auf, duckte sich noch, aber es war schon zu spät. Obwohl er noch einen Arm hob, half dieser wenig gegen den tief hängenden Ast. Er fiel auf den Rücken.

Unter ihm vibrierte der Boden im Takt der Musik, und die Luft war vom Lied der Frau erfüllt.

Durch den Verstand des armen Spragan zuckten Fetzen wie »Ein Geist... eine Todesfee...« Doch was es auch war, was *sie* auch war, in jedem Fall war er verloren. Benommen und mit gebrochener Nase versuchte er weiterzulaufen. Sein Mund füllte sich mit Blut, und die Tränen nahmen ihm die Sicht.

Sie war noch immer da, an jeder Kehre, jung oder alt und entsetzlich schön.

So entsetzlich schön.

Lathan legte die Axt zwischen seine Füße, spuckte in beide Hände und umfasste den Griff. Mit einem Knurren hob er die Axt über die rechte Schulter, zielte auf den Stamm der jungen Ulme, musste aber innehalten, weil er mit der Axt einen Kiefernzweig streifte.

Verwundert sah Lathan sich um, denn er fragte sich, wieso er den Baum übersehen hatte. Dann aber trat er achselzuckend beiseite und hob wieder die Axt.

Gerade als er zuschlagen wollte, erfasste ihn ein Windstoß. Die Kiefer schwankte in der unerwarteten Bö, wieder fuhr seine Axt durch die Nadeln, und noch ehe er richtig Schwung bekam, blieb sie an einem der Zweige hängen.

»Was zum...?«, fragte Lathan laut, während er sich nach dem Baum umsah.

Dann setzte noch stärkerer Wind ein, und die Kiefer wurde ebenso zerzaust wie Lathans blonde Haare. Störrisch zerrte er an der Axt, doch der Baum ließ nicht locker.

»Nichts da!«, knurrte er erbost. Mit einem kräftigen Ruck riss er die Axt los. Bevor der Wind sich wieder einmischen konnte, drehte er sich um und hackte nach dem Bäumchen.

Aber der Baum hinter ihm war schneller. Er beugte sich tief zur Seite und schwang mit einem *wusch!* über ihn hinweg, und als Lathan seinen Schlag fortsetzen wollte, wurden ihm die Beine unter dem Leib weggerissen. Er landete bäuchlings auf der Erde und verlor dabei die Axt. Der Baum ließ noch immer nicht locker, sondern zerrte den festhängenden Lathan mit sich, obwohl dieser verzweifelt am Boden nach Halt suchte.

Irgendwann blieb er liegen, rollte herum und versuchte, seinen Fuß zu befreien.

Der Wind hörte so plötzlich auf, wie er eingesetzt hatte, und darüber war Lathan ziemlich froh. Zumindest bis ihm bewusst wurde, dass er im Geäst einer ziemlich hohen Kiefer festhing, die ziemlich tief geneigt war.

Er konnte gerade noch tief Luft holen, ehe die Wucht des zurückfedernden Baums ihn nach oben riss und ihm den Atem nahm. Lathan wurde hoch in die Luft gehoben und genau im richtigen Moment fallen gelassen.

Kreischend und wild zappelnd flog Lathan hilflos durch den Wald. Immer wieder zuckte er zusammen, weil er befürchtete, gleich gegen einen Baum oder Ast zu prallen, aber nie kam es so weit – als ob der Wald ihm bewusst ausweichen würde.

So wurde Lathan aus dem Wald geschleudert, und von unten sah Streuner mit offenem Mund zu. Er flog über das Boot und über den Steg hinaus in den Lac Dinneshere, wo er mit einem lauten Platschen aufkam.

»Ashelia! Zauberer!«, schrie Streuner und rannte zum Boot, um dem Jungen, der gut dreißig Fuß weiter draußen im Wasser zappelte, wenigstens ein Seil zuzuwerfen.

Die beiden kamen aus der Hütte, als gerade das zweite Geschoss über sie hinwegsegelte, noch viel höher und weiter als Lathan. Gut hundert Fuß vor dem Steg versank die Holzfälleraxt in den Fluten des Lac Dinneshere.

Streuners erster Wurf traf perfekt, aber dennoch brauchten sie eine ganze Weile, bis sie den zitternden, verängstigten Lathan aus dem kalten Wasser gezogen hatten.

»Bringt ihn rein, bevor ihm die Zehen abfrieren!«, befahl Ashelia.

»Spragan! Wo ist Spragan?«, schrie Addadearber den jammernden jungen Mann an.

Sie schleppten ihn zur Hütte, doch noch bevor sie dort ankamen, erhielt Addadearber seine Antwort. In heller Panik kam der arme Spragan fuchtelnd aus dem Wald gerannt, als wäre ein ganzer Bienenschwarm hinter ihm her. Sein Gesicht war blutig und zerschunden, die Jacke hing in Fetzen, und er hatte nur noch einen Schuh. Er fiel hin, offenbar nicht zum ersten Mal, und Streuner eilte ihm entgegen.

Spragan schrie auf und wollte fliehen.

Der Waldläufer rief seinen Namen und versuchte, beruhigend nach ihm zu greifen, aber Spragan heulte nur noch lauter und schlug um sich, als würde er gegen eine ganze Horde Dämonen kämpfen. Er versuchte noch einmal wegzulaufen, aber diesmal stolperte er über seine eigenen Füße und fiel wieder hin.

Da war Streuner auch schon bei ihm und lähmte ihn mit einem geschickten Griff. Dann beugte sich der Waldläufer zu Spragans Ohr herunter, sodass er ihm leise Mut zusprechen konnte.

Falls der Junge ihn hörte, zeigte er es nicht. Er jammerte wieder und wieder: »Sie will mich fressen! Sie will mich fressen!«

Streuner starrte zum dunklen Wald hinüber, richtete sich auf und hob den Jungen hoch, ohne ihn aus seinem sicheren Griff zu entlassen. Er war stark genug, um zu verhindern, dass dieser die Fersen in die Erde graben und sich auf diese Weise losreißen konnte.

Inzwischen jedoch war der Junge ohnehin erschlafft. Er schluchzte nur noch vor sich hin und flüsterte immer wieder, dass er noch nicht sterben wolle.

Etwas später standen Addadearber und Streuner bei der Hütte und blickten zum Wald hinüber. Hinter ihnen drangen die letzten langen Sonnenstrahlen über den Lac Dinneshere.

»Du wirkst eher fasziniert als erschrocken, Zauberer«, stellte Streuner nach einer Weile fest.

»Magie«, antwortete der Zauberer. »So viel Magie.«

»Hab ich auch auf Anhieb gespürt«, pflichtete ihm der Waldläufer bei. »Weißt du, wie man diesen Ort nennt?«

»Wusste gar nicht, dass er einen Namen hat.«

»Den kennen nur die Barbarenstämme«, erzählte Streuner. »Sie nannten ihn *Iruladoon* – lange vor der Gründung von Zehn-Städte, als es hier noch von Elfen wimmelte.«

»Das Wort habe ich noch nie gehört.«

»Ein altes Elfenwort«, sagte Streuner. »Übersetzt heißt es ›Ort ohne Zeit‹. Ich glaube, die Barbaren fanden das passend, weil die langlebigen Elfen nicht zu altern schienen.«

»Spragan hat von einem Mädchen erzählt oder von einer Frau, in verschiedenen Altersstufen, alle auf einmal. Vielleicht steckt doch mehr in dem Namen Iruladoon als die Bezeichnung einfältiger Barbaren für nicht alternde Elfen?«

»Und das willst du natürlich herausfinden«, sagte Streuner.

»Ich habe meiner Kunst mein Leben geweiht«, erwiderte Addadearber. »Für mich ist sie meine Religion, meine Hoffnung, dass es mehr gibt als die kläglich kurze Existenz, die sich uns eröffnet. Und jetzt musste ich wie so viele andere Zauberer mit ansehen, wie alles zusammengebrochen ist, was uns lieb und teuer war. Ich stehe vor einem magischen Ort, so viel ist sicher. Gibt es hier vielleicht Antworten? Hoffnung? Ich weiß es nicht, aber meine Überzeugung verlangt, dass ich versuche, es herauszufinden.«

»Dieser Wald wünscht keinen Besuch«, erinnerte ihn Streuner.

Addadearber nickte. »Ich habe einen Zauber, der mich passieren lassen wird. Ich fürchte mich davor, ihn einzusetzen, aber ich werde es tun. Und du glaubst natürlich, dass du Iruladoon betreten darfst?«

Streuner nickte, grinste seinen Gefährten an und schlug die Kapuze über den Kopf.

»Sollten wir nicht bis morgen warten?«, fragte der Zauberer.

»Die Dunkelheit ist mir lieber«, gab Streuner mit einem Augenzwinkern zurück.

Der Waldläufer hielt gelassen auf die Bäume zu. Am Waldrand blieb er kurz stehen, dann aber nickte er und verschwand im Wald.

Addadearber belegte sich mit einem einfachen Zauber und blinzelte in die Dunkelheit, um sich zu vergewissern, dass der Zauber tatsächlich sein Sehvermögen verbesserte. Danach rüstete er sich für den mächtigeren und daher weitaus gefährlicheren Zauber. Früher war dieser Spruch für den mächtigen Addadearber reine Routine gewesen, doch seit dem Beginn der Zauberpest hatte er ihn nicht mehr einzusetzen gewagt. Aus ganz Faerûn hörte man von Zauberern, die in ihren eigenen Zaubern gefangen waren, und diese Aussicht fand Addadearber nicht gerade verlockend.

Aber der Wald rief ihn und versprach, seine Geheimnisse zu enthüllen. Deshalb atmete der Zauberer all seine Zweifel mit einem tiefen Atemzug aus und begann unverzüglich mit seiner Magie. Er hob die Arme und legte seine ganze Macht in das Wirken dieses Zaubers, obwohl er um die möglichen Folgen seines Tuns wusste.

Addadearber wurde von Kopf bis Fuß schwarz. Er war nicht einfach dunkler als sonst, sondern pechschwarz. In dieser monotonen Farbe schien er dimensionslos zu sein. Gleich darauf wurde er flach wie Pergament, als die Geistgestalt vollends Besitz von ihm ergriff.

In seiner untoten Form atmete Addadearber nicht mehr, doch hätte er es getan, so hätte er jetzt zweifellos leichter geatmet. Streuner hatte Iruladoon voller Vorsicht betreten. Der Zauberer brauchte nicht vorsichtig zu sein. Nicht in dieser Gestalt, in der er lautlos und unbemerkt von Schatten zu Schatten schlüpfen konnte und diese Schatten noch schwärzer werden ließ.

Wie Pergament, das von einer frischen Bö über das Land geweht wurde, erhob sich Addadearber und verschwand zwischen den Bäumen.

Er spürte Streuners Nähe, während er sich dem langsam vordringenden Mann näherte, der erstarrte, schnüffelte und sich nach allen Seiten umsah, den Zauberer aber dennoch nicht fand. Sehr rasch hatte Addadearber noch vor Einbruch der Dämmerung ganz Iruladoon umrundet und befand sich wieder in dem Bereich, wo er den Wald betreten hatte. Jetzt drang er tiefer ein. Dabei folgte er keinem Pfad, sondern nur seinem Instinkt, der ihn still und unsichtbar in die immer tiefere Nacht führte.

Als er auf einen Hügel kam, riss er die Augen auf, denn diesmal sah er in der Ferne ein Lagerfeuer. Er kam näher und stellte fest, dass das Feuer am Rande eines kleinen Teiches brannte. Seitlich dahinter führte eine runde Tür in einen Erdhügel – ein typisches Halblinghaus. Deshalb überraschte es ihn auch nicht, als so ein Halbling mit braunen Locken und entwaffnend leichtem Schritt hinter dem Haus hervorspazierte. Der Halbling trug eine Angelrute über der Schulter und hatte einen Daumen unter die Hosenträger geschoben, die seine Hosen hielten, die einen recht umfangreichen Bauch umspannten.

Addadearber hielt etwas Abstand und ließ den kleinen Mann die Angelrute in einen gegabelten Stock am Ufer setzen. Der Halbling warf die Schnur noch nicht aus, sondern kehrte zu seinem Feuer zurück, stellte einen Dreifuß auf und hängte einen großen Topf daran. Zuletzt ging er mit einem Eimer zum Teich. Offenbar gab es heute Suppe oder Eintopf.

Zufrieden, dass hier offenbar alles in Ordnung war und niemand anders da zu sein schien, schloss der Zauberer die Augen und löste seine Magie. Gleich darauf spürte er das schmerzhafte Prickeln, mit dem sich sein Körper wieder dreidimensional ausdehnte.

Er seufzte erleichtert auf.

»Wohnst du hier?«, fragte der Zauberer, woraufhin der Halbling vor Schreck einen Satz machte.

Der kleine Mann drehte sich um und betrachtete den Zauberer neugierig. »Du solltest nicht hier sein«, sagte er offensichtlich besorgt. »Du gehörst nicht hierher.«

»Aber ich bin hier, und ich bin nicht erfreut.«

Der Halbling legte den Kopf schief. Falls der Tonfall des Zauberers ihn beunruhigte, zeigte er es nicht.

»Weißt du, wer ich bin?«

Der Halbling schüttelte den Kopf.

»Ich bin Addadearber vom Blitz!«

Der Halbling zuckte mit den Schultern.

»Ich bin der oberste Zauberer von Caer-Dineval und der mächtigste Magier im Eiswindtal«, verkündete Addadearber.

Das schien den Kleinen nun doch zu interessieren, denn er hauchte ungläubig: »Eiswindtal.«

»Der mächtigste!«, wiederholte der Zauberer ungeduldig.

Der Halbling lächelte trocken und sah sich um. »Das bezweifle ich.«

»Und deshalb bin ich hier. Meine Freunde wurden von diesem Wald, den du dein Zuhause nennst, sehr schlecht behandelt – oder von einem Zauberer in diesem Wald.

Sie wurden brutal und auf magische Weise hinausgeworfen.«

»Sie gehörten nicht hierher.«

»Das hast du schon einmal gesagt.«

»Um deinetwillen und um ihretwillen«, erklärte der Halbling. »Besucher sind hier unerwünscht. Du solltest gehen.«

»He, Kleiner, erzürne mich nicht. Du willst nicht erleben, was passiert, wenn Addadearber wütend wird. Ich gehe, wann ich es für richtig...«

Bevor er seinen Gedanken zu Ende bringen konnte, sprang neben ihm ein großer Fisch aus dem Wasser und bog dabei den Schwanz so, dass der Zauberer kräftig nass gespritzt wurde.

Der Zauberer warf einen Blick auf das Wasser, dann auf den Halbling. »Das warst du!«, sagte er vorwurfsvoll.

Er wurde wieder nass gespritzt, dann noch einmal.

»Nein«, kicherte der Halbling. »Die machen nicht, was ich sage. Sonst bräuchte ich keine Angel.«

»Meine Geduld ist bald zu Ende!«, warnte Addadearber, als er erneut nass wurde. Er holte tief Luft, um sich zu beruhigen. Hier gingen Dinge vor, über die er mehr wissen wollte, ohne jemanden gegen sich aufzubringen.

»Wer bist du?«, fragte er ruhiger.

Der Halbling zuckte nur mit den Schultern.

»Wie lange wohnst du schon in Iruladoon?«

Wieder kam ein Schulterzucken. »Die Zeit hat hier wenig Bedeutung. Monate? Jahre? Ich weiß es nicht.«

»Und was machst du hier?«

»Ich angele. Ich schnitze. Magst du Knöchelkopfschnitzereien?« Er drehte sich um und wies auf sein Haus.

Der Zauberer wurde wieder vollgespritzt.

»Und du hast den Wald angewiesen, Besucher derart zu behandeln«, stellte Addadearber fest. Das brachte den Halbling zum Lachen, und Addadearber bekam einen neuen Wasserschwall verpasst. Verärgert drohte er dem Halbling mit dem Finger und trat auf ihn zu. »Mach dich ja nicht über mich lustig!«

Zu seiner Überraschung ließ der Kleine sich nicht im Geringsten einschüchtern, sondern starrte ihn nur neugierig und kopfschüttelnd an. Wenn Addadearber normalerweise eine derartige Drohung ausstieß, holten die Mütter ihre Kinder von der Straße, und große Krieger begannen zu zittern. Die Erniedrigung durch diesen kleinen Halbling, der ihn mitleidig betrachtete, war für den Zauberer unerträglich.

»Du unbedeutende Ameise! Mit einem einzigen Gedanken könnte ich dich in Asche verwandeln!«

Der Halbling blinzelte zur Seite in Richtung des Sees und seufzte. Dann sah er Addadearber an und legte warnend einen Finger an die gespitzten Lippen: »Psst!«

»Was ist?«, gab dieser zurück, ehe auch er zum See blickte und beide Augen aufriss. Am Ufer begann es zu brodeln, erst lautlos, dann immer stärker, bis die Wellen überschwappten und sich ein wachsender Strudel bildete.

»Du solltest jetzt wirklich gehen«, mahnte der Halbling.

»Ich bin gekommen, um mehr zu erfahren«, gab der Zauberer zurück, obwohl er sich große Mühe geben musste, seine Furcht zu bezähmen. »Die Welt hat viel gelitten; die Magie ist krank. Meine Göttin ist verstummt.«

»Ich fürchte, darüber weiß ich mehr, als du jemals in Erfahrung bringen wirst«, unterbrach ihn der Halbling.

»Dann musst du mir alles erzählen.«

»Geh fort. Um deinetwillen, Zauberer, verlasse diesen Ort und komme nie wieder.«

»Nein!«, überschrie Addadearber das zunehmende Tosen des aufgewühlten Wassers. »Schluss mit deinen Tricks und Spielchen! Ich will meine Antworten!«

Eine Antwort erhielt er augenblicklich, denn jetzt traf ihn ohne Vorwarnung ein Windstoß in die Seite, der seinen Hut davontrug und den Zauberer, der mit Armen und Beinen ruderte, hinterherschleuderte. Addadearber landete am Rand des Strudels und wurde von der mächtigen Strömung mitgerissen und herumgewirbelt. Vergeblich versuchte er, sich aus dem Strudel zu befreien.

Er schrie nach dem Halbling, der jedoch nur mit mitleidig resignierter Miene am Ufer stand, die Daumen hinter den Hosenträgern.

Vom nicht nachlassenden Druck des Wassers wurde Addadearber in die Tiefe gerissen. Ihm wurde schwindelig, er verlor die Orientierung. Seine Kräfte ließen nach, bis er sich nicht mehr wehren konnte und unterging. Er kam nur noch einmal hoch, stieß einen gurgelnden Fluch auf den Halbling aus, dann war er verschwunden.

Der Halbling seufzte, als das Wasser wieder totenstill wurde, bis der Fischteich schließlich so friedlich aussah, als wäre hier nie etwas geschehen.

Bis auf den Hut. In der Mitte des Teiches trieb auf den allerletzten Wasserringen der zerbeulte spitze Zaubererhut.

Der Halbling griff nach seiner Angel. Er war schon immer stolz darauf gewesen, wie treffsicher er die Schnur auswerfen konnte.

Streuner schlich zwischen den Bäumen hindurch. Dieser seltsame Wald faszinierte ihn von Schritt zu Schritt mehr. Über ein Jahr war er nicht mehr in Iruladoon gewesen, und in dieser Zeit hatte der Wald sich gründlich verändert. Vor einem Jahr hatte hier ein kalter Nadelwald gestanden, der sich im unwirklichen Eiswindtal nur mühsam behaupten konnte. Etwas Unterholz, im Frühling einige Blumen. Aber der Wald hatte sich tatsächlich verändert. Er konnte es fühlen. Das Leben, das hier pochte, konnte man nicht ignorieren. Die Farben, die Gerüche und die Geräusche des Waldes vermittelten ein Pulsieren, eine Art fühlbares Vibrieren unter seinen Füßen, ein Takt im Rhythmus der Natur. Um sich herum spürte er eine einzigartige göttliche Energie.

Im Westen versank die Sonne, und es wurde dunkel im Wald, aber der Halb-Elf fürchtete sich nicht. Seine Hände glitten nicht einmal in die Nähe des Schwerts und des Hirschfängers an seinem Gürtel.

Der Herzschlag, der in gewisser Weise Ähnlichkeit mit Musik hatte, wurde stärker. Streuner konnte seine Macht fühlen, als ob der Ursprung des Ganzen auf ihn zukäme.

»Wo bist du, Zauberer?«, flüsterte er in die Leere.

Eine übernatürliche Stille legte sich über den Wald. Streuner hielt den Atem an.

Und dann sah er sie, eine Frau in einem weißen Kleid mit einem schwarzen Umhang, die in einiger Entfernung unbeschwert durch die Bäume tanzte. Wie gebannt folgte er ihr und erreichte irgendwann eine bemooste Böschung unter einigen Kiefern, von wo aus er auf eine kleine Wiese blickte, auf der sich die Zauberin barfuß im Sternenlicht drehte.

In diesem Augenblick verließ Streuner der Mut, denn

eine so schöne, anmutige Frau hatte er noch nie gesehen. Er wagte nicht, mit der Wimper zu zucken, weil er diesen Anblick auch nicht den winzigsten Moment lang verpassen wollte. Er wollte nicht wegsehen. Er konnte es einfach nicht.

Sie tanzte, sie wirbelte über den Boden, sie sang, und ihre Stimme war das Lied von Iruladoon.

Das war die Zauberin, die den Wald verhext hatte, da war sich Streuner ganz sicher.

Oder die Göttin... Dieser Gedanke ließ den Waldläufer erneut die Luft anhalten und brachte seine schweißnassen Hände zum Zittern. Keiner, der Streuner kannte, hatte ihn je in einem solchen Zustand gesehen.

Sie hörte auf zu tanzen und zu singen, strich sich das dichte rotbraune Haar aus dem Gesicht und schlug Augen auf, die so blau waren, dass nicht einmal die Nacht ihren strahlenden Glanz dämpfen konnte.

Streuner war unbehaglich zumute. Sein Verstand sagte ihm, dass sie ihn nicht sehen konnte, aber andererseits war ihm auch bewusst, dass sie ihn direkt anblickte. Am liebsten wäre er aufgestanden, hätte sich vorgestellt und ihr erklärt, wer er war.

Doch er konnte sich nicht rühren. Seine Beine gehorchten ihm nicht, und sein Mund brachte die Worte nicht über die Lippen, die er ihr zurufen wollte.

Sie lächelte, schüttelte den Kopf und begann wieder zu tanzen, wirbelte immer im Kreis herum, schneller und schneller, bis der wogende Stoff vor seinen Augen verschwamm. Und dann sprang sie wie vom Sternenlicht getragen in die Höhe.

Und verschwand.

Von der Wiese war sie verschwunden, jedoch nicht

aus Streuners Kopf. Er sah sie immer noch vor sich, denn dieses Bild wollte er festhalten und niemals vergessen. Am liebsten hätte er nie wieder etwas anderes angesehen – nur sie, für immer sie. In dieser Tänzerin, ob Hexe, Geist oder Göttin, hatte Streuner die Perfektion der Natur selbst erkannt.

Tonlos hauchte er den Namen »Mielikki« und nahm kurz wahr, dass er nicht mehr auf dem Boden lag, sondern aufgestanden war.

Dann sah er sie wieder, ob im Geiste oder real, wie sie sich im Licht der Sterne wiegte.

Keuchend und laut platschend kam Addadearber hoch und schnappte nach Luft. Seine Lunge schmerzte, und er holte verzweifelt noch einmal Luft. Erst nach einer ganzen Weile hörte er Ashelia nur wenige Fuß entfernt am Ufer neben dem Steg nach ihm rufen.

Mühsam schleppte er sich zu ihr und kroch aus dem See. Er zitterte vor Angst und Kälte.

»Wie bei den Neun Höllen...?«, fragte die Frau.

Addadearber schüttelte nur den Kopf. Er dachte an den Strudel und den Tunnel voller Wasser, der ihn aus Iruladoon direkt in die geschützte Bucht zurückgespült hatte. Das alles war ihm unbegreiflich, und dabei war er ein Mann, der durch die Luft geflogen war, seine Feinde in Kröten verwandelte und Blitz und Feuer aus dem Nichts beschwören konnte.

»Und? Was hast du in Erfahrung gebracht?«, fragte Ashelia, während sie ihm aus dem Wasser half.

Aber Addadearber konnte nur vor sich hin stammelnd den Kopf schütteln.

Fast im selben Moment kam Streuner aus dem Wald.

Sein Schritt war leicht, seine Augen wirkten glasig, und er schien weder von ihnen noch von seiner Umgebung Notiz zu nehmen.

»Streuner!«, rief Ashelia, ließ den Zauberer stehen und lief zu dem Waldläufer hinüber.

Er sah sie an, als könnte er ihre Aufregung überhaupt nicht verstehen. Dann blickte er sich um, nahm die Hütte wahr, den See, den Steg und die *Larsons Knochenjäger*, die daran festgemacht war. Verwundert verzog er das Gesicht und zuckte mit den Schultern.

»Die haben mich angegriffen!«, fluchte Addadearber und stürmte zu den beiden hin. »Ich werde diesen Wald niederbrennen!«

»Wenn du auch nur eine Fackel erhebst oder den geringsten Zauber anstimmst, bringe ich dich um!«, antwortete Streuner. Ashelia und Addadearber sahen ihn fassungslos an.

»Waldläufer!«, fuhr die Frau auf.

»Wir müssen von hier verschwinden«, sagte Streuner, ohne seine Drohung zurückzunehmen.

»Wir fahren gleich morgen früh.«

»Wir fahren jetzt«, stellte er klar.

»Wir? Ich dachte, du bleibst auf dieser Seite«, sagte Addadearber scharf, dem die Drohung offenbar überhaupt nicht passte. »Bei deinen Freunden, die in diesem Wald herumspuken.«

»Klappe, Zauberer!« Streuner wandte sich Ashelia zu. »Raus auf den Lac Dinneshere, allesamt und jetzt sofort.«

»Spragan kann noch nicht wieder klar denken, und Lathan geht es auch schlecht«, wandte Ashelia ein.

»Dann werde ich eben die Segel setzen oder rudern, zusammen mit Addadearber.«

»Du bist ganz schön mutig«, warnte der Zauberer.

Aber Streuner lächelte nur und sah nach Iruladoon zurück. Er hatte sie gesehen. Die Hexe, den Geist, die Göttin. Mit diesem himmlischen Bild vor Augen konnte der aufgeblasene Addadearber ihn kaum beeindrucken.

Außer wenn er tatsächlich versuchte, seine Wut an dem Wald auszulassen, ob auf herkömmliche Weise oder mit Magie.

Bald darauf legten sie ab. Alle waren froh, dem Spukwald den Rücken zu kehren.

Alle außer Streuner, der wusste, dass er nicht wirklich ging, weil er ein Stück von Iruladoon bei sich trug, das ihn für immer begleiten würde.

Denn er würde niemals den Tanz der Göttin und ihre Stiege aus Sternenlicht vergessen.

Der den Ruf vernimmt

Originalkurzgeschichte
Wizards of the Coast, 2010

»*Der den Ruf vernimmt*« *sollte eigentlich zum Auftakt zu* Gauntlgrym *gehören. Dann jedoch schlug mein Verlagsredakteur, Phil Athans, mir vor, diesen Teil auszugliedern, um ihn auszubauen und damit die Geschichte von Wulfgar und den fehlenden Jahren seines Lebens besser erzählen zu können. Als mir klar wurde, dass wir diesen Abschnitt weglassen konnten, ohne dass die verbleibenden Hinweise und Szenen zu Wulfgar in der Erzählung damit aus dem Zusammenhang gerissen würden, willigte ich ein – in erster Linie wieder einmal, weil wir uns diesmal an einen Ort begeben, der mir im jetzigen Stadium meines Autorendaseins wichtig ist.*

Als Schriftsteller habe ich mitunter das Gefühl, ich stünde nackt auf der Bühne, und ein ganzer Saal voller bekleideter Menschen zeigte auf meine Unzulänglichkeiten. Durch das Internet können diese bekleideten Menschen dabei sogar noch im Schatten verharren.

Ein Schriftsteller muss ehrlich sein. Es gibt keinen Ort, an dem er sich verstecken kann, keinen Stoff, der seine Unzulänglichkeiten gnädig überdecken würde. Es spielt keine Rolle, was man eigentlich sagen wollte. Wichtig ist nur, was man gesagt hat – nein, das nehme ich zurück. Wichtig ist, was man in den Augen der Leser gesagt hat, denn der Einzige, der die Beziehung zwischen einem Buch und dem Leser beurteilen kann, ist der Leser dieses Buches. Nicht der Autor, nicht der Kritiker, auch nicht ein Kommentator aus dem Internet. Und damit komme ich auf das zurück, was ich in der Einleitung zu »Iruladoon« bereits sagte: Ich schreibe, weil ich mein eigenes Werk lese. Es ist ein innerer Dialog.

»Der dem Ruf folgt« ist für diese ganz persönliche, spirituelle Entwicklung von großer Bedeutung. Denn jetzt werden die Fragen zu diesem Minihimmel, Iruladoon, umso drängender und auch komplizierter. Deshalb möchte ich meine Leser einladen, Iruladoon in diesem Licht zu betrachten. Anstelle der Frage »Was macht Bob denn jetzt?« wünsche ich mir ganz persönliche Fragen, was dieses Konzept für diese Charaktere bedeutet, die uns allen ans Herz gewachsen sind. Für Wulfgar ist eine lange Zeit verstrichen, in der er ein ganz anderes, ebenfalls erfülltes Leben geführt hat. Was muss der alte Barbar denken, wenn ihm nun eine solche Enthüllung widerfährt?

Und anstatt darüber nachzudenken (oder schlaflose Nächte zu haben oder sich zu sorgen), was diese Ereignisse im großen Bogen der Saga von Drizzt zu bedeuten haben, sollte man sie aus der Sicht der daran beteiligten Personen betrachten.

Warum ich diesen Rat gebe? Weil der ehrliche Blick durch Wulfgars Augen oder die Augen der anderen Hauptpersonen, die an diesem noch ungeklärten Phänomen teilhaben, hoffentlich beim Leser noch weit wichtigere Fragen aufwerfen wird als das Rätsel, was das alles für Drizzt Do'Urden bedeutet. Was mich angeht, ist das die reine Wahrheit, und gegenwärtig denke ich noch nicht einmal darüber nach, wie sich dies auf den roten Faden auswirkt.

Beim Schreiben dieser Geschichte um Wulfgar spielte der rote Faden für mich einfach keine Rolle. Sie ist einfach eine notwendige Ergänzung für die Erzählungen von den Gefährten der Halle – das war ich Wulfgar schuldig. Wulfgar selbst wird hier zum Instrument meiner Entdeckungsreise, und das ist kein Trick, sondern ein Weg, der mir wichtige persönliche Fragen aufzwingt.

Fragen, auf die es vielleicht keine Antworten gibt.

Oder ich muss einfach noch mehr schreiben.

Wulfgar hatte dem Alter getrotzt wie kein anderer seines Volkes. Manche glaubten, die Magie der Zwerge, die ihn aufgezogen hatten, hätte auf ihn abgefärbt. Andere erinnerten daran, dass die größten Häuptlinge oft ein langes, erfülltes Leben geführt hatten. Wie auch immer – Wulfgar hatte noch jede Jagd und zahllose Kämpfe überstanden, und niemand im Stamm hatte geflüstert, es wäre doch langsam an der Zeit, auf einer Eisscholle ins Meer hinauszutreiben.

Aber dies waren auch keine gewöhnlichen Zeiten für den Elchstamm, und es stand viel auf dem Spiel.

»Wenn es nicht um Wulfgar ginge, hätten wir dieser Jagd so nicht zugestimmt«, erinnerte Canaufa Brayleen. Die beiden Frauen standen am Rand des großen Lagers des Elchstammes.

»Es fragen sich immer noch viele, ob das klug ist«, antwortete Brayleen. »Der Verlust eines Mannes schwächt den Stamm nicht so sehr wie der Verlust einer Frau. Der Samen eines Mannes kann die Leiber vieler befruchten, aber ein Leib trägt an einem Kind fast ein Jahr.«

»Und doch willst du für die Jagd hier zurückbleiben.«

Angesichts der schlichten Logik dieser Bemerkung verzog Brayleen zerknirscht das Gesicht.

»Sie sagen, er hätte das von den Elfen gelernt«, fuhr Canaufa fort, »wo das Geschlecht keine Rolle spielt.«

»Oder von den Zwergen«, fügte Brayleen hinzu, »von den wenigen Frauen, die es dort gibt.«

Beide blickten zum Rat auf der anderen Seite hinüber. Die Entscheidung war gefallen: Der Stamm würde nach Nordwesten ziehen. Die Karibus hatten die Ausläufer des Grats der Welt zwar noch nicht verlassen, aber man hatte zu viele Monster in der Gegend gesichtet, und sie wussten, dass aus einer Höhle ganz in der Nähe eine Horde Orks hervorkroch. Alle anderen Stämme waren bereits zum Winterquartier aufgebrochen, sodass der Elchstamm ganz auf sich selbst gestellt war.

In diesem Winter hatte der Schneefall früh eingesetzt, was für die Barbarenstämme, welche die Tundra des Eiswindtals durchstreiften, nie ein gutes Zeichen war. Die vorzeitigen Stürme hatten die Yetis aus den Bergen heruntergetrieben und die Karibuherden ausgedünnt, bevor sie ihre lange Wanderung über die Tundra zum Meer hinüber antraten. Für die Barbaren bedeutete dies, dass die Nahrung knapp wurde und die Gefahr zunahm.

Deshalb ging es nur noch um die Frage, wer zur letzten Jagd zurückbleiben sollte – was gleichbedeutend damit war, wer nicht länger an den schwindenden Vorräten teilhaben sollte.

»Es ist etwas anderes, ob man Frauen gestattet zu jagen und zu kämpfen, oder ob man einen alten Mann mitnimmt«, wandte Brayleen ein. »Es kann schon gefährlich sein, ihn überhaupt dabeizuhaben.«

»Ach was!«, unterbrach Canaufa sie scharf. »Er ist

keine Last. Das würde Wulfgar niemals zulassen! Der würde sich nicht einmal auf eine Trage legen, wenn ihm die Beine unter dem Leib wegfaulen. Nein, er würde verlangen, dass man weiterzieht und ihn sterben lässt.« Sie schnaubte und fuhr fort: »Und wie ich Wulfgar kenne, würde er nicht länger von den Vorräten eines hungernden Stammes essen wollen.«

Brayleen seufzte.

»Ich wäre stolz darauf, ihn bei mir zu haben«, sagte Canaufa.

»Das kannst du nicht tun!«, begehrte Bruenorson auf.

»Du kannst nicht über mich bestimmen, mein Sohn«, erinnerte Wulfgar ihn ruhig.

»Ich bin der Häuptling.«

»Und ich bin dein Vater«, hielt Wulfgar dagegen. »Und der Großvater deiner Kinder.«

»Und ich soll dein Todesurteil sprechen«, sagte Bruenorson. »Wie soll ich das meinen Schwestern erklären, meinen Kindern, meinen Enkeln?«

»Ist es ein Todesurteil für Ilfgol und die anderen?«, fragte Wulfgar.

»Das ist etwas anderes!«, beharrte Bruenorson.

»Weil sie jung und stark sind«, sagte Wulfgar, »aber ich bin alt und kann die Kälte und die Monster unmöglich überleben.«

Bruenorson leckte sich über die Lippen. Er war fast vierzig Jahre alt und führte den Elchstamm seit annähernd zehn Jahren – seit dem Tod von Kierstaad dem Schnellen. Aber neben Wulfgar, seinem Vater, seinem Lehrmeister und seinem Helden, kam er sich noch immer wie ein Kind vor. Wulfgar war weit über sechzig gewesen, als er Bruenorson gezeugt hatte, sein drittes Kind und seinen ersten Sohn. Die anderen beiden hatten in Nachbarstämme eingeheiratet und eigene Familien gegründet, die den Elchstamm mit den höchsten Sippen aus dem Bärenstamm und dem Robbenstamm verbanden.

»Sag nichts«, fuhr Wulfgar fort. »Deine Treue rührt mich.«

Bruenorson wollte noch etwas äußern, aber Wulfgar schnitt ihm das Wort ab. »Ja«, gab er zu, »deine Augen täuschen dich nicht. Ich werde schwächer. In den Hallen von Tempus flüstern sie schon, dass Wulfgar naht.«

»Nein«, sagte Bruenorson.

»Doch«, erwiderte Wulfgar. »Aber keine Sorge. Noch lebe ich. Ich kenne diese Berge besser als jeder andere aus unserem Stamm. Ich weiß, wo die Karibus sich für ihre Wanderung sammeln. Ich weiß, wie man die Spur des Yeti erkennt und wie man ihn meidet, auch das besser als jeder andere. Du tust weder dem Stamm noch denen, die zur Jagd zurückbleiben, einen Gefallen, wenn du mich bei dir behältst.«

»Vielleicht wollen die Jäger dich gar nicht mitnehmen«, bemerkte Bruenorson, bereute diese Worte jedoch schon in dem Moment, wo sie seinen Mund verließen. Wulfgar blähte seine immer noch eindrucksvolle Brust auf und sah von oben auf ihn herab. Die eisblauen Augen, die den Häuptling durchbohrten, vermittelten ihm das Gefühl, sehr klein zu sein.

»Du bist für deinen Stamm verantwortlich, nicht für die Familie«, erinnerte ihn Wulfgar. »Wenn du deine Entscheidung allein auf dieser Grundlage triffst, wirst du dem Beschluss des Rats zustimmen.«

Bruenorson schluckte hörbar. »Und mich von dem Mann verabschieden, den ich über alles liebe?«

Wulfgar beugte sich vor und schloss seinen Sohn in die Arme, was bei einem so stoischen Volk eine seltene Geste der Zuneigung darstellte. Aber Bruenorson schreckte weder davor zurück noch versteifte er sich, sondern vergrub das Gesicht an der starken Schulter seines Vaters.

Als der Elchstamm an diesem Morgen die Berge hinter sich ließ, blieben zwölf Jäger zurück, um das Karibu zu suchen. Unter ihnen war Wulfgar.

Er wusste, dass dies die Krankheit war, der er am Ende erliegen würde. In seiner Lunge sammelte sich Flüssigkeit, seine Glieder waren matt, und sein Körper glühte. Wulfgar würde seinen Tod nicht beklagen. Welcher Mann konnte mehr vom Leben erwarten als das, was hinter ihm lag? Dennoch kamen ihm angesichts des Zeitpunkts und der Umstände Schuldgefühle. Der Elchstamm war vor fast einem Zehntag abgezogen und hatte den Jägern eine wichtige Aufgabe übertragen: Sie sollten die Karibus suchen und Nahrung bringen, wenn die wandernde Herde den Stamm einholte. Die wenigen Jäger konnten sich nicht mit Wulfgar belasten, dem das Fieber zusetzte.

Deshalb hatte Wulfgar sie aus seinem kleinen Zelt verwiesen und verlangt, ihn in Ruhe zu lassen.

Diesen Wunsch würden sie ihm allerdings nicht erfüllen. Er war Wulfgar, der Sohn des Beornegar. Er war der Held des Eiswindtals, der Krieger, der die Stämme geeint und ihre Lebensweise so sehr verbessert hatte. Im Gegensatz zu den Stämmen im Süden des Grats der Welt galten bei den Barbaren des Eiswindtals Männer und Frauen als gleichwertig. Hier im Eiswindtal wussten alle, dass sie sich im Notfall aufeinander verlassen konnten und nicht damit rechnen mussten, dass ein anderer Stamm eine vorübergehende Schwäche oder ein Unglück ausnutzte. Und im Gegensatz zu den Stämmen im Süden wussten die Barbaren des Eiswindtals auch, dass die anderen Siedler in dieser Gegend keine Feinde waren, sondern im Zweifelsfall ihre Verbündeten.

Das alles war Wulfgar zu verdanken, wenn auch nicht ihm allein. Mit ihm hatte diese Entwicklung begonnen, aber seine Nachkommen hatten sie weiter vorangetrieben. Sein ältester Sohn führte den Elchstamm mit derselben Umsicht, die früher Wulfgar bewiesen hatte. Seine älteste Tochter hatte den Häuptling des Bärenstammes geheiratet, und seine Jüngste war die Frau des mächtigsten Kriegers vom Robbenstamm, der den größten Teil des Jahres draußen in der Treibeissee verbrachte. Drei seiner vier Kinder hatten überlebt und die Wirren im Eiswindtal gut überstanden; neun Enkel waren zu anerkannten Mitgliedern ihrer Stämme herangewachsen, und sein zweitältester Enkel würde bald Häuptling des Karibustammes werden.

Wulfgars vierter Urenkel war im letzten Frühjahr zur Welt gekommen, doch dieses Kind hatte er leider noch nicht gesehen. Dieser Gedanke bedrückte ihn, als er jetzt fiebernd auf seinem Lager ruhte. Dennoch erfüllte ihn das Wissen, dass die Welt sich auch ohne ihn weiter drehen und seine Linie weiter bestehen würde, auch mit einer gewissen Gelassenheit.

So verstrichen die Stunden, während er dalag, sich seine zahlreichen Abenteuer ins Gedächtnis rief und an die guten alten Freunde dachte, besonders an jene spezielle Gruppe, die er ein halbes Jahrhundert nicht mehr gesehen hatte. »Die Gefährten der Halle«, flüsterte er mit zitternden Lippen. Es war jener Ehrentitel, den die fünf Freunde sich in Wulfgars Jugend redlich verdient hatten.

Sein Ende war nahe. Er fragte sich, ob ein Teil der alten Truppe noch lebte – Drizzt vermutlich, vielleicht sogar Bruenor. Wulfgar war zufrieden und bereit zu gehen, obwohl es ihn nicht gerade glücklich stimmte, dass er im Bett sterben sollte.

Oder doch nicht?

Vor dem Zelt wurde es lauter, und das riss ihn aus seinen Gedanken. Er hörte zwei seiner Kameraden rufen, und das Wort »Yeti!«, stieß tief in Wulfgar etwas an. Er vergaß das Fieber, rollte von den Pelzen und zwang sich aufzustehen.

Dann taumelte er nach draußen, und während er die Neuigkeiten verdaute, erstarkten seine Glieder wieder. Hoch aufgerichtet hob er Aegisfang, seinen berühmten Kriegshammer.

»Steht treu zueinander«, wies er die Menschen an, die sich um ihn scharten und ihn verblüfft anstarrten. Wie war er aus dem Bett gekommen? »Brecht das Lager ab, packt alle Vorräte ein und zieht nach Nordwesten.«

»Wir können Canaufas Trupp doch nicht da draußen zurücklassen!«, murrte ein Mann.

»Nein.« Wulfgar stimmte ihm mit einem trockenen Lachen zu. »Das tun wir nicht. Bei meinem Wort, das tun wir nicht!«

Einige der Jäger lächelten ihm zu, andere nickten, aber mehr als einer schüttelte bedenklich den Kopf.

»Ihr seid es mir schuldig. Das verlange ich«, verfügte Wulfgar. »Dieses allerletzte Mal werdet ihr mir gehorchen.«

Was sollten sie dagegen sagen? Dieser Mann war wie ein Gott, der größte Krieger, den die Stämme des Eiswindtals je gesehen hatten.

Auf zittrigen Beinen kletterte Wulfgar die feuchten, rutschigen Steine hinauf. Nicht ein einziges Mal sah er sich nach dem jetzt fernen Lager um, das bereits abgebaut wurde. Seine langen Schritte trugen ihn rasch voran, und er wurde nicht langsamer, konnte nicht langsamer werden, weil er wusste, dass Stammesmitglieder in Not waren.

Dass es tatsächlich Yetis waren, wurde Wulfgar klar, als er die Felsspitze erreichte und das Knurren und Brüllen dahinter hörte. Diese Geräusche verwandelten ihn noch einmal. Es war wie ein zweiter Energieschub, der noch mehr Jahre von seinem gebrechlichen alten Körper nahm. »Tempus«, flüsterte er mit nicht mehr ganz so viel Schleim im Hals. »Gib mir heute Kraft.«

Er kletterte weiter die Steine hoch, stieg über den Grat, und nun endlich konnte er den Kampf sehen, der dort unten tobte. Einer seiner Stammesbrüder lag in seinem eigenen Blut, ein zweiter wurde von gleich drei zottigen bärenähnlichen Wesen attackiert, und zwei Frauen verteidigten sich Rücken an Rücken gegen eine Reihe weiterer Yetis, die sie umkreisten.

Wulfgar richtete sich zu seiner vollen Größe auf, die immer noch mehr als sechs Fuß betrug. »Tempus!«, brüllte er in den Nordwind und ächzte laut, als er die Muskeln spannte und seinen magischen Kriegshammer nach dem nächsten Yeti schleuderte.

Der Yeti war tot, noch bevor er den Boden berührte.

Wulfgar sprang den Hang hinab. Das war nicht der alte Mann, sondern ganz der Krieger, von dessen Heldentaten man sich im ganzen Tal, ja, im gesamten Norden erzählte. Mit einem Schrei zu seinem Gott hob er die Hand und fing den Hammer, als dieser auf magische Weise zu ihm zurückkehrte; das Geschenk seines Zwergenvaters, den er über fünfzig Jahre nicht mehr gesehen hatte.

Als hätte ihm die Magie der Waffe neue Kraft verliehen, brach er in die vorderste Yetigruppe, stieß sie mit dem Hammer zur Seite und zerschmetterte sie mit kurzen, vernichtenden Schlägen. Aus dem Augenwinkel nahm er wahr, dass eine der Frauen stark in Bedrängnis war, und trotz seiner eigenen kritischen Lage schleuderte der alte Krieger wieder den Hammer.

Er traf sein Ziel, wie er noch sah, ehe ein Yeti ausnutzte, dass er jetzt unbewaffnet war. Das Monster sprang ihn an und zog ihm die langen Hakenkrallen über den Bauch.

Wulfgar packte den Yeti an den Haaren und riss seinen Kopf mit solcher Gewalt zurück, dass er die Knochen brechen hörte. Dann verpasste er dem zottigen Ungeheuer noch einen Faustschlag unter das Kinn, stieß es zur Seite und riss den Ellbogen auch schon in die Gegenrichtung hoch, um ihn dem nächsten Yeti vor das Kinn zu schlagen. Noch während der Yeti nach hinten taumelte, kehrte Wulfgars Hammer zurück, gerade rechtzeitig, um seinem Gegner damit den Schädel zu zertrümmern.

»Tempus!«, brüllte er, stürmte vor und mobilisierte mit jedem Schlag alle Energie, die sein geschundener alter Körper noch aufbringen konnte. Da sprang ihn ein Yeti von hinten an. Kaum jemand hätte dabei das Gleichgewicht gewahrt.

Doch Wulfgar, der über hundert Jahre hinter sich hatte, war kein gewöhnlicher Mann.

Er fühlte den Schmerz, als das Ungeheuer ihm in die

Schulter biss, eine Klaue um ihn schlang und sie in die bereits blutende Bauchwunde grub. Wulfgar fuhr herum und griff nach hinten, um nach dem Yeti zu schlagen oder ihn zu packen und seine Klauen zu lösen.

Es gelang ihm nicht. Mit dem Yeti auf dem Rücken war es ein weiter Weg bis zu dem großen Stein, wo er sich abrupt umdrehen und nach hinten werfen konnte. Wieder und wieder rammte er den Yeti gegen den Stein, und einmal sprang ihn dabei ein anderer von vorn an und ging mit Zähnen und Klauen auf ihn los.

Ein dritter griff von der Seite an. Wulfgar sank auf ein Knie.

Auf der anderen Seite schrie eine Frau auf.

Mit einem Anruf seines Gottes, der die Steine des Eiswindtals erbeben ließ, kam der zähe Wulfgar wieder hoch, hievte die großen Yetis in die Höhe und warf die Arme dann so heftig zur Seite, dass alle drei Monster fortgeschleudert wurden. Noch ehe sie wieder auf ihn losgehen konnten, schlug er mit dem gewaltigen Aegisfang dreimal zu. Das lange graue Haar flatterte ebenso wie sein Bart im Wind, als Wulfgar weiterstürmte.

Er warf den Kriegshammer und traf den nächsten Yeti ganz knapp, ehe dieser der Frau, die vom letzten der Angreifer festgehalten wurde, die Kehle durchbeißen konnte.

Wulfgar wartete nicht auf seinen Hammer, sondern stürzte sich auf diesen verbliebenen Gegner, zwischen den Yeti und die Kriegerin, um diese voneinander zu lösen. Ineinander verknäult rollten sie von der Frau weg. Der Yeti kämpfte mit seinen Krallen, Wulfgar schlug auf ihn ein, und beide bissen nach dem anderen.

Schließlich aber bekam Wulfgar das Kinn des Yetis zu

fassen und konnte mit der anderen Hand in seine dicke Mähne greifen. Er drehte und zerrte, bis er den Kopf zur Seite verdreht hatte, und ließ nicht locker. Dabei achtete er nicht auf die Schmerzen, obwohl der Yeti seine Pranke in seinen Bauch gestoßen hatte, mitten in die Wunde, die seine zwei Vorgänger gerissen hatten.

Wulfgar änderte die Richtung, zog mit plötzlicher Wucht ein letztes Mal und brach dem Yeti damit das Genick.

Der Krieger rollte die schwere Kreatur zur Seite und wand sich darunter hervor. Er kam auf die Knie, griff nach seinem Kriegshammer und wollte aufstehen, doch als er sah, dass der Kampf vorüber war und alle Yetis entweder tot waren oder flohen, verließen ihn die Kräfte. Er hoffte, er hatte mehr als diese eine Frau gerettet. Und er hoffte, dass ein paar der fünf, die hier lagen, diesen Tag überleben würden.

Dann lag er auf dem Rücken und starrte in die Schneeflocken und zum stahlgrauen Himmel empor. Über ihm tauchte ein Gesicht auf, das von Brayleen, der Kriegerin. Neben ihr war Canaufa, ihre Waffenschwester, die einen starken jungen Mann stützte.

Wulfgar lächelte.

»Sei unbesorgt, großer Wulfgar«, sagte Brayleen so tröstend, wie sie es vermochte. »Wir bringen dich nach Hause.«

Sie drehte sich zu den anderen beiden Überlebenden um, aber Wulfgar kannte die Wahrheit. Er wusste, dass seine lange Reise diesmal endgültig vorüber war. Deshalb hielt er sie am Handgelenk fest und ließ sie nicht weiterreden. Als sie ihn fragend ansah, beantwortete er die unausgesprochenen Worte mit einem zufriedenen Lächeln.

»Seht nach, ob die anderen noch leben«, flüsterte er. Das Sprechen fiel ihm schwer, denn inzwischen spürte er, wie schwer er verletzt war, und seine Krankheit meldete sich zurück.

»Sie sind tot. Alle drei«, sagte sie.

»Dann ab ins Lager mit euch«, befahl er.

»Großer Wulfgar«, flüsterte sie den Tränen nahe.

»Weint um die anderen«, sagte er mit fester, ruhiger Stimme, und in der Tat hatte ihn eine tiefe Ruhe erfasst.

Er war sich ganz sicher, dass er gerade die letzten Zeilen seiner Legende geschrieben hatte, hier und jetzt, und es tröstete ihn sehr, dass es ein gutes Leben gewesen war.

»Wir werden dir den größten Steinhügel errichten, den dieses Land je gesehen hat«, versprach der Mann, Ilfgol. Auch er konnte seine Tränen nicht zurückhalten. Seine Augen brannten, und seine Wangen waren feucht.

Wulfgar betrachtete den Schneefall. Sie alle rechneten noch heute mit einem echten Blizzard, und er wusste, dass sein Grabmal nur symbolisch sein konnte. Denn wie so viele Barbaren würde er in der weißen Leere des gnadenlosen Winters im Eiswindtal untergehen.

Seine Kräfte ließen rasch nach, und so hielt er Aegisfang Brayleen entgegen. »Den sollen weder die wilden Tiere noch die Goblins bekommen«, sagte er. »Auch nicht die Menschen aus Zehn-Städte oder die Zwerge, von denen er stammt. Er ist für den Stamm, für den Krieger, der seiner würdig ist.«

»Dann soll ihn Brayleen nehmen«, sagte Ilfgol, und Canaufa stimmte ihm zu.

Aber Brayleen widersetzte sich. »Für Bruenorson«, versicherte sie Wulfgar, und bei diesem willkommenen Versprechen lächelte der alte Held.

Nacheinander drückten die drei Wulfgar die Hand, dann beugte sich jeder zu ihm hinunter, um sich mit einem Kuss für seinen ritterlichen Einsatz zu bedanken.

Und dann waren sie fort, wie es im Eiswindtal Brauch war, und Wulfgar ließ seinen gepeinigten Körper zur Ruhe kommen. Jetzt durfte der Tod ihn holen.

Zu seiner Überraschung wurde er von Musik empfangen, von einem lieblichen, einladenden Lied. Wulfgar wusste nicht, ob es sein wahrer Körper war oder seine Seele, die sich erhob, aber aus unerfindlichen Gründen schleppte er sich wieder durch Schnee und Eis. Dabei spürte er die Kälte nicht, und auch den Wind hörte er nicht.

Er hörte nur das Lied, das ihn rief und ihm den Weg wies, obwohl er nicht wusste, wo er war und wohin es ging.

Er wusste auch nicht, wie lange er so weitergekrochen war, nur dass es irgendwann dunkel wurde. Trotzig richtete der alte Barbar sich ein letztes Mal auf und breitete die Arme weit aus. Er wollte seinen Gott anrufen, er solle ihn endlich zu sich nehmen, aber bevor er dazu kam, sah er etwas, das ihm die Sprache verschlug: einen dichten, blühenden Frühlingswald, der hier im winterlichen Eiswindtal vollkommen fehl am Platze wirkte.

Da flog etwas auf ihn zu und traf ihn an die Brust. Er fing es auf, noch ehe es zu Boden fiel, obwohl die Bewegung ihn in die Knie gehen ließ, weil seine Kräfte versagten.

Mit zitternden Fingern hielt er sich das Ding vor die Augen: Es war eine Knochenschnitzerei, die eine Frau mit einem Bogen zeigte.

Wulfgars Gedanken wanderten in die Vergangenheit,

als er die Schnitzerei betrachtete, die einer Person, die er einst gekannt hatte, so ähnlich war, und deren Machart so typisch für die Kunstfertigkeit eines anderen war, den er ebenfalls gekannt hatte.

Seine Finger ließen ihn im Stich. Die Schnitzerei entglitt ihm, und Wulfgar sank auf alle viere. Störrisch kroch er trotz seiner immer mehr nachlassenden Kräfte weiter, zum Wald, zur Musik, in den Wald, in die Musik, bis er schließlich zusammenbrach.

Auch die Dunkelheit war von Musik erfüllt, und Wulfgar genoss ihre Melodie und hoffte, ihr bis in alle Ewigkeit lauschen zu dürfen.

Eine Weile später schlug er die Augen wieder auf. Er wusste nicht, wie lange er im Schnee gelegen hatte.

»Den ganzen Winter?«, fragte er laut, denn jetzt war die Luft warm und von Blütenduft erfüllt.

Seine Knie taten nicht mehr weh. Auch sein Bauch war geheilt. Sein Atem ging stark und klar.

Verwirrt kam Wulfgar hoch, doch noch ehe er sich umsehen konnte, vernahm er eine Stimme von vor langer, langer Zeit.

»Sei gegrüßt, alter Freund«, sagte die Stimme. Die Stimme von Regis aus Waldheim.

Wulfgar erstarrte. Dann sprang er erschrocken auf, denn vor ihm stand tatsächlich Regis auf einem Weg, der sich zwischen gepflegten Blumenbeeten an einem stillen kleinen Teich entlangschlängelte. Auf den Blumen lag feiner Schnee, aber die Stimmung war keineswegs winterlich.

Wulfgar war wieder so groß wie einst und fühlte sich unbändig stark, voller Energie und ohne die Gelenkschmerzen, die ihn mit zunehmendem Alter so viele Jahre begleitet hatten.

Er wollte tausend Fragen stellen, aber keine kam ihm über die Lippen, und so schüttelte er am Ende nur ungläubig den Kopf.

Dann aber wäre er fast wieder umgefallen, denn auf der anderen Seite des Teiches stand sie.

Catti-brie. Die Frau, die er einst als junger Mann geliebt hatte. Sie sah genauso aus wie damals als junges Mädchen oder als junge Frau.

»Unmöglich«, flüsterte der Barbar und ging wie magisch angezogen auf sie zu. Seine Schritte wurden länger, als die Frau immer noch singend kehrtmachte und mit dem Wald verschmolz. Als er sie aus den Augen verlor, begann Wulfgar zu rennen, immer am Ufer des Teiches entlang.

»Wulfgar!«, schrie Regis so ungewöhnlich nachdrücklich, dass der Barbar tatsächlich stehen blieb und sich nach ihm umdrehte.

Zumindest fast, denn im Umdrehen bemerkte er sein eigenes Spiegelbild, und er hielt inne, bis sich das Wasser wieder beruhigt hatte und er sich besser sehen konnte – das dichte lange blonde Haar und der dünne, feine Bart.

Blonde Haare, keine weißen. Dichtes Haar, nicht schütter geworden nach einhundert Jahren. Die Haare eines jungen Mannes.

Wulfgar wurde von Panik ergriffen. Er sah sich nach allen Seiten um.

Denn er war tot. Er musste tot sein.

Aber das hier waren nicht die Hallen von Tempus.

Ein Mörder
ohne Erinnerung ...

Torsten Fink

Der Prinz der Schatten

544 Seiten. ISBN 978-3-442-26856-6

Er hat alles vergessen. Er erinnert sich nicht einmal daran, wie er heißt. Doch eines wird dem Namenlosen rasch klar: Der, der er einst war, will er nicht mehr sein. Denn er verfügt über die Fähigkeiten eines Assassinen, und die Vorstellung, jemanden zu ermorden, ist ihm zuwider. Bei den Nachforschungen über seine Herkunft stößt er immer wieder auf eine Gemeinschaft von Mördern, deren Name nur mit Schaudern geflüstert wird – die Bruderschaft der Schatten.

Lesen Sie mehr unter: **www.blanvalet.de**

Der wahrscheinlich düsterste aller Helden …

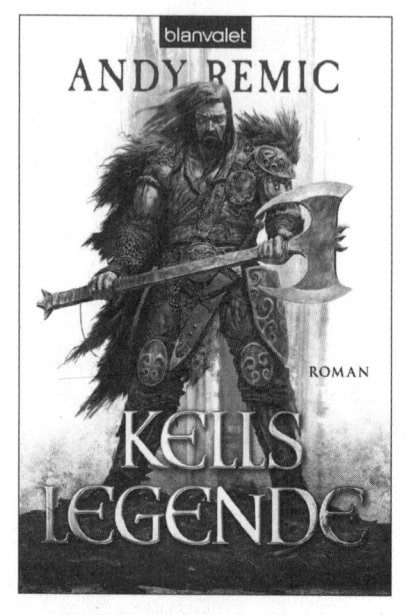

ANDY REMIC

KELLS LEGENDE

512 Seiten. ISBN 978-3-442-26876-4

Es ist eine Zeit für Helden, eine Zeit für Krieger – und Kells Axt dürstet nach Blut. Doch Kell ist kein Held. Er ist nur ein Mann, der stets versucht hat, das Richtige zu tun. Da fällt eine grausame Armee aus dem Norden über seine Heimat her, und Kell muss sich entscheiden. Wird er den Erwartungen seiner Enkelin Nianna gerecht werden, die ihn aus tiefster Seele verehrt? Oder wird er sie enttäuschen und dafür ihrer beider Leben retten? Kells größter Kampf steht bevor!

Lesen Sie mehr unter: **www.blanvalet.de**